鹰的阴影

邱华栋 著

中国文联出版社

图书在版编目（CIP）数据

　　鹰的阴影：邱华栋获奖小说集 / 邱华栋著. -- 北京：中国文联出版社，2021.11
　　ISBN 978-7-5190-4611-8

　　Ⅰ. ①鹰… Ⅱ. ①邱… Ⅲ. ①中篇小说－小说集－中国－当代 Ⅳ. ①I247.5

中国版本图书馆 CIP 数据核字(2021)第 116325 号

中国文学艺术基金会
中国文学艺术发展专项基金　资助项目

著　　者	邱华栋
责任编辑	蒋爱民　袁　靖
责任校对	鹿　丹　黄雪彬
装帧设计	吉　辰

出版发行	中国文联出版社有限公司
社　　址	北京市朝阳区农展馆南里 10 号　　邮编　100125
电　　话	010-85923025（发行部）　010-85923066（编辑部）
经　　销	全国新华书店等
印　　刷	北京市庆全新光印刷有限公司

开　　本	710 毫米×1000 毫米　　1/16
印　　张	26.5
字　　数	316 千字
版　　次	2021 年 11 月第 1 版第 1 次印刷
定　　价	48.00 元

版权所有·侵权必究
如有印装质量问题，请与本社发行部联系调换

| 目 录 |

鹰的阴影　　　　　　001

手上的星光　　　　　045

环境戏剧人　　　　　107

唯有大海不悲伤　　　154

黄金幻　　　　　　　186

血染的永恒之爱　　　227

大声哭泣　　　　　　237

公关人　　　　　　　247

大额尔齐斯河　　　　256

大石头城　　　　　　268

风车之乡　　　　　　279

花园的下午茶会　　　289

树人　　　　　　　　301

我是唐武，我弟弟叫唐文　315

里面全是玻璃的河　　330

蒸锅与古琴	341
李渔与花豹	367
入迷	376
云柜	399

鹰的阴影

傍晚的时候,他们抵达了山脚下。这片区域非常荒芜,杂草都很少,没有人在这里扎营。

"我们要加快速度,不然赶不上他们。他们可能在海拔四千多米的那个营地等我们呢。"

陆英勇对周翔说的"他们",指的是另外几位登山者。他们是通过互联网上的登山爱好者联盟网站认识的。那几个人来自美国、匈牙利、奥地利和法国,再加上他们两个中国人。

周翔是一个登山新手,而陆英勇已经有十多年的非凡的登山纪录了。他登上了好几座世界上最有名的山峰:乞力马扎罗峰、麦金利峰、厄尔布鲁士峰、文森峰和查亚峰,分别属于非洲、北美、欧洲、南极和大洋洲。他还到达过南极点和北极点。前往这些人迹罕至之地,是人体很难承受的极限之旅。正因为如此,才有一些人挑战自我，面对大自然，趋之若鹜地去攀登那直入云霄的高大山峰，抵达那渺无人迹的南极和北极点。

陆英勇就是一个不断挑战自我的人。他今年四十岁，刚好比周翔大十岁。早在 2008 年北京奥运会结束那一年，他就离开了传统行业，在互联网商业领域打拼，是一家上市公司的董事长。而周翔是和他有生意关联的一家公司的总经理。他们是生意上的合作伙伴。但从内心里来说，周翔觉得陆英勇是他精神上的引领者和兄长。他们的渊源很深，早在周翔多年前加入到大学里那个著名的划艇队时，他就知道了陆英勇的名字。

大学划艇队成立很多年了，常常和世界著名大学，比如哈佛、牛津、剑桥等大学的划艇队进行友谊比赛。而取得最好战绩的划艇队，就是陆英勇担任队长的那一支。那是上世纪九十年代的后期了，这位身高一米八八的划艇队队长，带领他的划艇队员们击败了世界上几所最著名大学的划艇队，取得了冠军。十年之后才考入到这所顶尖大学里的周翔，在划艇队的荣誉室内，看到了照片上和队友一起捧着奖杯的陆英勇，就流露了崇拜之情。

后来，尽管周翔队长和他的队友们非常努力，在当年的世界著名大学划艇友谊赛中，他所在的划艇队取得的最好成绩只是第四名。参加划艇比赛，周翔才看到了欧美大学划艇队的队员们个个身形高大，如猛虎下山一般把个小小的划艇划得像是离弦的箭一样飞，又像是脱缰的野马一样快，中国大学队根本不是对手。可为什么早在十年前，陆英勇当队长的那一届，划艇队就能取得冠军？比赛结束之后，周翔队长想不通。因此，在荣誉室内，他看着墙上的照片里陆英勇冲着他笑的样子很羞愧。

很快，这就成了毕业之前的校园记忆，被周翔淡忘了。毕业之后，忙碌于自己的事业，直到有一天周翔和一家公司谈合作的时候，他才知道了这家公司的董事长，就是学长陆英勇。两个有着相距10年的年龄差距和母校记忆的划艇队队长热烈握手了。后来，他们的合作愉快，陆英勇经验丰富、意气风发、老到成熟，在新媒介时代的商业领域里转圜自如，让周翔十分佩服。周翔就跟着陆英勇一起在生意场上攻城略地，顺风顺水。

后来，有一天，陆英勇请周翔到他的公司参观他的登山纪念小馆。那是一座玻璃幕墙建筑，伫立在二环边的繁华地段，整栋大楼有十多层，外形上看是透明的，建筑风格有些后现代或超现实主义风格。这就是陆英勇的公司总部大楼。周翔来到了十层，出了电梯。来来往往的人很多，公司里的俊男靓女穿梭不止，说明了这家公司的成长性极好。

楼层值班的女秘书看了工作安排，告诉他陆董事长的办公室房间号，他就沿着走廊走过去。这样他就穿越了陆英勇布置的登山纪念小馆。说是小馆，的确是个小馆。这个基本上沿着长廊布置的登山纪念小馆所陈列的，都是陆英勇这些年登山所用过的东西。大大小小、长长短短的东西，如雪地靴、冰爪登山鞋、绳索、手杖、尿罐，而很多氧气瓶就像是废弃的炮弹壳。

周翔还在仔细端详这些登山用具时，陆英勇已经出来迎接他了，和他一起走出来的还有一位气质高雅、面容漂亮的女士，他说："学弟，这是我夫人祁红，她现在要去赶飞机，我送送她。"祁红和周翔握手，微笑问好，"你有客人，不要下去了。"她的笑容里有一种大气爽朗的感觉。在电梯边，陆英勇很细心地把祁红穿的碎花衬衣的衣领整理了一下，拉了拉手，和她告别。

他走过来，给周翔介绍那些东西。这个是40年前法国人在山上留下的氧气瓶，那个氧气瓶更加古老，是80年前美国人留在喜马拉雅山上的，他带回来作为纪念。虽然是废品了，可不能当垃圾扔掉，这是标示时间刻度的最佳纪念物。

陆英勇的大办公室被布置成了登山营地。他还养了很多只猫。漂亮的、长相奇怪的黑猫、白猫、花猫，在帐篷、登山绳索、标志旗、上升器、防滑钉和雪镜之间上蹿下跳的。还有鹰和乌鸦的标本，在半空中挂着，像是还在翱翔。林林总总的登山器具，全部在眼前展现，这奇特的内景和所有其他的公司办公环境的布置都不一样。这也是他激励员工的方法，更是招揽合作者的一种无形的广告。这广告在说：这家公司的老总攀登过世界上很多高大到直入云端的雪峰，值得崇拜，值得信赖！

"那鹰和乌鸦都是真标本。登山的时候，大鹰有时候在你的头顶飞翔，有时候在你脚下的山谷里滑翔，你可以看见它展开的翅膀的阴影缓缓划过山体。乌鸦嘛，在登山途中，如果你坐下来在雪地上喘气，不到一分钟，乌鸦群就会发现你，然后，它们就在你的头顶盘旋。呱呱叫着，它们以为你不行了，打算吃掉你的眼珠和舌头，以你为食物呢。这个时候，你就必须站起来继续走，然后，乌鸦就一哄而散了。"

周翔感到了一丝恐惧。这时，他想到了一个问题："师兄，你告诉我，既然登山很艰难，可为什么还有那么多人要去呢？"

陆英勇眨巴着眼睛，笑了笑："因为山在那里。"他拍了拍周翔的肩膀，看着他疑惑的眼神："这不是我的回答，是一个著名登山家的回答：因为山在那里，所以就要去攀登。"

周翔忽然就明白了，为什么登山？因为山在那里。他懂了。他说："我也要登山。我能跟着您去登山吗？"

"当然可以啊，你要是能登到更高处，你的公司也会发展得更好。那是一种居高声自远的境界。你应该去登山。"

从那一次见面之后，周翔就在陆英勇的指导下开始学习登山了。陆英勇先帮助周翔联系了一所登山学校。在西藏的喜马拉雅山下，有这样的学校。登山者要通过一两年的实地学习，逐渐提高攀登山峰的海拔高度。假如你还没有登上过一座小山包，就不能去攀登海拔超过五千米的山峰，那很可能是要死人的。必须经过登山训练。在训练中，有的人进阶快一点，有的人慢一点，有的人甚至发现自己根本不适合登山。等到登山训练学校觉得你可以登山了，你要提出申请，有关部门才可以给你发登山许可证。

然后，最根本的地方在于钱。没有钱一定不要去登山，这是一项十分昂贵的探险运动，那些登上顶峰的人，几乎可以说是钱堆上去的。至于要花多少钱，那要看你的实力了。

"你甚至可以花几十万美元，雇上几个夏尔巴人，把你抬到珠穆朗玛峰上去。有没有这样的人呢？当然有了。欧美的一些富豪，有的就是这么上去的。夏尔巴人在高山上如履平地，富豪被抬上去，因为他们付钱了。可这就没有什么意思了。登山运动，有一个最重要的特征，那就是要自己一步步地走上去。"

"一步步地走上去？"

"是的，一步步地走上去。不是一步步地走上去的，就不算登山。这是登山的一个铁律。再说了，人生的路不也是这样吗？一天天、一月月、一年年，就这么过来了。没有谁能快进或者放慢这一人生的时间速度，时间对每个人的衡量标准是一样的。登山，就要一步步地走上去。"

在山脚下支好帐篷，陆英勇又仔细检查了帐篷的几个角，压上了防风的石头。他们算是扎营了。今晚，陆英勇和周翔就要在帐篷里过夜了。

他们吃牛肉干，喝水。周翔这时很感念在山前地区出发的村子里他喝到的塔吉克女人煮的奶茶。那奶茶到现在还让他觉得胃里热乎乎的，很舒服，很有热量。躺在睡袋里，一时睡不着，周翔说：

"你是怎么登上乞力马扎罗山的？它是非洲的第一高峰。美国作家海明威有一篇小说，就叫做《乞力马扎罗山的雪》。"

"我知道海明威，后来自杀了。他还获得过诺贝尔文学奖。他喜欢斗牛、打猎、捕鱼，年轻时驾驶一艘机船去搜寻过德国潜艇，负伤后在后方医院里喜欢过一个意大利女护士。有一部美国电影说的就是这个故事。"

"那是根据他的小说《永别了，武器》改编的。我还记得结尾，主人公和那个死去的女护士告别，然后'一个人冒着大雨回家去。'非常硬汉派。乞力马扎罗山，海明威就爬上去过。他的那篇小说里写道：有一只豹子死在雪线之上。"

黑暗中，陆英勇被唤起了遥远的记忆：

"那是十二年前的事了。乞力马扎罗山在坦桑尼亚，最高峰海拔5895米，不算很高大，却是非洲最高的山。攀登乞力马扎罗山，面对它，分别有左、中、右三条上山路。其中，右路距离比较短，坡度也很缓和，不过中间有一段在山脊线上走，地势很险要。最艰难的是走中线，就像是坐缆车一样，直接提升海拔高度，迎面爬上去，路途近，但很费力气。最舒服的是左线，在山脚下的小村落吃饱喝足之后，开始登山，爬到海拔三千米的地方，就向右拐，走一条平缓的路，这是一条最美的观光线路，然后和中线的登顶道路会合，冲刺最后的海拔一千多米的高度，到达顶峰。有意思的是，山脚下完全是热带风光，可爬着爬着，你就进入到了冬季的寒冷。从山脚下向上面看，能看到山峰被白雪覆盖，可靠近了却是一片白云缭绕，都是云里雾里的，你必须穿越整个云雾层，才进入到雪山的范围。非常有趣而神秘。山下的热带森林里，植物多样，繁茂无比，有很多猴子，不怕人，问你要吃的。你不要乱给东西，否则它们就一直跟着你，伸着手，你不理会了它们会抢你的东西，就跟峨眉山上的猴子一样。摆脱了猴子，你继续攀爬，渐渐地钻入一片云雾，出了云雾，啊，眼前一下子豁然开朗了，远处的白雪皑皑的峰顶在召唤你。"

周翔想象着陆英勇的那次登山的旅途。他又问："海明威的那篇小说的开头就说到，在乞力马扎罗峰上有一具风干的花豹尸体，可没有人知道，花豹跑到那么高的地方死去是为什么。你看见过山上有非洲花豹的尸体吗？"

陆英勇笑出了声，"海明威写那篇小说，距离现在有百八十年了吧。我爬乞力马扎罗峰，可以说没有费什么劲儿，很快就登顶了。那是一次愉快的经历，这使我几乎轻视了登山运动，结果，我就吃了苦头。"

"怎么吃了苦头？"

"在第二年的五月，我就去攀登珠穆朗玛峰，结果登顶失败，功亏一篑。当时我已经上到了八千多米的高度了，就差几百米的海拔，但无论如何，我都不能再前进了。身体完全不行了，意志也崩溃了，我就下山了。"

"为什么会失败呢？"

"说到底还是准备不充分。到了第二台阶的时候，我无论如何不能再前进了。尤其是我还看到了不远处一个登山者的尸体，我就崩溃了，不能再前进了。"

"珠穆朗玛峰上有很多登山者的尸体吗？"

"不算很多，但的确能看见。在大本营有一个墓地，是石头垒的一些石堆，有人纪念性地营造的。每个石堆的前面都有人在石头上写了字，说是纪念谁谁的。那个人已经死了，但不在石堆里埋着，而是在山上死了，在更高的地方下不来了，死在登山途中了。被雪山留在那里了。"

听了这话，黑暗中，周翔沉默了好久。他听到外面起风了。这时，死亡的阴影就像是大鹰展开了翅膀，一瞬间飞过来，遮蔽了他爽朗的心情。登山是要死人的，这是他心理上没有准备充分的。

默不作声了许久，周翔听到陆英勇接着说：

"在珠穆朗玛峰的南坡和北坡，两条登山的主要线路的边上，都有死去的登山者。攀登珠峰的死亡率是百分之四，就是登顶一百个人，死四个人。有的是看不见的，他们掉入了冰缝；也有的，被雪崩掩埋了，失踪了。还有的掉入了悬崖，也看不到了。来年冰雪融化，顺着融化的水流会冲下来一些。能看见的尸体，也有一些。在一些地方，死在那里，趴着，蹲着，躺着，侧倚着的，都有。那些尸体就像是路标一样，你最开始看见的时候，会心惊肉跳。因为那尸体很可能也是你，你也会变成他们。所以，你更要坚持下去，奋力攀爬，度过万难险境。每个死去的登山者都有记载，他们的队友、亲人和登山管理者大都有记载。有人会记住他们的，他们即使不是英雄，也是为了心里的理想死在雪山上的，和大多数庸俗不堪、无法挑战自我的庸人是不一样的。"

周翔觉得他说得也许并不准确。每个人都有挑选自己生活的方式，平静、平常的生活，也是一种态度，不用去指责。

"那登山中遇到最困难的时刻，是什么时候？"

"我想想……最困难的时刻，应该是在路上看到那些已经没有能力继续攀登的登山者打算放弃的那一刻，他向你投来恳求帮助的目光时。这时，你需要的是自己奋力前行，你连他的眼睛都不要看，一看到他的目光，你就和他一样了，你立即就变软弱了，被他带走了。这样你很可能就不能继续前进了。"

"登山途中，不断有人放弃吗？"

"在夏季的登山季，在珠穆朗玛峰上，中途放弃的比比皆是。你只管前行，这时，你要心无旁骛，只关注自己的状态。你的体力、心情、呼吸，你的步伐、你的装备有没有问题，你会不会遇到面罩脱落、氧气瓶里的氧气还够不够了，你的雪镜有没有损坏，绳索的绳扣系得牢不牢，上升器还在不在，冰爪鞋子给不给力，你雇佣的夏尔巴向导和帮手有没有分心，等等。心无旁骛，一心登顶，这才是一个登山者要做的。"

周翔停了停，想到了这次出来的路途，问："明天我们能和他们会合吗？"

"差不多，不过我们俩要走一整天，才能到达那个营地。那地方在山上的一个山谷里，靠近边境。我们要小心一点，高山上人烟稀少，但环境很复杂，有些国家的极端势力武装，有时候会非法越境活动。"

外面的风声变小了，空气变得稀薄了。这个夜晚周翔睡得不好，脑袋很疼。在睡袋里感觉不到大地托着他，有点飘浮在空中的感觉。他担心自己病了。

第二天一早，吃了东西，他们很快就出发了。这段上山路没有积雪，到处都是巨大的岩石，干燥而枯涩。一上到山脊上，风就变得又冷又硬。

"我对你登上了那么多山峰的经历非常感兴趣。但你好像讳莫如深，从来不愿意主动提起。现在，都给我说说吧。一座座地来，"周翔有点气喘，"比如，北美的麦金利峰，你是怎么登上去的？那可是在阿拉斯加的苦寒之地啊。"

陆英勇停下来，调整了一下手杖，他的墨镜中有周翔那张白皙的脸："八年前我就登上了麦金利峰。现在说起来，似乎是很遥远平常的事了。麦金利峰是北美洲最高峰，那里接近北极圈。山上的天气多变，十分恶劣。冰川就像是刀斧的丛林，攀登起来险象环生，可我觉得，比起喜马拉雅山脉的那些高峻的山峰来说，还是要好接近一些。我记得，在麦金利山峰的脚下，有一座美国小镇，叫做塔肯纳镇，凡是进军麦金利峰的登山者，都要在那里停留，做些准备。我在那里雇了一个向导，一个帮手。每年的夏季七月，来登山的人有不少，所以这也是一门很好的生意。这两个当地人有点像印第安人，也有些像因纽特人，总之是两个美国人。"

"他们的价格贵吗？"

"比夏尔巴人便宜。登山的准备工作一定要做充分。我记得我们租借了两架雪橇车，前面拉人，后面拉东西。停留在镇上的时候，当地人就围着我们卖东西，有人给我兜售大鲸鱼的头骨，还有用鲸鱼的骨头做的手杖、相框和棋盘。鲸鱼的骨头特别粗壮，比我的腰还粗，估计你想象不出来。在那个镇上，无论是酒吧还是饭店，都有北极熊的皮毛做成的标本。填充起来的北极熊十分巨大，跟活着的一样，就站在酒吧里或者是酒店大堂里欢迎你，那阵势实在是吓人。我身高一米八八，可和那北极熊的标本比起来，还要小几号。人在北极熊的面前，就像是一只小猴子在大猩猩的面前一样。人类必须保持谦卑，才能在荒野上生存下来。"

陆英勇回想起他见过的那块鲸鱼的头骨，只有一部分，也很巨大，能把他的整个人都装进去，可见鲸鱼的脑容量很大。这是一种聪明的动物。最终，他还是没有买下来，他不知道这玩意儿能不能被允许带上飞机。

他记得，从塔肯纳镇远眺麦金利峰，它并不高大。可靠近之后，就知道麦金利峰的艰险了。登山者一队队出发了，每天都有人登顶。等到他们回到小镇上，也都默不作声，就像是完成了一个功课而已。他们不愿意谈论登山的事。登山者在登顶的那一时刻，才是最激动的，之后就平静下来。是登山者本人加高了山峰的高度。这就是登顶的秘密所在。人是狂妄的，必须要给山峰再人为地增加一米多的高度，这是登山者登顶之后能够做到的。

两个人继续登山，从喀喇昆仑山延伸出来的这片山峰似乎并不友好，道路崎岖，落石滚滚。

"攀登麦金利峰最艰难的一段，就是走过它的冰川丛林。可能是风雪的作用，这些冰川纵横交错，十分艰险。我的冰镐和冰爪鞋起到了关键作用，自然还有绳索。我雇佣的当地向导和帮手很给力，他们俩一前一后，耐心地为我服务。他们已经有很多次攀爬麦金利峰的经验了，就像那些喜马拉雅山下的夏尔巴人一样，在高山上如履平地。他们的肺是天然的氧气瓶。也许，他们的血氧含量和我们这些来自平原和丘陵地带的人不一样，他们天然地就是高海拔的动物。我现在记得的是，攀登麦金利峰要战胜的，是内心的孤独和枯燥感。"

"有那么多登山者，还有助手，也会感到孤独？"

"是的。十分孤独。不知道为什么，在阿拉斯加，我看到的景象比任何地方都荒凉。荒凉无比的阿拉斯加大冰原！走啊走，就是没有尽头。前不着村，后不着店的。即使是靠近了雪山，开始登山了，前后也看不到什么人了，除了我的向导和助手我们三个人。其他登山者都不见了，太奇怪了！在镇上的时候他们人很多，一个个都跃跃欲试的样子。可眼前的白色令我绝望，让我想呕吐！可是，我什么都吐不出来。这就是我的感觉。登山路程要走'之'字形路线。我记得，麦金利峰的三号营地位于海拔3500米的地方，嶙峋的山石突出于冰雪中间，像是怪兽在雪堆里观察你。继续攀登，就是一道天然的谷地，冰雪很厚实，在太阳下还有反光。这一段比较好走，提升高度很快，四号营地设在海拔4300米的地方，从那里可以看见麦金利峰的侧影。后面的攀登就开始变得艰难了，要沿着左侧的山脊线行进。风很大，雪晶不断地打在，甚至是砸在我的身上和脸上，风吹的声音很大。这时，我就是大声喊叫，别人也听不见。雪吹在身上就像是钝刀子割肉一样，让我难受不已。可我必须坚持。忽然，风又停了，云雾散去，雪晶也没有了，我一看，来到了五号营地，海拔在5100米左右，是一处山的肩膀，有一片平缓的背风地带。一般在登顶之前，登山者都要在这里休整一下，喘口气，然后，就是最后的海拔一千米的冲锋了。"

"登顶之前，都要稍微休整一下吗？"

"最好休整一下。所以，每一次登顶之前的准备要充分。要准确判断衡量好自己的体力如何，携带的登山用具有没有遗失。曾经有登山者不自量力，没有估计好自己的体力，结果体力透支后就死在山上的。登山运动，往往是这最后的海拔一千米的路是最艰难的。

在麦金利峰，要沿着左侧山峰的山脊线，走'之'字形路线。我记得，我走着走着，阴郁的心情忽然开朗起来了，四周大海一样的景观逐渐显现了。当时，我看到了阿拉斯加的茫茫无际，想到了杰克·伦敦的《热爱生命》，大自然的辽阔和无情会让你在和它真正对话之后，感到某种绝望。远看那麦金利峰就像是一个女人丰满的乳房，柔和的线条，顶端是白雪皑皑的奶头。可到了最后冲刺登顶的时刻，那平缓的山脊就成了遥遥无期的征途。一步步、一步步地走上去，最后，我终于到达山顶了！可不知道为什么，我那一刻脑子里闪现的，却是鲸鱼头骨的一片灰白色。"

陆英勇不说话了。回忆那段艰险的登山经历，他觉得很忧伤。当时，他和妻子的感情那么好，每到一个地方，即使是用昂贵的卫星电话，他也要和她尽量多说几句。后来，他们的通话越来越少，他也感到越来越远，和她，和天地之间的任何东西。

"下山后，我重新回到了人间那灯火通明的塔肯纳镇，看到很多人在走来走去，酒吧里喧闹非常，酒店里熙熙攘攘，很多人来了，很多人又在离开，可我却感觉自己像是一只孤独的狼，在看着陌生的人群。晚上我睡不着，等待第二天坐飞机离开这里。我从窗户往外看着，我记得那是7月3号的晚上，即将迎来第二天国庆节的美国人，把这个小镇上装扮得灯火辉煌，而我的内心里，却是一种无边的惆怅。"

现在的阳光很好，空气的透明度也很好。他们都看见了一只鹰。那只鹰就在他们的头顶盘旋着，遥远地盘旋着，一圈，又一圈。

它似乎发现了什么，在山峦之间，在大地之上。鹰的视力极佳，大地山峦对于它不过是一幅平面地图，任何跃动的东西，都在它的视线之内。

陆英勇停下来，用右手指了指那只鹰。"你看，它有多大，它的翅膀展开来，有好几米宽呢。"

周翔紧紧地跟在陆英勇的后面，他的胸口非常憋闷。海拔高度逐渐升高，一切似乎都变了，呼吸变得更加滞重，胸口憋闷，每走一步都是艰难的。透过雪镜，顺着陆英勇手指的方向，他也看到了那只鹰。

那只鹰黑白相间，也许不是鹰，而应该叫做雕？或者就是鹫？但肯定不是隼，隼是很小的鹰了。这大鹰的翅膀展开来飞翔，就如同静止的风筝那样，在他们的头顶一圈又一圈地盘旋。

"也许，它发现了人的尸体。"周翔吐字艰难地说。他感觉自己的嘴说这几个字，都足足用了一分钟。平时说这几个字只需要三秒钟。

刚才，他用望远镜看到了远处那片雪地里趴卧着的一具穿着红色登山服的尸体，尖叫了起来。陆英勇告诉他，那个人趴在那里已经有十年的时间了，是个欧洲人。每个路过这里的登山者都能看见他。他就像是一具醒目的路标，告诉后来者，来到这里可能会死的。而且，他就在那里死给你看，死得那么平静、平常和安宁，趴在那里再也不能回家，也不能继续向上攀爬，更不能后撤到山下的营地里了。他是真的死了。周翔打了一个冷颤。

"它飞过来了。它发现了我们。"陆英勇的声音稍微有点惊讶，周翔能听得出来。

周翔的雪镜片里，映射出了那只大鹰。它忽然俯冲下来，越来越近，似乎要向他们俩警告一样，呼啦一下子掠过了他们的头顶。就在距离他们很近的地方，也许是十米？二十米？在他们的耳边啸叫了一声，疾速地掠过了。

他们俩都看见了一道巨大的阴影掠过了白色的雪地。那是鹰的阴影，它的翅膀展开来的阴影，掠过了白色雪山。

"妈的，不祥之兆，"陆英勇喘了口气说，"高山上的鹰，都是闻到死亡的味道才会啸叫的。可这附近，什么也没有啊。除了那具早就被啄去眼睛、舌头和耳朵的登山者的尸体。"

现在，他们站在一片极其开阔的高台上。可以感觉到雪地下面是坚硬的岩石。从这里能看到眼前无比广大的世界，喜马拉雅山向西延伸而来的喀喇昆仑山的山体纵横开阔地形成的大海。是的，这里是山的海洋，群峰竞起，峰峦叠嶂，高峰并峙，森严、冷漠而高拔，傲岸而遗世独立。这里是阔大和冷峻的世界，没有小山小水，都是大山和白云。白云在山峰之间缭绕，在他们的眼前流过。

他们发现在不远处的一块岩石上，搁着一罐红牛饮料。陆英勇走过去，抓在手里，打开来喝了一口，笑了："这是美国人皮特给我们留下的路标。咱们要抓紧赶路。你现在感觉怎么样？"

周翔狠狠地吸了一口气，"我，感觉良好。"

他们继续前进。有四个登山者在前面等着他们俩呢。

……你想让我再给你说说我攀登厄尔布鲁士峰的情况？好吧。厄尔布鲁士峰位于大高加索山脉西段，是欧洲的最高峰，不过，它有两座并峙的山峰，一座海拔5642米，另外一座海拔5595米，差那么几十米的海拔高度，在近处和远处都看不出来。高加索地区是俄罗斯的传统势力范围，那里比较贫困，人也很粗犷豪野、桀骜不驯，不过也很淳朴。攀登厄尔布鲁士峰对于我是一次十分愉快的经历。整个登山的路途，要走一个很大的"之"字形路线。去那里要先飞到索契，然后再坐汽车前往厄尔布鲁士峰山脚下。高加索地区出产的红酒非常棒。我在山脚下就喝到了很好的高加索红酒，无论是格鲁吉亚还是阿塞拜疆、亚美尼亚，红酒都非常好。

说起来，欧洲没有太高的山，从西到东，先是比利牛斯山横亘在西班牙、葡萄牙和法国之间，大画家毕加索和米罗当年要想成名，必须去翻越比利牛斯山前往艺术之都、法国的巴黎才可以一举成名，不然他们就是西班牙放牛娃或是街头小混混。仅仅一山之隔，西班牙和法国就差多了。所以，西班牙人看着散漫，爱吹牛，懒惰，喜欢享受和性爱，却又没什么钱。我不大看得上西班牙人，虽然他们祖上曾经阔过，在大航海时代曾经征服过南美洲不少地方，杀了很多印第安人，干了不少让人不齿的坏事。葡萄牙人也是老牌子的海洋殖民者，可现在的葡萄牙，渺小、封闭、保守、沉默，就像是被欧洲遗忘的一块飞地。这全怪并不高大的比利牛斯山的阻隔。

继续往东，就是阿尔卑斯山脉。主要分布在瑞士和法国南部，从意大利也能看到这座山。阿尔卑斯山很有名，这条山脉适合滑雪的地方很多，不过并不惊险。于是，再往东的大高加索山脉的厄尔布鲁士峰，就成了欧洲第一高峰。

从更广大的地缘地貌上来看，从西边的比利牛斯山、阿尔卑斯山到大高加索山脉，然后继续向东，就是喀喇昆仑山脉和喜马拉雅山脉了。这是从欧洲西南部到亚洲西南部的、东西走向的几组巨大的山脉，形成了独特的地理屏障。一些高大的雪峰，构成了这些山脉之上的制高点。

大高加索山是欧洲和亚洲的分界山脉，南面的格鲁吉亚属于亚洲，北面的俄罗斯则属于欧洲。前些年，格鲁吉亚和俄罗斯之间爆发过战争，所以，我一到达厄尔布鲁士峰的山脚下，可以见到不少荷枪实弹的士兵，他们好像要随时准备开枪一样让人紧张。检查我的护照，也是看了一遍又一遍，唯恐我是一个间谍分子。

山脚下的小镇有缆车，直达山腰上的一处观光之地。从那里可以看到三千多米海拔之下的无尽的风景。高加索山山势险峻，勇敢彪悍的山地民族就在这崇山峻岭之间，养成了不服输的性格，比如格鲁吉亚人、阿塞拜疆人，车臣人和印古什人。再往山上走，就是登山者要走的无路之路了，大部分观光客就下山了，我则与两个助手一起，继续攀登山峰。

八月的盛夏时节，去厄尔布鲁士峰的登山者很多，大部分来自欧洲。那个季节特别适合旅游，空气宜人，山上险峻巍峨，山下风光迤逦。我的登山之路很顺畅，目标是海拔5642米的西侧主峰，欧洲最高峰。云团不断涌现，遮蔽了山峰。每一步都很艰难，又很踏实。我就这么一步步地走向了顶峰。

在顶峰之上，我照例要展开一面国旗。过去我在登上顶峰的时候，泪水往往会夺眶而出，一下子就化成了水汽，模糊了面罩和雪镜，让我什么都看不见。后来，再登上顶峰，我就学会了克制，不再那么容易流泪了。我首先感觉到，就是浑身紧张的肌肉忽然松弛了下来，然后我一屁股坐在硬实的雪地上，扔开登山手杖，松开双腿，让脚上的冰爪鞋子舒展开来，然后，缓慢地从胸前的口袋里掏出来折叠着的一面五星红旗，仰面将它徐徐展开。那一瞬间，我的心里的第一感受就是，我登顶了！第一时刻就是要向祖国报告这一喜讯。

你听着可能觉得有点夸张。但对于我来说，这是很真实的感受。在山上，绝对不能轻易地想到母亲，更不能轻易喊妈妈，那是在你要死的时候才会喊的。要是你掉进了冰窟窿里，喊的一定是妈妈。那是最绝望的时刻。可是在顶峰之上，你想到的，却是祖国。因为这是令你最骄傲的时刻，只有祖国才能分享和注目于你登顶时的那种巨大的自豪。展开来国旗，激动地想一会儿祖国，即使祖国那个时候很忙，来不及想你这个儿子，你也心满意足，就可以慢慢下山了。

顶峰上有什么？首先是风非常大，就像刀子一样，刮得我的身体感到很疼。其次，山顶的积雪十分厚实，而峥嵘的山石也裸露在山顶，风大了，可以躲在山石后面喘息一会儿。我看到山顶上有人丢下不少纪念物品，比如，一些石头上会缠绕着衣服、他国的国旗和其他物品。这很不好。像珠穆朗玛峰，现在几乎被络绎不绝前来的成千上万名登山者产生的垃圾淹没了。每年，西藏当地政府都要派人清理下来几十吨垃圾。最好是什么都不要在山顶留下。

在高加索山下，我回味登顶的感觉，觉得很奇妙。从宾馆往外看，在灯光中，我竟然看到了一些高加索地区的骏马走过小镇的街道。那些骏马身材高大，腿都很长，马蹄得得，鬃毛飘洒，十分符合当年汉武帝寻求天马的要求。就那么在寂静无人的大街上，天马和骑手一起走过，却不知道我这个游子，刚刚从最高的山峰上下来。

他们走在大海一般的山峦之中。远看是两个小点，近看则是穿着鲜艳登山服的两个人。周翔现在的感觉是缺氧，每走一步都很疲乏。他还感觉到脑袋也很疼，海拔的快速变化，让他的血压也有变化。

那咱们休息一会儿。看到他的这种状况，陆英勇扶着他，在一处岩石的背阴处歇息。周翔也看到了陆英勇蹙起了眉头。可能是遥远的事情，击中了他。我能感觉到，这次出来登山，你的心情也不大一样。周翔说。

是的。你知道每个人都有自己隐秘的痛苦。这一次，我带你攀登这喀喇昆仑山，也在疏解我自己内心的痛苦。

周翔迟疑了一下。他的太阳穴突突直跳：什么痛苦？

我离婚了，就在上个月。陆英勇的雪镜里，映射的是雪山的连绵。

周翔吃了一惊，他知道陆英勇的妻子很能干，是一位很著名的律师。他们一家三口过得很幸福，孩子也都上了初中，房子好几套，郊区还有别墅，在海南、云南大理和北戴河也都有房产。家里两辆汽车，一辆奔驰迈巴赫，一辆宝马越野，日子一直过得都是顺风顺水，是改革开放四十年的得益者。

日子过得好好的，为什么要离婚？

陆英勇从口袋里取出来一袋牛肉干，递给周翔一块。你要是娶了一个律师老婆，在法律层面上就是一个弱者了。你得按照她对婚姻生活的设想来。否则，你就会被埋怨，你就是不合格的男人，直到你们渐渐疏离。自从我开始登山之后，我距离天空越来越近，而离她越来越远了。这也是她说的。

周翔沉默了一会儿，从胸口摸出来一张肖像照片，递给陆英勇，笑了，露出来一嘴的白牙。你离婚了，可我却要结婚了！这一次我登山成功了，我就回去成婚。我要通过这次的登山，来验证我承受结婚后生活变化的能力。

我知道你们的恋爱都好几年了，应该有一个正果了。陆英勇拿过那张两寸的小照片端详着，照片上的姑娘很甜美。我记得她姓冯，在师大教授心理学，对吧？

是啊，学心理学的女人，我估计和女律师也是不相上下吧。她对我的心理状态把握得非常准确，我也心甘情愿被她掌控。可我还是有点不愿意结束自己的单身状态，不知道我能不能适应家庭生活。

你肯定行，你责任感很强，又很会妥协。再说了，结婚后有了孩子就不一样了。孩子对婚姻很重要，任何时候都是一种黏合剂。

你离婚了之后，你现在是什么感觉？周翔接过来陆英勇递过来的照片，重新放回了胸口的一个小口袋里。

痛苦。离婚了非常痛苦。人生的任何告别都是痛苦的，还有撕裂感。你的生活撕开了。我也需要疗伤。我结束了某种生活，而你即将开始一种新生活。我比你大十岁，我们在各自不同的生命状态里。但我们一起来攀爬这里的高峰了，会获得不一样的生命感觉。但怎么说结婚都是美好的。祝福你们。

周翔看不到陆英勇的眼睛，都在雪镜后面掩藏着呢。听他说话的语气，也许他的眼睛湿润了。

可能是为了岔开话题，陆英勇说，你知道那个奥地利姑娘安娜，她为什么要来攀登这座山峰吗？

不知道。我们距离他们还有多远？

估计我们还要走四个小时，才能追上他们。安娜是个漂亮的金发姑娘，她有一个未婚夫，去年来这里登山，说好了登顶之后，就回奥地利和安娜结婚的。结果，他在海拔六千多米的雪山上，失足掉到了冰缝里，再也回不去了。这一次，安娜来和我们一起登山，就是为了看看她未婚夫的殉难之处。为了到他遇难的地方看一眼，她就来了。这是安娜的故事。每个人都有自己的登山故事。

周翔心里一紧，有了一种不祥的感觉。这一次，他来登山，也是打算登顶成功之后就回去迎娶他心爱的女人的。

很感人，周翔喃喃地说，但我可不想死在雪山上，我要活着回去。我的生活还没有完全展开呢。

陆英勇这才觉得他说安娜的故事时机有点不对，他拍了拍周翔的肩膀：没问题，你肯定能回去，娶到你心爱的心理学女老师的。我估计她有第六感，而我也在这里，我这个登山老手，能保证你安全下山回家。

……那么，如何前往北极和南极两个地球的极点呢？

你问我这个，我就告诉你我到达这两个极点的探险经历。现在，去北极和南极地区都比较容易了，交通工具便利了。但说着容易，做起来依然很难。真正抵达极点，是需要巨大的冒险精神和充分的物质准备的。

先说北极。北极点被巨大的北冰洋冰块覆盖，冰块互相挤撞，来回漂移，很难确定。确定北极点的准确位置，需要专用仪器的帮助，才能测定出来。从北极向任何一个方向走都是向南走。

我先从挪威奥斯陆飞向一座极地范围内的小岛上，那里只能降落小型飞机。在那里聚集着打算前往北极点进行探险的人。在北极探险，需要雪地狗、雪车、雪橇，还要防止北极熊的袭击。

前往北极点的路途既顺畅，也很艰险。在前进营地，做好了准备，我们就一个接一个地出发了。寻找极点需要依靠仪器测定，我们滑着雪橇，坐着雪车在冰面上飞速前进。

我已经习惯了零下几十度的寒冷，登山服和防雪服非常耐寒。极目远眺，四周是白茫茫一片，这一刻，真孤独啊！在北极我会觉得我是最孤独的。我什么都不想说，狗拉雪橇在飞速前进，营地已经距离我很遥远了。雪橇是最保险的，因为极地犬的耐力是很好的，比汽油更可靠。在寒冷的天气里，汽油、柴油、航空用油都是不可靠的。机械会冻僵，汽油会凝固，发动机不工作，而极地狗却不会，它们活泼而欢快地拉着雪橇前进。在极地，我看到白茫茫的冰原上，耸起了很多冰凌堆。那些冰凌是冰块在互相撞击的过程中涌起的，又在寒冷的天气里完全冻结。远远看去，这些耸起于冰原地平线上的冰凌，很像是一个个白熊蹲伏在那里，伺机打算袭击我们这些挑战者，更何况这里本来就是北极熊的地盘。但靠近了发现，那些尖锥状的冰凌不过是大自然的杰作。

我气喘吁吁，感到胸部很僵硬，太冷了！肺都不想工作了，可雪橇在前行。走啊走，走啊走，等到我筋疲力尽的时候，向导却说：我们距离北极点不远了！

根据仪器的指点，我们终于到达了北极点！我站在了极点之上。这里是地球向北的所有经线的会合点，极点。啊！我激动极了，一下躺在地上，再次展开了五星红旗。极地狗也在叫着，它们在休息，在欢快地吃东西，因为这时你要是不用食物来奖赏它们的辛劳，你就可能回不去了，你就会冻死在这个极点上，成为一个新的标志物。

我记得我躺下来，躺在极点上，似乎听到了这永久的冰块之下，有海豹的呢喃，鲸鱼的尾巴摆动。我忽然看见了一个活物，是的，是一个活物，那是一只北极狐狸，白蓝色的，在冰原上探头探脑，一跳一跳地靠近我们，站起来观察我们，然后，又一跳一跳地跑了。这北极狐真是冰雪世界的精灵，它安慰了我孤寂无比的心灵，这时刻，我心情平静多了。

想到说马上要刮大风，我们必须尽快撤离，这里不是久留之地，我们很快回到了直升机营地，乘坐直升机飞向极地小岛，从那里再坐更大的喷气式飞机飞回挪威的奥斯陆。北极探险就这么结束了。到达过北极点和没有到达过北极点的人，一定有所不同。可有什么不同，我得好好想想。后来，我的眼前总是出现那只北极蓝狐，它来探望我，似乎想和我说什么，它有秘密要告诉我，只是没有来得及说。

晚上，躺在奥斯陆的一家宾馆里，我头枕雪白的枕头，盖着雪白的被子，那一刻特别想念我的家人，我的妻子、孩子，我一下子大哭不止。我知道，他们都在远离我，而我此刻是多么想和他们靠近，手拉手地靠在一起。

第二年的年底，我又前往了南极，去寻找极点的位置。和北极的冰原不同，南极点的海拔很高，有3800米，那里的气温也非常低，低到了人类几乎难以承受的地步，似乎比北极更加寒冷。不过，那时我已经知道我停不下来了，我必须要到达这些人迹罕至之处，才能驯服我内心的野马。

我那一次去南极，到达南极点之后，又接着攀登了南极的最高峰——文森峰。文森峰海拔《辞海》显示海拔为5140米，是南极洲的最高峰。南极洲之所以叫做洲，是因为这里有一片连续的陆地和冰原构成的大陆。这里和北极刚好相反，只有一个方向——北方。不管你往哪个方向走，都是北方。在南极，也是半年黑夜，半年白天，就是惯常所说的极夜和极昼。

到达南极有很多办法，从智利坐大船穿越终年刮大风的德雷克海峡，是常见的一种。不过，由于我后面的登顶路途还很艰险，所以我就直接坐一架红色的飞机，飞到了南极洲的边缘谢可林顿。而从那里出发，沿着南极洲的艾博思山脉向南极点进发，就容易多了。在智利那座小城，我们前往南极点的探险者临时形成了一个队伍。等到红色飞机载着我们飞到了北纬89度的探险营地，继续向南极点进发的路途，却依旧十分遥远。想想吧，一架红色飞机在白色的冰原上空飞翔，这有多美！当时，我坐着那架红色飞机飞越了智利到南极的海峡，飞向了极地边缘，心里按捺不住激动。人类最早到达南极点的时间是1911年，由一些英国人所实现的。当时，有两只前往南极点的探险队，结果一支彻底失败了，死伤好几位，另外一支探险队却意外地抢先到达。

如今在南极大陆，通往南极点的路上有多个观测站和补给站，可以得到很好的休息和救援。我发现，到南极的人比去北极的人多多了。可能大家都对南极企鹅感兴趣？那些几乎可以叫做熙熙攘攘的人们，纷纷来到了南极，在任何一个观察站，到处都有人讲英语、法语、德语和西班牙语，讲中文却很少。我们要先在爱国者山脉的营地里，集中进行训练，学会如何在雪地上行进。每个人的雪车后面都托带着行李包。要是善于用雪车，那在蓝白色的冰原上，你就会行走如风。

南极大陆也是一望无际的大冰原，这种空旷让我顿生绝望感。使我忘记了北京大都市的所有烦恼，也忘记了家庭琐事、夫妻之间的冷战和热战带来的不快、抚养孩子的艰难和所有的烦心事。

我们走的通往南极点的路途已经很寻常了。那是一条一百年来很多到达南极点的先辈们不断行过的路。他们的身影在时间的深处消失了，只有我们呼哧呼哧的喘气声，在冰原上回响。除了无垠的雪原，从表面上看不到有什么危险。我们艰难跋涉，一走就是十几公里，拉开了散兵线。可南极洲企鹅在哪里？完全看不见，不知道它们在哪里休息呢，实在是看不到一只企鹅。

向导杰克走在最前面。他就像是在雷区前进的排雷兵那样，手里拿着导航仪器，引领我们直接向南极点进发。我们要走一百多公里的路途才能到达南极点，需要走整整九天。每天，我们都要跟在向导杰克的后面走四到八个小时，然后是扎营休息。有时候，他那穿着红色雪地服的身影会在冰原上停下来，是磁场导致他手里的仪器发生了偏转？我紧盯着他的背影，祈祷他千万不要把我们导向了万劫不复之地。好在这冰原不会突然裂开，也不会有暗流涌动，更不会有大鲸猛地冲破厚厚的冰层，从冰盖下一跃而出，把我们掀翻在地，然后全部吞噬。我的眼前有的，只是无尽的冰原，有的只是那像刀子一样切割着我的脸的冷风。南极的冰原开阔无垠，人太渺小了，这里太浩瀚了，浩瀚到了你简直置身于星空和宇宙里，没有任何参照物能够让你觉得这里有边界。这里的一切都是减法，你什么都看不到，除了来到这里的人自己。没有苍蝇，没有苍鹰，没有岩石，没有乌鸦和马匹。我这一路前往南极点就没有看到一只企鹅。冰原上走动着的，就是我们这些人。我们人人都是逃犯，又像是在追捕自己的镜子里的猎人。

太阳永不落下，我们在白昼里行走，每天要走好几个小时。我们这一行一共有九个人，其中有两对夫妇，分别来自英国和瑞士，还有一个日本人，一个西班牙人，一个德国人。那个德国佬一直对我不满意，在智利的餐厅里就觉得我不顺眼，出来一路上扎营的时候，我们挤在一个帐篷里，他总是要睡在中间。在我们的头顶，那永远都不落下的太阳，却是阴冷无比的。零下五六十度的天气，稍微不注意就会被冻伤，截肢的人比比皆是。

一天又一天，走啊走，在茫茫冰原上走路，实在是疲乏至极。当我们看见了南极点的一处美国观测站的建筑屋宇的时候，都很振奋，立即加快了步伐。

终于到达了南极点了！北极点是什么都没有，南极点却有一个巨大的钢球，放在那里，显示着地球这一重要支点。

我靠近了那个镜面反射成凸透镜的钢球，看到了自己皲裂和变形的脸。太丑了，被冰雪和风扭曲了，击打了，摧毁了。可我到达南极点了，我终于到达了！我一下子躺下来，再次展开国旗，拍照留念。

在南极点，我感觉到这里真是乏善可陈，我到达这里多少天之后，内心里浮现的是一种虚无感。在南极点观测站里，我喝到了热水，我泡了龙井茶，也请周围的人喝。接着，很快我们会坐飞机离开这里。那几天除了我们，后面还有一些探险者也陆续到了。我们等待了两天，终于有一架飞机前来接我们了。

我们飞离了南极点。还是一架红色的飞机，飞在白色的南极上空。

我坐飞机飞回到了休整地。我的下一个目标，就是攀登距离南极点并不遥远的南极洲的最高峰，文森峰。再次出发，来到文森峰下，是一周之后的事情了。我这个人做什么事情都喜欢一鼓作气。一鼓作气，再而衰，三而竭，这是中国古人说的。既然来到了南极洲，那我就要攀登文森峰这座最高峰。

文森峰海拔 5140 米,是地球上几大洲的最高峰中,最后一座被登顶的山峰。1966 年,几个美国登山队员登上了文森峰。22 年之后的 1988 年,两个中国登山家也登上了这座山峰的峰顶。现在,我来了。

从山脚下的 1 号营地出发,直奔海拔 3000 米的 2 号营地,一开始的登山路途十分顺利。从 2 号营地到达海拔 4000 米的 3 号营地,则是一段直上直下的路,需要借助绳索、冰爪和冰镐的力量,还有团队的协作。到达 3 号营地之后,往四下观察,南极洲真的是令人悲哀的苍茫。这简直是单调到极点的世界,到处都是灰白一片。天地之间,白云和大地,雪山和天空都是浑然一体的。不像其他地方的高大的雪峰,崇山峻岭之上是蓝天和白云,苍鹰也飞在你的脚下。

我记得在文森峰登顶之后,一场突如其来的风雪袭击了我们。我们来不及在山顶歇息,就赶紧下撤,结果还是有人冻伤了。那对瑞士夫妇的手脚都冻坏了。我估计得截肢了。回到了营地,红色的飞机接应我们。然后是向北飞行,飞回到智利的圣地亚哥。

在圣地亚哥,我彻底放松下来,在那些热闹的、到处都喧响着拉丁音乐的智利安第斯山牧羊曲的调子里,我会忧郁而放肆地大哭起来,然后我给我见到的每一个在酒吧里的人买酒喝。我请客!我请所有的人喝一杯!在这个夜晚,我这个唯一的中国人是最孤独的,旷世的孤独,而我又是最幸福的,我和他们在一起,在圣地亚哥这家酒吧里,和他们每一个人都能敞开心扉地拥抱。我哭了,他们也哭了，然后我们又笑了，喝得醉醺醺，人人都跳舞或者抱在一起。

第二天，我们的团队解散了。告别的时候，我和他们都很感伤。有人不知疲倦，兴致勃勃地前往阿根廷，打算去攀登南美洲的最高峰——阿空加瓜峰。阿空加瓜峰是安第斯山脉中的一座高峻的山峰，海拔6964米，是一座死火山山峰。山顶岩石林立，地势相对平坦。

我感觉到疲惫已极。其实，是我的内心里忽然地产生了某种厌倦。我格外想念我北京的家，我的老婆和孩子。我拿起电话就给祁红打过去了。在北京，还是白天，祁红正在工作，她还有点不耐烦，可她不知道我现在多么想念她，多么想家。她听我絮絮叨叨说了半天，只说了一句："好啦，你赶紧回来吧。"

于是，我就想尽快飞回去。再见了，南极大陆，南极点，还有南美洲。

这就是我前往北极和南极的一点经历。我去过了，我看见了，然后我又离开了。可能登山的最终目的，就是山在那里，你登顶之后，山，它还在那里。你以为你增加了山的高度，可实际上，山峰是不增不减的。

他们感觉到山上的气温在下降。太阳总是躲在云彩的后面不出来，或者说，云彩太厚了。紧接着，就下起了雪。

周翔没有见到过高山上飘雪。风裹挟着雪花，从天空的深处飘来。其实是从右侧的山谷里升上来的，几朵雪花撞在一起，就变成了雪团，打在他们身上。

"继续前进,我们要翻过这道山梁,然后向东边走,就是一条平缓的坡地了,"陆英勇在前面说,"这段路,你注意脚踩得实一些。刚下的新雪很虚浮,踩不实的话,容易滑坠。"

周翔这才发现他们已经走在了一道非常陡峭的山脊上了。爬山的时候,你会不知不觉就习惯了大山的走向,等到你真的来到危险的地方时,你不注意就会习以为常,你注意了,那就会胆战心惊。周翔看到假如他稍微向左边走两步,就是一个陡坡,掉下去就是万丈深渊。他的心悬了起来,不敢走了。

陆英勇发现了他的情况,转身喊:"加快步伐,快速通过!"

周翔感到雪团砸在雪镜上,更令他烦恼和慌乱。他加快了速度。可脑子跟上了,步子却跟不上。一脚,两脚,他一下子踩虚了,一个趔趄,失去平衡,就向左边倒去。新雪的虚浮让他没有着落感,他一下子滑坠下去了。

滑坠是登山途中最危险的事故。滑坠,就是你无法按照既定路线前进或者后退,而是偏离主线,突然掉落到一边的非安全区域了。周翔感到自己一下子就掉下去了,他的手杖也甩开了,情急之下他使劲地抓着冰壁,可就是抓不住,一下子滑坠下去。陆英勇立即看到了这一危险情况,他狠踩地面,大喊:"抓住绳子,不要乱动。"

在登山过程中,绳索也起着关键的作用。用冰镐在冰雪上开道,绳索则拴系着人的腰部,贯穿着冰锥、冰爪,登山者使用上升器提升自己。周翔悬在了半空,他脚下是一个巨大的斜坡,掉下去就是滑向不可知的地狱,有去无回。现在,是腰上的绳子救了命。

"脚踩紧了,稳住身体,抓牢绳索,不要动,让我来!"上面传来了陆英勇的声音。这声音沉着而有力,就像是最大的安慰剂一样,立刻让周翔清醒了许多。他不再慌乱了,心里浮现了未婚妻的脸。他必须活着回去娶她。按照陆英勇说的那样，他脚踩实了，这时，陆英勇开始一点点地将命悬一线的周翔拽上来。那个过程是周翔刻骨铭心的，就像是一百年那么长的时间。

终于把他拽了上来。周翔得救了。他瘫软在山脊上，喘了半天气。陆英勇走到他身边，说："很好。我们继续前进。给你三十秒，立即站起来。"

这次的脱险让周翔切实感受到了登山的险恶。这绝不是旅游，而是玩命。他更加小心了，内心里也更加坚定了。有些事情，你经历过了，就会更有力量。而不是被惧怕所吓阻。

下午，雪停了。阴冷而耀眼的太阳再次照射在群山之间。陆英勇在一处突起的岩石后面，搭起了帐篷，两个人钻进去休息休息，保持体力。

"谢谢你救了我。"周翔递给陆英勇一块牛肉干。这东西在山上吃非常管用。

陆英勇笑了笑。"也是你自己命大，"他嚼着牛肉干，"再说，有个姑娘等着你回家结婚的，上天不会让你留在山上的。"

"你为什么会离婚？我总是不明白，你们——"周翔疑惑地问。

"生活中总有潜流，缝隙，暗礁，闪失，顿挫。不知道哪里来的破坏力量，会突如其来地袭击我们的生活。从南极回到家里后，我似乎感觉到婚姻出现了问题。我老婆有个律师事务所，她是合伙人律师，平时非常忙。我又不断在外面登山，没有人照料家庭。于是，我那个叛逆儿子初三那一年，跟着几个搞摇滚的年轻人，忽然退学去了拉萨。是我老婆花了半个月的时间，才把儿子从西藏找回来，我回家她就埋怨是我把儿子带坏了，儿子变野了。她就开始和我冷战。而我那时候公司业务很忙，赶上了网络化的最好的电商时代，简直要忙疯了。"

"肯定有年轻姑娘喜欢你，对吧？"

"那是有的，这点事情瞒不过我的律师妻子。也有男人喜欢她啊。我们离婚了。她后来找了一个比她小8岁的男朋友。厉害吧？我妻子的取证手段也很厉害。但我很痛苦，我很爱她，可我不得不离婚。办完了离婚手续，为了纾解心情，我就去攀登了一座山峰……

……那座山峰在印度尼西亚的新几内亚岛上，叫做查亚峰，海拔高度4884米，是大洋洲的最高峰。你要是展开地图来看，你会惊讶于新几内亚岛的巨大，这座岛简直是一个小大陆，靠近赤道。我就是那一次和皮特相识了。他也是去攀登查亚峰的。他是美国宾夕法尼亚人，高个子，长头发，喜欢登山运动。

在新几内亚岛，我想到了自己攀登乞力马扎罗峰的那种感觉。查亚峰是一座没有积雪的岩石山峰，山下到处都是热带植物，山脚下，植物长得太快了！十分茂密，第一天和第二天的植物都不一样，植物能一下子就覆盖了所有人兽的踪迹。有很多猴子出没。我站在那里没动，忽然，会感觉到我的脚被什么带毛的东西抚摸，我一惊，低头一看，原来是一只猴子，正在睁大眼睛——它的眼睛像是鸡蛋那么大——清澈、深邃、恐惧地看着你，脑袋上褐黄色的毛像是损坏的刷子那样支棱着，你一看它，它就尖叫一声，逃跑了。

大岛上还有很原始的土著，我们就碰到一些。就在我和皮特一起攀登查亚峰之前，在山脚下的密林边上，就有一个用草木编织而成的屋子连接起来构成的一座小村落。一些男人出现了，全都是裸体，他们的裆部用长长的树叶包裹起来，脑袋上装饰着锦鸡或其他鸟类的羽毛，很长、很夸张。不过，他们见过很多外面来的人，并不惊奇。那时候前来查亚峰登山的人络绎不绝，几乎每个月都有，登山者给他们带来了各种东西作为礼物。那个酋长和我握手，他的手又黑又长，就像是猩猩的爪子一样。他看我的眼神就像是食人族看待即将到手的猎物那样。不过，态度基本是友好的，假如你给他们带来了巧克力和糖果，香烟和酒，他们就非常喜欢你，然后一哄而散。

查亚峰攀爬起来十分艰难，艰难的地方在于它完全是一座岩石山，没有一丝冰雪覆盖，需要有攀岩的本领。这恰恰是我不擅长的。所以，皮特帮了我。他教给我很多攀爬这样的岩石山的技巧。

我们出发之后，一开始，有土著孩子忽而跟在后面，忽而跑在前面，拿着弓箭射杀小鸟等小动物，大呼小叫的十分快活。等到海拔升高，岩石山裸露出来，没有了雨林的遮蔽，他们就不见了，我们开始了真正的登山之旅。这时，攀岩的专用鞋子就派上用场了。这是一种柔韧性很好的鞋子。冰爪鞋和冰镐都用不上了，但手杖和绳索依然管用。互相协作至关重要。在岩石山上最大的危险是摔死，把自己随时固定在绳子上很管用。用手牢牢地抓住石头的棱角很管用。一鼓作气，缓慢登山很管用。利用绳索硬是把自己拽上那五十米的绝壁很管用。

我就是在那次登山遇到了生命危险。当时我也滑坠了,掉到了悬崖下面的石缝里。我卡在那里整整有两个小时,是皮特耐心地、一点一点地将我拽上去。就像我刚才拽你一样。皮特救了我,等下你会看到他。我很感谢他,所以,这一次我们在网上约好了一起来到了这里登山。

然后,经历了一场生死挑战,我重新振作起来,和皮特一起,慢慢地登上了查亚峰的峰顶。极目远眺,查亚峰四周莽莽苍苍,全都是雨林。在雨林之上,云雾氤氲漫卷,雨林被涂抹得朦胧神秘。不过,煞风景的,是能看到在查亚峰一侧的美国人投资的一个铜矿,热带雨林被砍伐了,那里就像是一个疮疤。柴火烟雾升腾,山石一层层剥落。

我对皮特说:你看你们美国人,手伸得太长了!皮特耸了耸肩膀,表示道歉。

那次下山是十分痛苦的,我左腿摔伤、肌肉酸疼,穿越了刀斧丛林般的岩石山,穿越了不断掉落在身上的虫子的森林,经历了千难万险,我和皮特回到了市镇上,看到了乱跑的猪和鸡,我才知道自己回到了人间,也就不再怕那些带着食人族的目光看着我的土著了……

"他们在那里!"陆英勇指着前面的一顶小帐篷高声说。此时,连续行走了好几个小时的周翔已经筋疲力尽了。他振作起来,加快了步伐,靠近了那个营地。

小帐篷里的几个人出来了。他们是高个子的美国人皮特·恩斯特、奥地利人、金发长腿的安娜，很瘦的、看上去有五十岁的法国人让·欧塔维，还有匈牙利人佩泰尔菲，他是一个很壮实的三十多岁的年轻人。

在暮色中，四个人的身影显得错落有致，加深了周翔对这片山谷的亲切感。空气中有煮肉罐头的香气，周翔饿了，他看到陆英勇上前紧紧拥抱了皮特，热烈地说了几句话，又和其他几个人握了握手，显然，他和皮特很亲热，两个人的暗号是拿出两罐红牛碰杯，然后一饮而尽。

周翔已经知道他和皮特一起爬过查亚峰，还把他从石缝里拽出来，救了他的命。陆英勇把周翔介绍给了这几位，他们互相友好地握手拥抱。在这人迹罕至的地方见到了同类，他们都很高兴。终于会合了，明天就可以继续登山了。

陆英勇对周翔说，在这个海拔超过五千米的边境地区，除了偷渡者、武装分子和边防士兵，偶尔会有一些牧羊人出没。

晚上，在帐篷外面，他们一起聚餐。在海拔这么高的地方，有这么一场小小的宴会进行，简直太棒了！各种压缩饼干、罐头、肉干、面包、干果和水，让所有人都感到了愉悦。

皮特和陆英勇商量了一下，就告诉大家明天的登山线路。

周翔观察着来到这里的几个登山者。唯一的女性，奥地利人安娜的长相很硬朗，这符合奥地利人脸部线条清晰的种族特征。德国人和奥地利人都善于沉思，所以，安娜也很喜欢沉思，还略带忧郁。也许，她在怀想长眠在海拔六千多米处的未婚夫？为了活跃气氛，周翔给她递过去一块牛肉干，用英语说，你要补充好能量。你必须像母牛一样有劲儿，才能登上顶峰。

她笑了，说：用母牛这个词形容一个金发美女，合适吗？

美国人皮特胡子拉碴的，他的个子超过了一米九，不知道这么高大的身材，是不是在高山上很耗氧。匈牙利人佩泰尔菲喜欢借助手电看书，他带的听说是一本诗集，那就更加令人惊奇了。他来这里是为了写一部描绘喀喇昆仑山的游记。那么法国人让·欧塔维呢？他抱着一个小型吉他，在弹唱着科西嘉地区的歌谣，带有意大利风味儿。周翔笑了，觉得这支队伍的构成五花八门，很奇葩。

晚上，在帐篷里，陆英勇睡着了。周翔感觉自己的状态好多了，肺部似乎习惯了缺氧状态。他拿出未婚妻的照片，用手电筒照着看，心里很温暖。这次登山回去之后，他就要带她一起去一座海岛上举行婚礼。此刻，在他登山的时候，她正在筹划着他们的婚礼的细节。周翔觉得自己很幸运，遇到了一个好女人。

他的动静把在一边打鼾的陆英勇闹醒了，看到周翔拿着手电筒在看照片。陆英勇叹了口气："你会把她娶到手的。你有福了。"

"我要结婚，而你却离婚了。咱俩的状态刚好相反。"

"是啊，刚好相反。结婚，很美好，而离婚，肯定不好。"陆英勇的声音有点低沉。那么，这次登山，也是他治愈创痛的一个方式。陆英勇躺了一阵子，坐起来开始在一张厚纸上写着什么。周翔想看，他不让看。陆英勇写了很久，难道他在写游记吗？或者，是给远方的人写一封信？想到陆英勇一路上悉心地照料着他，从耐心指导他登山的要领，到路上帮助他背东西、煮饭，再到后来在雪坡上把他生生拽出死亡的领地，周翔觉得这个学兄很伟岸，有一种面对任何挑战都顽强不屈的精神。他对陆英勇充满了感激和崇敬。

第二天一早，山下送给养的牦牛队上来了。那是几个夏尔巴人。夏尔巴人的血液里，据说有能适应高山上活动的有氧因子。他们在海拔五千米以上的地方都如履平地。在喜马拉雅山和喀喇昆仑山登山的人，都喜欢雇佣夏尔巴人担任向导和助手。往往是好几个夏尔巴人帮助一个登山者攀登。只要你有足够的钱，夏尔巴人就能把你抬到珠穆朗玛峰的峰顶，而且你因缺氧都奄奄一息了，夏尔巴人还不怎么使用氧气罐。

周翔近距离地看那些上山的牦牛。牦牛非常雄壮，几个夏尔巴人把供给从牦牛背上解下来，由队长皮特分发给大家，主要是水和食物。

上午天气不好，山上有风雪，可能还有雷电。夏尔巴人描述了雷电袭击之前，岩石发出了嘶嘶的声响，他们就一直等到了下午才出发，一步步地向山上迈进。六个人都背着自己的东西，丁零当啷的声音在山谷间回荡。一个夏尔巴人走在最前面，后面跟着皮特，中间是他们几个，断后的是陆英勇和两个背着食物、水和其他东西的夏尔巴人。

九个人在山脊线上行走，拉远了看，就像是小黑点，蠕动在天地之间。一只鹰看到了他们，它从遥远的雪山之巅飞来，在他们的头顶盘旋，啸叫了一声，等到太阳猛地跳出来，映照了这片海洋般的山系，成为殷红的沸腾的山脉的时候，它又飞走了，阴影在山峦之上移动成一条线。

走了半天，傍晚的时候，他们扎营了。周翔感到自己明显缺氧，头疼，晕眩。他尽量不吸氧，可还是不能像陆英勇那样轻松自如。人家是资深登山家，我是菜鸟。周翔停下来，在一个夏尔巴人的帮助下扎好了帐篷，将手杖绑在帐篷的角上，钻进去躺在泡沫软垫上，赶紧按摩酸疼的小腿肌肉。

天色渐渐黑了。周翔觉得心脏有点小不适应，陆英勇看出来了，他说:"你躺下别动,呼吸要匀称,可能今天你走得太快了,明天要冲顶了,你今晚必须好好休息。"

周翔点了点头,很听话地躺在那里,渐渐地睡着了。在睡梦中,他似乎来到了一座海岛上。天空碧蓝碧蓝的,海水是透明的,他和新婚妻子小冯老师在浅海处潜水,在水下追逐着那些漂亮的热带海鱼。太阳照射在他们水下的身体上,白花花的,闪动着光斑,妻子戴着氧气面罩的脸很生动,她很调皮地游过来抓住他……

就在这时候,他感觉到有人捅他,他醒过来了。

是一边的陆英勇。他小声说:有人在外面。不要动。

周翔也听到了外面有声音,那是人走猫步的声音。可在这高山上,哪里能有人出现呢?

他睁开了眼,忽然看到了一片火光,映照在帐篷的外面。这时,帐篷外面有人用英语大声喊:出来!你们都出来!否则开枪了!

周翔紧张坏了,但陆英勇非常沉着,他按住周翔,自己坐了起来,然后走出去了。周翔跟着出来了。

只见在他们扎营区帐篷的四周,站着十几个竖立着的黑影。有几束火把被人举着,在燃烧。周翔明白了,他们被某个武装团伙包围了。

接着,皮特、安娜、欧塔维、佩泰尔菲几个人都从帐篷里被赶出来。他们都吓了一跳,很紧张,也很配合,并没有做出什么反抗动作。很快,他们每个人都被捆住了双手,背在身后。这一切只发生在短短的几分钟之内。

周翔的心要跳出胸腔了,他害怕极了,但陆英勇给了他一个眼神,那是温暖的、稳重的、告诉他千万不要怕的眼神。他立即安稳了下来。

在火把的映照下，可以看到这些人都蒙着面，围着头巾，手里端着冲锋枪，都保持了沉默。为首的一个穿着黑色的衣服，只有一双眼睛露出来。他的腰间别有手枪，还有手雷。这伙人全副武装，一看就知道是邻国的一伙武装分子。可他们包围登山队干什么？

为首的对他们进行了搜身，抢走了手表、现金、护照，撕掉了佩泰尔菲的诗集，砸烂了欧塔维的小吉他。其余的人将他们的帐篷也进行了搜查，把抢到的东西背在了身上，拆毁了帐篷。

大概是凌晨四点多，周翔发现那几个夏尔巴人不见了。那些聪明的当地人，肯定察觉到有人包围了营地，早就跑了。

领头的走过去，他的手里拿着从他们身上搜到的各类证件，一一进行核对。他走到排成一排的登山者跟前，先问了陆英勇，你，中国人？

陆英勇点了点头，说，是的。领头的不说话，接着走到周翔跟前，你，中国人？他拿着证件核对着。周翔点头。等到问到皮特的时候，他站住了，你，美国人？皮特很淡然地说，是的，美国人。

那个带头的看着他，挑衅地和皮特对视。这人的身材也很高大，有一米八，不过还是比皮特矮一点。可以看出来，他很注意这个眼前的美国人，对视了十多秒，他拿起枪托，猛地砸在了皮特的肩膀上，皮特一个趔趄，差点就跌倒了，他站起来，那个带头的上来又朝他的脸上打了两拳，皮特的嘴巴和鼻子立即出血了。皮特刚要还击，两个蒙面的人走过来，在他身后用枪托击打他的小腿，皮特一下子跪在那里了。

皮特大喊：杀了我！来吧！他恼怒起来了。周翔和陆英勇都感觉到了皮特的愤怒和倔强。四周响起了一片拉枪栓的声音。被绑架的这些登山者和那些劫持者都感到场面紧张起来。

黑暗的山谷里，只有火把的猎猎声响。大家都凝止不动了。

那个带头的发话了，你们，跟我们走！

周翔感觉到有人拿着枪管捅他，他知道在催促他上路。寒风凛冽，凌晨的山风刺骨寒。陆英勇示意他，不要和他们冲突，伺机而动。

他们一队人开始前行。

周翔紧紧地跟着陆英勇。他猜测他们是被邻国的极端武装绑架了。现在，他们被押着前往大山的那一边。在路上，陆英勇小声说，前方有一处海拔6200米的隘口，过了那个隘口，有一条山羊道，从那里向北走有我们的边防哨所。

周翔点了点头。他想，那些人绑架他们这些登山者干什么呢？他想不明白。这里地形复杂，好几个国家互相接壤。再往西，就是中亚地区，往南是巴基斯坦和阿富汗。绑架他们，无非是为了金钱，或者拿去交换什么俘虏，比如被俘虏的塔利班。周翔忽然想起来，他们对美国人皮特很凶狠，刚才还打了他，这说明，他们恨美国人。对陆英勇和他这两个中国人，还算友善。

这一走就是几个小时，一直走到了天光大亮。他们拉开了很长的散兵线，在山脊上行走。那里有一条山道，能够看见远处那海拔七千多米的雪峰。不过，这突如其来的阻断，看来是无法让他们再去登顶雪峰了。

在海拔6200米的隘口，是冰川的一条冰舌的延伸地带。周翔看到在旁边的山谷里，巨大的冰舌从山上伸展着，沿着山谷奔腾，蓝色的冰川晶莹剔透，非常美丽。

忽然，大家都看到安娜激动了起来，她挣脱了押送她的那几个人，跑向了旁边的山谷。她这是要干什么？所有的人都站住了，枪栓被拉动、子弹上膛的声音响成了一片，有人在喊叫，要她停下来。可安娜还在疯狂地跑向那片冰川。几个蒙面人在后面追赶他。她跑着，双手在后面绑着，可她还是跑着。有人开枪了，子弹射在了安娜脚下的山石上，溅起了火花，她还在奔跑，跑向那一片山谷。

皮特也大喊起来，他的喊声让安娜停了下来，她还在向冰川方向张望着。后面的蒙面人追了上来。

周翔忽然明白了，她不是在逃跑，而是在奔向靠近冰川的一处山岩。皮特大声对着敌人喊，不要开枪！她的未婚夫去年掉在了那个冰川下，死在那里了！

所有的人都明白了。他们知道了安娜为什么奔向那片冰川。她的未婚夫去年死在了那里，她来这里就是为了这一刻，来到未婚夫殉难的地方。可现在，她以被控制住的方式来到了这里，她被人反绑着，没法自由行动。

大家都站住了，陆英勇对周翔说，要找机会逃跑。你要听我的。周翔点了点头。他从来没有遇到这样惊险的事。他心乱如麻，简直糟糕透顶，这次登山是他找的陆英勇，让他带他来到这里的。可现在，陷入了危局。怎么办？他很焦急。

安娜在山崖边跪着，哭了一阵子。

然后，蒙面的极端分子继续押着她前进。

他们很快翻过了海拔 6200 米的隘口。这里的视野非常开阔，周围的群山展现了狰狞的一面。凝固的大海波浪般的山峰层峦叠嶂，从这里下山，就会到达另一个国家了。海拔这么高的地方，没有人烟，只有他们这几个登山者，和那些武装分子。不过，可以看出来他们在高海拔地区并不适应，也在加紧下降海拔。

走了几个小时，中午的太阳看着很毒辣，可落到他们身上的感觉依旧是冰凉的。周翔感到手上的绳子勒得很紧。

他们扎营了，这里的海拔降了不少。似乎已经到了别国的领土上了。那些绑架他们的人也放松了，就在一处山谷里埋锅造饭。

吃完了饭，带头的似乎要审问皮特，把皮特带到了一边问话。皮特的额头上、嘴角都有血迹，已经干了。他们每个人都有两个或者三个武装分子看押着。

吃饭的时候，他们给他们松了绑。周翔和陆英勇蹲在地上，吃着一种馕饼。没有水，干嚼很难吃，可一直走路，他们都饿坏了。陆英勇忽然塞给他一张折叠好的纸，对周翔小声说，帮我带着，也许你能先逃脱。周翔来不及问什么，就塞到了胸口的内袋里。

一定不要慌张。要找机会跑。我们一路在向南，现在我们已经不在中国境内了。他们把我们带到了境外。不过，看来距离他们的营地还很远，要到山脚下才行。陆英勇小声说。

那怎么办？周翔用眼睛问他。

陆英勇这时看他的眼神特别温暖，让周翔很奇怪。陆英勇小声说，我会掩护你，我说要你快跑的时候，你一定要头也不回地使劲跑，像山羊一样往北面跑，转过山岩，你使劲跑，只要十分钟，你就能跑到祖国的土地上。

周翔点了点头，他明白了。所有的人命悬一线，能逃跑的机会很渺茫。可他的兄长，他信赖的这个男人会帮助他。他经验丰富，征服过全世界各大洲的最高峰，还去过南极和北极点，经历过生死考验了，他什么都不怕，早就将生死置之度外了。周翔的心渐渐平静了下来。

忽然，他们都看见，就在前面的空地上，那个蒙面的首领和皮特说着说着，就扭打了起来，皮特将蒙面人打倒在地。场面立刻变得紧张了。他们全都站了起来，蒙面人爬起来，拔出手枪，对着皮特的头部就开了枪。皮特一下子倒在地上死了。他一定是被打死了！

这时，陆英勇一把将身边看押他的那个蒙面人的冲锋枪抢了过来，对周翔说：快跑！快跑！然后，陆英勇就和冲过来的几个人扭打在了一起。

周翔连滚带爬地开始跑了，向着相反的方向，向着山那边，他像是山羊一样开始跑了。本来他以为自己完全没有力气跑了，可是不，现在他敏捷如山羊，不知道从哪里迸发出了全部的力量，他开始使劲地奔跑。腾跃！躲闪！转弯！迟滞！飞奔！停顿！翻滚！冲刺！他飞快地跑着，他听到了其他人都在奔跑的声音，在他背后，场面大乱，大家都在反抗，都在奔跑了。

子弹在他身边和脚下嗖嗖地响着，他不会回头。必须要听陆英勇的，他那温暖的目光，其实就是一种诀别。周翔的心里闪耀着陆英勇的目光，他奔跑着，奔向活命的那个方向——北方。在他的身后，不仅有枪声，还有追赶他的跑步声，时远时近。跑过了一个山头，就是一面陡坡，有雪，有大石头，还有一片茂盛的雪莲花。奇怪了，从来没有见到这么多的雪莲花盛开在这美丽的高山上，往常它们都是一朵朵的很孤立，现在则成片开放在这里，像是在欢迎他一样。

他飞快地奔跑着，几乎是跳跃着，翻滚着，像是自由落体的石头，弹起来，掉下去，飞起来，再落地。跑啊，跑啊，跑啊。他一口气跑到了山脚下的一片树林里。

他成功逃脱了。躲了一阵子，只能听见风声。这时他看到，在附近有一队中国边防巡逻兵，正在向这边赶过来。他彻底安全了。周翔再回头往山上看，他看到了一只鹰。那只鹰一定是听到了所有的声音，看到了所有的行动。那只巨大的鹰，沉着地盘旋着，看着眼前寂静的山谷，啸叫了几声。

他走出了树林，仰望着那只鹰，看到了它的影子正在扫过大地。

也许陆英勇已经牺牲了。他为了保护周翔，肯定是中弹了。他们一定会杀了所有的人。只有他逃脱了，回到了祖国的土地上。他忽然想起来陆英勇交给他一张折叠的纸片，他从胸口的内袋里取出来。原来，那是一封写给他的前妻祁红的最后一封信。在信中，他告诉她他依旧爱她，他已经无法再回家，希望她照顾好儿子，还请她照顾一下他的寡母。显然，这是一封诀别信。陆英勇当时已经感觉到自己再也不能回家了。

周翔没法看下去，他眼睛潮湿了。那只鹰继续在飞翔，就像是陆英勇的化身一样，在遥远的高空守护着他，使他回到了自己的国土上。周翔久久地端详着那只鹰，泪水横流。他默默地念着陆英勇的名字，直到那只掠过整个天空的大鹰的翅膀的阴影，被太阳的反光照亮。

（获得2019年《长江文艺》双年奖中篇小说奖）

手上的星光

一

我和杨哭从东部一座小城市来到北京,打算在这里碰碰运气。我们都很年轻,因此自认为赌得起,更何况北京是一座轮盘城市,传说这里的机会就像退潮后留在沙滩上的漂亮小鱼儿一样多,我们来到这里也就在所难免。我们都是属于通常所说"怀揣着梦想"的那类人。我和杨哭除了梦想,便口袋空空,一文不名。但我们至少都对自己充满了信心。我们俩离开青春时代还不算太久,因此保留了足够的热情打算把剩下的青春年景在这城市中消耗掉,借以换取我们想得到的东西。我们能得到的是什么呢?当我们俩第一次站在机场通向市区的高速公路的巨大的立交桥——三元立交桥上，向我们即将进入的城市市区眺望时，涌现在我们心头的一定是一种十分复杂的心情。这座城市以其广大无边著称于世，灰色的尘埃浮起在那由楼厦组成的城市之海的上空，而且它仍在以其令人瞠目结舌的、类似于肿瘤繁殖的速度在扩展与膨胀。我们俩多少都有些担心和恐惧，害怕被这座像老虎机般的城市吞吃了我们，把我们变成硬币一般更为简单的物质，然后无情地消耗掉。这一切都是可能的。并不是每一个人都是成功者。在这座充满了像玻璃山一样的楼厦的城市中，每一个来到这里的人，必须得尝试去爬爬那些城市玻璃山。肯定有人在这里摔得粉身碎骨，也肯定有人爬上了那些玻璃山，从而从高处进入到玻璃山楼厦的内部，接受了城市的认同，心安理得地站在玻璃窗内欣赏在外面攀援的其他人，欣赏他们摔下去时的美丽弧线。

有时候我们驱车从长安街向建国门外方向飞驰，那一座座雄伟的大厦，国际饭店、海关大厦、凯莱大酒店、国际大厦、长富宫饭店、贵友商城、赛特购物中心、国际贸易中心、中国大饭店，一一闪过眼帘，汽车旋即又拐入东三环快速路，随即，那幢类似于一个巨大的幽蓝色三面体多棱镜的京城最高的大厦京广中心，以及长城饭店、昆仑饭店、京城大厦、发展大厦、渔阳饭店、亮马河大厦、燕莎购物中心、京信大厦、东方艺术大厦和希尔顿大酒店等再次一一在身边掠过，你会疑心自己在这一刻置身于美国底特律、休斯敦或纽约的某个局部地区，从而在一阵惊叹中暂时忘却了自己。灯光缤纷闪烁之处，那一座座大厦、购物中心、超级商场、大饭店，到处都有人们在交换梦想、买卖机会、实现欲望。这是一座欲望之都，尤其是当你几乎每天都惊叹于这座城市崛起的楼厦的时候。这一刻我和杨哭都觉得自己的渺小而无助，真的就像是一粒微尘。在这座城市铺开的辉煌灯光的下面，有多少从四面八方汇聚而来打算在这里成功的人？这座城市几乎能够包容一切，它容纳各种梦境、妄想和激情，最保守的与最激进的，最地方的与最世界的，最传统的与最现代的，最喧嚣的与最沉默的，最物质的与最精神的，最贫穷的与最富有的，最理想的与最现实的，最大众的与最先锋的，仿佛一切对立的东西都可以在这座城市里存在并和平共处，互相对话、对峙与互相消解，从而构成了这座城市奇特的景观。我和杨哭不禁为这座庞大城市的包容性与吸食性而深深地震动了。

具体说到杨哭，这是一个很有趣的家伙。他身上总是体现了妄想的气质。我们都在南方一所老牌大学念书，在读书期间就已是好朋友。杨哭长得非常英俊，而且还略带些络腮胡子，身上颇有些硬汉气质。他喜欢穿格子西装，扎鲜艳的真丝宽领带，戴窄边墨镜，头发用摩丝打得发亮，梳着小背头的发式。在学校里他总爱把一些简单的事情弄得很神秘。那会儿作为政治系的学生，他成立了类似于政治家俱乐部性质的"灰衣社"，该社有几个在建国前就从哈佛大学毕业的政治、法律系著名教授做顾问，由杨哭担任社长。"灰衣社"的特征是，全体成员无一例外都穿灰色风衣，神色严峻地在校园里穿行。我曾听过一次他们举办的沙龙研讨，那次他们似乎讨论的是有关孟德斯鸠的"法的精神"的话题。我突出的感受是，这是一批小野心家，他们总想把握与掌握远远大于他们生命的东西，比如国家与民族的命运。我想在以空谈和妄想著称的大学校园里，这样的人总是为数不少。我就因此而认识了杨哭，并有些崇敬他。大学毕业那年我22岁，他23岁，对世界和事物充满了向往和足够的耐心，便一起分配到了北京。我们要去的地方，分别是一所大机关和一家艺术剧院，我要去的地方是后者。而"灰衣社"的其他人则作鸟兽散了，旋即没了踪影。

当我们站在三元立交桥上眺望遥远的北京城区时，我想我们想在这里得到的不只是名利、地位，还有爱情和对意义的寻求。杨哭在大学期间一直很"老实"，连个女友也没有，而我则在一次伤心的爱情打击下多少显得有些灰心丧气。我们站了许久，我取出了巴尔扎克的《高老头》，我朗读了该部书中的一个充满了雄心的人物拉斯蒂涅，站在巴黎郊外一座小山上，俯瞰灯火辉煌的巴黎夜景时所说的一段话："巴黎，让我们来拼一拼吧！"拉斯蒂涅后来周旋于贵妇人的石榴裙边，从而爬上了银行家兼政客的宝座。我朗诵完，我们相视大笑，那一刻在今天想来仍是那么滑稽与悲壮，随后，我们便钻进出租车，向城市进发了。在我们的视线中，那一幢幢大厦便迎面撞来。

二

回想起我们刚刚来到这座城市的模样，以及随后就被迎面而来的生活淹没的窘态，一切都是那样的始料不及。杨哭在大机关报到之后，旋即被派到延安地区去锻炼。他在那里呆了八个月。在一次他给我的信中，把这次锻炼称之为有趣的下放。他要做的主要工作是每天晚上，和他所在的村子里的其他干部，趁着夜晚去围堵那些不愿意响应国家计划生育号召的妇女。"你可以想象在这个穷乡僻壤，那些农民除了白天面对黄土，晚上剩下的就是什么营生了。所以，这里有些村子超生很严重。虽然我在夜间抓住那些妇女感到于心不忍，但我想我们是对的。"他在信中这么说。八个月后，他终于结束了锻炼，我在一家临街的咖啡馆见到他时，发觉他已多少变得

真像个村干部了。那天他从口袋里摸出一张照片对我说:

"我要追她。我爱上了这个女孩。"

我有点儿吃惊,因为过去杨哭是一个不容易对女人动情的人。我拿过照片,我发觉她并不漂亮,形象一般,但娴静、大方,有一种大家闺秀的气质。

"你知道她的父亲是谁吗?"胡子刮得发青的杨哭脸上充满了一种莫名的笑意,接着他说出了一个政界要人的名字。

我笑了笑:"你已经由一个理想主义者变为一个现实主义者了。"

"不,我仍是一个理想主义者。"他不容置疑地打断了我的话,用深邃的目光看着窗外的街景。"有一位同事和我是情敌,我们俩展开了竞赛。"他自我解嘲地笑了,"你有什么新招数没有?教我两招,你是高手。"

我知道他并没有放弃在政治上谋求发展的想法。在大学里办"灰衣社"时萌发的雄心壮志依旧激励着他,他明白在这座城市中谋求政治上的发展,找一个有背景的女孩做老婆是一条捷径。这是他早就明白的道理。

在随后的约摸半年时间里,杨哭和他的一个年轻同事展开了与前途命运紧密相关的爱情追逐。出于对自己未来前途的宏观设计,他第一次十分投入地开始追求女孩子了。在几个月的拉锯战中杨哭却最终败下阵来,那个女孩闪电般嫁给了她的另一位追求者,杨哭的同事和情敌。

我和杨哭在这年年底一个大雪初霁的日子,在天安门广场上散步,迎着风很寒冷。不远处,人民英雄纪念碑巍峨挺拔,有些孩子在广场上放风筝。我们都竖起了风衣的领子,默然无语地走着。雪地已在迅速融化,长安街上六条车道上汽车川流不息,像一条生生不息的河流。遭受打击的杨哭看上去很冷峻，我到后来却哈哈大笑起来，我说：

"说说看，你是怎么失败的？"

"她说我的名字不好，有一个哭字，她说如果我考虑改名字，她就考虑嫁给我。她说这也是她家里人的意见。但我不会改名字的，"他恶狠狠地说，"我不会改的。"

我仍在笑，笑声都惊动了在广场上值勤的便衣，我说："你父母当初干吗要给你起名叫杨哭？"

他古怪地看了我一眼："就因为我生下来后从来不哭，我父母害怕我克了自己，就起了这个名字。我可不会为一个女人而改名字的，那太可笑了。这是原则问题。"他挥了挥手。

"就这样将大好前程拱手相让了？"我说。

他淡淡地一笑："另起炉灶呗。不过，我那位同事，在与她结婚两个月后，已调到更重要的部门去了。我不知道他的调动是否与此有关，但他现在所呆的地方，对他在发展上非常有好处。"然后他突然骂了句粗话："我得重新设计一下自己了。明年春天，我就不会再呆在机关里了。"

至于我，在分配到那家艺术剧院后命运不济。我想这是一个不需要戏剧的时代，因为我们的生活中到处都充满了戏剧情节，几乎比戏剧本身更打动我们，那么谁还会在忙了一天再到戏院看天天都在生活中出现的情节？我在单位报了到，被分配去管理人事档案，每天只须坐8个小时就可以了，一个月可以领到三百多元，要知道在北京这样的地方生活，这点钱连玩一个小时的老虎机都不够，可我偏偏就爱玩老虎机。半年以后，剧院更加不景气，我便从当作宿舍的办公室里搬出来，在一个小区的朋友处租了一套房子住了下来。

我辞去了工作，有一个星期我把自己关在屋子里想我会干什么，我终于决定靠写作发财和挣得爱情。我终于决定写作了。

这年春天，杨哭果然从机关中跳了出来，不知从哪里找来了几十万块钱，成立了"宏友公关广告公司"。由于他在那家赫赫有名的大机关呆过一年多，认识的人很多，因此做这种中介公司生意还有底。出于对饭碗的考虑，我便应聘去一家报纸副刊当了编辑，在不坐班的大部分时间里，我都闷在屋子里写作。

有一天杨哭在亚运村附近的"太平洋明珠酒家"举办一个由某家信用社和中国影视老明星们联欢的活动，叫我也去一下，顺便在报纸上发一条消息。他开着他花不到十万块钱就买到手的一辆二手黑色流线型"凌志"来接我，他穿着一套深蓝色西装，扎一条灰色领带，衬衣也是深颜色的。"你会在那里看到一大群中国的老明星们，一群黯淡的星星。"他笑了，杨哭似乎逐渐地具有了幽默感来对付生活中平庸的东西。

我们钻进汽车，汽车驶入南三环，然后向东驶去。三环路修得不错，我们的车很快就到了亚运村的"太平洋酒家"。远处，一幢幢高层公寓楼、阳光广场、惠普广场的巨型写字楼矗立着。我们走进酒家，发现人已经来了很多了。我叫杨哭忙他的去，自己挑了个位子坐下来，观察着周围的动静。小厅里人头攒动，这原是白天可以当餐厅、晚上可以唱卡拉OK的地方，靠东面的桌子边，赫然坐着一大堆几十年间在中国影视界名震一时的人物，大多已白发苍苍，女士们也已肥胖臃肿不堪，只是皮肤依然保养得很好。我不由得叹息起来，心想杨哭这家伙不知用了什么招儿，把这么一大堆已遭受冷落的宝贝都搜罗在这里，为一个并不起眼的信用社开成立纪念会？我想这一定是钱的原因。作为承办这次活动的"宏友公关广告公司"，只要出一点小钱，就可以请动这些已经许久无人给他们付出场费的老明星们，叫他们来给一家信用社的成立捧捧场。我知道杨哭一定请不动那些正在红得发紫的大明星，他们一张口保管叫杨哭真的哭出声来，虽然他声称他从来没哭过。商业法则已渗透进我们生活中的各个角落了，我想。

很快地，演出开始了，杨哭作为主持人之一，显得很持重潇洒。另有一个女主持，她的脸我常在中央电视台上见到，在联欢会上显得非常活跃；老明星和名导们一个个上台表演，节目实在不能说不错。老家伙毕竟是老家伙了。小厅里很热，我连续要了好几杯粒粒橙，不动声色地看着人们的滑稽表演，停了一会儿，我忽然看见一个女孩子手拿话筒走上台为大家唱歌，我不由得注意起她来。

她穿一条黄褐色的褶皱超短裙，裙子上还有一些虎皮斑纹。我琢磨这裙子很厚，因为在这初春的日子穿短裙恐怕还不太适宜。她上身穿一件白色贴身套衫，乳房小巧而浑圆。她有一双显得有些瘦瘦的腿，穿着一双奶黄色亚麻鞋。她长得很清纯，但目光中又流露出历经沧桑的一点忧郁。她的眼睛不大，但很清亮，流转不停。她举起话筒，向大家抱歉说她今天感冒了，嗓子不好，只能唱一首音色较低的歌。然后她唱了起来，大厅里很闷热，她唱的是一首林忆莲的歌。歌名我想不起来了。总之当时客厅里乱哄哄的，谁都没有注意到这个歌女在唱歌。大家都在互相交谈，只有我在注视着她。唱到一句音位较高的地方，她的嗓子发出了一声嘶哑的怪声，把几个埋头说话的老明星们吓了一跳。"很抱歉，很抱歉，我的感冒让我的嗓子不太听话。"她尴尬地说。这一刻我感到她的眼泪都要流出来了。但她不，仍是坚持着唱完了她的歌。当她走下台时，一些纯粹是出于礼貌的稀稀拉拉的掌声响起来了。紧跟着上来一位家喻户晓的著名丑星，他为大家表演了一个小品，一下子吸引了所有人的目光。小厅里顿时鸦雀无声。丑星拿出了他的绝技，我没有看他表演，却一直看着那个嗓音嘶哑的歌女。她坐到酒吧台前的小圆椅上，有人递给她一杯冰水，她在向那人点头致谢；人们没有再注意她。她坐在那里，似乎在稳定情绪，眼睛发亮，还有些潮湿。她胸部的起伏渐渐平缓下来，刚才不知所措的劲头没了。忽然她注意到我在看着她，那一刹那的对视约有三秒钟。她露出了一个非常迷人的笑，礼貌地冲我点了点头。由于相隔很远，我也点了点头。丑星表演完了，已过了吃饭时间半小时。杨哭宣布用餐，大厅里乱作一团。想见大家都有些饿了。我也端起了盘子，吃了起来，忽然又想起了那个歌女，四处张望着找她，却未见她的踪影，莫非她已经走了？

用完餐，老明星们喜滋滋而又矜持地拎着纪念品陆续走了。我坐上杨哭的车子，说："你从哪儿找来这么多宝贝？我是说那批老明星。"

他淡淡地一笑，将汽车发动着，慢慢地上了快行道，"干公关公司的无非是拉拉皮条而已。信用社出一笔宣传费，我来组织明星、记者和场所布置，我就赚这笔活动费。新闻稿已放在你的纪念品里了，你自个儿翻吧。"

汽车在城市的大道上疾奔。后来他打破了沉默，笑了起来："你看那些老明星，过去多红火，可如今，只要花这么一点钱就可以请动他们。身价下跌喽。哈，真有趣。我从小看他们演的电影长大的。什么东西一近距离看，就再也不神秘了。"

我问："那个歌女也是你请来的？她好像真的生病了。"

"哈，不是，是她自己找上门的，说唱一支歌，只要给她50元就行了，而且中午她还不在这里吃饭，这类流浪歌女北京很多。出于怜悯,我就叫她唱了一首。后来给了她钱,她就走了。"

我不再说什么。汽车上了安慧桥,视野顿时开阔了起来。奥林匹克中心、五洲大酒店、北京国际会议中心在四面矗立,每当看到这样开阔的城市景物,我的心便显得很激动。我是爱着这座肿瘤般膨胀的伟大的城市的,我想。我回忆起那个歌女和我对视时的一刹那的笑容,有些共同的梦想、愿望与漂泊刺痛了我,使我在感情上觉得和她是一类人。我想在这座大城市里,我再也不会见到她了,城市是一条混浊而肮脏的河流,所有人的面孔都将漂远。

三

我所居住的小区是一个庞大的小区。因为这里高楼林立,而且大都在二十层以上,以某种冷漠的姿势站在那里。有时候夜晚我回去,下了公共汽车,走在空寂无人的高速公路的边上,四周全是燃着灯火的小区公寓楼,那明亮的灯光,在黑暗之中,使你感觉仿佛来到了外星的某个城市。这绝对不是夸张的说法。虽然那时候孤独已经侵袭了我的心,但我依旧震惊于这座城市的雄伟和庞大。我的写作不太顺利,其原因在于我正努力写一部长篇小说《荷兰的风车》。我想这不是一个过于抽象的名字,我告诉与我合作的书商,我已充分地考虑了他所提议的一些商业性因素,但我一旦写起来,小说往往自己就成就了自己——它像一匹挣脱了缰绳的野马一样,自己向着我已无法驾驭的地方狂奔。我会成功吗?这不好说。我到底想获得什么?我想到现在还没有一个姑娘愿意嫁给我。我宁愿为了爱情而写作。这样想着,我写作的劲头又大了。

但我听见门口有人在争吵。像是女人的尖利的声音。我打开门,

发现我对面的屋子门口,有一个中年妇女,在把一个上身穿黑褐色条绒夹克的姑娘向外推:

"你走吧,没钱就别赖在这儿,走吧走吧!"

我的眼睛突然亮了。我发现她——正是上次我在太平洋明珠酒家见到的那个歌女,那个因患感冒而嗓音嘶哑的姑娘。她今天穿的可是一条十分漂亮的牛仔裤。她还有一个美丽的小屁股,这是我在一瞬间发现的。

"怎么啦?发生了什么事?"我说。

她俩停下了拉扯,一起回头看倚在门边的我。她似乎觉得我有点儿面熟,但她并未回忆起来。那个中年女人恶声恶气地说:"说笑话,住我的屋子连租金都要赖的人,我还是第一次见到。你见过这样的人吗?"

我明白了。"她欠你多少钱?"

"三百元。说好一个月三百元。她一分钱也不给我,可她都已经住了一个月了。"

"我给你,"我果断地说,"你现在要吗?"

那个女人和那女孩都愣了一下,女人说:"当然,这样的话,她倒可以继续住在这里了。"

"那么好吧,"我转身进屋,取出三百元钱交给了那个女人,"让她留在这里住下。"我说。

中年女人接过钱,松开了那女孩的胳臂。那女孩不解而又有些感激地看着我:"谢谢你。我一定会还你的。"

"不用,"我淡淡一笑,"我们见过面,在太平洋明珠酒家。"

"哈,"她笑了,"我想起来了。不过那天可真尴尬。你是去……"

"我是记者,那次活动是我的朋友组织的。"

她冲我挤了一下眼睛,非常的灵动、新鲜、活泼。"不过,我先收拾一下东西,呆会儿我再和你聊聊。"她说完,也冲那中年妇女——房东笑了一下,就走进了她的屋子。那女人拿着钱,看了我一眼,停了一下,她问我:"要是她再不交钱,我就找你好了?"

"好吧,"我笑了笑,"不过她肯定会付房租的。"然后我回到了我的屋子。

我继续写作,可老是卡壳。问题出现在什么地方?我不知道。我想很多人在写作时也一定遇到过这种情况。然而门被敲响了。我打开了门。

"嗨,你好,"那个女孩笑吟吟地站在门口,她已换上了一条漂亮的白底碎花的裙子,"我可以进来吗?"

"进来吧。"我愉快地把她让进门,我这时才意识到也许我的屋子过于乱了。至少我的臭袜子就不应该丢在沙发上。

"噢,米莫·巴拉迪诺的画,我也喜欢他。"她端详起屋角我挂的一幅画来,"真棒,《朱丽叶的马车》。"

"坐吧,喝点什么?我这里有各种饮料。"

"那就来点儿椰奶汁吧——有吗?"她眯起眼睛看我的样子真动人。她还会耸动她的小鼻子头。

"有的。"我说完,打开冰箱,为她倒了一杯椰奶汁,我则倒了一杯啤酒,呷了一口。

"蛮不错的,我是说你的房子,"她端着杯子,两只眼睛迅速地在屋子里扫了一遍,对我说,"也是租的?"

"噢,单身汉,太乱了。说实话我并不懂生活。"我由衷地说。

我注意到她的左眼角有一个半月形的小伤痕,尽管它极不容易被察觉。"是借租朋友的房子。"

"啊，忘了介绍我自己了，"她掏出了一张名片，递给了我，"你呢，哥们儿，你叫什么？"

我接过来名片，发觉她的名片印得很别致，天头上一行黑字：在路上流浪的一只猫，中间是两个圆头字：林薇，下面却并无电话、住址和BP机号码，又写着几个字：在路上，没有家。

我笑了笑："你一直在路上？为什么不停下来？我叫乔可，你叫我老乔好了。"

她吸了几口椰汁："你也不太大，干嘛要叫老乔？"

"习惯呗。我的朋友都这么叫我。上次在太平洋酒家，第一次见到你，忽然有一种很亲近的感觉。因为我觉得我们都是流浪的人。"我说了实话。

"你的日子比我好过多了，"她顾盼生辉，又懒懒地打了个哈欠，"我知道当记者的都是些什么人，到处蹭吃蹭喝，而且还有红包拿，说捧谁就捧谁，人人都怕你们，记者已经成为社会公害了。"她咄咄逼人地对我说。

"你这是庸俗社会学的观点，"我毋庸置疑地反驳她，虽然我并不喜欢这个行当，可我也有维护行业荣誉的起码的权利。

"算是吧。"她又打了个哈欠，真的像一只猫那样。然后她站了起来，很随便地在我的屋子里走动，随手翻翻我那乱七八糟的东西。她忽然看见天花板上有一幅正对着我的床的裸女画，笑了起来："真够色情的，每天一醒来就看看裸女——记者都这样？"

"单身汉都这样，"我说，"说说你吧，我倒想了解你——为什么要一直在路上？"

"职业习惯？"她偏头问我。

"不是。是我个人的好奇心。"

"噢。不过，我现在饿了，我倒想先去厨房做点儿吃的，你有什么吃的吗？"

"应有尽有，"我说，"全在冰箱里。"

"太好了，"她兴奋地说，"看来我要露一手了，乔可，你呆会儿就会傻了的。"她说着，就冲进了厨房。

我又坐在了椅子上，心情杂乱地翻着巴尔扎克的作品，我的屋子突然地充满了一个灵动女子的身影和声音，多少叫我有些手足无措，我就在那里胡乱翻着杂志，听着厨房里她轻快地一边哼着歌，一边做饭的声音。约摸二十几分钟，她居然炒了三个菜，并且连蒸好的米饭都一起端了出来。我真的有点儿傻了。

"这荷兰豆还不错吧？"她喜滋滋地问我，仿佛我就不能不说不错一样。

我尝了一下，"真不错。"我真心说道。我打开了一瓶长城红葡萄酒，给我们俩一人倒了一杯，"为了相识干杯。"我说。她又挤了一下眼睛，然后我们干了一杯。

她顿了一下，问我："你为什么要为我垫付房租？"

我迟疑了一下："我觉得我们都是一类人。都是在路上。我也是这样的。"

她乐了："就为这个？"

"对。就为这个。"

"噢。我很感动。不过这么说有点儿假模假式。"

"你来这个城市多久了？"我问。

"四个月。"

"靠什么生活？"

"唱歌呗。天天去酒吧、饭店、舞厅唱歌，有时也去录音棚打拼，挣钱养活自己，否则就要挨饿。你尝过挨饿的滋味吗？"

"到目前为止还没有。"

"养尊处优？"

"不，我一直有饭吃，也仅仅是温饱而已。"

"哦，"她叹了口气，"可我就不同了，我在南京出生，9岁就拉二胡，后来在上海音乐学院学习作曲专业。没毕业，我就跑到广州，在那里开始唱歌，一个酒吧一个酒吧地唱，有一次真的饿坏了。世界真是个圆，我绕了一圈儿，来到了北京。北京真是个好地方，我想也许我会在这里成名的。"

"有人帮你没有？"我问她。我知道她这个行当得有人包装她、捧她，她也应该拜一个名人为师，而且还要进入一些圈子，总之得学习一些艺术社会学的东西才行。

"帮我的人不多，不过，我也习惯了。我感到我的运气就要来了。知道吗，我在拍一部《红尘情缘》的电视连续剧。"

"是张艺谋导演的吗？"

"不，"她的神色黯淡了，"要是他导就好了，可他从来不导电视剧。"她又乐了："知道吗，我在这部戏中演一个上海滩的电影明星。三十年代的。"

我发觉我们边吃边聊，已将饭菜一扫而光。我仔细地看着她："告诉我，你来到这个城市，是为了什么？"

"为了成功。这很简单。你呢？"

"我？"我愣了一下，"我突然有点儿糊涂，我打算靠写作挣钱与成名，再娶个好老婆——如果不是痴心妄想的话。"

"那可太累了。真的。当个作家可真太累了。而且在这个时代，不会再有傻女孩去爱一个作家了。"她同情地说，"你在写什么，作家？"

"在写一部长篇小说。"

她像一只鹿一样跳了起来："我要看一看。"她走到写字台前，去翻我那一摞手稿，"我喜欢马尔克斯的小说。"

我说："算了吧，否则我会不高兴的，你别动它。"

她停下了手，回头看着我："我倒认识《当代》杂志的几个编辑，就是化名周洪的那几个人。要不写完了叫他们看看？说不定会卖个好价钱。现在什么都能卖钱了，哈。"

"但愿，"我说，"要不，我们出去走走吧。"

这时天已黑了下来，我的提议得到了她的赞同。我们一同下了楼。夏天的气息一天深似一天，走在庞大的小区中，我再一次地感到了这座城市令我恐惧的魅力，它就像一个黑洞一样吸食所有的光线、理想、梦境与时间。"你看，我们仿佛置身于一座外星城市。"我说。

她转身看着周围的一幢幢灯火明灭的大厦和公寓楼。街上人很少，仿佛只有我们两个走在空寂的大街上，四周尽是吞噬人的黑暗与楼厦。一些汽车飞快地驶过高速路，拖过一道道灯光的弧线。她哼起歌来了，曲子很好听，停了一会儿，我问她："是一首什么曲子？"

"《忧伤的夏娃》，我自己写的，好听吗？"

"好听。"我说。

"谢谢。"在黑暗之中她的眼睛闪亮了一下，也许她还很少听到真诚的赞扬与鼓励，所以对我的赞同萌发了感激。我们又回到了单元楼内，她打开门，倚着她的房门对我说："谢谢你，真的，否则我今天就被赶走了。你夜里几点睡?"

"三点钟。我习惯夜里写作。"

"好吧,祝你写得好,我可得早早上床睡觉。"她又打了个懒懒的哈欠。"那么晚安,乔可,顺便说一下,你那三百元,我会还你的。"

"不必了。"我说。然后她冲我摆了摆手,就进她的屋子了。我停了一下,逐渐习惯了楼里的黑暗,然后才掏出钥匙打开了门。

四

我渐渐地被一种叫孤独的虫子撕咬着,没有成功,没有女人和金钱给我增加自信。我多少有些仇恨这座城市。我来到这里就是为了索取的,可到目前为止,它连一个子儿都没有给我,它充分地蔑视着我这个穷光蛋。我常常想,拥有梦想的人在这样的时代里简直就没法活了。

与我相反的是,杨哭的生意却非常红火。他与外省的许多中小城市的市长们都很熟,凭借着这层关系,替他们在北京城里召开各种招商洽谈会和新闻发布会,或者搞到领导的批文,进项是以10万元为单位进账的。杨哭在什么时候都是一个能够迅速适应环境的家伙,我对他可真是又敬又恨。

有一天他像个疯子似的猛呼了我六遍,我的 BP 机险些都从我的腰上蹦下去。我给他打了电话,他告诉我要我和他一起去中国大饭店跳舞。"好吧,你他娘的来接我吧,我就在屋子里等着你。你打断了我写一部伟大作品的思路,你得赔我钱才行。"

"今天晚上赔你一个姑娘,我出钱。"他笑着挂了电话。

我坐在屋子里生闷气，忽然想起来我对面的林薇，我似乎有好久没见到她了，她的门也像个庙门一样关得紧紧的。以往她每天都要在门口丢个垃圾袋，可这一段时间却没有，她跑到哪里去了，这只一直在路上的野猫？

后来门被人粗野地敲响了，我知道是杨哭那小子，他有时候就像个没受过大学教育的年轻人。

我没让他进门，提起一件西装外套，就跟他走了出去。来到单元门口，我忽然看见一辆乳白色的奔驰600SL跑车，我当即有点儿傻，我说："这他妈是你的车？"

他得意地戴上了墨镜："不，是我借的，一个做生意的朋友的。咱们先在环路上兜兜风，我得试试这辆车。"

"真他妈棒。"我打心眼儿里说。

我们的车像是一艘巡洋舰一样平稳地驶上了中国大饭店高高的停车坪。下了车，装好了车篷，我们便向那巨大的耸立着的饭店大厅走去。自动门开了，我们走进了大堂。这是一家十分气派的五星级饭店，处处都显示了凝重的奢华气派。杨哭整理了一下衣服，耸了耸肩："咱们得吃点东西，去百花餐厅吃鲑鱼籽如何？"

"好吧，那玩艺可有点腥。"我说。我们来到了百花法餐厅，任由杨哭煞有介事地点了几道菜。全是欧式菜，我都叫不上名字，吃起来味道有点儿怪。我们每人还喝了一杯加冰块的XO。杨哭慢慢地品着酒说："我一定要自己拥有一辆奔驰600SL型跑车。"我喝不惯洋酒的奇特滋味，"我只要一辆手扶拖拉机就行了，可拖拉机他妈的不让上长安街。我还指望着有朝一日用它带着来京看我的父母亲上街兜兜风呢。"

杨哭听得笑了起来，他下巴上的胡子胡乱地抖动着。"慢慢来。

记住，这个世界是公平的。没有付出，就不会得到。你得拼命去操这个世界才行。"他真粗鲁。

吃完饭，我们又在大堂酒吧吃了大碗冰淇淋，这种大碗冰淇淋由 25 勺冰淇淋构成，简直棒极了。我和杨哭话不多，只是在各想各的心事。来到这座城市两年时间，我们的变化已非常之大，心境、观念、目标、环境和想法都已变了许多。我知道杨哭出身于一个小干部家庭，这使得他身上凝聚了一种小生产者企图爆发的全部愿望。我知道这种东西一旦强烈爆发，是很可怕的；可杨哭也许并没有意识到这一点。也许他刚刚有了几十万块钱，就打算醉生梦死，还想拉着我不成？

我们来到迪斯科舞厅跳舞时，那里已非常的热闹了。灯光昏暗，音乐的节奏非常强烈，我不能听到这样的音乐，一听到我浑身就跟上了弦或者触了电一样，剧烈地抖动起来。我不知道我机械地跳了多久，总之我感到累坏了，回到了一边的沙发上，杨哭优雅地看着我，为我要了一杯扎啤。

这时，忽然听到一首仿佛幽灵唱的歌从乐池那边传来。声音凄美，忧伤。我敢打赌这曲子我是听过的，对，就是那首《忧伤的夏娃》，这歌是林薇曾经哼给我听过。我愣住了。我往歌声传来的方向看，可我只看见灯光昏暗之处，有一个穿黑色裙子的女人的影子，她一动不动地唱着，直到我感到心都碎了。这毫无疑问是一个忧伤之夜，所有的苦痛一起向我袭来。

我站了起来，向乐池方向走去。我刚刚走进舞池。一声鼓响，震天动地，迪斯科的曲子又响了，很多人涌了过来，像浪头一样挡住了我。我奋力前行，拨开人群，却发现乐队前面并无一人。她已经消失了。

五

　　我确信我遇到了某种危机,一种沮丧深深地袭击了我。大饭店之夜的光线、气息,那些在酒杯和超短裙里晃动的欲望,让我坚持的梦想有所消解。我忽然不想写下去了,因为我写的是一部同样令人沮丧的小说。早晨醒来,我的嘴里弥漫着一种苦艾的味道。头疼得厉害。我爬起来,洗漱完毕,就下了楼去到前门附近的一个地方玩老虎机。我带了不多的三百块钱,让小姐给我调了机器,我就随便坐在一台老虎机前玩了起来。原先我总是站在一边,看看哪个机器玩的人输得多,等他走了我就接着玩,结果总能小有赢余,可今天我有一种憋足了劲把钱都输光的愿望。但很奇怪,只要我按动按钮,保管有多一倍的分数从机器里显示出来。我投进去的越多,它吐出来的也越多。我很生气,我就不停地朝里面塞硬币,它就不停地吐,我的眼前很快就堆了一大堆硬币,其他的人都羡慕地看着我。

　　游戏机店老板走了过来,他是一个大胖子,身体像只垃圾桶,他恼怒地拍了一下机器,"妈的,今天它是怎么了?"他这一拍,我放进去的一枚硬币便再没吐出来。我兑换成一元硬币就用一个塑料袋把一大堆硬币都装好,不打算玩了。袋子沉甸甸的,这使得我不得不又换了一个布袋子。我把它搭在肩上,就像阿里巴巴和四十大盗中的某个人。人海苍茫中,我像一件漂浮物一样走在大街上,我比他们都漂得更远。不知怎么,我钻到了地铁的通道里。有一个并不算丑的女人迎上前来伸手要钱,我忽然问她:"你为什么不回家?"

　　她愣了一下,看我痴目愣瞪的样子,忽然有点儿害怕,拔腿就跑了。"嗨，我给你钱，可你得告诉我，你为什么不回家？"我追上去又对她喊。她一下子钻进人群中就不见了。我从布袋中掏出一把硬币，向一群乞讨的小孩扔去。"拿了钱回家！拿了钱回家！你们为什么都不回家？"

我在大街上整整逛了一天。我的布口袋里还有一半的硬币。我给了那些没有回家的人一些，但后来他们不敢再要了。我想我是出了一点小毛病，但不知出在了哪里。我神色茫然地叫了一辆出租车，叫司机拉我回住处。城市太大了，每张脸都在漂浮，我会漂到哪儿呢？我仰脸看那些玻璃大厦，心想我假如去爬这些玻璃山，摔下来时也一定很好玩儿。

我进了单元楼，路过林薇的门口，并没有打算去敲响她的门。我倒是想和她聊聊，但我迟疑了一下还是直奔我的房间。我掏出钥匙去打开门，发现有一个信封插在门把手里。我想一定又是各类狗屁直销广告。从中抽出一张纸条儿，纸条儿上的字写得很有特点，圆圆的，每个字儿都像一只蜷着身子的懒猫：

晚上我要搞一个 party，冷餐会，就在我房间里，请7点钟准时来。林薇

我打开门进去，将肩上的布袋扔在沙发上，里面的硬币发出了一阵哗哗响声。然后我煮了一些面条，胡乱吃了几口，就沉沉地睡了一觉，连一个梦也没做。

到了傍晚，看看天色渐渐暗下来，我换上了一件休闲服和圆领T恤衫，在胸前别了一朵玫瑰花，又拎了一瓶香槟酒，在七点钟准时敲开了她的门。

门打开了，伸出了她烫得乱蓬蓬的脑袋。"啊哈，你是第一个，快进来吧。"她快活得就像是一只金丝鸟儿，胸前系了一面镶有唐老

鸭的布围裙，打着赤脚，可见正在厨房忙活。

"你好像变老了，我是说留了这种发式。"我进了门，把香槟递给她。屋子里有一种淡淡的清香。

她把嘴一噘，嗔怒地看了我一眼："应该说点儿好听的，你。我今天过生日，知道吗？你这坏家伙，要说发式，还应该怪那个唐导演，拍《红尘情缘》非得留这种发式。不过你很潇洒，我是说这件休闲装，再配上那朵玫瑰花。"

我跟她走进了屋子。这是一套两室一厅，屋子里充满了一种女人的气息。一台简易的CD机和一大堆CD唱盘摊在茶几上，墙上挂着些牛头、吉他、佛教信息图、大幅北欧雪山风景、健美女郎，以及从外国广告杂志中心插页上取下来的构图新颖的广告画，总之一切显得那么的乱七八糟和不谐调。床上扔了一些蝴蝶翅膀一般绚烂的衣裙，和一些内衣之类。

"啊呀，乱得不得了，快帮我收拾收拾。会调鸡尾酒吗？"她一边整理床上的东西，一边问我。

"恐怕不会。怎么，今天有很多人要来？"

"对，"她的眼睛骨碌碌转动着，"有很多人。"她又忽地皱了一下眉头，"不过你可能不太喜欢他们。"

正在说话间，门被敲响了，她抢步上前开了门。进来了一个拿着一束花，拎着一个奇大的蛋糕的大胖子，长得像一头天山深处的哈熊，肚皮都快把皮带绷断了。他一看见林薇，眼睛就眯成了一条缝，左手放下蛋糕，右手把花塞进她怀里，就张开怀抱要拥抱她，恐怕还要吻她。但一刹那间他忽然发现屋子里还站了一个人，那个人就是我。那张开的怀抱在半空停了一下，又收回去了。"噢，这位先生是……"

"乔可，一家报纸的副刊编辑。"我笑着抢先伸出手来，林薇跳到了一边，"乔，这位就是名震中国的唐导演，我就是他一手发现的。"

我想起来唐导演导演的那些大型的历史题材的连续剧，我还听朋友们说他新近刚在东郊买了一幢带花园、草坪和室内游泳池的别墅，花去了他几十万美元。这是个大腕。

"噢？唐先生真是慧眼识才，要为中国影坛再贡献一个巩俐了。"我握了握他的手，迅速松开。唐导搓了一下手，仿佛我的手上沾满了泥巴似的。"这话说来倒很有趣，有一天我在西单附近溜达，发现她正在那儿等52路公共汽车，那顾盼生辉的样子实在有些情致，是个演员的坯子。于是我就亮出身份，把她拉到西单劝业场边上一个咖啡厅，就这样为我的戏敲定了二号女主角。"

"想不到唐导演还真是一个有眼光的星探。"我说。

这时候林薇嚷嚷着叫我们拼桌子，将几张方桌从窗户到门排成了一溜，铺上了一块桌布。我和她便将各种冷餐色拉、水果和酒摆上了桌子，唐导撅着他的胖屁股在往蛋糕里插蜡烛。"是二十三，还是二十四？"他回头问林薇。

"二十三。噢，都二十三岁了，真可怕，一天比一天老了。"林薇忧愁地说。

门又被敲响了。我无法详述那天的情景，总之从那一刻起，几乎每隔一分钟门就被敲响一次，进来了一大堆各色各样的人。他们大都拿着一束花，拎着礼品盒，有一个家伙还带来了一个牛脚掌那么大的蝴蝶标本做生日礼物。他们进来时都曾打算和林薇亲热一下，但却都又发现了在场的其他人，脸上的惊愕稍纵即逝，旋即带着戒备地互相打量起来。我看得出林薇跟他们都很熟悉。人到齐了，我数了一下，他们一共接近二十个，除了其中一位姓金的中央音乐学院的教授以外——他是林薇拜的老师，其余的看上去和林薇的关系都不同寻常。我不禁为林薇担忧起来。通过介绍，我才发现这些人竟然大多数都赫赫有名：有捧红了不少歌星的音乐经纪人，有歌词作家，有写肥皂剧的名剧作家，大饭店总经理。还有一个把头发染黄的小伙子，据说是一位高官的儿子，本人是检察官，一副英俊的外表使他也客串演了不少戏。还有意大利和日本驻华大使馆的文化参赞，以及北京大学一个喜欢对各种文化现象指指点点的青年评论家。还有几个美国小伙子，也许一同爱上了林薇。他们都声称喜欢林薇的歌并且都在北京语言学院攻读汉语。这样一大堆人都凑在一起，不能不令我感到震惊。我心想干吗林薇不在外面找个地方搞party，非要在她住的地方开冷餐会？

这些人乱哄哄地说着话，很快他们互相的戒备都消除了，就近找到了各自感兴趣的话题聊了起来。林薇一会儿冲这个挤挤眼睛，一会儿又向另一个抛飞吻。冷餐会开始了。

这些客人们兴许从来不愿意拘束地坐着，不一会儿他们就端着酒杯，三三两两地坐在屋子的各处聊了起来，倒把林薇撇到了一边。我和唐导连干了三杯。他这个人一喝酒脸就红。他后来拉住我悄悄地向我抱怨说："本来我以为她只请了我一个人来。"我笑了。我说："我也是。"

他耸了耸肩，把脖子向后仰去，斜视我："这么说你是我的情敌？"

我摊开手："不不，我和她只是一般朋友。我就住在她斜对门，是邻居。"

他说："那你可得替我看好她。她是一个演艺的好苗子，我得把她捧红了。"他深深地吸了一口气。

"我也想把她捧红了。你不觉得她天生就是一个唱城市民谣的好手吗？"忽然有一个又瘦又高的人涨红脸插进来说。我认出来他就是那个著名的音乐经纪人，自己开了一家唱片公司，专门包装各种歌手，制造歌星。

"我赞同你的观点，杨先生。我听过她唱歌，真的棒极了。"我说。

"当然，"杨经纪人瞥了唐导一眼，"由我策划的林薇第一张个人城市民谣演唱专辑《流浪在路上的猫》马上就出来了，我估计会让大陆演艺界地震一场。"

"不见得吧，"唐导的胸脯像个风箱似的鼓了起来，"城市民谣与摇滚乐不在一个层面上。我依旧看好'黑豹'和'唐朝'。"

我知道杨先生是大陆城市民谣的理论发言人和培育者，两个人也许会唇枪舌剑地干起来的，为了转移他们的视线，我说："你们看，那边三个美国小伙子正在对林薇发动跨国攻势，情况不妙啊。"

果然，那三个美国小伙子个个眼睛中含着无限柔情地包围了林薇，正听林薇在讲广州的小吃。唐导咳嗽了一声，挪动身体走了过去，杨先生迟疑了一下，也跟了过去。我笑了笑，就走到那个意大利文化参赞面前大谈起意大利文学来，从萨福、但丁一直谈到了卡尔维诺，直聊得参赞的眼睛都直了。我疑心林薇怎么会和这样一个地位较高的在中国的意大利人关系这么好，以至于他几乎是屈尊就驾地来到这里参加她的生日Party？林薇真的是一个了不起的女孩。我低估了她。她绝对能出得起300元房租。

接下来的情形就有些混乱了。那个青年检察官把墙上的吉他取下来，为林薇唱了一首歌，大家都一块哼着。其间三个美国小伙子还把沙拉抹到了对方的脖子上，使他们看上去像是几棵又呆又傻的橡树。临了那位意大利人优雅地拉了一段托赛尼的曲子。那个日本人朗诵了几首可能是歌颂青春永驻的俳句。大家都喝多了，其间林薇的脸也红扑扑的，在他们之间来回走动，像一只蜜蜂。我去洗手间，结果走到了另一间屋子，打开灯却发现有一屋子的画，满满的围着墙壁转了一圈儿。我惊呆了，因为那些实在是太美了。它们几乎都像是树叶的叶脉的放大图，充满了女人的直觉和最自然的对宇宙的把握与渴求。一种原生的质朴的神秘的美震动了我。我摇动喝得有些发昏的头又回到了众人之中，心想莫非林薇还是一个天才的画家。

而这时已是深夜，伴随着一首进行曲，众人正纷纷离开房间。我和林薇走出门，送他们下了楼。站在单元门口，我看见有各式各样漂亮的小汽车——这一刻我几乎是永远难忘的，各种名牌轿车都停在那里，像是一次贵族聚会。来客们一一钻进汽车，而后打亮车灯，离开了那里。一个华丽而又简朴的 Party 就这样结束了。黑暗之中，最后一辆汽车——那是一辆六缸的凯迪拉克轿车——的尾灯在黑暗的大街上拖过一道线，而后消失在被巨大的耸立着的楼群包围的高速路上，成为盛筵结束的最后一个音符。

我们都在黑暗之中站着，头顶是无比灿烂的星空。许久，我听见林薇叹了口气，她把一双手伸出去，仿佛要在黑暗中握住什么一样，在努力地向前伸去。

"在干什么？"

"手上的星光。你看，我手上的星光在跳跃。"她说。

回到屋子里，各种水果和酒类的腥甜气息还没有散去。我脸上的表情沉重了起来，孤独感再一次地俘获了我。"你怎么啦？"她摆弄了一下裙子的下摆,"是不是觉得我这个人交往很多?"

"有一点儿。"我说。

她顿了一下,扶正了一个"黑风"牌酒瓶,她看着我,几乎是一个字一个字地对我说:"可这是一个男人的世界,对不对?"

我没有去看她的眼睛,我说:"那屋子里的画,是谁画的?"

她吐出口气:"啊,是一个叫廖静茹的女孩画的。她是一个流浪画家,我们住在一起的。我想问一句,你是不是对我另有看法?"她不愿意被岔开话题。

我眯起眼看她,发现她好像很认真。"不,没有。"

"这就好,"她又叹了口气,"一个人在外面混,可真难,这是一个男人的世界。"她的话调中有一种凄清和冷漠是我所陌生的。

"所以要好好地利用好男人们。"我看着她,然后我们忽然大笑了起来,笑得那样开怀,那样悲怆。她把头发散开,像个魔女一样追着我,用蛋糕向我的头上甩。我则用香槟喷她,我们两个人围着桌子跑着,追逐着,像两个疯子那样玩闹着。

忽然门被撞开了,一个男人搀扶着一个女孩进来了。"她是在这里住吗?"他说,林薇口中啊呀了一声,"是的,她怎么了?"

"她喝醉了。在我的酒吧里,我送她回来。"他说。

林薇和我扶住那个脸色蜡黄的女孩。我估计她就是那个流浪画家。我发现她的后脑袋上垂了十二条小辫子,非常好看。她长得很美,脸庞很圆润,眼睛闭着,嘴里呼出甜丝丝的酒气。

林薇谢了那个小老板。我一个人把她扶进她的屋子,让她躺在床上。林薇进来帮她脱了鞋,我们两个就站在那里,听着熟睡的她发出了猫一样的呼吸。

"你知道她为什么要喝酒吗?"我问。

手上的星光

"她来北京一年了，可连一幅画也没卖掉，这一屋子的画，你瞧瞧，大家都是苦命的孩子，对吧？"

"恐怕是的。"我百感交集，停了一会儿，我说："我有点儿头晕，我先回去了。生日快乐！林薇，我想在这座城市你一定会得到你想要的东西，而且青春永驻。"

"谢谢。"她笑了笑，由衷地感到高兴，伸出手拍了拍我的脸蛋。"回去吧宝贝儿，你也会成为伟大作家的。"

回到我的屋子，我一个人呆坐在写字台前，铺开稿纸想写点儿什么，可坐了许久也写不出一个字，我重重地丢下了笔，关了灯，来到了阳台上，头顶上展悬着一片在幽蓝幕布上闪烁的群星，仿佛在旋转与低语。停了一会儿，我伸出手去，向前远远地伸过去，试着去握住那一缕星光。那一缕也许并不存在的星光。

六

在接下来的这个星期六我和杨哭一起去保利大厦剧场看法国大西洋肖碧诺芭蕾舞团的一场现代芭蕾舞剧《圣乔治》。在打电话给他的时候，他问：你带情人吗？我说，根本没有，你带？他不否认，他说，为了逃避生活的无聊与紧张，这是必要的游戏。

我们的汽车在东便门附近的一个高级住宅小区接到了杨哭的情人——她叫罗伊，英文名字叫"露丝"，而且看上去她的确像一朵正在怒放的极其性感的红玫瑰。她穿着一件深红色的旗袍，怀里抱着一只白色的小狗，那狗身上的毛长长地披散下来，它倒是挺安静的。她戴着紫边褐色太阳镜，亭亭玉立在小区的出口处等我们。

我下了车，请罗伊坐在前排，我则坐到了后排，罗伊转脸在车内冲我友好地笑了笑。我注意到她的胸部异常丰满，身体浑圆、成熟，如同一枚熟透的桃子带来的那种气息，刚才弯腰进车时，那旗袍开叉处，她的大腿洁白无瑕几乎是完美无缺。她有着成熟女人的魅力，这种魅力是已经经过男人恰到好处的滋润才会具有的。她还有一种典雅高贵、雍容的气质，这种贵妇人般的气质难免不把才26岁的坏少年杨哭吸引住。我想她同样也从长胡子的美少年——如果26岁不算太大的话——杨哭那儿找到了久已逝去的青春的激情与甜蜜。这就是当代城市的情感，以当下为主流精神，以欲望为核心，迅速、火热、刺激、偷偷摸摸而又稍纵即逝。

杨哭这家伙开车总是很野，趁没有警察注意的时候他喜欢玩玩高速蛇行，穿行在有三条车道上的高速公路上，汽车钻过建国门立交桥，立即向北一直开去。几分钟后，便到了东四十条豁口，拐下桥向工人体育场路走了一段，杨哭找了个地方把车停下来。我想我的肚子饿得咕咕乱叫，我们就在亚洲大酒店的右边一家非常干净整洁的快餐店随便吃了点儿东西，我要的是椰汁炒饭，杨哭要的是西式番茄汤和小圆面包，而罗伊和她的狗，则吃的是一种有粉条和肉块的汤。那条小狗并不淘气，非常的听话。

"它叫什么？"我问。

罗伊轻放下勺子。"它叫麦格，麦格麦格，向他问好。"然后那条小狗果然用友善的目光打量着我，一边发出了一阵呜呜的轻吠。

杨哭却皱着他的眉头在想什么心事，停了一下，他魔术般地从手提袋中取出一枝玫瑰递给了罗伊。"你和它，加起来是两朵玫瑰，"然后他又迅速地把脸转向我，"乔可，你知道这座城市他妈的有多少条宠物狗吗？"

"有六万多条，"我说，"我看过一则报道。"

他的眼睛一下子发亮了。"我琢磨兴许能从养宠物狗的人身上发点小财。搞个'爱宠物大联欢活动'怎么样？把全城喜欢宠物的人都弄到一起，搞一次评比，评出最有魅力的宠物狗王，发巨额奖金，十万元。但每位参加人得交两百元参赛费，这么一算，有一万人参加我就可以赚他一百多万。"

但罗伊似乎对他的宠物联欢计划不感兴趣，她的嘴角浮起了一丝带着爱意的嘲笑："你呀，专心做两年你的公关公司业务吧，小男孩毕竟是小男孩，就喜欢瞎想。"

我们走出快餐店，从亚洲大酒店前面走到对面去，来到了褐色的像是立起来的两块巨大的长方形巧克力的保利大厦门口。灯光已经亮了，不时地有出租车和汽车在侍者的引领下开进大厦前面的平台，打扮入时、气度不凡的男女们从中走出。音乐彩色喷泉的哗哗流水声盖不过人们喧哗的声音。更多的男女们像是热带鱼群一样向这边涌来。有很多金发碧眼的外国人也站在大厦前面和大厅之内，三五成群地在聊天。演出时间到了，大家向入口处涌去。我发觉罗伊在那么多亮丽的女人中间，仍然是鹤立鸡群。她的皮肤非常好，杨哭曾说，她是一个美容师，与丈夫一起经营一家美容院。她得益于自己的美容师职业，我想，她至少隔一天就做一次全套皮肤护理。

保利大厦剧场是北京少有的几家现代化剧场之一，我们坐定，灯光分层次在天顶打亮，我发现这个剧场的灯光很棒，大概有二十排的排灯在天顶上密布着，可以把打在舞台上的灯光变得匀称、细微，层次分明。不久前在这里举办的一个八十年代初红透中国的一个女歌星的演唱会上，这里的灯光就以其完全超越于当晚的歌声的美妙变幻而叫几乎所有的人目瞪口呆，因为这里的灯光可以变幻出海滩、海浪、天空、沙漠等各种幻觉，加上舞台布景，使那个女歌星的歌唱变得微不足道。

灯光变暗了，一群身着奇形怪状衣服的人在有着原始人气息的音乐伴奏中一个个走上台来，排成各种奇妙的队形。法国大西洋肖碧诺芭蕾舞团的现代舞剧《圣乔治》上演了。

我不太懂法国芭蕾舞，更不太懂法国现代芭蕾舞，我注意到舞台上的十二位演员好像并没有踮起脚尖。这出戏好像是一出与宗教有关的戏，总之灯光、布景、音乐仿佛把我带入中世纪以前的一个洪荒时期。那个时代里虎豹狼虫还和人类一起分享世界，基督的血与光还没有照亮更多的人，因此，这出有着古罗马艺术风格的造型剧首先是使我感到了恐惧。公元十一世纪至十三世纪，古罗马艺术风格风靡欧洲，它渗透到立柱、门楣的装饰浮雕以及宗教和民间装饰中。在幽暗的灯光中我目睹了一次中世纪前叶造型的狂欢。

忽然在我右前方的一个外国小孩儿洪亮地哭了起来，他可能是被吓着了。

我还看见杨哭将自己的右手放进罗伊开叉的旗袍里，在那里温柔地抚摸着，而她则专心致志地看戏，并未阻止。演出结束，杨哭带着几乎是压抑不住的喜悦，要带罗伊去亚运村的五洲大酒店的包房，而我则只好打的回家。我忽然想起来一件事，就是林薇曾经拜托过我的，帮帮那个一幅画也没卖掉的女流浪画家廖静茹。我拉住了正要钻进他的黑色"凌志"的杨哭：

"有一件事，我对门住着一个画得很好的女流浪画家。她有一屋子的画，明天去看看，买她两幅怎么样？拔根毛帮帮穷人。"

杨哭扎紧了他的领带，"长得漂亮吗？"

"很漂亮，而且她还像波斯人那样扎了十二条小辫子。"

"好极了，我明天一定来。我得走了，"他诡秘地笑了笑，"别拖延我的时间。"

我松开拉住他袖子的手,他钻进汽车,把它发动着。罗伊向我点头告别,我在车窗上拍了一下。汽车的红色尾灯一闪一闪地消失在车流中了。我停了一下,就走到马路对面的港澳中心大厦下面,在那里等候出租车。

七

早晨醒来我忽然被一种透明的快乐给融化了。我回想起昨夜我做的梦,梦中的我回到了少年时代,和我最喜欢的一个女孩奔跑在草地上捉蜻蜓。这个矫情的梦顿时叫我高兴了起来。我兴致很高地起床,把屋子打扫了一遍,哼着我最喜欢的一首美国乡村歌曲,又煎了两个鸡蛋,然后换上了一件干净的衬衣,就出门去报社上班。我路过林薇的房间时,敲了她的门。没人应声,就在她门上贴了一张纸条,告诉她有人来看廖静茹的画,叫她们最好呆在屋里。我看见她们的黑色垃圾袋放在门口,就顺手提着下了楼,堆放在单元门口的垃圾道出口,骑上我的破自行车,去报社了。

到了报社,我发现报社的人人人都忙得像是被惊扰了巢的蜜蜂。我也坐下来赶紧编稿发稿。有一个电话是找我的,我便接过话筒:"谁呀,快说,正忙着哪。""是我,林薇。我看见你留在我门上的纸条了,其实我刚才还没起床,等我起来,你已经走了。"

"怎么那么懒,真像一只懒猫。"

"哈,告诉你两件事,第一件是我签约啦!"

"签什么约?跟谁签约?"这年头人人都他妈的要签约。

"跟杨先生啊,那个音乐经纪人,你见过的。而且我的第一张城市民谣专辑马上由他包装推出，快点，替我高兴一下！"

我哈哈干干一笑，"第二件事呢？"我漫不经心地问。

"我得到了一只猫，具体说是那个日本人送我的一只波斯猫，哇，好棒的，又白又美的一只大猫。我叫它乔可，怎么样这名字？"

"算了吧。你不如叫它瑞德，就是路上的意思。终于有个小东西天天陪你了，祝贺你。晚上回去我一定去看看那只猫。"

"我刚才已经打电话告诉廖静茹了，她刚找了一家广告公司，在那里搞美术设计。她非常高兴，喂，你那个朋友是阔佬吗？"

"半个阔佬。住在五洲大酒店，开有一个公司，有一辆二手'凌志'车，账户上还总有那么百八十万的来路不明的钱。"

"OK，太好了。那么晚上见。要准备点儿什么吗？"

"要几瓶蓝带啤酒就可以，那家伙喜欢喝啤酒。"

"好吧。"她挂断了电话。

我在崇文门等着杨哭。我站在一大群好像是从全国各地来的盲流、打工仔和打工妹中间显得很滑稽。同仁医院门口似乎永远都聚满了想到北京混口饭吃的外省农村青年。尤其是那些女孩，一看你就会知道她一定是打工妹，神情装扮总与城里人不同。他们为什么要一窝蜂地离开家？城市是不属于他们的，城市这个大机器迟早也要把他们碾个粉碎，或者重新把他们挤到边缘去。城市对谁也不怜悯，除了那些有先天优势和聪明过人的家伙。杨哭的车从东单方向迅疾地开来，在我身边停下，"妈的，你怎么找了这么个地方与我见面？"杨哭在车内拽了拽领口说。他打扮得像是个美国新派青年。他浑身上下的全套打扮都是欧洲名牌，我估计不下两万元；光是那双皮鞋大约就值七千元人民币。我在王府饭店的名牌廊中曾经见过的。

"这里离我的报社近，离我住的小区也近，一直向前开就行了。你什么时候变得爱挑剔起来了？"为了刺激他，我说：

"你这套西装不怎么样，要是再配上一套'杰尼亚'，那就棒了。"

杨哭似乎没听见我说话。绿灯过后，汽车一直向南开去，我注意到他的眼圈儿有点发黑，"昨天和罗伊折腾了一夜？"

"差不多，我想我真的被她给俘虏了，"他沮丧地说，"我离不开她，今天一天，在公司处理业务，我的眼前总是她在晃。"

"你在哪儿勾搭的她？"

"一次美容之后。她的美容院开在西直门附近。她丈夫又去了香港做生意，我已经觉出她的可怕了。她就像是一个冒着热气的沼泽，让我陷了进去。是她勾引的我。"

"是陷进她的两腿之间了吧。"我下流地说道。

"你和我能不能保持绅士之间讲话的风度？！"他冲我咆哮了起来。

"得了，得。"我说。

我敲了敲林薇的门。门打开了，是廖静茹那颗扎了约摸有十二条小辫子的脑袋。她似乎很警觉，见是我们，立即笑了笑：

"你是乔可，进来吧。"

我一步跨了进去："林薇呢？"

"她在写歌呢，我们一直在等你们来。"

我向她介绍了小阔佬杨哭，我忽然发现杨哭的眼睛亮了一下，这种闪亮稍纵即逝，但已被我捕获到了。他的左手抖了一下，中指上那枚硕大的戒指不经意地贴住了裤缝。他抖出了一张名片：

"我叫杨哭，是乔可的好朋友。我是来看你的画的。它们在哪里？"

这时林薇从另一间屋子里走了出来，她将头发染黄了，看上去仿佛是烧焦了的一棵山毛榉。我乐了："你看上去刚从火海中出来。头发是怎么搞的？哪儿着火了？"

林薇不乐意地噘了一下嘴："我还以为你会夸奖我呢。我可不太高兴了。"她看见了杨哭，眼睛睁大了，"乔，这就是你阔佬朋友？"

杨哭这时一直盯着廖静茹，他不耐烦地冲林薇摆了摆手："画在哪儿？我要看画。"

廖静茹说："跟我来吧。"杨哭立即跟着她向前走。林薇冲我挤了一下眼睛，又做了一个杀头的手势。"他那人就那样。"我小声对她说。她拉着我的手，也跟进了廖静茹的房间。刚迈进房门，她又悄悄地对我说："你的这个朋友倒怪英俊的。他是个花心大萝卜吧？"

我耸了耸肩，正要说话，却听见杨哭发出了某种异常惊奇的感叹。这种叹嘘声是我从来没有听过的，仿佛发自他的心灵最不为人知的一个布满了蛛网的小角落。廖静茹出去给我们端来了几瓶小瓶装蓝带啤酒。我接过来喝了一口。杨哭却一幅幅仔细地看了起来。杨哭的父亲是一生从事油画创作却并无建树的默默无闻的一个中学美术教师，因此杨哭对画有着天生的鉴别力。我发现廖静茹有些紧张。我这时才注意观察起她来。她的美是一种娴静的美，身材丰润，眉目之间有着一种南方女子的温存、宽容与含蓄。身着一条拖地长裙，图案非常复杂，裙子上缀满了各种木质饰物。她的打扮很有味儿，只是她的目光——我确信我从她的目光中看到了一种火焰。这种类似于水底的火焰，清澈、冰冷却又熊熊燃烧的火焰，显示了她内心深处的梦想。一个女人拥有这样的目光，与她姣好的面容有些不大谐调，是可怕的。

"怎么样？"我问杨哭。我不太懂画，但我从她的画上看到了女人的艺术直觉所结构与把握的世界。这个世界是魔幻的，疯狂的，超现实的，美的。我想我很喜欢她所用的色彩，大都很鲜艳，但突破常规的线条让这些画充满了魅力。我从脑子里搜寻了半天，也没有找出一个可能引起我的艺术联想的大师的名字。

杨哭转过身，从口袋里抽出一根雪茄点着，然后眯起眼睛问："都是你最近画的？"

廖静茹不安地搓了一下手："是的。大约都是这半年多画的。"

"我想买两幅，只是我出不了很多钱，"杨哭局促不安地说，"每幅四千元，我要两幅，八千元可以吗？"

廖静茹睁大了眼睛，也许她还从来没有用画换过钱。她说："是真的吗？你要花——八千元买我两幅画？"

"对。不知小姐芳龄？"杨哭含着雪茄笑眯眯地问。

"她23岁了，怎么样阔佬，和小姐配一对如何？你还没有女朋友吧？"林薇忽然兴致勃勃地插了一句话，我却看见杨哭的脸一下子红了，这在以前可是从来也没有的事。杨哭可能忽然觉得自己抽雪茄的样子过于傲气，他忙捻灭了雪茄，"那我就挑两幅。乔可，你去把我的密码箱取来。"我去取来了他的密码箱。他有些慌乱地打开箱子，从中取出了两叠百元钞票，叫我数了八十张，递给了廖静茹。然后他挑了两幅画。那画约摸有一张小方桌那么大。

"我挑两幅画幅大的，"他说，"这样不算亏。"

廖静茹的脸涨红了，她接过钱，停了半天才说："要不要喝点啤酒，杨先生？"

"不，不了，我该走了。不过，如果你愿意的话，我倒可以替你另找一个大一点的画室，钱由我来出，而且我想在丽都假日饭店为你包一个走廊展卖作品，你的画有这个实力。愿意吗？"这蜂拥而至的好事恐怕叫廖静茹真的有些不知所措，"让我想想吧。"她慌乱地说。

"好吧，想好了通知我，我走了。"杨哭拎着画框，大步向外走去，到了门口，忽然想起了什么，转身对不太高兴的林薇说："林小姐的头发在我看来是最美的。"他挥了一下手，示意我送他。廖静茹扑到门口，扶住门楣，想说什么但没有说出口。我们已走下了楼梯。

我和他走在昏暗的小道上。我们都沉默着，停了一会儿，我说："你今天好像有些不正常。"

他停了一下，看了我一眼。"我爱上了她。你可能感觉到吃惊，我确信我第一次感受到了物欲之外的爱情。我发誓要帮助她，"他几乎是恶狠狠地说，"你也得帮我，给我拟一个详细的报纸宣传计划，我来出钱。"停了一下，他又说："我明天就请丽都假日饭店的经理吃饭——也许让他帮忙为她搞一个画展。"

我为他的冲动大感不解。"你疯了，"我说，"不值得为她这样做。"

"不，我没有疯。我从她的画中读到了我童年时体会到的东西。一种与死有关的冥想、孤独、逃亡和幻觉。我没法不喜欢她。"他痛苦地说。

"那罗伊呢？"

这时他已打开了车门，他摇了一下头："去她的吧，我不会再去找她了。记住，拟出宣传计划给我。"他把车开走了。黑暗中我耸了耸肩，不明白到底发生了什么。莫非他真的发疯了？

我慢慢地向回踱去，在门口我看到一个人的影子，初时我以为是廖静茹，但后来我辨认出来是林薇。"我们走走吧。"她说。于是我们一起走到星光之下，一幢幢高层住宅楼在我们身边像机器巨人一样耸立。"她呢？"我问。

"她激动得趴在床上哭呢。她还从来没有过这样的运气。你这位朋友是不是另有所图？"

"不，"我断然否定，"他是一个正派人。他父亲是一个没有成功的'美术工作者'。跟我讲讲她吧。你怎么会和她住在一起？"我岔开话题。

"我们在半年前，一同在中国音乐学院附近的一幢小平房里租住，就那么认识了。后来我找了这个地方，就又一同搬了来。她这人除了画画，别的什么也不想干。喂，乔，我演的《红尘情缘》快拍完了，本周六一起去唐导的别墅玩玩如何？绝对好玩，你会见到很多名人。"

"好的。"我说。我们便不再说话。我确信我这一刻听到了这座轮盘一样的城市吱吱转动的声音，这种声音在呼唤着人们下注。城市在大地之上旋转着，把机会和成功顺便抛给一些幸运的人。城市同时也是一个磨盘，把那些失败的人的梦想一点点碾得粉碎。这一刻我忽然感到自己很可怜，走在星空之下，我想哭，但却发不出一点声音。

直到今天，我依然忘不了这个时代那奢华、如同梦境般的一夜狂欢。它似乎凝聚了这座城市、这个时代的所有欲望的集结和欢乐的极限，以及这个时代如同泡沫一样的梦想和愿望。我和林薇到达"伊甸园山庄"别墅区的时候，天已经黑了。"伊甸园山庄"坐落在北京向东去的郊区，山庄的入口处那一团花朵簇拥中，石雕亚当和夏娃裸着身子，以某种在我看来显得颇为可笑的姿势站在那里。我们坐的出租车拐进山庄的小路，在第 18 号别墅前停了下来。林薇穿一件黑色旗袍，这使得她的大腿时隐时现，颇具诱惑力。她的前胸上别着一枚花朵针饰，头发也已重又染成了黑色。我站在一大群像一座座巨大的陵墓一般的欧陆园林式别墅区中，心中涌上来一种激荡的感情。这里是有钱人住的地方，是这个时代的一个脚注。我知道这些别墅每平方米至少 1600 美元，每一幢得花几百万美元才能买得起。

　　林薇快活得像一只兔子，她摁响了院子外的门铃。有一只像牛犊一样大的纽芬兰獒猛地冲我们狂吠了起来。幸亏有链子拴着它。林薇的脸色微白。我发现这座别墅的独立花园里的花开得异常茂盛。门开了，唐导那胖胖的身体晃了出来，"啊哈，我亲爱的林薇小姐，噢，乔大编辑，我真高兴你们能来，你们已经迟到了。"

　　他打开了院门，我们跟着他进去。我不太喜欢他那像鲇鱼一样紧盯着林薇的目光。唐导穿戴得很随便，但他那件圆领 T 恤衫可能值 7000 元人民币。脚上那双多半是真货的鳄鱼牌皮鞋也价格不菲。我们跟他穿过花园，走上正门台阶，他让我们进去。这一刹那的感官的刺激扑面而来。首先我发现屋子里已经到处都是人在走动，红男绿女打扮入时。而且男人们都扎着鲜艳的领带，女人们像蝴蝶一样斑斓、美丽。那室内游泳池中，碧波起伏中几个身穿三点式游泳衣的漂亮女人在嬉戏。在巨型室内盆栽植物边上，那沙滩桌旁，台阶上下，吊灯下面，有很多人在三五成群地交谈。我觉得很多人似乎很面熟，我确信我见到了很多经常在银幕上和电视屏幕上露面的明星们。那个许久以前在一个联欢会上我见过的著名丑星也在场。他虽然扎着蝴蝶结可看上去仍然像个小丑。另有几个是我的同行，是其他一些大报及电视台、电台的记者——他们是经常奔波于饭店和新闻发布会之间的小群落。我看见音乐经纪人杨先生也在。他穿一套白色的西装，除了领带是红的，其余一切连皮鞋和袜子都是白色的。这个沙龙聚会带给我的感觉，那种光线、气氛、人们谈话时的声音，男人和女人身上散发出的香水和脂粉气息，都使我想起美国四五十年代的一些场面。这个 party 是唐导专为他的新作《红尘情缘》搞的。这部由林薇出任二号主角的反映上海 30 年代灯红酒绿以及南京大兴土木的电视剧即将由中央电视台播出。当林薇出现在大厅里时，立刻吸引了很多人的目光，有些女人在窃窃私语，似乎在谈论着有关她的话题。我忽然有一种恍若隔世的感觉，我不知道林薇会有什么样的感觉，这个流浪在路上的猫，从中国音乐学院附近的破平房起步，到今天似乎是专为她开的酒会，其间的距离要走多远？要付出多少努力？我的目光缭绕在那些穿着网眼裤或是十分性感的露背式女礼服的女演员身上。林薇则快活地端起一杯白葡萄酒，向杨先生走去了。

我找了个安静的地方坐下来。我习惯在热闹的时候冷眼旁观，做一个好观众。尤其是我第一次参加这样一个似乎由演艺界上流人士参加的颇具档次的酒会。我这样一个无名之辈最好不要引起任何的注意。我慢慢地啜饮着一杯橙汁，忽然有个瘦高个子有点儿醉醺醺地朝我走过来："喂伙计，你好像是演过《血流成河》的那个男主角吧？那部电影真有趣，杀得真是他妈的血流成河。而且电影特技不错。香港的电影工业的确发达。现在又在搞什么电影啦？"他似乎十分确定我就是他所说的人。我从座位上站起来，微笑着说："先生是……"

"啊，我是一个玩具商，你玩过电动玩具吗？我专门在大陆加工玩具然后再卖到美洲去，从香港转口。唐胖子的《红尘情缘》我投了不少资。我是这部戏的制片人。"他的脚有点儿站不稳。"这套房子真他妈不错,对不对?可唐胖子的汽车不提气,一辆破皇冠,要是一辆大凯迪拉克就他妈的过瘾了。你觉得呢?"

我正要说话,忽然听见有人一声惊呼,原来是一个女士笑嘻嘻地把唐胖子给推到游泳池里去了。这一招对唐导来说恐怕有些始料不及。他十分尴尬地像头鲸鱼一样从水池中站起来,一边抹脸,一边冲大家憨笑。他那件 7000 元的 T 恤衫牢牢地贴紧了他的肚子。正在这时,我发现林薇——她不知什么时候已经站到了楼梯上,并且换上了一件红色游泳衣。我的眼睛亮了。她的确非常美,比美国好莱坞的女明星碧姬芭铎还要美,她娇笑着,冲下面喊了一声:"接着我!"便纵身跳了下去。

我目睹了这一次美丽的下坠。她跳到了唐胖子前面,刚好被唐胖子用手从水中捞了起来;这个美妙的动作引起大家的一阵掌声。酒会开始进入高潮了。

我的情绪忽然变得有些阴郁。我端着加了冰块的拿破仑 XO,在人群中穿梭。我几乎跟任何一个人都不熟悉。那个玩具商已捉住了一个漂亮的女孩在谈他的玩具事业。大家都找到了谈话的对手。有的屋子里有人在打麻将赌钱。还有一个长发画家在楼梯上冷笑着俯瞰芸芸众生,一边用炭笔画着速写。他站在我身边对我说:

"多么棒的酒会啊,人人像一朵朵腐朽的花朵。你觉得那几个女演员漂亮吗?"

"漂亮,漂亮极了。你干吗把她们都处理成骨架?"我抱着有些发晕的头说。他的画纸上尽是骨架在走动。

他不屑地看了我一眼:"女人再美,终究是要腐烂的花朵。不如一开始就叫她腐烂,变成骷髅。"

手上的星光 | **085**

我忽然有些气恼，我不再理他。找到了那个音乐经纪人杨先生，和他聊了起来。我发现他的脸色很不好。他看见我就对我说："你不觉得林薇和唐胖子有点儿那个？"他一边吸着气一边说，"有点儿太那个？"

"没看出来。"我故意气他。他看了我一眼："你是她什么人？男朋友？"

"不，我和她只是邻居。她的专辑进行得如何了？"

"马上就上市。妈的，我录了几十遍才做好了这个唱片。可要是她情愿和唐胖子呆在一起，我就会生气的。"他生气地说。也许他真的爱上了林薇。因为林薇是个精灵鬼，善于在男人之间周旋。这时我突然发觉林薇不见了。她会跑到哪里去了呢？我觉得我的舌头有些发硬。我恐怕真的喝多了，在这样的气氛之中我没法不沉溺于酒中。我端着一高杯啤酒，到处找林薇。我在楼上一间关着的门上敲了敲，然后推开，发现有一对裸体男女正在激烈地做爱。我尴尬地说了声"对不起"，赶紧关上门走了。有些人正在离开别墅，酒会已接近尾声，可还有很多人都留了下来。因为到处都是房间，你可以随便找一间屋子，醉倒在地毯上一觉睡去。我终于找到林薇。我发现她正坐在楼上一盆大芭蕉之类的玩艺儿旁边愁眉苦脸。她不知从哪儿找了件长过膝盖的花格衬衣穿在身上。她看见我，有点儿眼泪汪汪地对我说："我想我的猫了。乔，我的猫独自在家它会受不了的。它怕孤独。"

我安慰她："不要紧，廖静茹会照料它的。"我坐在她身边，鼓起勇气拾起她的手，凝视着她，"常常来这样的场合？"

她也看着我，许久，她说："乔，你是个很单纯的小伙子，真的，我怕我，都有点儿喜欢上你了。这个世界太大，太可怕。"她叹了口气，拍了拍我的手。"你是个单纯的小伙子，你不该在今天喝那么多酒。"

我忽然觉得我有点儿爱上了她。只是一刹那，一股水流冲过心田，我感到很冲动。我揽住了她的腰，用嘴唇向她的小巧的嘴巴上盖去。她似乎迟疑了一下，就接受了我的吻。但我想我已喝得半醉了，后来我也不知怎么和她进了一个房间。这个房间里到处都是镜子，在旋转的黑暗和眩晕中，我和林薇睡在一起。黑夜像棉花一样包裹着我，我记得在昏昏沉沉当中我在她散发着檀木香气的耳畔说："搬到我屋里和我一起住吧，不要再漂泊了。"但酒精和她的甜美的肉体很快让我陷入了麻木的混浊状态。我感到我在渐渐缩小，小得如同一粒胚胎，在她的身体里沉沉睡去。

八

在那个奇特、热闹，宛若一场十八世纪梦境的别墅之夜过后，我和林薇便离得很近了。我甚至都不太相信我们之间已经发生的一切。第二天，阳光像雨一样打在我们的身上，我们起来，互相凝视并且微笑。林薇在当天就要去七个城市进行她第一张专辑的宣传活动。我知道这些活动由无数个party、电台电视台专题专访、MTV制作、演唱会所构成。临走前，她把她屋子里的钥匙交给了我："乔，帮我看好我的瑞德——如果你不嫌它闹得慌，最好叫它和你一起住。它跟我一样也怕孤独。"她忧伤地拍了一下我的肩膀。"也许我回来就要和你搬在一起住了，要是你没有忘记你昨天晚上对我说的话。"

我把头探过去，轻轻地吻了她一下："一定要成功。"

她晃了晃脑袋，笑了一下，又有点儿想哭，但她拎起了她的旅行包。"好啦，再见。"然后她一跳一跳地消失在阳光下了。我注视着她的背影消失，嘴上如同冰凉的阳光一样的吻还存留了许久。

在随后的几天之中，我的写作劲头非常旺盛，进展顺利，似乎我的生活中出现了一种召唤我的东西，我不知道这是不是林薇带来的。那几天，那个梳着几条漂亮的小辫子的廖静茹接受了杨哭的建议，搬了出去。杨哭在北京最漂亮的小区——望京小区给她找了一间奇大的光线充足的房子当画室。杨哭在和她说话时，忽然变得像个小男孩一样腼腆和谨慎，这在他是从来没有过的事。他真的变得像是一个傻瓜。有一天他跑到我屋子里来，跟我拟定了一个详细的计划，用媒介来帮助廖静茹成功。"问题的关键在于，最好在中国美术馆和国际艺苑画廊举办两个她的个人画展。我认识国际艺苑画廊的总经理，一个对美术非常有眼光的鉴定家。得请他帮帮忙，当然，前提是廖静茹的作品的确有些东西。"我说。

我看见杨哭的眼睛发亮了，他松了领带："好吧，得要多少钱？"

我说了个数字。"干吧！明天就开始。"他说完，走到窗前，凝视着对面一幢尚未竣工的摩天大楼。"你看，又有一座玻璃山耸立起来了。你做过爬玻璃山的梦吗？我就做过，我爬呀爬，可这玻璃山太滑，后来我就给摔下去了。摔了个粉身碎骨。"

我走到他跟前："告诉我，杨哭，你是否真的不带任何功利目的地爱上了她？"

他转过身，看着我认真地说："是的。在此之前，我真的从未爱过女人。我没有爱上罗伊，我只是迷恋她的肉体。可廖静茹，让我体验到了爱的本身，它的确是不需要回报的。"

我停了一会儿，叹了口气："我可能……也爱上了那个歌女，林薇，你不会吃惊吧？"

他吃惊地看着我，想说什么又没有说出口。"我听说过她快要红起来的。也许我们俩都疯了。你要当心。"

我想至少是杨哭已经疯了。我们请国际艺苑画廊的总经理柳先生吃了一顿饭，在明珠海鲜酒楼。那一顿饭花去了杨哭六千多块。杨哭同样也投资把廖静茹装扮了起来。她的衣着透露出活泼、典雅而又性感的风格。在柳先生看她的画的过程中，廖静茹羞怯得像个农村姑娘。柳先生四十开外，留板寸，本人就是一个成名的画家。但他经营画廊却颇为成功，他们的画廊甚至成了中国画家走向国际的一个重要途径。他看毕她的画，沉吟了许久，他对杨哭说："她是有天才的。我想我们成交了。你就叫她选作品和做标准的画框吧。"

出乎我的意料，在为期15天的展览中，廖静茹的那些画获得商业上的巨大成功。有不少外国人，包括来华使节、三资企业老板，用美元买下了她的18幅作品。总收入有数万美元之多！而北京新闻界的各报刊，尽管在我的尽力组织下，也未造成什么大的声势，其中几家报刊还登了批评她的画"不值一文"的文章。但廖静茹非常高兴，她那张满月般的脸上都是微笑。她见到杨哭向他投过去感激的目光；杨哭则像个大傻子一样乐呵呵地笑。画展结束那天，我们一起去香格里拉饭店，由杨哭做东，吃了一顿法式香煎鳟鱼和马来西亚椰汁奶饭。我感到从郊区的破平房起步的流浪画家廖静茹的身上发生了某种变化。这种变化类似于一个农村姑娘在城里站住脚跟之后的变化。而杨哭身在其中，无从察觉。拥有几万美元的廖静茹，接下来会变成什么样子？那天杨哭给她戴上了一枚价值不菲的钻戒，称那天为他们的订婚之日。而廖静茹在稍显羞涩的时刻，戴着钻戒的指头在明亮的灯光下微微抖了几下。远处,传来了大堂小提琴四重奏的音乐。杨哭幸福得像个赶着了渔汛的渔夫,不住地咧嘴在笑。

在林薇不在的日子里,我经常用她留给我的钥匙打开她的房门,立刻林薇身上那种淡淡的香气就扑鼻而来,仿佛此刻她就在这房间里一样。

一天上午我在街上走,忽然听到有一家杂货店里在放林薇的歌。我走进音像书店,发现林薇专辑出版的招贴已到处都是。而且,由她担任主角之一的电视剧也播放了。看来她终于实现了梦想。可相对于这个宇宙,甚至是这个地球,到处都是风雨雷电、战争、污染和死亡,她的成功又能给世界带来些什么呢?我不禁为人的局限梦想与短暂而悲哀起来。招贴画上的她忧郁、性感而又美丽。

有一个晚上,我在她的屋子里写作累了,顺势在她的床上躺了一会儿。我在枕头下面摸着了一个很硬的东西,我取了出来,发现是一个笔记本。我翻了一下,发现里面记录的便是时间、地点以及一长串的人名。那些人名有好多我是听说过的,有一些在演艺圈还鼎鼎大名。看来林薇已经进入那个圈子。可她记这么多精确的时间、地点干什么?仅仅是记录一次次简单的会面吗?我猛然想起来也许不该看她的私人记事本,就又放回了原处。那一夜,我写得很晚,也很困,后来就在她的床上睡着了。

我不知道是什么时候醒来的,我只感觉到有一个很温暖的东西贴在我的怀里。我以为是那只白猫瑞德,但我发现不是。"傻瓜,是我。"是林薇轻微的喘息声。她和黑夜一样悄无声息地回来了。我非常高兴,我说:"我发现北京到处都是你的城市民谣唱片。你成功了。"

灯光显照之下她非常动人,"是的,我的梦想成功了,还要我和你一起住吗？"

"要。只要你觉得我还不错。"我说完，我们拥抱在了一起，并被性爱的狂欢所席卷。

第二天我醒得很迟。我的头痛得厉害，我发现她早早就起床了。她怀里抱着那只猫，正坐在写字台前看什么东西。我起来，走到她身边："在看我的小说？"

"对。我已经看了一大半了。"

"感觉怎么样？"

"不怎么样。我觉得小说总得有点儿实在的故事、人物才行。你的东西写得太虚了，也许这就是现代派？我可不喜欢。

"我喜欢那种一看就放不下来的小说，可你的这东西，我硬着头皮读到现在。"她仰起脸说。

这一刻我真想打她的屁股，也许我压根儿就不该叫她看我写的东西。我捏了捏拳头。

"你想揍我？"她警觉地说，"好啦，去洗脸吧。反正你靠写作肯定不会发财的，你死了那条心吧。"她也不管我的脸色如同死灰，哼着歌抱着瑞德去收拾床铺了。我站在那里一动不动。她在收拾床，忽然问我：

"乔，有一件事不要向我撒谎——你看了我枕头下的那个笔记本了吗？"

"我翻了一下。"我说。

"你怎么能——能这样！"她的语调听上去显得非常惊讶和气恼，羞辱与激动，"你，你最好给我出去！"

我转过脸看她："请再说一遍，小姐。"

她几乎是咆哮起来，连瑞德都吓得从她的怀中逃走了。

"你给我出去！立刻就走！"

"明白了，"我说，我朝她耸了耸肩，"请允许我拿走我的裤子。"我取下裤子和 T 恤衫，就直接走出门去。她在我身后重重地把门关上了。我的心一沉，我知道我的一个白日梦做完了。我不明白她为什么要发那么大的火？但我想我们之间一切已完了。她嘲讽了我的小说。我翻看了她的记事本。这个世界有时候倒真的挺公正。我提着裤子在门口愣了一会儿，发现别的房间有人从窥视孔正在观察我，就慌忙向我的屋门逃去。

九

从那天以后，我便再未见到林薇。有时候我走下楼梯时路过她的门口，看见照旧有垃圾袋堆在那里。又过了几天，她那里连一点声音都没有了。一天，我在报社上班时从报纸上读到那个姓杨的音乐经纪人要和她打官司，因为她和他突然解约了。在报上杨经纪人说："合约是有法律效力的，在我包装并推出她之后，她却突然单方面解约。我想她一定会受到法律的惩处的。"我从他的话中听出来一些恶狠狠的成分。那天晚上回到家中，我去敲了她半天门，但却没人应声。后来我碰见了那个房东。她说："她已经走啦，和那只猫一起走的。她说她搬到王府饭店去住了。你恐怕再也见不着她了。"她幸灾乐祸地说。

有一天罗伊忽然打电话叫我到她开的美容院去。我走进去，发现美丽的少妇罗伊显得有些憔悴和黯然神伤。我还从来没有做过美容，对像雨后的蘑菇般冒出来的美容院我熟视无睹。她一看见我进来，摁灭手中的烟头。"乔可，我来给你做一次美容吧，全套皮肤护理。"

"男人也可以做吗？"我心虚地说。

"哈，现在都是男人在做美容，比女人还多。进美容室吧。"罗伊的身材简直棒极了，她领我进了美容室，叫我在镶了镜子的屋子里的床上躺下来。然后她开始给我按摩头部。

"放松，放松点儿。"她说。

"哎，你找我有什么事吗？与杨哭有关？"

"我已经有半个月都没有看见他了。我琢磨他是否找到了他的更有意思的事去做了。"她冷冷地说。

我沉默了，过了一会儿，我说："他可能不会再来找你了。"我想我得把实话告诉她。

"是吗？"她的语调听上去很镇定，她的大眼睛中盛满了少妇才有的温和宁静，"为什么？"

"他喜欢上了一个流浪女画家。就这么回事。现在他可能，可能和那个叫廖静茹的女画师同居在亚洲大酒店吧，我想他真是鬼迷心窍了。"我有些残酷地说。

我感到那按摩的手停住了。我坐起来："怎么了罗伊，这有什么吃惊的吗？……"

她嘴唇有点儿发白，但保持了镇定。她摸出一根烟抽了起来，额头上的皱纹难看地构成了一个"凸"字。"我还想着和丈夫离婚嫁给他呢。昨天我和我丈夫已经说过了，我丈夫同意我离婚，"她冲我干干地笑了笑，"没什么，不过很抱歉，我的美容恐怕做不下去了。我有点儿晕头转向。"

"没关系。我也跟你一样难受，"我想起了我提着裤子在楼过道中狂奔的情景，"都是伤心人。"然后我忽然滔滔不绝地大谈起这个时代来,以及这座城市,这座漂浮了一千万人的睡梦与欲望的城市。"归根结底,这就是城市的感情游戏规则。我们都得服从它。"

罗伊呆坐了半天,她站起来,但突然发狂地举起了一把椅子朝墙上的镜子砸去。我呆住了,看着她一下又一下地砸碎那些有着她美丽的人形的镜子。她一边挥舞着椅子,长发在空中飘散。她痛快地砸完了,拍了拍手。表情灰暗。"好啦乔可,看来我不太想开美容院了。你走吧。"

我离开了那里,不由得诅咒起杨哭来。我惊奇地发现这个世界人的关系几乎是由互相伤害的链条构成的,一个伤害另一个,他又被下一个伤害,就这样一直伤害下去,组成了一个环,一个由无数个自寻烦恼的男人和女人所组成的巨环。

打见了罗伊那一面之后又过了一个星期,我接到了杨哭的传呼,就赶忙赶到亚运村去接他。我下了出租车,在一阵眩晕中我用手挡住那强烈的秋日阳光,我觉得有个东西被风送过来贴在了我脸上。我拿下来,发现那竟是一枚秋天的树叶,今年秋天来临的第一枚树叶。杨哭站在不远处的汇园公寓的台阶上向我招呼。他戴着墨镜,穿着一套浅灰色的西装,他永远都是一副白领打扮。我向他走了过去。

"去打打保龄球,到康乐宫去,我有话对你说。"他对我说。他的脸刮得发青,身上香水味儿很浓,他越来越像个资产阶级了,这两年他的变化够大的。我想,也许我也一样。

"秋天来了,"我说,"咱们得照顾好自己。"

"对,他妈的秋天来了,"他也说,"注意别着凉。"

我们走进康乐宫,买了票,绕过音乐喷泉,走向地下游艺厅,在保龄球场换了鞋,然后开始打保龄球。我很喜欢打保龄球,尤其喜欢运用12磅重的球。那球把目标全打倒的感觉当真是摧枯拉朽，令人心醉。我们俩用了一个球道。我发现杨哭的脸色有些异样，显得很严肃。他击球的动作过于凶狠，仿佛把很多仇恨都发泄在掷球上了。但他的准头不行。我估计他的心有点儿乱。罗伊不再理他，罗伊的丈夫发誓要杀死杨哭。我曾经在照片上见过罗伊的东北籍丈夫，那是个纺织品批发商。难道杨哭怕死了吗？勾引罗伊时怎么没有想到呢？我对杨哭的处境有些幸灾乐祸，不过好歹他总算捞着了一个女人。他不是说他爱廖静茹爱得发疯吗？我们打了两局，他一共才得了一百四十分，而我打了三百多分。杨哭笑了笑："今天你是超水平发挥了。"

我们来到快餐厅要了一份快餐。吃饭的时候杨哭忽然开口说："他妈的，廖静茹闪电般嫁给国际艺苑画廊的柳经理了。她抛弃了我。"他的脸红通通的。

我停下筷子，看着他。他很镇定，只是不安地看了我一眼，"好在我受伤害还不太深。毕竟我跟她睡过觉。你能不能告诉我他妈的女人们都是怎么回事？"他控制不住自己，吼叫了起来。

我想起了被他抛弃了的罗伊。我猛然敲着桌子冲他咆哮起来："你他妈的能不能告诉我你自己是怎么回事？"

他愣了一下，干笑了一下。"也许都是我的问题。我也许是个混蛋，可女人是现实主义者。廖静茹把她的小辫子变成了染黄了的鬈发，像个假外国娘儿们。她变化真大。她简直像扔掉一个垃圾袋一样扔掉了我，就因为柳老头可以让她去欧洲呆几年，妈的。"他沮丧地又吃了一口饭。"可我觉得恶心。我的那枚钻戒，天，哈，订婚。"

"你先恶心你自己吧，"我恶狠狠地说，"这种事是你自找的。你不是发誓你找到了爱的感觉了吗？"我讥笑起他来。讥笑他真令我快活。

"那种感觉是真的，"他痛苦地说，"不过的确是一场欲望的游戏罢了。不过你呢？对，你像个傻子一样喜欢上了那个歌女，那只流浪在路上的脏猫。"

我黯然神伤："她已经搬到王府饭店去了。"

"而且我还知道她该滚出北京了，"他这会儿兴高采烈，"她和杨经纪人的官司打输了，在北京娱乐圈已混不下去了。没人愿意与她合作。她马上要滚蛋了。反正她也喜欢在路上。这是杨经纪人亲口对我说的。这座城市让她成名，同样也可以让她滚蛋，滚得远远的。"他冷冷地说。

"我想再打两局保龄球，"我忽然感到有一种力量需要发泄发泄，"我必须再打两局保龄球。"

十

那是一个大雨侵袭的日子，城市的暴雨像一面巨大的抹布一样洗刷着城市。我站在阳台上默默地眺望远方城市中的雨幕场景。已经是秋天了，某种肃杀的气氛已经笼罩在我的心中。我的小说已经写完了，昨天拿给了那个给我定金的西北最大的一个书商。他用挑剔的眼光看完我写了几乎半年的长篇小说，临了说："还得再加点儿商业内容，这部稿子我要了，但你得再加一万字进去，全是与性有关的文字就行。我再付三千元怎么样？"他那双金鱼眼与西北汉子的宽脸膛极不相称。我真想揍他，但我说："他妈的，好吧。"我无可奈何地说。既然有人喜欢，那么我就再加点儿性描写，满足所有狗杂种们的欲望。

我站在阳台上看大雨扫荡城市，忽然，我的 BP 机狂呼我。电话号码没见过。我去楼下打了个电话。"喂，谁在呼我？"

"是我，林薇——在路上流浪的猫。我要离开这座城市了，来送我吗？要离开了才发觉只有你一个人还算够朋友。"

"在哪儿？"我的心怦怦乱跳。

"王府饭店。"她接着又说了一个房间号。

"我马上就来。"我说，然后迅速地挂断了电话。

我拦了一辆出租车，汽车在雨幕中杀开一条道向东单方向疾驶。司机给我大谈汽油涨价问题。我一个字也听不进去。我在想林薇终于要离开这里了，可她会到哪儿去呢？

汽车拐进东单，又向左拐进一条较窄的路，然后停在了王府饭店门口。这是一座有着古典建筑风格的五星级饭店。我匆匆走进大堂，直奔电梯，来到了六楼，敲了敲一个房间的门。

"进来吧。"林薇打开门，脑袋在门后面隐现。我一脚跨进去，立即感到某种凄凉的气氛。屋子里乱糟糟，到处是音乐磁带、唱片、CD 机，打开的皮箱，胡乱扔在床上的衣裙，以及满脸忧伤的林薇。她改变了发式，把头发剪得很短，像个葫芦瓢一样扣在脑袋上。

"怎么啦？官司输了就不呆在这座城市了？"我问她。她穿一条洗得发白的牛仔裤，丝丝缕缕的裤脚垂在赤脚上。

她脸色黯然，一丝倔犟和顽皮的笑浮起来："没法儿再呆下去了。姓杨的把我的名声弄糟了。这是一个男人的世界对吧？我马上去香港，我得去卫视中文台替他们干活儿了。我当个节目主持总还可以吧？"她说，然后喊了一下四下嚎叫乱窜的白猫瑞德。

"也许还不错。可我弄不明白，你为什么就想在路上，不建个家什么的？"我逼视着她，"停下来别再动弹？"

"没有人真心对待我。当然，除了你。我们是好朋友，对吧？你不会记恨吧？那次我叫你——那场面的确有点儿尴尬，拿着衣服离开了我的屋子。"

我苦笑了一下："不会的，我翻看了你的私人记事本，说实话，我没看到什么。"我现在想起来潜规则的事了。

"这就好。"她叹了口气。"我得收拾东西了，帮我一起收拾吧。"

于是，我就躬下腰帮她收拾，我在皮箱里捡到一张照片，照片上的她站在以一幢破平房为背景的场地上笑着，那样单纯。我知道那是她来北京的起点，中国音乐学院附近的破小平房，有一种悲凉的东西在房间里蔓延开来。后来她收拾完了，"我会怀念这座城市的。还有你，乔可。你那么单纯，"她笑了笑，"一直是个可爱的大男孩。你好像与这个时代格格不入，像英国的的'愤怒的青年'作家群。"

"我不像你，溶入得那么深。"我幽怨地说。

"那部小说写完了吗？"她把裙子塞进了皮箱。

"写完了。不过书商说还要再加一万字性描写。说是为了商业上的考虑。这个时代需要这个。"

"你加吗？"

"加，我已经拿了人家的钱了。"

"有个问题我弄不明白，就是作家也是给什么钱就写什么东西？"

"不全是，"我沉吟了一下，"但已有一部分人这样了。在这样一个价值多元的时代，干什么都是社会的填充物罢了。作家也一样。现在就走吗？"我自嘲完毕，提醒她。

"对，现在就走。不过，我得再看一眼这座城市。"她跳到窗户前，向外面凝视。雨幕中她能看见什么呢，我想。她约摸站在那里有5分钟。房间里的空气似乎凝固了，凝固在一团忧伤的气氛之中了。我忽然觉得不好受。

"好吧，走吧。"我看见她转身，眼睛里含满了泪水，但没有流下来。我帮她提上皮箱，她拎着一个大袋子，我们就这样下了楼。那只猫一跳一跳地跟着我们。

我们来到了王府饭店门口。"噢，还有瑞德，只是我不会再带上它了，乔可，你愿意养它吗？"她招呼瑞德，把它提起来递给我，脸上有一种极沉痛的表情，"我是在一个垃圾箱附近看见它的。当时，它也在四处流浪。"

"好吧。"最终我说。雨下得非常大，几乎像瓢泼一样。她把瑞德放到我怀里，一刹那我发现瑞德露出了十分凶狠的目光。出租车开了过来，她拢了一下头发，"我这就走啦，"她悲伤而又欢快地说，"走啦。"然后她快速地亲了我一下。我像个雕像一样站在那里。我帮她把行李放好，她钻进了汽车。我看见她在汽车中不停地向我挥手，挥手，直至雨幕把我们互相隔开，推远，看不见了。

我抱着瑞德站在那里，停了一会儿，瑞德忽然发起狂来，它在我怀里愤怒地撕咬着我，在我的手背上抓出了血痕。我放开了它，它一跳一跳地冲进雨幕中，嚎叫着也消失了。它重新成了流浪在路上的一只猫，我想。

在一个非常晴和的日子，我和杨哭坐着车去通县看地皮。他在那儿买了一块地皮打算自己盖楼。在汽车里好久，我们都没有说话。我们好像都变得深沉平静了。后来我说："她走了。"

"谁走了？"他眼看着迎面撞来的立交桥，问我。

手上的星光 | **099**

"林薇，一星期前她走了。去了香港的华视中文台，当节目主持人。"

"反正也没法混下去了。走了更好。你不是，曾想和她同居来着吗？"他露出了滑稽的笑容。

"有一天我翻看了她的一个记事本，那个奇怪的记事本里记了很多时间、地点和人名，然后她就把我赶出了她的房间。我便再也没法和她亲近了。"

"哈，"他用奇怪的眼神看着我，"那我必须告诉你，那都是——都是和她发生性关系的人的记录。有一个著名的第几代导演曾经和她睡过，也发现了那个本子。那个导演是个著名的大花心，也吃了一大惊，给她起了个外号叫'小脏孩'。我琢磨你再仔细看下去，那记事本里还有你吧。"他讥笑起我来，"'小脏孩'，这绰号真棒。"

我沉默了。看来这都是真的。我沉默了好久，说："你原本就知道这件事——那个记事本？"

"娱乐圈谁都知道。所以，她没法呆了。"

我忽然想起了廖静茹。"廖静茹情况怎么样？"

他忽然眉飞色舞。"那个小婊子？她把老柳给甩啦，你猜她嫁给了谁？嫁给了一个纽约派诗人，同时也是个画家，去美国发展了。她真厉害。他妈的真厉害。"

"真厉害。"我由衷地感叹道。我想起了她眼睛里的火焰。

汽车飞速钻入国贸立交桥，向通县方向开去。周围的城市高楼在向后退去。我们又陷入了沉默，汽车到达八王坟时，我忽然觉得有一辆蓝色的桑塔那轿车一直在跟着我们。我从后视镜中看到有一个戴着墨镜的汉子在开着车。停了一会儿，我说："杨哭，有人在跟踪我们。"

"真的？"他像是不信似的回头去看，"那辆蓝色桑塔那吗？""对。是那辆。最近你没跟黑道上的人物打交道吧？"我有些担心地说。杨哭最近的确赚了不少钱。

"没有，我从不跟流氓地痞来往。"他说。那辆汽车紧紧地咬住我们不放，我们开多快，它也开多快，如影随形。"真他妈的，真的在跟踪咱们。"杨哭一转方向盘，汽车猛地拐上了通往鹅沟村的一条便道。我们看见那辆桑塔那也紧跟了上来。

"我明白了，那个人是罗伊的丈夫，一个纺织品批发商。他要杀了你。"我对杨哭说。我们的汽车一直开到了通惠河的边上，这里全都是农田村庄，根本就没有路，而且杨哭的"凌志"发动机发出了一种十分不耐烦的吼声。汽车向东一拐，我们没命地沿着通惠河边一直向东开去，汽车就像在石头上滚动一样，颠得我前仰后合。可那辆车一直跟着我们。汽车发动机在到达一片榆树林时，突然怒吼了一声，停下不转了。完了，我想。

我们赶紧下了车，看见那辆桑塔那在尘土飞扬中向这边驶来。我拉着杨哭的手没命地向前面的农家村舍跑去。我们翻身进了一个猪圈，几头乌克兰大白猪对我们哼哼着。我看见远处那辆桑塔那车停在"凌志"的后边，下来了一个壮汉，手中拿着一条双管猎枪。他一枪托敲掉了我们汽车的左后视镜，又认真地向前后轮胎各开了一枪。我们听见那轮胎撒气的声音。那家伙朝我们这个方向望了一会儿，没有发现我们，这才上了车，在尘土飞扬中沿着河边开走了。

我和杨哭都惊魂未定。我说："这就是你勾引罗伊的代价。他差点要了你的命。"

他沮丧地低下了头。"我再次重复一遍，是她勾引我的，他妈的。我们的车开不回去了，"他哭丧着脸，"我怎么总是栽在女人手里？"我们翻出了猪圈，小心翼翼地向汽车走去。

十一

不知不觉第一场大雪就下来了。我的长篇小说也修改完毕。书商付了钱，就把稿子拿走了。我想我干成了一件事儿，心里很高兴。但我又想如果市面上到处都是我的那本加了一万字性描写的书，这倒同样也令人感到恐惧。凡是流行的东西必定也死亡得快。但我打算让自己轻松轻松，就沉浸在老虎机游戏中。可我却输了很多钱。有一天上午，我回到住处，发现有一个头发半白的女人在我们的楼道中走来走去，显然在寻找什么。她那满是皱纹的脸上堆满了疑惧。我从她脸上看到了一丝熟悉的东西。我猛然想起来了，她也许是来找林薇的。我说："大妈，您是找林薇吧？"

她吃了一惊，脸上又现出了喜色："对，正是。我是她妈妈。这丫头，离开家三年了也未回家。我按着几个月来她给我寄钱的地址，找到了这里。可她的门紧锁着。这丫头跑到哪儿去了呢？"

我把她让进了我的屋子，并给她倒了一杯水。我说："她已经去了香港，这她没写信告诉您？"

她放下手中的一个包。"她从来不给我写信。我也从工厂退休了。她去了香港干什么？那可是个花花世界，"她犹疑而又吃惊，"野丫头，几年了一直不回家，只是常给我寄钱。我也老了，要钱又有什么用？又有什么用？"

我说："大妈，你来找她干嘛？"

"叫她回家。总在外浪着，也不嫁人，那么大的丫头了。她还有个弟弟，马上要结婚，总得叫她回去看看。"

我问："那么，她父亲为什么不出来找她？"

"他六年前就死了。就是她父亲，天天揍她，从小教她二胡，她才学会了唱歌。我不知道她来北京靠什么生活？拉二胡吗？"

我想，林薇已经彻底地忘掉她的家了。不过，她总还没忘了给母亲寄钱。然后我对她讲起了林薇在这座城市的奋斗、成名，以及去香港做主持人，只是我没有讲她的"小脏孩"的绰号。她听得很认真，脸上竟然荡漾出幸福的笑。"这孩子从小就有出息。她爸打她从来不哭。要是她爸爸不死，也会为她高兴的。不过，她恨她爸爸。"她叹了口气，眼泪在眼圈儿里打转，后来她在那个黑皮包里摸索了一会儿，取出了两张照片，"你看看，这是她几年前在家照的，我怕认不出她来了，就带上了照片。可她为什么不回家呢？"

我接过照片。一张是她站在红艳艳的夹竹桃花前照的，另一张是在船舷边，她偏着头在笑。看上去只有16岁，那样单纯、美丽、清爽和自然。我不禁为她的变化而感到了震动。

"她变了吗？"

"变了，变得胖了点儿，还有就是发式也变了。她已经长大了，大娘，你不用为她多操心。"

她收起了照片。"长胖了就好。我就怕她变瘦了。你刚才说她还演过电视剧？我怎么没看到？这丫头有出息了，却再也不回家了。"她流出了眼泪，坐在那里愣了一会儿，拿起包，说："我回去了，你要是见到了她，叫她一定回家去。她再不回家，只怕我的眼睛瞎了，再也看不见她了。"然后，她走出了房间。我一直送下楼，看着她消失在大雪之中，走进了更远的一片空茫。

那年的圣诞之夜，我和杨哭穿戴齐整，一起到新世纪大酒店的瑞典"帝梦"牌桑拿浴室洗了桑拿浴。在大堂酒吧随便吃了点东西，就到饭店的舞厅参加圣诞化装舞会了。这座四星级的饭店像一块银制物体耸入天空。不知为何，到了年终，在我们心中涌起的只是一种空茫和疲惫的感觉。这个城市叫我们经历了太多，也叫我们付出了很多。生活中有一种迅速流变和沉闷的东西毁坏着我们年轻的心。有些东西，是远远超越于我们生命之外并无法去把握的。比如这个轮盘城市转动的节奏。我们对很多东西已失去了兴趣。生活变得简单了，也更麻木了。我甚至都变成了不读书的平面人。我已经从报社辞了职，在一家音像出版社工作。每天都沉浸在让人短时间沉醉的音像制品享受中。我有一段时间看到林薇在香港卫视中文台上，她真的变瘦了，而且还学会了用嗲声嗲气的调子说香港普通话。她一出现在屏幕上，总是说："这里是卫视中文——台！"然后将手向旁边一指，一边冲你做鬼脸。她依旧是可爱的，但也有疲惫之色。不久她又从电视上消失了。我一个在大地音像制作公司的朋友说她已去了东南亚，在那里发展。后来有人在澳洲也见过她，说她开一辆二手的庞蒂亚克车在悉尼的街上出现过。后来再也没有她的一点音讯了。她真的是一只在路上流浪的猫吗？

　　我和杨哭走下舞厅，在入口处一人选了一个面具。我们选的是老态龙钟、满脸持重的老人面具，加入到了那场圣诞之夜的化装舞会之中。这是一个假面的海洋，每一个人的真实面孔都消失在假面之后了。我几乎看不见一个人的脸。也许这就是城市的象征，充满了假面人和在假面后面转动的眼睛。城市本身就是一个巨型的假面舞会，在这里，一切的游戏规则被重新规定，你必须学会假笑、哭泣、热爱短暂的事物、追赶时髦。你必须要以冷漠的态度对待一切事物，因为这里的一切都转瞬即逝，再也没有了永恒和停止不动的事物。连哭泣都成了游戏，已丧失了哭泣本身的深刻内容与实质。

我们跳了一会儿，又到红狮酒吧去喝饮料。这里的快餐很好，我们每人要了一杯"黑风"，并加了冰块，坐在那里啜饮。酒吧里人很多，很多情侣在悄声低语。杨哭忽然看见不远处有一个穿黑色大衣的女人在独自喝着一杯葡萄酒。"那是罗伊，我敢打赌。"他对我说，他的眼睛亮了一下，但显得又有些犹疑，然后他还是站起来整理了一下礼服走了过去。

"罗伊，圣诞快乐。你过得好吗？"

"我不认识你，先生。"

"可你的老公差点儿打死我。用打野猪的双管猎枪。"

"我不认识你，先生。"

"你是罗伊，我是杨哭，难道这还有错吗？"杨哭怪笑了几声，"是你在中国大饭店的舞厅里让我握住你发抖的手，那时你说你的婚姻遇到了危机。"

"你可以走开吗先生？我不愿意无故被打扰。"

"可你现在却装做不认识我了。我能请你喝一杯吗？"

然而我看见这时罗伊站了起来，她把手中的酒一下子泼在了杨哭的脸上。然后她昂首走出了酒吧。我看见殷红的葡萄酒顺着杨哭的脸流了下来。他站在那里僵了许久，才掏出手绢擦了擦。他抱歉地对我说："请等我一下，我得上一趟洗手间。"他快步向洗手间走去。

我跟了过去，我推开洗手间的门，却听见他在哭泣，他真的是在哭泣。杨哭真的哭了。我拍了拍他的肩膀："行了，行了老兄，这本来就是一场游戏。"可他仍在哭，而且把水都泼到了地上。厕所里那个老员工不停地用墩布擦他脚下的地面。后来他终于洗完了脸，我给了那个员工5块钱小费，扶着杨哭走了出来。我们决定出去走走，我们刚一跨出新世纪酒店的大门，就听见圣诞夜的钟声响了。我们决定到教堂去看看，就冒着大雪，向西直门方向走去。在我们前面，毁灭和新生的力量和时间一起在等待着我们，等待着我们以城市为战场与它交锋。

（获得1995年《上海文学》小说奖）

环境戏剧人

第一章

1

我总是觉得我像是一粒灰尘一样飘浮在这座城市的上空。加上令人怀念的学生时代，我在这座北方大城市已经生活六年多了。我和城市就像是两个骗子一样互相提防，而又不得不互相信任。出于对我的怜悯，这座城市给了我一个"戏剧人"的角色，让我还能够在它的巨型手掌的夹缝间生存下去。但我知道，它随时都可能一下子把我掐死。每天，当我和我的戏剧人伙伴们穿行在日新月异地变化着的街道，像某种呕吐物那样，在城市的口腔和牙齿间流动不已时，我无法拒绝那些日异地长高的各种饭店、大厦、写字楼、购物中心、超级商场以及欧美快餐来威压我们。我毕业于中央戏剧学院，我是一个满腔怒火生活在城市中的人。我只做先锋戏剧，我是一个环境戏剧人。我将我的戏拉出了舞台，彻底地改变了舞台与观众和演员之间的静止关系。从而可以把戏剧放到社会的各种环境去演出。因为每天发生的各种现实事件已经超出了我们的想象力。在这个他娘的什么都在解构的时代里戏剧的真正精神早已萎缩，已退化为乏味无聊的、充斥在电视台上各个电视频道的肥皂剧。除此之外我们还能干些什么？面对更多的沉湎于物欲的人们，25岁的我忘不了大学时代阅读菲茨杰拉德的《了不起的盖茨比》中的一句话："每个人的青春都是一场梦，一种化学的发疯形式。"而我，却仍想要找到我青春的最后寄存地。我的"爱达荷"。你说我也许是一个镇定的疯子吗？

"你看到那些玻璃杯了吗？那些在大堂吧台上放着的一排玻璃杯？你不觉得它们发出的亮光有一种让人心醉神迷的感觉？"龙天米慵懒地对我说。

她像一只已经厌倦了美食的波斯猫那样打了个哈欠，胸部的乳房跳了两下。

我们坐在凯莱大酒店的二层咖啡厅里。凯莱大酒店是一家四星级酒店，它像幽蓝的一块砖头一样竖立在建国门立交桥的边上，与边上日本佬盖的长富宫大饭店相互辉映。这里的咖啡和西贡菜苑都不错，我正在喝着一杯维也纳冻咖啡。可和龙天米坐在一起我忽然感到了绝望。这座城市以它某种不容更改的法则在修改与毁坏着我们，让我们无地自容。

"没有，我什么也没有看见。"我说。我看见龙天米哼着一首十分没劲的歌在吃她那份蛋糕。我和她认识已有多年，还是在戏剧学院三年级的时候，因为共同主演一部莫里哀的喜剧，在那天晚上戏演完了之后，我们之间的戏倒是接着又演了下去：在一阵道具乒乓作响声中我们拥抱着倒在了幕布上，在一阵激烈的节奏中我们——于是我们就成了情人。从那一天起，我从来没有想过要全部拥有，也一刻没有完全拥有过她。但我想我是爱她的，如同其他爱她的男人一样。现在我坐在凯莱大酒店咖啡厅的深蓝色玻璃幕墙之后向外窥探。在我眼前出现的是东便门立交桥，一列火车正缓慢地通过那里，那种节奏谨慎而又坚定地向北京站方向而去。再往南则是东花市高级住宅区，那里住了不少有钱人。我看见有很多漂亮的私家车沿着一幢幢欧式的公寓楼一字儿排开，浑身闪耀着这个时代铜臭气十足的光芒，那么幽暗而又令人伤心。远处，国际饭店、鸿基大厦和其他高楼直逼我的视线，让我有一种推倒积木似的强烈愿望想推倒它们，因为它们给了我一种十分压抑的感觉。我现在仍然感到这座带给我激情和梦想的城市是如此的陌生。

"我们为什么要回到你所说的'爱达荷'？它是一个什么鬼地方？"龙天米忽然斜着眼睛看我。要在平时，我会觉得她的这类斜视美丽异常，而且我还会为此吻她那么几下。可在今天我实在恼火透了。"我不知道，姑娘。我不知道我们为什么要回到爱达荷。你不觉得你的这种提问十分没趣吗？爱达荷是他妈的美国的一个农业州，有很多漂亮的奶牛和农场，当然还有很多像奶牛一样有着大乳房的漂亮姑娘。"我恶狠狠地说。

"够了，闭嘴吧。"龙天米忽然幽深地看着我对我说。"你变了我再也不想见你了。我想我讨厌你，你这个粗鲁的混蛋。再见！"她扬起她美丽的下巴，站起身就朝外走。我也跟着站了起来。我可没打算要失去她，这是我始料不及的。她走得飞快，我喊了一声，她也不停下来。我一直认为她不错，这不仅因为她是我的好伙伴，还在于她一直想和我回到我所说的爱达荷，这样的女人在这座城市里已经越来越少，更多的女人则喜欢养宠物、配戴假发、假乳与假臀，以一切假物来毁灭可怜的男人们。就在今天之前，我每一次和龙天米互相拥抱着沉睡在城市的黑夜里时，我们的肉体和灵魂都可以感受到那种再也回不到爱达荷的恐惧。

"嗨，嗨嗨，你最好停下来。"我走出咖啡厅，对她疾速走动的背影说。她根本不理我，向右一拐，就消失了。我连忙又跟了过去，推开了一间屋子的门却发现是一间四面全是镜子的化妆室，龙天米已经不知去向。莫非她躲到了镜子后面吗？我强作镇定地冲里面两个美国大美妞耸了耸肩就走了出来。站在凯莱大酒店布满了镜子的楼梯上我神色茫然，我想我真的失去了龙天米，我是否也该像推积木一样把凯莱大酒店也推倒？

2

深夜我乘坐一辆出租车向方庄方向赶去。我已经有一星期没有见到龙天米了。我想她这次真的想离开我了。我知道作为表演系的"戏子"她拥有不少男人，但离开我仍叫我无法接受。汽车经过天安门广场时我放眼望去，在广场上晃动的人们像被风吹动的落叶一样一个也不剩，因为北京的深秋已是相当寒冷。我想我今天必须见到龙天米，我要和她谈一谈。

我们还有许多环境戏剧需要她演，我们要共同去寻找我们的爱达荷。可我们的爱达荷是个什么地方？汽车由崇文门一直向南开去。

15分钟后，我在方庄小区一座立交桥上下了出租车。

我打算步行走到龙天米的住处去。这时风很大，我不得不竖起了衣领。我和龙天米在学院毕业的两年多时间里都没有家，只是有时候把对方的怀抱当做了家，短暂的家。我打算在大风吹起来之前赶到她那里去，因为天气预报说今夜有八级大风。

我走在空寂无人的大街上，我四周全是耸立着的高层住宅楼。它们全部耸立在黑暗的天空之中，没有一个人在大街上走，我甚至疑心我来到了某个外星城市。每一座楼都像是一座变形金刚，仿佛随时要把我吃掉。已经起风了，我加快了脚步。这座城市就从来没有信任过我，可我却一直在一厢情愿地向她撒娇。我迟早得扑进她这个后娘的怀里彻底地撒一回娇。我觉得自己作为一个自由职业者活在这座城市里十分悲壮。

我来到了龙天米租住的那幢公寓楼。在北京没房子就等于你像是一条流浪的狗，谁都可以因此而给你一棍子。我胡乱想着，敲了敲门，里面没有应声。

我推了推门，发现门并没有上锁。我一走进屋子闻到了龙天米那令我十分熟悉的气息。但我忽然发现屋子里已经站满了人。我看清楚他们都是我的伙伴们，一群都市中的老鼠，我的环境戏剧的主要操作者。他们是：罗朗、马加、林格、乔可、施伯格、周娜、陈红和皮皮。只是我没有看见龙天米。他们像是一群雕像一样呆立在那里，仿佛在注视着什么。

我走了过去，"怎么啦朋友们？难道你们是在默哀吗，一句话也不说？"我一把拨开他们，这时我看见那张床，那张龙天米平时睡眠用的床罩的中间，有一摊赫然醒目的血迹。血已经变黑了，但仍散发出一种神秘的甜腥气息。我俯身摸了一把，手上黏乎乎的，血仍是湿的。我顿时慌了起来。

"《死去的新娘》——未完成的环境戏剧第一幕。演出到此为止，默哀三分钟结束，"留着一条小辫的罗朗看了我一眼无情地说，"我们可以走了。"

我像一条垂头丧气的狗一样垂下了头。我不能相信床上的血是龙天米的。她还要和我一起去寻找"爱达荷"，她可不该只留给我一摊血。她为什么不对我和世界都保持足够的耐心？我悲愤地揪住了罗朗的衣领："你这个狗杂种，她不会死的，你知道吗？！她在哪儿？"

"可她至少是失踪了。平静一点胡克，不要发怒。我们可以分头去找。"乔可在一边说。

"可你们都是心冷似铁的狗杂种。"我骂了一句，然后坐在床上，伤心地说不出话，他们却都像塑像一样一动不动。难道这也是一台戏？我忽然有些迷惑了。但我的龙天米确实失踪了，也许她再也不会回来了。

第二章

我确信龙天米没有死去，原因之一是我深深地爱着她。但面对这座庞大的城市我什么也不能相信。我收起了那面粘有可能是龙天米的血的床单。收下了她所有的遗物。在这个茫茫的世界中我必须独自前行。我向这个城市撒娇还没有撒够，我决定继续地撒下去。我走在灯红酒绿的闹市区，走在阳光广场、伯爵中心那宽阔的豪华楼厦地带，我想我会在哪里再找到她？难道她在和我一同主演一出环境戏剧吗？以中国当代的城市为背景，以我的寻找为主题，也许找到了她，我们共同主演的《回到爱达荷》环境戏剧就算是演完了？龙天米留下来的东西有一支玫瑰色的口红，一个画满了奇怪的符号和对话的记事本，以及一条火红的围巾。我记得她有三个冬天都曾经围过这条火红的围巾，远远地看上去仿佛有火苗在她的肩头跳跃。我翻阅着她的记事本，我确信她爱过很多男人。我从来没有要她告诉我，但现在我想我只有找到这些男人，才能找到她。可这些男人会是谁？他们会躲在这座迷宫一样的城市的什么地方？我站在电视塔的旋转层俯瞰这座无比广大的城市，不由得唏嘘了起来。

我在龙天米的紫皮记事本里发现了惟一的一个电话号码。这个电话号码出现了三次，分别在她杂乱无章的记事页的不同页码上出现过，而且旁边都注明了一个"林"字。我想也许这是我真正走进龙天米隐私生活的惟一一个入口了。于是我拨通了那个电话。

"你好，这里是唐汉民事事务调查所。"

"请问，请问你们是干什么的？"迟疑了一下我问道。

"我们是一家私人侦探所，专门进行私人委托的各种民事事务调查。"

"那么这里有一位林先生吗？"我一字一句地说。我得到的回答是肯定的："我就是。"

"我正要找你，我遇到麻烦了。"我说。

"那么你来吧，我们面谈。"他给我说了地址，然后约好时间，就挂断了电话。

这个时候我在猜想龙天米也许已经真的死了，也许就是这个姓林的干的。可听上去姓林的是一个私人侦探。我约摸听说过这座城市里已经出现了私人侦探，只是我没有想到我会有一天与他打交道。我在裤腿上绑好了一把匕首。我拦了一辆面的，就向钟鼓楼方向而去。

我按照地址来到了钟鼓楼背后的一个胡同,到了一幢二层小阁楼的门前。我看到了阁楼前挂着的那个牌子。然后我上了楼,我走了进去。

屋子里一共只有两个人,有一台电脑,有一个书架,上面堆着各种百科全书与法律全书,有一套《福尔摩斯探案集》,还有一本波德莱尔的《恶之花》——我在大学期间曾深深地喜爱过他。我还注意到了地上铺着的红色地毯以及一部录音电话。然后我才把目光集中到了他们身上。在一张无所不包的军用北京市地图的前面,有一个眉目英俊而又略带些冷气的男人正看着我。

"你就是林先生?"我问道。

"是的,有什么事需要我们办的?"他问我。他的助手,一个戴眼镜的小伙子正在用电脑操作。

"我要找一个人。一个女人。她失踪了。她叫龙天米,我约摸知道,你与她联系过。"我不动声色地说,我清楚地看见他微微震动了一下。

"……我认识她。她一度是我的客户。大约在一年以前她叫我帮助查一个男子的情况。

"就这些,怎么,你说她失踪了——你是她什么人?"他有些不大自然地耸耸肩。

"我是她的男朋友。她只留下了一条带有血迹的床单。我是在她的记事本里看到这个电话号码的。"我说。

他深深地看着我。"晚上你有时间吗?我们在中国大饭店的大堂酒吧见面,我再将一切都告诉你。"

我忽然有些想拉住他的手的愿望,因为他是一个私人侦探,他真的会帮我找到龙天米。但我说:"好吧。"然后就出去了。

我来到中国大饭店时已是华灯初上。大堂酒吧金碧辉煌,有一位小姐在弹钢琴,在散开的沙发座上,很多外国人和中国人坐在那里聊天。要是在往常,我一定会找到一个我认为最漂亮的外国妞然后不停地朝她挤眼睛,可今天不行。我等了一会儿我看到林先生穿一件黑色夹克衫,像个便衣一样走了过来。

"要点儿什么?"我问他。

"一壶红茶。"他坐下来说。我在猜他是否可能属于佩带手枪的那种私人侦探。

"我要一杯皇家咖啡。"我对服务员小姐说。

"你真的要找到龙天米?"他看着我。

"是的,因为我和她要演的一出戏《回到爱达荷》必须得由她主演。"

"你们认识多久了?"他问我。他有一口漂亮的牙齿。

"有五六年了吧。我们算是大学同学,一同演了从莎士比亚到莫里哀、从肖伯纳到皮兰德娄的很多戏,我们是好搭档,很好的搭档,在很多方面。"

"同时你很爱她。"他一直盯着我说。

"是的……你好像也爱过她?听你的口气。"

"……有一段时间是。你真的想通过她接触的男人来找到她?"他的眼睛里甚至有一种嘲讽的神情。咖啡和茶上来了,他在他的茶里加了牛奶和砂糖,我什么也不加。

"对,"我果断地说,"因为她失踪了,剩下了一条床单。"

"好吧。"他耸了耸肩,递给我一张纸片。上面有五个人的姓名、电话、地址。"你就一个个地去找吧。不过有两个人我没有写上去。其中一个是我，因为用不着写上去了。另一个是她的一个情人，就是她在一年前曾经委托我调查过的那个人。那是一个商人，或者说是一个危险人物，一个与黑道有广泛联系的骗子——但法律还抓不住他的把柄。他就住在这家饭店里，我注意到他的奔驰560有三个月没有在这里露面了。你不能直接去找他。"

我仔细地看着那张纸片。"好吧，"我说，"随便问一下，这些名单你是怎么搞到的？"

他看着我，深深地笑了："老兄，在她委托我调查那个男人之后，我调查清楚了那个男人的全部背景，并且劝她离开了他。那一段时间她已开始吃含有毒品的饼干了，但我促使她离开了那个男人。我也就是在那个时候成了，成了她的情人。她是一个很美的女人，那么高雅，眼睛那么美，那么深奥，不是吗？在我爱上她的同时，我发觉她还有其他男人，就用我的职业手段调查了出来。只是我从来没有将这个名单派上用场。现在它有用了。她真的很美。对吧？"

"你觉得她哪里最美？"我问他。看来这个私人侦探的确深爱过龙天米，一种妒意涌上我的心头。

"她的眼睛、嘴唇、声音、笑容、姿势与话语。一切。"

"太对了。"我伸出手来与他握在了一起。我们因为是一个女人的共同的情人而变成了亲和的人。但关键是我要找到她。"你的私人侦探——民事事务调查所挣钱吗？都干些什么？"我平静地问。

他坚毅地笑了笑："我是军人出身，我做过生意、写过诗，上过法律专业的大学。我一直想干私人侦探，于是我就干上了。我接的生意很多，有委托我们调查丈夫或妻子外遇情况的，有委托我们寻找失踪者的，也有委托我们调查一些生意人的商业信誉、还贷能力和背景的。我很喜欢干这个。这座城市也需要我。我们一共4个人，据我所知上海也有一家私人侦探所。不过，我总有一种预感，你可能永远也找不到她了。她是一个不断变化的女人。她干什么都不会停下来。你为什么非要找到她？"

"为了'回到爱达荷'。"

"你说什么？"他又问我，显然他没有听清，但我不想再重复一遍了。我确信他是一个可靠的人。我啜饮着皇家咖啡，看到那些白种女人们挺着健康的胸部在我身边走动。在这个爵士音乐节奏城市里我常常感到迷茫。有几个神色冷漠的男女坐在离我们不远的地方。"他们是一群骗子，这个城市著名的骗子，"林对我说，"你要是遇到麻烦了，就呼我。"他递给了我一张名片。"在前面呼119代号，我就知道了。"他微笑着站起身。

"祝你好运。"他和我握了握手，然后走了。我继续坐在那里听音乐。我又要了一杯矿泉水，呆坐了半个小时，这才走出了中国大饭店。有一个女人跟着我，我走上汽车停车坪时她对我说："先生，请问你要我陪陪吗？"

"不，小姐，我要回家了。"我礼貌地对那个靠操持皮肉生意生活的漂亮女人说。在黑暗中我真为她感到难过，可我知道她感觉自己比我过得幸福多了。这就是这个时代的生活逻辑之一。我大步走向黑暗。远远地看去，中国大饭店和国际贸易中心的庞大建筑像一座钻石山一样闪着幽美的光芒，像积木一样不真实，它那么傲慢，又那么庄重、豪华、凝重和美丽，像界碑一样成为这个城市生活的标识，一座幽暗的钻石之山。

第三章

1

我把龙天米的头像用电脑印在了我的一件 T 恤衫上。龙天米的笑十分沉静而忧郁，她的一绺头发遮住了一只眼，仿佛在偷窥着这个世界。我想一定会有人看见过她并且把她的消息告诉我。秋天里的寒意从大地深处升起，我打算去昆仑饭店的迪斯科舞厅跳跳舞。在这座城市我已经习惯了用孤独的舞步跳舞。我在夜晚 11 点的时候走出寓所，叫了一辆出租车，向东三环方向驰去。由国际贸易中心立交桥开始一直向北，是重要的使馆区，因而那里的高档酒店、商场和写字楼十分众多，充满了一种傲慢自大的奢华气派。汽车在昆仑饭店门口停下来，我下了车，走进了昆仑饭店，直奔舞厅。

我曾经来过这里几次。这里的迪斯科舞厅相当不错。在晚上 10 点以前，在这里出没的人是以学生模样打扮的年轻人，到了晚上 11 点以后，在这里出现的人就非常奇特了。我喜欢这个舞厅里弥漫的快活和自由气息。这里外国人很多，留各种奇怪发式的"艺术家"们也很多。我想我在深夜来到这里是为了深入城市孤独的睡梦，从另一个方向把快僵死的心灵惊醒。我先是喝了一罐百事可乐，然后我就加入到那狂舞的人当中去。在舞厅中间，灯光变幻中，每一个人都似乎像是被狂风吹动的树枝，又像是某种电动玩具。有一瞬间我甚至以为我来到了地狱，因为 11 点以后，仿佛全城的各种怪人都来到了这里。这里集中了这座城市的一些奇特的景观，你可以凭打扮、气质，推测哪些人是同性恋者、妓女、骗子、富商、艺术家、失恋者和城市孤独症患者。我花100元门票进来也是为了加入他们的行列。我在城市的手掌中越陷越深,多像一个攀岩者一样在它的手掌中向上爬,可我随时会掉下去摔死。我必须要进入一个新的社会阶层,在这样一个社会迅速分层的时期,我必须要过上舒适的生活。我想这是我和很多年轻人的想法。可每一次出入大饭店,我总是有更强烈的失落感,因为那里没有一件东西会真正属于我。华丽气派的灯光和富丽堂皇的空气吗?即使是这些东西我也一刻未曾拥有过,如同我未曾拥有过龙天米全部的爱情一样。

就在昨天,我从电视上看见一个非常漂亮的女窃贼,她被抓住之前从北京的大饭店里偷了一百多万块钱!当时我在电视机前感叹:一个多么漂亮的女窃贼!可她却偷了一百多万块钱。其实她原本可以嫁给一个普通人,比如嫁我这样的自由艺术家,但我知道那不是她的想法,那同样不是很多女人的想法。中国的女人真的已经发生了天翻地覆的变化,可男人们却对此毫无察觉,这不能不说是一个悲剧事件。

我感到浑身发热,我脱掉了西装外套,把它和我的双层棉风衣一同扔到了一边。一个骨盆宽大黄头发外国妞用她的胯骨撞我,然后我就挺起下身去撞她。舞厅里光线变幻得非常奇异,我想我一定是在地狱里和死于欲望之海的男女们在共舞。有一会儿我觉得我像一条快死的鱼一样喘不上气来,于是我闪出了舞厅,逃脱了那个麦基山一样的美洲胯部,逃向了旁边的饮料供应处。

我站在那里喝一杯矿泉水,我浑身都出汗了。T恤衫上的龙天米和我一起幽深地看着世界。这时我忽然看见一个身穿白西装的人从一边的黑暗处走了过来。他的头发很长,但扎成了一团束在脑后。他扎着蝴蝶结,像个绅士艺术家,但他跑到这里干什么?他在大堂酒吧坐着也许更好。我这么想着时听他沙哑着嗓子对我说："她是谁？你认识她？"他指着我 T 恤衫上的龙天米问我。

"嗨，我认识你，"我说，"你就是那个在美国叫响的画家何哲伦先生。"我一下子想到私人侦探给我的那有 5 个人的名单中也有他。何哲伦是著名的"海上画派"中的一员，他那怀旧气息颇浓的古典绘画让美国一个庞大的财团看中了，以每一幅画不低于 100 万人民币的价钱收购去，从而把他包装并抬举了起来。"至于她，龙天米，是我的朋友。我也在找她，我们在共同排练一出戏，可她却失踪了。"

"她是一个骗子，不是吗？"他走过来逼视着我说。

"噢？是吗？我可没听说过这种事。"

"她骗了我三幅画，非常棒的画。然后她跟一个老头儿跑了。那时候我刚好在美国。"他有些愤然，然而绅士般的修养使他在发怒时也很有风度。他看上去已像个美国人了。"她原本说过要和我在一起。"

"她当过你的模特儿，是吗？"我问。

"是的。我那幅《雅歌》中左边第三个女人就是她。"

我想起了那个穿旗袍弹一种古琴的女人。看上去何哲伦似乎对龙天米是恨爱交加。我说："我们干嘛不去大堂坐一坐？这里太吵了，这里是疯子呆的地方。"

"我一直在这里等一个朋友，可他却没来。"我们向外走的时候他说。我发觉他有一种魅力，一种这个时代的魅力，这种魅力是由金钱烘托出来的，以博大的艺术根基为基础的那种魅力。我们在大堂酒吧坐下。我要了一杯茶，他要了一杯热咖啡。

"何先生，你要找着了她会把她怎么样？送交法庭？"

"不不。"他摆了摆手。年届不惑，可他那张脸依然十分光鲜。"我要为她画一幅像，我曾经答应过她的。至于那三幅画，就都送给她好了。她是一个给我带来了丰富灵感的女人，我怎么会恨她？"

"但她失踪了。只留下了一面有一摊血迹的床单，"我说，"不过，我确信她还没有死，只是在城市浪游。"

我看见他的眼睛亮了一下："她在半个月前从亚洲大酒店给我打过一个电话。啊，我还有她的房间号码。要不我们现在就去找找她？我后天就要去美国了。我很想见她一面。你也是吗？"

"OK。"我激动地说。

我坐进了何哲伦的那辆宝马车。以前我曾经搭乘过一个在欧洲流浪的著名诗人的妻子（她是一个有名的画家）的宝马车。我知道北京有不少被外国佬看好的艺术家都有了还不错的汽车。我们的汽车一直向南，由兆龙饭店路口向西拐，经过城市宾馆和工人体育场，来到了东四十条道口。在车内我们谁都没有说话。我想何哲伦大可不必对龙天米念念不忘。也许他靠再给她画一幅像才能赚更多的钱吗？他已经是一个成功的家伙了。我们停好车，穿过马路，向亚洲大酒店走去。

我们乘电梯来到了十楼。我跟在步态敏捷的何先生后再向前走。沉静的灯光打在走廊中厚厚的地毯上。我们没有发出什么声音。我跟着他在一间房门前停下来，他敲了敲门，没有应声。然后有一位服务员小姐过来了。

"有一位叫龙天米的小姐还住在这里吗？"我问。

"噢，她早就走了。她在这里住了三个星期，先生。"

"好的，谢谢。"我和何先生都有些沮丧。我们向电梯走去。这时候我的心情也十分复杂，我忽然发觉我的寻找之旅毫无目的。我找到她是为了全部拥有她的爱情吗？不，在这个破碎的时代里情感本身早已瓦解，那么我还为什么要找她？我的寻找只是寻找本身，只是我还没有对寻找本身绝望。我们下了楼，穿过大堂，走了出去。我看得出何哲伦情绪似乎十分低沉。我们坐进了他的汽车，他把手放在方向盘上，过了一会儿："你觉得我似乎有些可笑，是吗？"

"不，不不。"我说。汽车里黑暗一片。

"我是她成长的见证人。我和她父亲是好朋友。1977年，她父亲就死了。那一年她才7岁。我就经常地开始扮演她父亲的角色了。她14岁那一年第一次进入我的绘画，这时候她开始越来越美了。然后，她17岁那年，那年我们突破了两代人的情感——你明白我的意思吗？"他的眼睛似乎潮湿了。在黑暗中闪着微弱的亮光。我点了点头。"我是第一个把她变成女人的男人。男人是让一个女人成长起来的好学校。两年以后，她去上了戏剧学院，离开了上海。我想，我想后来她想疏远我。但1988年我在美国成名之后，来到北京见了她一面。这个时候她已经完全是一个女人了。她告诉我她对我的感情十分复杂。去年我们又见了一次面，她的变化已令我十分吃惊。然后有一天夜晚，她拿走了我以她为主题的三幅画，悄然离开了我。从那以后我再也没见过她。我想她是恨我的。她总是希望我给她补偿，对吗？"

"不知道，"我冷冷地说，"您去哪儿？"

"名人广场。我在那里买了房子。要搭车吗？"他说。

"不，我去坐地铁，"我说，"谢谢。"我打开了车门。这时他忽然送给我一张巨大的手写体名片，像半个信封那么大，我是拿在手里才知道这是一张名片。"如果你见她，请她给我打电话。我想让她到美国上大学。费用我全出，如果她想读电影学硕士的话。告诉她我想她。对了，忘了问您……"

"胡克，"我说，"我叫胡克。"

"胡克，如果你也喜欢她，那就让她变成一个好姑娘。她谁也不嫁，可这不是办法。再见吧。"他忧伤地发动着汽车，又向我摆了摆手。汽车向二环路口方向驶去，消失在保利大厦下的阴影里了。我站在那里愣了一会儿。我想，我必须要干点什么才能重新获得勇气。我拦住了一个人对他说：

"要打架吗？我要揍死你！"

"不，我是一个胆小鬼。"那个穿风衣的人耸了耸肩，闪开了道路说。

我笑了起来，笑声在冷风中旋即被碰碎，飘入了夜空。我突然想起来这么晚已经没有地铁了，就向一辆出租车招了招手。我并不觉得我十分开心，但我漠然地笑了。我为什么要笑？

2

我和我的伙伴们又回到了我们的母校。几年前我们从这里离开，现在我们又回来了。我们不太爱怀旧，但一看到那幢爬满了爬山虎的、诞生了无数个明星的宿舍楼我们都情不自禁热泪盈眶。我们在戏剧学院的"黑匣子"剧场演出了《马拉萨德》。在这出戏中，主角是那个关在监狱里的色情作家萨德，而他则在监狱里排练着写法国大革命主将马拉生平的《马拉之死》。这部戏的一部分演员扮演看"萨德"排练《马拉之死》的法官、看守长和狱卒们。我扮演看守长，我坐在那里一动不动，看着乔可扮演的萨德在一个大铁笼子里表演《马拉之死》。在这部戏中之戏里，我既是局外人也是局内之

环境戏剧人 | 123

人，既是演员也是观众。我忽然对萨德产生了浓厚的兴趣。这个情色作家要是活着他会对我的环境戏剧怎么看？也许他会赖在有那么多漂亮女孩的戏剧学院里哪里也不去的。这天晚上我们演出完毕，回到宿舍楼里，我忽然看见宿舍楼门前的操场上有一辆三轮车。

深夜，我和马加带着绳子和滑轮从宿舍楼中溜了出来。我打算把这辆三轮车用滑车吊到高高的篮球架上去。我们干得很顺利，在黑暗中那辆被我们吊在半空的三轮车像某种海生动物——比如章鱼一样无奈地慢慢旋转。我们就感到非常快乐。在这个充满了艺术疯子的校园里我没法不干充满戏剧含义的事。我想明天一大早一定会有很多俊男倩女们从楼里出来大吃一惊。他们还会把它放下来吗？

我们还演出了由卡夫卡的小说《地洞》改编的一出环境戏剧。就在我们的校园里，我们搭起了台子，做了一个很大的"洞穴"，然后所有的观众都围坐在"洞穴"一圈边上向下看。施伯格扮演了一个由人变成的大甲虫在"洞穴"里痛苦地蠕动，自言自语，直到最后。他的自言自语变成了歇斯底里的嚎叫，那种现代人被异化的场景深深地打动了从"洞穴"的周围向下看的家伙们。我知道我们这是最后一次回到校园，作一次凭吊，然后我们就将出发远行。我打算要在全国很多地方表演我们的环境戏剧。我们马上要去南京表演《谩骂观众》。我还计划去新疆和内蒙古去表演环境戏剧《大坂》和《金牧场》。因为我曾经非常喜爱张承志，可后来我发现我们这一代与他有很多不同的想法，尽管他好像被很多人看作一个圣徒，可我仍要去"大坂"和"金牧场"看看，看看那里还剩下多少能让我们这一代人捡回来的东西。我们原来就是怀疑一切的。

第四章

1

  我相信我可以找到龙天米，在寻找她的过程中我才发觉我真正地开始接近一个人。我过去跟她在一起的日子里，更多的时候像是一个幻影一样，或者就是戏中人，而我的寻找却贴近了她的生活本身。我想何哲伦是她生命中的第一个男人，他原本应该做她的父亲的。他的出现使我情绪十分复杂。到了深夜我一个人踩着旱冰鞋在二环路上飞奔，我脸色十分忧伤，成了一个追逐自己影子的人。这座城市即使在夜里也不停止转动，它的楼厦仍然像荒草一样在拼命往高里长。我甚至都能听到它们拔节生长的声响。我打算给名单上的第二个人打电话。他叫段郎，是个记者。我认识这座城市的很多记者，他们的打扮介乎工人和流浪汉之间。他们吹捧名人，参加新闻发布会拿各种红包。他们本身就是平面人。有些人像一个个链条拴在城市的腰部，像嗅觉发达的狗一样盯着这座城市中随便哪一间屋子里随时扔出的骨头，然后冲过去疯抢个不停。

  "你好，我是段郎。"

  "我叫胡克。我是龙天米的一个朋友，她失踪了。我想你可能知道她……"

  "我什么也不知道。"他粗暴地挂断了电话。

  可我确信他知道她的去向。这座城市这么大，你要站在一个路口等一百年，你等的那个人都不会出现。做个麦田里的守望者在这个年代多么不合时宜。我又一次拨通了电话：

"我要和你聊聊，段郎先生。她好像死了。"

"那么……好吧。我晚上要去打保龄球，咱们在球场见面吧。"

"去哪里？国际饭店的保龄球？"

"不，去丽都假日饭店，那里的球道多。我已经打电话订了球道了。那里还有游泳池，我们可以一起游游泳，老兄。"

我在丽都假日饭店的保龄球室找到了段郎。这是一个面如美玉的男人。他那一头很长的头发像是流动着的某种东西，他有一种白领的风度，一种知识界的优雅与城市新贵结合的气质，与大多数记者不太一样。他脸色很白，嘴唇很薄，嘴角总是浮起一丝轻蔑的嘲笑，仿佛是面对整个世界似的。"你到底想知道些什么？"我换了鞋走到他身边，他不耐烦地问我。我挑了一个13磅重的蓝色球，拉开架子将球抛了出去。老天爷，我打了一个全中。

"真棒，老兄。"他赞赏似的拍了我一下，然后也将自己的球抛了出去。他的动作非常标准，优雅，胳臂的甩动有力而又从容。

"你是她什么人？情人？这个世界上到处都是情人。"他斜视着我，又挑了一个14磅重的黑球对我说。"她在昨天来找过我。真的，她怀孕了。"

我不能不为之而震动。这么说她还没有死，她活着，只是，只是她怀孕了。

"她想知道谁是她孩子的爸爸。我和另一个男人中的一个。哈，我否认了，"他皱起眉耸了耸肩，"不是我那会是你吗？"

我突然感到了痛苦。我没有想到会是这样。她在寻找她孩子的爸爸，我或在寻找她，为了和她一同主演一部环境戏剧。我看见段郎又打了一个全中。他球技不错，真的不错，可我再也无心打了。

他不再和我说话，专心地打起了他的保龄球。看上去他非常轻松，跟其他十九个球道上的球手们一样轻松。我用手托着下巴看他在打。一局空了，他成绩不错。

他用手巾擦了擦手。"我出汗了，我去游个泳，你去吗？"我点了点头，跟着他走了出去。

"我在两年前就跟她认识了。那时候她刚刚主演了一部电视剧，我是在新闻发布会上认识她的。我见她第一面只是觉得她非常漂亮，有一种出身艺术世家的华贵的美。于是我一边发动新闻界的朋友捧她，一边真的，投入地爱上了她。那会儿我刚刚被一个女孩抛弃，我不顾一切地爱上了她，"段郎一边换衣服一边对我讲，"可后来，大约半年以后我发现我们的感觉刚好相反，在我一开始对她那么认真的时候她却对我不认真，只是把我当成个朋友，可后来她真的开始喜欢我的时候我已对她失去了兴趣。但她是个疯女人。她非要纠缠着我。你可能知道，她上了那个戏之后，由于和另一个女星角逐一个大导演拍摄的要在国际上获奖的巨片失败后，她高不成低不就，干脆就息影了。你知道漂亮女人可以靠男人活着，可我一点儿也不喜欢她。但我推不开她，论说我把她当情人就可以了。真是好极了。"他冷冷地笑了，顺着扶梯走下了水池。水很清，在灯光的折射下发出晶莹的宝石一样的光芒。我抬头可以看见不远处大堂外走动的人们。

他开始游了起来，我在池边上走着以便和他保持一致。"她昨天是怎么见你的？"我问。

"她找到我就告诉我她怀孕了，她说那个孩子可能是我的，"他由自由泳改成了仰泳，"但我说不是，因为我采取了安全措施——你一定懂得这是什么意思。可她坚持说是我的孩子，非要把他生下来。我说，生下来就算认我当爹我也不养，我最多算个中产阶级，她满可以在手术之后嫁个有钱人过上好的生活。"他在水中将自己稳住,"好的生活。对吧?"他看着我。

"有道理。"我不动声色地说。

"可是,后来她哭了,然后她就跑了。"

"就这些?"我问。

"对。"

"她没说她要去哪儿。她不会自杀吧?"

"她会自杀?不不,不会。你认为她会吗?你更了解她吧。但我和她却失之交臂了。我当初对她那么认真,她却有其他男人。她伤害过我。但现在不会了。"他平静地说,"她是一个真正的戏子。"

我找了个地方坐下来,看着段郎像一条白鱼一样在游泳池中遨游。他代表城市中另一种人。这种人曾经有过梦想,但现在已变得非常现实,还加上一些知识白领的玩世不恭。他可以蔑视他曾经想珍视的一切,因为他不可能再得到它们了。停了一会儿,他爬了上来,用浴巾擦干身体。他的身材非常健美。

"你对她怎么看,老兄?"

"我越来越不了解她了。我想找到她去演一出戏,但我发现我找不到她。她在镜子里消失了。"

"你好像挺爱她?原谅我说出那个俗词儿。"

"算是吧。我接触女孩不多。"我说。

"那你打算怎么办?接着找?"他开始穿衣服。

"对。"

"你想登个寻人启事,我倒可以帮忙。不过女人是一阵风,谁也抓不住。我们是为自己活着,男人有很多不幸,这笔账都应该算在女人身上对吧?我劝你歇歇手,还是多挣些钱吧。"我们一同向外走,"你是怎么知道我和她的事?"我告诉了他那个私人侦探给我的名单。

"真厉害。也许我会请私人侦探帮帮忙调查一下我现在的女友是否有其他男人。老兄,别相信爱情,我只奉劝你一句。"他悲天悯人地在大堂中拍了拍我的肩膀说。我笑了一下,然后他走了,给了我一张名片。

我站在那里呆了很久,然后我也离开了那里。

2

《谩骂观众》

这不是在演戏,这肯定不是。我们从来没想到过要感动你们,因为我仍连自己都已经感动不了。我们难道是在演戏吗?我们来到这座南方城市,没有任何目的。我们不渴望交流,我们对你们很失望,观众们。因为你们太愚蠢,以为来看一场戏剧表演就能够从中获知一些什么,但我想你们不能够。你们和我们一样一无所获,所以,这不是在表演。我们不表现人生,我们不表现梦想,我们不表现生活的内容,我们就是你们,我们生活在一个无戏剧的戏剧时代,你们挑选我们来谩骂你们,于是今天我们就谩骂你们。

你们看不到你们想看到的东西,我知道你们是窥视狂,是镜子之外的人。但你们看不到光线,看不到戏剧冲突,你们听不到独白,也看不见布景。你们看见的只是我们,一群毫无目的说话的人。没有台词,没有第一幕和第二幕,没有第一场和第二场,没有独白,没有旁白,没有时间,没有空间,只有我们站在你们面前。我们的心跳和你们的一样,我们说的话也是你们平时要说的,我们走来走去，我们的每一种表现与你们的一模一样，那么你们为什么还要来看我们表演？你们不是愚蠢已极就是聪明过分。你们看不到后台，再也没有新的角色加入，就是我们这些人，站在一起七嘴八舌地谩骂你们。

你们可以愤怒！可以站起来向我们吼叫，甚至可以敲打地面和椅子，你们这时候如同戏剧里的人一样，这时候你们才是真实的，这才是我们要的戏剧效果。你们不要沉默，你们每一个人都是幽闭的人，都是窥视狂，现在你们就在现场，你们不会听到任何讲述，我们不想与你们交谈；因为你们就是我们。我们不表演一点儿情节。这不是空地上的彩排，我们什么也没有演。这同样不是骗局，因为你们买了票，你们看到了你们自己的展览，你们内心的处境。我们什么也没有虚构，没有模仿，没有表演的动作。我们不表演悲剧，也不表现喜剧。我们描绘什么了吗？不，我们什么也没有说出。为什么不站起拍着椅子向我们怒吼？

我们不是现代派，不是古典主义者，不是现实主义者。我们也不是浪漫主义者，更不是新历史主义者，甚至不是后现代。我们不想打动你们，我们不哭，不笑，我们只是说话，来到一个陌生的城市我们只是不停地说话。你们听到的全是骂人的话，因为我们是环境戏剧论者。你们僵化如同干尸，我们等你们你们才会从现实生活的状态下剥离出来。你们好像很吃惊，因为预先没有任何兆头说明你们将挨骂，但你们挨骂了。你们不能无动于衷，你们似乎越来越生气，只需一点火星。你们就要爆炸，但你们仍沉默着，在黑暗之中一动不动地用心听我们在谩骂你们。

第五章

1

　　我在那张纸片上又勾掉了一个名字。我已经勾掉了两个名字，他们是何哲伦和段郎。他们像是燃烧的星星一样曾经划过龙天米生命岁月中的一段夜空。我在逐渐地接近她。我发现我从来没有了解过她，但现在我好像了解她一些了。这都是与成长相关的一些想法。我们的《谩骂观众》在南方一座城市取得了非常好的效果，但我必须要找到龙天米。我忽然对第三个人的名字愣了一下，因为这个名字分明是一个女人的名字：凌青衫。我知道她是一个在八十年代初期曾经红遍中国的女歌手，不久前她还举办过一场怀旧晚会。她已经三十多岁了，可在那场晚会上还非要把自己打扮成纯洁的小姑娘。我突然想起来有人说她是一个同性恋，难道龙天米和她是那种关系吗？

　　我是一个异性恋者，我对同性恋持不喜欢也不感兴趣的态度，我不喜欢双性恋者。我知道这座城市哪些地方有同性恋出没，我知道他们的聚会场所是哪些公园、哪些酒吧、哪些地铁车站的厕所，以及哪些饭店的舞厅。但我无法接受龙天米是一个同性恋者这样一种猜测。我想我必须要找到凌青衫把这个问题弄明白。我对此不想不明不白。我对龙天米有一种十分难以割舍的感情，因为我们有五六年的时间都在一起，那种共同成长的伤痛与欢乐简直刻骨铭心。

　　我请朋友查到了凌青衫的地址。这是一片位于燕莎购物中心背后的风景秀丽的高级住宅区。成群的别墅合理地分布在一面大湖的岸边，杨柳轻轻飘拂过那些闪着亮光的私家车。我按照地址到了一幢四层高级住宅楼。到了二楼，我按了门铃。

"你是谁？你要找谁？"门开了，一个女人问我。

"我找你，凌青衫女士。我是你的一个崇拜者。"我戴正了我的棒球帽说。

"那么进来吧。"她的声音听上去还是很亲切的。

我走了进去。我跟在散发着奇特香气的她后面走进了她的房间。我无法详述她的奢华的房间里的一些布置，那巨型盆栽植物、布置在房间各处的大镜子，甚至在天花板上也安有镶花玻璃镜，以及一群闪着萤光的波斯猫——它们足有二十多只！凌青衫扭动着她那在宽大衣裙中的美妙躯体，引我来到了客厅。

"你不会是记者吧？我最讨厌记者了，因为他们到处散布我是个同性恋，借以败坏我。一个女人成功不容易，对于我来说尤其如此，是吧……先生。"

"胡克，我叫胡克。"

"是吧，胡克先生？"然后她咯咯笑了起来，"你不会是个记者吧？"

"我不是。我喜欢你的歌，从十年前到现在一直都是如此。"我盯着她说。她依然显得那么年轻，化妆很浓，眼睛睫毛一根根分开。十几年前，她由一个丑小鸭般钢琴手变成了一个大红大紫的通俗歌手，然后在八十年代后期又突然消失。我知道她去了一趟美国，在东部和西部的大城市呆过，直到去年回国后又搞了一个大型演唱会。从某种程度上讲，她的歌声是与很多人的青春有联系的，几乎一代人都可以从她的歌中听到过去。"你一定认识这个人。我在找她。她失踪了。"我把龙天米的照片递给了她，她接过来仔细地凝视着。

"不，我不认识她，胡克。"

"你肯定认识。"我说。

"你是她什么人？"她好像不太愉快。

"我是她男朋友和伙伴——我们一同演戏。但她却不见了。她失踪了。"

"她告诉我她喜欢一个男人就是你？"她忽然变得恶声恶气了，"会是你这样一个满脸粉刺的家伙？"

一阵风把窗帘掀开，又把它吸回来。"对，是我。"我仿佛真要把她逼疯似的说。

"她失踪了？不可能。不过我已经有一年没有见到她了。她离开我已经一年了。"她低下头，取了一根摩尔抽了起来。那一群波斯猫闪着宝石一样的眼睛令人恐怖地盯着我。看上去凌青衫简直像个女猫王。她似乎非常痛苦地想起了一些往事，一些可能是龙天米带给她的往事。

"是的，我是一个同性恋，我承认我爱过她。可她不是，在最后的时刻她离开了我，然后我伤心地去美国呆了一年。你到底想要知道些什么？"她突然冲我吼了起来。

我倒了两杯矿泉水，递给了她一杯。她发怒的样子仍是美丽的，只是我觉得她缺乏自制力，也许这是在她家里。在舞台上她永远都是那么甜美可人，充满了令人怀旧的感伤。我明白了，龙天米曾经是她的好友，但她因为她是同性恋而离开了她。这事情就这么简单吗？

她停了一会儿，去取来了一盘磁带，把它交给了我。"既然你是她的男友，那么你把这盘磁带拿走吧。我不再恨她了，"她笑了笑，"生活着本身就已不错，更何况我还能在很多人面前扮演一个公众形

环境戏剧人 | 133

象。我也不想再见到你了。我想平静地生活，好吗？"

"好极了，"我把磁带装进了口袋，"你的猫是世界上最好的猫。"然后我就转身走了。

我到我的住处打开录音机，把那盘磁带放了进去。我听见了龙天米那带有磁性的声音。我非常激动，坐在黑暗里一动不动。

"……凌，我想我是喜欢你的，可我没想到你和我的关系会成为这样。我也没想到你会为我而备受煎熬。我没有体验过这样的感情，也不会再有这样的机会了。但我想我对你的感情不是那种爱！而的确是一种友谊，一种情谊而已，我多么喜欢你呀，我喜欢你单纯的歌声，喜欢你清纯的脸庞。可那天晚上，我们睡在一起时你却像个男人那样吻我舔我，而且，你抚摸我，弄我……让我浑身着火了一样。我十分惊慌，我从来没意识到会这样。可这一切发生了，并且——并且似乎不好收场。当我后来死命推开你时，我看见你像搁浅的鱼一样悲伤，我无法成为你的同性恋伴侣。因为我有一个男友，我非常爱他，我爱他胜过一切。但我不可能属于一个女人，我自己就是一个女人。我是一个性别意识很强的人。我理解你，仍旧像过去那样喜欢你，但我必须要离开你。我觉得那样很难受。我洗了一天澡也洗不去你的气味，你的舌头带来的一切。但我必须走了，因为我心中装着另一个男人。再见，凌，你原本就比我幸福……"

我站在窗前，没有开灯，看着外面的城市夜景。城市的灯光像海洋中浮动的亮点，在黑暗中浮游。这的确是一个无比广大的世界。如同人性是深渊一样，这个世界也是那么的广大、躁动不安而又神秘非凡。这座城市的下面掩盖了多少秘密？如同现在奔逃向大街的人们的睡梦。城市是一座布满了镜子的迷宫，就像凌青衫的居所，到处都是镜子，你可以在每一面镜子中找到自己，虽然角度各异并且破碎不堪，但你试图要再把自己拼接起来已是如此的困难。我能够一点一点地拼接起龙天米的形象吗？我感到城市是一条大船，带着我向着黑暗的海洋不停地漂浮而去。

2

我们打算穿越那一片森林。我们一共有三百多人，但演员只有我们十几个人。我们以那片森林为我们这出环境戏剧的环境，我们分别扮演罗宾汉、歹徒、美女、农夫、守林人和强盗们。我们打算在穿越这一片真正的森林的过程中表现英国历史传说中的侠盗罗宾汉的全部事迹，尾随我们而去的其余人既是观众也是演员，他们可以任何一种角色和方式来穿越这一片真正的森林。这一片真正的树林离北京并不远，但这是一片真正的树林，因此刚好作为我们的演出场所。我在很久以前就说过，我们只做环境戏剧，我们的人是罗朗、马加、林格、乔可、施伯格、周娜、陈红和皮皮，我是胡克。我们可以装扮成随意的人，我装扮成罗宾汉。我们抢劫富人，救出美女，杀富济贫。我们穿行在这样一片真正的树林里，舞台消失了，或者说舞台重现。还有比一片真正的树林更能表演侠盗罗宾汉这一主题吗？我想没有。我注意到其余的人都兴高采烈，他们把穿越这样的一片森林当作了一次真正的郊游，一次冒险。他们的角色是变动的，是游客、是顽童，同时也是英国上世纪的匪徒与侠士。你们可以扮演你们想扮演的任何人！只要你们和我们一起穿越这一片森林。谁在哭？又是谁在半路里杀出？谁是强盗？谁是演员与真正的观众？我们不知道，我们只是在穿越一片森林。

在这片广大的背景中，我们的《侠盗罗宾汉》的演出十分成功。

我们用了一整天在那片森林里演出了我们的环境戏剧。这部共分四幕的戏剧以罗宾汉的传说为情节构架，只是观众同时又是演员，他在看这出戏的时候也在演着这出戏，而我们这几个人是主角。我们都是在不知不觉中穿越了一片真正的森林，获得了在剧场中完全得不到的体验与享受。没有一个人迷失方向，也没有一个人受伤，没有一个人没有穿越森林。在这样一次返源之旅中，在与林木亲和的探寻过程中，我们似乎找到了人类游戏的起点，在那里同时也是戏剧精神的真正源头，那是一种类似天真的儿童的嬉戏，那是冒险与寻找，那是躲避与发现，那是穿越与迷失，那是一种过程，一种向源头的挺进。我们终于穿越了那片森林，同时也完成了我们的四幕环境戏剧《侠盗罗宾汉》。此时已经是深夜了，我们走出了那一片森林，现在我们面前的却是城市的夜景。城市以其广大无边的灯光以多棱镜体四面折射的楼厦向我们漂移而来。那种阔大静谧简直是无与伦比的。所有灯光由近及远地散开，如黑暗的海洋上的渔火，无边际地铺开。我仍愣在那里许久，有人说："这是一座多么可怕又伟大的城市，这是北京吗？"

第六章

1

从远处看，那片别墅区星罗棋布在一面大湖的边上，足有几百幢之多。这是北京最大的一个高级别墅住宅区。那像珠宝项链一样串起来的别墅都透露出一种奢华的气息。每户平均都有300多平方米的私人花园，这些别墅分为美国草原型、北欧浪漫型、巴洛克型、地中海型、北欧传统型、乔治亚庄园型六种款式，一些私家车安静地停在道旁。四周十分安静，你几乎听不到任何响动。向远处看，京城大厦、希尔顿酒店、京广中心和中国国际贸易中心大厦的伟岸身躯赫然挺立，清晨的太阳喷薄而出。

从这片别墅区向北，则是一个中档偏高的小区，这里的楼层数都不算高，最高的只有五层，家家都装了空调。我站在那里眺望了一会儿温榆河畔的别墅区，然后信步向那座小区走去。我来这里找一个人。他叫吴造宝。我确认他是一位老人。也许他见过龙天米。我猜不准他和龙天米会是什么关系。龙天米为什么会认识这样一个老人呢？

我按响了门铃。许久，门开了。是一位瞪着一双深陷的眼睛的老人。他至少已有60岁。但人看上去非常睿智。"你找谁？"

"我找这个人。她失踪了。"

我把照片送给了他。他接了过去，仔细地端详了一会儿，然后问我：

"你是她什么人？"

"我是她的同学。我们一同演戏来着。可她在不久前突然失踪了。"

"你怎么会找到这里？"老头儿更加警惕了。他围着一条花格子围巾，手抖了一下。

"在她的记事本里有您的地址。"我撒谎道。

"那……进来吧。"

我走了进去。我敢打赌他一定是一个人生活。从他的打扮上看，我猜想他是一个老干部，已经退休了。职位不高不低，也曾经有过权势，但现在，他拥有的只剩下了孤独。我想他已经习惯孤独了。

环境戏剧人 | **137**

"她是我的干女儿,小伙子。她为什么会失踪?她会跑到哪里去?去月亮上吗?两年前她曾经告诉过我她想到月亮上去。这真有趣,可她现在却不见了。我认识她那时候她刚刚毕业,有一天我去公园打太极拳,发现有一个女孩在背后带着笑模仿我打拳。她就是龙天米,她是个可爱的姑娘,于是我就认她作干女儿了。后来她来看我的次数越来越少,我老伴去年死后,她就再也没有来过了。你是说她失踪了?"我忽然发现老头儿泪光涟涟。

"吴伯伯,您现在一个人生活?"

"我雇了一个小时工,她定时帮我做饭。我儿子和女儿都在国外,每星期打一次电话。你说她失踪了?她会到哪儿去?她有一年时间没有来看我了。一个多好的姑娘。她教会我表演哑剧。她现在还演哑剧吗?"他眯起眼睛看我。

"不,她没有再拍电影、电视剧了,也没有再在舞台上表演哑剧了。她和我一起做环境戏剧。只是她突然就不知去向了。她最近来过吗?"我问。这个老人头发已经花白,穿一件银灰色西装,透露出一些活泼的气质。我注意到各个房间都摆有电视机。在起居室、厨房、厕所都有电视机。他在每个房间都安装了电视干嘛?这个老人的举动令人置疑。

"那些电视……"我指着在我视线之内的三台彩电。"我天天靠看电视打发时间。我可以肯定地回答你,她最近没有来过这里。她至少有一年没有再来了。就这样。我可以送客了吗?"他不容置疑地说。

"好的,再见,吴伯伯。"我收起了龙天米的照片,起身告退。我没有让他跨出客厅的门,径直向走廊尽头的门走去。这套房间由一套三居和一套两居构成,简直像迷宫一样。我走得很快,然后我大声地说:"走啦!"我就打开门。但我躲在门的旁边一株巨型盆栽植物边,把门哐地关上却并没有真正出去。我总觉得吴先生的眼神里有一种神秘的东西与龙天米的失踪有关。我在黑暗之中躲了一会儿。从曲曲折折的走廊尽头那边传来了老头儿的咳嗽。停了一会儿,约摸是十分钟,我确信——那是千真万确的,我听到了龙天米的说话声。声音很小,我听不清,但她的音质我能辨认清楚。我蹑手蹑脚地向起居室走过去。我悄悄从门后探出头,我看见的令我惊异。

龙天米出现在他的起居室的那台电视屏幕上。"……好啦你现在已经起床啦,你应该先收拾好床,对就是这样。然后你就走向洗手间到那里去刷牙。你必须用五分钟来刷牙,因为你抽烟抽得太厉害……"吴老头儿关掉了电视,从起居室走出来,走向洗手间。又是开电视的声音:"好啦现在你来到了洗手间。你要从小台上拿好牙膏,从下面往上挤,不要用力过大。对,你就这样把牙膏涂在牙刷上,然后轻轻地刷,左边和右边用力都要均衡,你要一下一下地刷。刷完后再来洗脸,水要用温水,最好是不烫手。你的动作要轻……"

听到吴老头按照电视屏幕上龙天米的指示在刷牙洗漱,听到龙天米那令人亲切的声音,我扶住门框百感交集。他没有发现我,我敢肯定他并没有他所说的那个一年以前才死去的夫人。也许有的话,不是死了就是远走天涯。他是一个真正的孤独的老人。我猜想在一个偶然的机会他和龙天米相识,龙天米那代表生命全部的蓬勃朝气的声音和面容,以及她浑身洋溢着的青春的感觉,都让这个孤独的老人获得了对鲜活生命的再认识。我不敢猜想他们之间是一种什么样的关系,但我敢肯定他们一定都从对方那里获得了什么。一种是对父亲般情感的寻觅与发现,对历经沧桑的敬畏,一种是对曾经青春年代的回忆。我突然明白从小失去父亲的龙天米是多么的孤独,她所要的她的少女时代全都没有。她的内心之中一定有一种深深的对父亲这种感情的眷恋。但她找到了吗？

"现在你来到了客厅，你应该先喝一杯水。茶或者矿泉水都行，你最好喝矿泉水……"他打开了客厅里的那台巨型画王电视，"你应休息一小会儿，做几次深呼吸。我只给你十分钟的时间，然后你就得自己煎鸡蛋了。这一切你都得自己动手，这本身就是生活的乐趣。这样你就不会总觉得离你惧怕的死亡太近。你先打好鸡蛋，点好火去煎。鸡蛋不要超过两个，因为每个人一天只能吸收两个鸡蛋的蛋白质营养。煎的时候油要热……"厨房里响起了吴老头搬动碗碟的声音。我明白吴老头为什么要在每个房间都放一台电视机了。因为他有录像装置可以让龙天米一套指令都从屏幕上发布出来。他对龙天米想必有一种深刻而独特的感情，这是老年人最渴望而又无法替代的情感。这是一种什么样的情感呢？我说不清楚。龙天米像一朵云一样飘过了一些这样那样的人的生命瞬间，留下了这样那样的印痕。这一切都是这座吞噬一切的城市带给她的。就像这个老头儿，他被城市孤独症所袭染，不愿意见任何人，只靠回忆生活。他一定曾经有钱，而且现在也还有钱，但他对世界的喧嚣已经真正地厌倦了。他宁愿靠一个女孩对他从起床时开始发布指令起，按照规定的程序来生活，一天天都是这样。可龙天米你在哪里？我迫切地要找到你并和你谈谈，谈谈对生命的全新认识，对戏剧精神的真正把握，对爱的多层理解，以及对这座绞肉机一样的城市的看法。你不该躲起来不见我，或者干脆躲在电视屏幕里去了。我靠在那里想了半天，然后悄悄向门口走去。龙天米的声音越来越小。我打开了门，闪身出去然后又轻轻关上。我重新走到小区边上的停车坪上时，太阳已经高高地升起，新的一天真正开始了。世界重新呈现了仿佛蜂巢遭到袭扰的忙乱场景。

2

我们来到了新疆寻找大坂。我们要从穿越一个真正的大坂来完成我们的环境戏剧《大坂》。大坂是新疆天山和其他巨型山脉上通过的道路在最高处的交接点,一个翻越山脉之处,如同马背一样的地方。翻越大坂在前理想主义者那里是一次英雄举动,可在我们这些也许应该称之为后理想主义者的年轻人看来,意义已经不相同了。我们是在寻找,但我们深刻地怀疑,寻找本身都是无意义的。穿越了大坂又能怎么样?我们打算来看看老一代理想主义者心目中的大坂。于是我们就来了。

我们来了。我们坐着汽车沿着蜿蜒盘旋而上的道路向天山山脉深处进发。眩目的阳光刺得我们的眼睛都快流出了眼泪,我看见有一些黑色的鹰在盘旋,在高飞。在悬崖之上,一些如同白色的围棋子儿一样的山羊在攀援,一些骑着红色或黑色走马的哈萨克牧人在山道之上疾驰。他们身穿黑色的条绒衣服,脸盘宽阔、黑红,眉宇间透露出一种冷峻的气息。那遍山的塔松像一座座密集的小塔一样,笔直地伸向天空。天空呈现一种仿佛被漂白过的蓝,那种蓝的感觉的确让人心旷神怡。在蓝色的尽头是一条雪线,天山山脉的一些高傲的山峰戴着冰雪王冠,冷漠地在晴空下矗立。我们坐在车里不由得有些惊畏大自然了。我们生长在都市,像都市中腐烂的工业花朵和老鼠一样被城市所追赶。我们也曾盼望我们自己翻越一个什么大坂,我们来了,我们一共9个人。我们是罗朗、马加、林格、乔可、施伯格、周娜、陈红、我和皮皮。我们是一群戏剧人,我们打算在九十年代翻越一次大坂，打算让这次翻越具有九十年代性。

"你们走上去吧，汽车出故障了。"满脸横肉的司机气急败坏地对我们说。我们租的这辆车像牛在喘气一样地停了下来。我们打算步行上山。我们9个人一起下了车，我们是6个男人3个女孩。我们一出汽车，一种清凉的风就企图把我们带走。这是远古吹来的风，古朴而又巨大。我们都在哆嗦。大坂就在前头，就在前面两里路的地方，我们决定步行上去。

后来，我们就来到了大坂。这是一片开阔的地方，仿佛是横空劈下来一刀似的山体在这里凹下去一块儿，连接新疆南北疆道路的山口，这里就是著名的拉库次克大坂。几间砖房散落在公路旁边，那是一个饭馆、一间杂货店和一个养路站。这里没有一个人，但我们可以听到巨大的风声，正通过这海拔数千米的峰顶。我们呆立在那里了。

"这就是大坂？"罗朗摇晃着肩膀从远处向我走来，他的脚不停地踢着可口可乐的废弃易拉罐。这里到处都是可口可乐易拉罐。到处都是。这就是大坂？我有点呆住了。我一边踢着那些发出了后殖民主义气息的易拉罐，一边向山口那边走去。我们沿着道路来回走了两遍，在理论上我们已经穿越了大坂。但大坂已经被可口可乐罐子给占满了。马加在一堆易拉罐上痛痛快快地撒了一泡尿，"我们的《大坂》就这样结束了。收场吧。"之后，我们9个人列队再一次横穿大坂，顶着大风向山下的汽车走去。我们也喝了饮料，并在那里留下了易拉罐。过去的大坂已经不存在了。而在我们四周，天山山脉像一条巨蟒一样延伸开去。但我们已穿过了大坂，留下了我们的可口可乐易拉罐。

第七章

1

　　私人侦探林先生给我的名单上只剩下一个名字了。我想我必须去和他谈谈。我来到了南方的城市深圳，走在并不宽阔但整洁漂亮的大街上，我感觉到这座城市与北京有多么明显的不同。在这里人们的生活节奏更单纯，更快，每一个人都有一个目的：赚钱！赚钱！我伫立街头那女人长筒袜广告牌下看着人流汹涌。到了夜晚，游荡在大街上请你邀她陪看电影和过夜的女人很多。深圳的确是一个年轻的城市，在所有灯红酒绿和电脑工业后面，人们的生活变得平面和简单了。而北京则是一座包容一切的城市，但这里不行。深圳就像一个年轻的阔佬一样打量着每一个来到这里的男人和女人，叫他们义无反顾地拿出自己最拿手的活儿来。

　　有一天我站在建行门口，忽然看见有一个非常漂亮的女孩站在人行道上割腕自杀。她那么美丽，但她一边割一边跺着脚大声地喊："你怎么还不死？你怎么还不死？"她使劲用刀片割着手腕，地上溅开了美丽的血之花。但我发现她周围的人像流水一样哗哗地来去走着，没有一个人——真的，没有一个人去阻止她。她那么漂亮，老天爷，我可不愿意她死，我赶忙在旁边的公用电话打了个电话给医院："这里有一个人在自杀。你们赶快来车吧。"我挂断电话时那个女孩还站在那里。她的血越流越多，可这座快节奏的城市没有一个人拦住她。她快要变成一张苍白的纸了。管公用电话的那个高颧骨的广东人向我要一块钱，我真想揍他个稀巴烂。我扔给他二毛钱，听见救护车呼啸而来的声音，就转身离开了那里。

我到一个干净漂亮的纯白色建筑小区，敲了敲位于一幢白色塔楼的16层的一个门。门自动开了。"请问韩良英先生在吗？"我说。没有回音。我走了进去。门又自动关上了。我发觉我进入了一个广告设计人的屋子。这套三居室的房间的内部设计非常别致，雪白的墙壁上挂着各种现代美术平面设计。我立刻明白韩良英是一个平面设计师。我曾经看见过他给龙天米设计的电影海报，那种感觉简直棒极了。但我没有发现屋子里有人。

"你是谁？"一个声音从阳台方向传了过来。

"我是一个戏剧人，从北京来，来找一个人。"我走过去说。

"找谁？"

"找一个朋友，她叫龙天米。"

"哦，三天前我见过她。她来这里找另一个男人。"

"那么你知道她去哪儿了吗？"

"不知道。你叫胡克是吗？我看过有关你的环境戏剧的报导。那同样也该算行为艺术吧？"

我走了过去。我终于看清了他。他躺在阳台上改装的一个高座浴缸里，浴缸里全是泡沫将他淹没着。他手里拿着一副望远镜，正在眺望玻璃窗外广袤的城市风景中的人与物。也许他天天都这样从高处窥探城市与人。

"对，也许吧。龙天米在找一个什么样的男人？"我又问。

"那个人好像是一个商人。你找她是为了一同演出一出环境戏剧对吧？"

"对。那出戏叫《回到爱达荷》。"

"没有爱达荷。真的没有，我们回不去。"他在浴缸中放下望远镜对我说。我看见他有一缕山羊胡子，挂在他坚毅的下巴上。但他的眼神却是幽闭和残酷的。我明白他是一个城市幽闭症患者。他一定不愿意见人，与人进行各种直接的接触，他宁愿天天躺在浴缸里，用望远镜从高处看他们。"阳台上的阳光真好。"我说，"但爱达荷，是有的。"

他深深地凝视着我。"你好像很……很爱龙天米？"

"是的。但我们是更好的合作者。"

"你知道她来这里干什么吗？"他讥讽地看着我。

"知道。"

"她怀孕了。她来找那个可能使她怀孕的男人。那个男人不是我、也不是你，你不觉得悲哀吗？"

"不。"我说。

"可我悲哀。两年前在北京的时候我多么喜爱她。那时候她刚刚拍了几部电影，还没有被男人和城市宠坏。但后来她令我太伤心了。我因而远走深圳。我变得讨厌男人和女人。我只喜欢远距离用望远镜观察他们。你是我半个月来面见的第一个。"

"我感到很荣幸。"

他把手一挥，指向阳光灿烂下广阔的城市。"你看这座城市，它已越来越使人在欲望之海中变成平面人。因此，我成了一个良好的平面设计师。在这座城市没有钱你什么也别谈论，甚至爱情。爱情同样也在被购买、被标价、被转让、被出租、被展览、被包装。这座城市是一座奇迹，一座虚幻的城市，但它美丽，它让人活得简单、干脆、快速。我憎恶北京自高自大的气质，我更喜欢这里。但我惧怕人，我害怕与人握手、交谈，我宁愿一个人对自己说话……"他望着窗外说。

"你知道龙天米在找谁吗？"

"一个男人。伙计，一个可能使她怀孕的男人。"他又笑了起来。"看上去她好像想要这个孩子。也许她突然悟到了一切不过很空，只有孩子对于女人才最重要。也许等她找到了那个男人，会和你认真地演好每一场戏。"

"可她现在在哪里？我怎么才能找到她？"

"不知道。真的不知道。她只和我喝过一次咖啡，在南海酒店咖啡厅。她好像变得虚弱而又疲惫了。你也许会在大街上碰见她。"

"好吧，韩先生，再见。"我转身向外走。

"我们都应该悲哀！"他在我身后喊。但我已走了出去。我想这个幽闭症患者肯定会继续幽闭下去。城市已叫他开始怀疑人本身，他对人性深处的东西既惧怕又厌恶。他还会继续呆在他的浴缸里。他还会用望远镜看见我吗？

我走过建设银行门口时没有发现那个昨天自杀女孩流的血。城市清洁工昨天就清洗掉了它，如同擦掉一块痰迹。我感到这座城市像个野心勃勃的年轻人那样在走动。它会像擦掉一块痰迹一样地淹没龙天米吗？

我坐在晶都酒店的大堂酒吧喝意大利咖啡，我听到了大卫·西尔维安的《去地球》在大堂酒吧中回荡。这是一部让人感到渺小的八十分钟的"宇宙音乐"的大制作。我感到了我的单一生命如同一粒灰尘一样在无边广阔和冷漠的宇宙中漂游，我感到自己在这个宇宙中无依无靠，成为一个小分子在飞动。我忽然看到一个穿蓝色裙子的女孩子从我身后走过——我从大玻璃窗上发现的。我确信她是龙天米，但当我站起来并转过身时，却发现她已消失在楼梯处了。我追了过去，却看不见她。我想我都快疯了，但我仍旧找不见她。

我来到了大街上,在灯火辉煌中沿着大街飞奔起来。

2

　　我刚刚从深圳回到北京,就听说了林格完成了他的著名环境戏剧《风葬》。我在深圳没有找到龙天米,但我感觉她已经离开了那里回到了北京。林格在我们一起上大学时就表演过环境戏剧《纸葬》。在戏剧学院宿舍楼门前的篮球场上,他用纸将自己"下葬"了。他躺在那里一整天,听到了各种各样的议论,获得了另一个观察人类、思考人的角度。

　　在我们快从大学毕业前的最后一个冬天,他又在校园里举办了《冰葬》。他用冰给自己垒了一个坟墓,让自己在里面睡了一个上午。我还记得那天他出来时脸色通红,他穿了不少衣服也被冻得够呛。这个热衷于埋葬自己的人一直梦想着要葬于风中。但他不知道如何才能葬于风中,在宿舍里他曾经给我谈过这个想法,说他找不到良好的形式,因为风太无形了。

　　我回到北京,我们在"阿尔弗雷德酒吧"见面了。但少了林格。这个戴眼镜的儒雅少年第一个死于环境戏剧。当我们坐在一起时,我发现没有他,就知道他已经死了。

　　"他找到《风葬》的形式了吗?"我问。

　　"找到了。他离去那天北京刮起了大风。"罗朗说。

　　"他穿上了他的那件深蓝色风衣。"周娜说。

　　"他左手拿着一支彩色小风车。"乔可说。

　　"他说他要去内蒙古,那里有刚刚南下的大风。"马加说。

　　"你猜他拿了一本什么书?是一本叫做《金牧场》的书。他说那部书可以指引他如何进入草原。"皮皮说。

"他留下一封信说他终于可以完成《风葬》了。信上说随风而去。随风消失是这出戏的结局。"陈红说。

"他已经离开北京 9 天了。他完成他的作品了吗?"施伯格问我。

我拿出了铁路时刻表,我计算了一下,我说:"他肯定已经完成了他的作品。他已经葬于风中。"

"那么我们庆祝他这次环境戏剧的最终完成。"罗朗举起了杯子。我觉得这一刻好像十分寂静,静得我能听到世界上只有一个人在走,只有一个人在哭,只有一个人在怀念,只有一个人,最后的一个人愿意葬于风中。但不久以后,酒吧里的墨西哥音乐立即淹没了我们 8 个人。

第八章

1

面对着这么浩大的城市和世界,这一刻我真的感到了绝望和茫然无助。似乎所有的东西都在离我远去,所有的东西都在崩溃。我依旧没有找到龙天米,也许她已经被这个世界淹没了。我们还有一个戏没有演完,即我说过的那《回到爱达荷》。我们一定要回到爱达荷去。我们离开那里已经很久了,但我们却一直没法回去。有一天我乘坐一辆出租车行驶在东三环的路上时,忽然从玻璃窗中看见一个穿红色风衣的女人从"硬石"酒吧中走出来。她飞快地在风中走着,向燕莎购物中心方向走去。我认出来她就是龙天米,我立即叫出租车司机下桥向右行驶，但我在车中发现她上了一辆夏利出租车，汽车绕过立交桥开始向南去了。我叫出租车司机紧紧地跟在后面。我终于找到你了，龙天米，这一次你不会再在我眼睛里消失啦。我们的车紧紧地咬住前面那辆红色夏利。那辆车没有上国贸桥，而是向西向建国门方向开去。我们的车拐过路口时我发现那辆车已经拐向了中国大饭店高高的停车场。

我们跟了过去。我们的车停下来的时候，她已经闪身进了自动门。我付了车费紧紧地跟了过去。我走进中国大饭店的大堂里没有发现她的影子。我乘电梯下楼，四处寻找仍看不见她。我又重新走进了镜子与迷宫之中。难道我永远也找不到她吗？

我想起了私人侦探林先生。我用大堂边上的惟一一个可以使用的磁卡电话呼了他。我按他的嘱咐呼了"119"。一分钟后，我拿起了电话。

"喂，你好胡克，我是唐汉民事事务所林，有什么事？"

"我找到龙天米了，我刚才跟着她进来，却找不到她了。我不知道她在哪一个房间，我在中国大饭店。"

"那5个人你都找到了吗？"

"找到了。"我说。

"我告诉你第6个。那个人叫万欧，是一个危险人物。他是一个黑白道上都走过的人，主要做外贸生意。但据我所知现在他惹了黑道上一个叫熊四的人。他'借'了熊四九百万却不还了。你不要去找他。"

"可这与龙天米有什么关系？"

"龙天米认为，认为她怀的那个孩子可能是万欧的。但万欧不会对她客气的，他是一个冷酷的人。他曾经杀过人。"

"万欧住在哪个房间?"我平静地问。

"……在 1618 号房间。我说胡克你最好平静一些,等我过去,我立即过去好吗?"

我挂断了电话。我俯下身摸了摸绑在腿上的匕首。我打算一个人去找找大富豪万欧。我在自动门外可以看见他的奔驰 560 就停在外面。我要和他谈谈。我确信龙天米去找他了。她为什么要去找他?我想不通。我冷静地乘坐电梯缓缓上升,这一刻我觉得自己像一个杀手一样冷静。我在电梯的镜子中看见自己像一块岩石一样镇定。我按了一下电梯门,向外走去。走廊里的地毯又绵又软,我向 1618 号房间走去。我想也许我会杀死那个叫万欧的人的,如果那个孩子是他的种的话。直到今天我发现我受不了这个。我直愣愣向前冲去。我敲了敲门。门没有开,但从隔壁房间出来了两个戴墨镜的壮汉。他们从两个方向向我逼来。这时门忽然开了,我在那一刹那之间看见龙天米一脸泪水地冲了出来,我说:"天米!天米!天米!"

她没有理我,依旧向电梯方向跑去。我这时头上重重地挨了一击,我头晕眼花,被一把推进了房间。

我摇了摇发晕的脑袋,看清楚坐在我对面的那个年轻人。他穿一身白色的西装,纤尘不染非常干练。他扎一条圆圈图案的领带,手中拿着一支雪茄。他简直像一个阿拉伯王子。

"你就是万欧吧?"我问。

"是的。"他典雅地笑了笑。

"我就是。"

"你是使龙天米怀孕的人?"

"……也可能是,也可能不是。"他平和地说。

"请你把她还给我。"

"她自己已经走了。"

"你为什么欺负她?"我大声地说,"让她哭泣?"

"我想欺负谁就欺负谁!我讨厌女人你明白吗?她们只该成为我的附属物。你是谁?你这个臭小子想教训我吗?你今天还想直着走出去?"他朝我走过来,用手中燃亮的雪茄向我的脸上刺来。"她是一条母狗,你明白吗?我讨厌她,就这样,让她滚得远远的。我很忙,我要做生意,我不为任何人负责,我只为我自己负责,明白吗?"他盛气凌人地收回了雪茄。"何况她要价太高,想让我要了她。这太可笑了。"他走回了座位。"你最好也滚吧。"

我俯身去拔那把刀的时候旁边的壮汉击了我一闷棍。这是在1618房间里,我倒了下去,我内心清楚地数着他们用皮鞋踢我的次数,我的肋骨发出了尖锐的嘶叫。后来我记得有人进来了。那好像是林先生带着几个人。但我已经被打昏了。

一周以后万欧就被熊四杀死并把尸体沉入了北大到清华的一段蓄水沟里。那个凶狠的花花公子就这么死了。只是我忘不了他穿着一套优雅的白色西装冲我发怒的样子。我弄不明白龙天米怎么会和他在一起过并且会认为她肚子中的孩子是他的?她喜欢他哪一点?她到底是一个什么样的人?城市摧毁了她多少美好的东西,从而使她像一朵云一样从一个男人那里飘向另一个男人,而她又从中获得了什么?她是在和男人们周旋吗?她是在向男人们复仇吗?她被城市改变了多少?我和她还能够继续去演我们的环境戏剧吗?我感到了一种深深的绝望,我觉得我的寻找是失败的。我的环境戏剧是不成功的,那样只会让我更迷茫。我对人性产生了深深的怀疑,对爱情已经失望,对城市充满了复杂的感情。我知道我们的戏就要结束了。那一出《回到爱达荷》，也快结束了。因为我从一开始已经上演了，只是我到现在才有所察觉。我明白这一切的时候，突然觉得有些晚，但我已经毫无办法了。

2

我乘坐出租汽车向方庄赶去。我确信龙天米还没有死去。我到达她的住处时那里已经有七个人了，马加、罗朗、施伯格、乔可、周娜、陈红、皮皮全站在那里了。我拨开众人。龙天米躺在床上，这一次她确确实实躺在那里。只是她真的已经死了。我明白这也许是《死去的新娘》的第二幕，只是我来得太晚了。

我说："你们都出去吧。"他们一个个都走了出去。我坐了下来，像一个猎人看一头他猎的豹一样看着龙天米。她很安详，像一只美丽的沉睡的蝴蝶。有一种安眠药的气息扑鼻而来。我沉浸在黑暗中看着她，感到她是那样的熟悉，而又是那样的陌生。我想我永远也回不到爱达荷了。只要离开了故乡，生活在改变一切的城市中我就永远也回不去了。龙天米就回不去，她因此而沉入了睡眠。我想我们要回到的"爱达荷"不是美国的那个农业州，那是一个理想之地，在那里到处都是草地，连悬崖边都站着一排稻草人，它们不停地守望着孩子们别掉下去。但是我们已经回不去了。城市已经彻底地改变与毁坏了我们，让我们在城市中变成了精神病患者、持证人、娼妓、幽闭症病人、杀人犯、窥视狂、嗜恋金钱者、自恋的人和在路上的人。我们进入都市就回不去故乡。

我坐在那里一直凝视着龙天米安详的面容。她再也不会和我说话了。停了一会儿，我从口袋中掏出了她曾经遗留下来的那支玫瑰色的口红，我一心一意地给她上了口红，我泪水夺眶而出，我一点点地给她冰凉的嘴唇涂上她最喜爱的口红，我知道停一会儿医院的人和公安人员就会匆忙地赶来，把她从睡眠中抬走，抬进另一种黑夜，那里比现在更冰冷，更孤独，也更凄清。我给她上了最后一次口红。我代表她生命中所有的男人给她上了最后一次口红，因为在这样可怕的城市里，如同回不到爱达荷一样，我们永远都不能卸妆，并准备再一次登场。

（获得1997年《上海文学》"新市民小说奖"；1997年"广厦杯"第七届《上海文学》优秀作品奖）

唯有大海不悲伤

就是那一阵突如其来的水流把孩子带走的。就是那一股你在海水里根本看不见的水,突然就出现了。那是透明的水中之水,狂暴而蛮横,居心叵测,仿佛有着预谋,带着强大的力量,这水流来了,一下子就把儿子往深海里带去了。

是的,就是那么一个瞬间,人就不见了。就是那样的。

后来,有懂得海水脾性的人告诉他,那种水流叫做直流。是近岸非常凶猛的漩流,往往会对在海边浅水区里游泳的人发动突袭。这直流隐蔽、迅捷、粗犷,从深海里像是一条水蟒一样游过来,把近岸游泳的人捕获,然后猛地一下卷走,又像一条水里的鞭子一样,裹着猎获物,就直接回到深海里去了。

那一刻,胡石磊也感觉到那股直流冲击到

了他的身上。是一股水的蛮力，他看不见它，因为那是水中透明的野兽，把他狠狠地打了一下，他猛地呛了一口水。感觉到不妙了。

是的，就在那一刻，强力的回流水流，将人带向海水的深深处。他听见儿子叫了他一声，也许这是他的幻觉，事后他是这么回忆的。但没有人注意到这一点。巴厘岛的这片海域表面看着很平静，可暗流汹涌，暗礁密布，海况很复杂。当时海边有很多人，就只有他带着儿子往海里游了五十米。就五十米远，当一些人察觉不对劲儿，开始往岸上快速游动的时候，直流已经来了，接着，又走了。

就是这样的。等到他发现孩子不见了，已经是几分钟之后的事情了。"冬冬，冬冬！"他大叫着，在水里寻找。

巴厘岛海滨度假区的救生员赶紧唤来了快艇，艇上还有潜水员和救生设备，立即前去寻找孩子的踪迹。找了好几个小时，也没有发现什么。

到了第二天，他们继续寻找，还是没有结果。当地的一个华裔搜救员告诉他："去年，也是在这里，一个穿婚纱拍照的中国女人，她的婚纱被水打湿了，很重，跑不动，结果就被大浪给卷走了。好在后来在几海里外的珊瑚礁那里找到了她，找到的时候，人已经死了。真可惜，她是来这里举行婚礼的啊。"

胡石磊一听他这么说，更着急了。儿子，你在哪里？我活要见人，死要见尸！可以，一连找了七天，孩子还是无影无踪，在大海里失踪了。那片海域后来大浪滔滔，他每天面对着大海，欲哭无泪。他十岁的儿子冬冬就这么被大海带走了。

不用再描述这悲伤的时刻了。本来，他们一家三口是高高兴兴到巴厘岛游玩的，一家人都很开心，可忽然之间，胡石磊和汪雁就坠入了深渊。

作为父亲，胡石磊非常内疚、悔恨和悲伤。孩子的死和他有没有关系？当然有，因为就在他的身边，孩子不见了，被死亡直流带走了。而他的水性还那么好。

"你为什么不看好孩子，为什么不看他？为什么，你不抓住他，为什么你——"几天下来，妻子汪雁的眼神已经痴呆呆了，她迷离而愤怒地看着丈夫，她声音嘶哑了。孩子无影无踪，让她崩溃，让她也一同坠入到了黑暗里。

"为什么？为什么——你——"汪雁嘶哑了，她哭了，她无法再说话了。

他看着她的眼神，忽然读到了一种令他不寒而栗的东西。那就是，她的眼神到后来似乎在说：为什么海水带走的，不是你，而是儿子？为什么不是你——！

胡石磊这一刻对妻子有了一种恐惧感。女人的那种歇斯底里，最终将导致所有牢固的东西都崩溃。尤其是，汪雁现在还怀着他们的二胎——已经三个多月了。她正准备再生一个孩子，他们的宝宝正在她的肚子里孕育着，可是现在，失去了大儿子，胡石磊有一种不祥的感觉——蛋打了，鸡也会飞了。不过，天无绝人之路，我不会这么悲剧吧？不会吧？他欲哭无泪。

会的，命运在戏弄一个人的时候，往往是下狠手，不是一招制敌于死地，就是接连打击到让你毫无还手之力。这就是命运的真相。好的时候一切都是风平浪静的，坏的时候，就是那一股海洋直流——一下子就把你带到海水的深深处，让你在暗黑的地方窒息。

痛啊！痛，痛，痛！那种失去骨肉的痛感，在他和她的心里弥漫。失去了长子，二胎政策才出来就抓紧怀孕的汪雁精神恍惚，深度抑郁袭来，情绪波动大，不久，肚子里的胎儿就流产了。

这样的变化会导致更多的连锁变化。胎儿流产之后，她要求分居。又过了一段时间，她提出来和他离婚。一股生活中的直流就这样也出现了，一下带走了所有的风平浪静，让胡石磊陷入到绝境里。然后，汪雁离开了他，胡石磊变成了一个人。

他成了孤家寡人，孤苦伶仃地在大地上行走，在海边安静地站着。凝视着大海，他在想，那股直流，到底是怎么回事？怎么一下就把我的生活彻底摧毁了呢？站在大海边上，看着波涛一道道地涌过来，带着喧响和白色的浪花，碎裂在他的脚下，他想，自己的水性这么好，又从小生长在海边，儿子冬冬却被海水带走了。

大海啊，你让万物充满了生机，让世界不断生长，可你又以暗黑的力量造就了死亡。你让我的儿子还没怎么展开他的生命旅程，就死在了你的怀抱里，你让我掉进了悲伤的深海！他泪流满面，悲愤满怀。

谁说的唯有大海不悲伤？大海最会制造悲伤了，对不对？

到了第二年的春天，那件事情虽然已经过去大半年了，可胡石磊的状态始终是消沉的。屋子里到处都是酒瓶子、烟蒂，以及混乱不堪的衣服和杂物的堆放。公司的事让别人在打理，他不知道自己是怎么过来的。

汪雁离开他以后，辞职去了别的城市，换了电话号码，换了工作，远远地离开了他。她的性格本来就是柔弱的，很容易悲戚，她没有办法再接受他了。他理解她——远离他，就是远离他们无法摆脱的痛苦记忆，那是一块压着他们的沉重的巨石。两个人相爱相处了十多年，现在，则天各一方了。

他宽慰地想，她离开他是对的，要不然两个人怎么互相面对？接连失去了两个孩子——儿子和腹中胎儿，他和她的纽带就彻底断了。

胡石磊瘦了十几斤。痛啊！痛啊！胸口的巨石无法搬走，内心的抑郁像毒药一样熏染着他的思维。他常常呆坐着，看着电视。所有频道的节目都无法触动他。他觉得那些古装、情感、悬疑、枪战、科幻、恐怖片，都很傻很可笑。电视上，所有的娱乐节目，相亲节目，益智节目，竞赛节目，体育节目，相声小品节目，都不能让他笑出来了。

然后，他看到了一部纪录片。这是一部关于大海的纪录片，大海是这部片子的主角。是的，是大海，那让胡石磊又恨又爱、想拥抱又拒斥的大海。大海！你还我的儿子，你击碎了我的生活，我拿什么来面对你？

但这部纪录片渐渐吸引了他。他追着这个系列片看，一集又一集。某个片段，讲的是在一片海底的珊瑚礁边是大洋洋流的汇聚之处，有一群革鳞鲉要产卵。革鳞鲉这种海鱼，从美国南部的佛罗里达外海一直到加勒比海的群岛，比如古巴和海地岛，再往南，一直到巴西东面的西太平洋地区，都有着广泛的分布。它体长可以达到一米，长得有点呆萌，胸鳍、背鳍和尾鳍就像是刺猬的刺那样支棱着，黑白相间，地包天的嘴巴显得笨拙憨厚，褐色的身体上都是白色的斑点。大批革鳞鲉聚集在海底一片珊瑚礁边，雄性的，雌性的都有，在默默等待一个仪式。而在这片海水的中上方，浮动着一些黑色的阴影——来了很多鲨鱼。它们似乎在等待着什么。

胡石磊睁大了眼睛，观察着接下来的情节。海底世界被水下摄影师拍得那么清晰：美丽的珊瑚礁，漂摇的水草，发亮的水流，还有革鳞鲉的尾鳍、胸鳍摆动的漂亮姿势。是的，革鳞鲉是在等待着一个机会。它们耐心地等着，来回慢吞吞地游弋着，一点都不着急。雄性革鳞鲉靠近一条条雌性革鳞鲉，互相盘旋，微微摆动，在跳着求爱的舞蹈。雌性革鳞鲉比较娇小，它们在雄性革鳞鲉的追求下游动，纷纷做着某种呼应。忽然，一条雌性革鳞鲉猛地上浮，就像一支箭一样窜了上去，排出了一股白色的鱼卵。接着，雄性革鳞鲉也猛地上浮，排出了一股精子，给那些卵子授精。繁殖仪式开始了，刹那之间，海水里安静的画面立即变得鲜活了，一条条雌性的革鳞鲉射箭般上浮排卵，一条条雄性的革鳞鲉追随着上浮去授精。伴随着它们的上浮，那些早就埋伏在一边的黑鲨，斜刺里冲过来袭击排卵射精的革鳞鲉，一嘴一条，迅疾地撕碎了刚刚还在产卵授精的革鳞鲉。

  胡石磊睁大了眼睛。大战开始了！为了下一代，排卵啊！授精啊！革鳞鲉，加油啊！为了生存下去，黑鲨们，袭击啊，拦截啊！厮杀啊！这一场面的生死较量和繁衍下一代的战斗，在电视画面上持续了很久。雌性革鳞鲉的卵子和雄性革鳞鲉的精子很快让海水变得黏稠了，白花花一片，而黑鲨的袭击和捕猎又让革鳞鲉的血液染黑了这一片半透明的海水。从海底往上看，到处都是一片混沌，就犹如最初的天地开创，而此时此刻，诞生和繁衍，生存和死亡，在大海里显得那么真实，残酷，而又天然地具有合理性和一种生命逻辑。

  胡石磊站了起来。他觉得自己其实不懂得大海，也不了解大海里的那些动物，那些陌生的鱼。可能冬冬已经变成了这样的一条鱼，正在深海里游走着。他必须要去会会那些深海里的鱼。他和儿子的灵魂，也要在大海重新相遇。

胡石磊后来通过网络，认识了一批喜欢潜水的朋友，他们都参加了一个由世界各地的潜水爱好者组成的自由潜水组织。其中，有个叫大卫·霍克尼的美国南加州人，成为了他接下来几年里的潜水好友。大卫·霍克尼在世界各地潜水已经有十多年了。在网上胡石磊发现，原来喜欢潜水的有这么多很专业的人。

胡石磊让朋友帮忙，购置了所有的潜水设备。这些装备并不复杂，有长短脚蹼、潜水衣、面镜和呼吸管，能让他潜入到几十米深的海水里，去和那里的动物互动。在几十米深的海水里，能够看到海里的那么多动物，这是多么美好的一件事！多么令人愉快和兴奋！他阴沉的内心里渐渐燃烧起了一簇火星，这是一点点的希望。在大海的深处，去和儿子的面影相遇，一点点地将内心的悲伤祛除。你只有先医治你自己，才可能去面对整个世界的明丽。

在朋友们的帮助下，胡石磊很快学会了自由潜水。他水性本来就好，这对他一点都不难。自由潜水，指的是不戴氧气瓶和水肺一类的辅助潜水设施，而是靠一口气——是的，就靠人的一口气，把肺里的氧气充满，然后一猛子扎下去，直接向大海的内部潜泳，一直扎下去，在瞬间变化的水压的影响之下，调整耳朵受压的感受，平衡生理反应和内心的波动，在一吸一呼之间，去靠近那些自由摇曳的海生物。一般能在水下待三五分钟，然后，再上浮。

自由潜水分为绳潜、无脚蹼潜水和戴脚蹼潜水三种。绳潜，顾名思义就是顺着绳子往下潜，不戴脚蹼潜水和戴脚蹼潜水的感觉也不一样。而戴着氧气瓶或者水肺潜水，固然能让人在水中多待一会儿，但会冒出很多气泡，这些泡泡在上升的过程中明明灭灭，会发出爆响，就像爆米花在毕剥炸响，海鱼听着声音很大，它们会非常惊恐,就会远离你,你就无法接触到它们。

到了夏天,胡石磊已经做了很多的练习,也做了充分的准备。他飞到了美国加州的海滨,和大卫·霍克尼会面。

大卫·霍克尼是一个高个子小伙子,三十出头,在网上他们已经交流了几个月了。大卫·霍克尼知道他的故事:儿子被淹死、胎儿流产、妻子离开,他的公司交给了助手打理……一切糟糕透顶,然后,开始了学习潜水。每个伤心的人,都有自己的伤心故事。这没有什么,他告诉胡石磊,在一次争吵中,他父亲开枪打死母亲,然后自杀。父母双亡那一年,他才七岁。

"我是我姑姑带大的。我是个孤儿,从小就觉得我应该到大海里,变成一条鱼。这陆地上人的生活不适合我。我很理解你现在的心情——喜欢大海里的那些鱼,可能你儿子藏身其间,你想接触到它们,对不对?"

"是的,大卫。我就想去了解大海里的那些鱼。"

"那么,你来吧!我们一起去太平洋的几个潜水点,好好地和大海约会。"

环绕着整个太平洋潜水?这太吸引人了。胡石磊兴奋了。他展开地图,看到了在中国和美国,还有澳大利亚和南太平洋的小岛国之间,有那么大的一片海域,这就是整个太平洋。在这个广袤的大洋上,从中国、日本到菲律宾、印尼,再到澳大利亚、斐济、汤加、库克群岛,还有南极的北面,一大片的海域里,有着星星点点的、被自由潜水组织标明的最佳潜水点。这些地方,他都想去探寻。

胡石磊的眼眶有些湿润,他知道,自己寻找的一种新生活,就要开始了。

儿子，我来了。他想着，然后深深地吸一口气，憋住，往海水下面扎，摆动着脚蹼，就像一条漂亮的大鱼摆动尾鳍。大海是透明的，海水的蓝色是假象，那是对天空的映射。浅海里什么都很清晰，阳光照射着多彩斑斓的珊瑚礁，黄海葵那么鲜艳，隐藏在珊瑚礁洞穴里的海鳗像一条阴险的蛇那样伸出了脑袋，呲着牙，一伸一缩地看着他。

他继续下潜，沿着这片海域的浅坡下潜，进入到更深的海域。他见到了鲸鱼。是的，大海里最大的动物，鲸鱼，就在眼前。那是好几头抹香鲸，不知道从哪里来的，缓慢地在水中浮动。他惊呆了，这是他第一次这么近看见鲸鱼。是的，抹香鲸就像潜水艇一样游过来，还有一头小抹香鲸，紧紧地依靠在妈妈的白色肚皮下面，在母亲身体一侧安全地游动。

抹香鲸出现在这片海域，是因为这里有它喜欢的食物。每年，从阿拉斯加过来的洋流沿着西海岸流动，会带来大量的浮游生物和小鱼小虾，比如磷虾，闪光的、非常密集的磷虾，是抹香鲸的最爱。这个时候，抹香鲸只须张开大嘴，把有着各类浮游生物、小鱼小虾的海水全部吞进去，然后用腮把海水再过滤出来，这一吞一吐之间，浮游生物和小鱼小虾就都在它的肚子里了。

眼下，这么大的鲸鱼，在胡石磊的眼前游过。"不要怕，看到抹香鲸，你慢慢地游过去，保持和它一个节奏，让它感觉不到你有威胁，让它觉得你就是一条鱼而已。它是很温和的动物，对你这样一条人鱼没有兴趣。你既构不成威胁，也没有什么吃的价值，这样你就能靠近它。所以，你的动作一定要慢，要温柔。对待鲸鱼，你的缓慢是最好的态度，让它感受到友善。你就这么靠近鲸鱼，瞅准机会，用手去摸摸它，试着和它交流。它一定会很喜欢你的触摸。它的皮肤和人类孩童一样,都喜欢被触摸。"下水之前,大卫·霍克尼曾经叮嘱他。

他受到了鼓励。这一次,他的内心燃烧起了火焰,这是从灰暗到鲜红的火焰的过程,他产生了和鲸鱼交流的愿望。和一条大鲸鱼交流,是的,就是这样的。他缓慢地,和大鲸鱼一个节奏在游动,他看到抹香鲸的身体就像一座小山,把附近海域的光线都挡住了。

抹香鲸很奇特,它有一颗大脑袋,几乎占了它身体的一半,这个大脑袋不知在想啥?那条小鲸鱼羞涩而紧张地游到了妈妈鲸鱼的另一侧,也许是为了躲开胡石磊的观察和贴近。看到了那条小鲸,胡石磊的内心一紧,他从它的身上看到了儿子冬冬的影子,心里难过了。

这一刻是那么奇妙,他和抹香鲸伴游,和它越靠越近,然后,他伸出了手,摸到了它的腹部。大鲸腹部的皮肤很粗糙,疙里疙瘩的,寄生了一些藤壶。鲸鱼的皮肤是凉的,似乎比人的体温低。这头抹香鲸的侧鳍和尾鳍都很巨大,尤其是身体一侧的鱼鳍。胡石磊跟在抹香鲸的右后侧缓慢地游着,一口气用完了,他就上浮到水面,再吸一口气,继续下潜。

他太喜欢这对鲸鱼母子了。靠近了才发现,抹香鲸是人类非常喜欢的温顺的海洋动物。他想,鲸鱼是哺乳类动物,海洋里最大的鱼是鲸鲨,鲸鲨是用腮来呼吸的。

忽然,那头小鲸似乎对胡石磊产生了兴趣,从母亲的身上游过来,要和他打个招呼。它好奇地在他的身边转了一个圈,用它那清澈的眼睛看他,发出了清脆而好听的声音。然后,它仿佛是引路一般,在他的前面缓慢地游着。

看到此情此景,胡石磊又想起了他的儿子,冬冬在海里游泳的时候也是这样的，也喜欢游在他的前面，我的儿子！冬冬！他的眼前出现了幻影，他似乎又看到了冬冬。他的喉头哽咽了一下，面镜模糊了，这在水里是十分危险的，必须控制住情绪。

他看到，抹香鲸母亲在不远处安静地看着他和小鲸鱼玩耍，很安详宁静，也很警惕。它要是想攻击他，那是不费吹灰之力的。就是这头小鲸也比他大很多。它的年龄不到一岁，但已经有三四米长了。它肯定每天都要吃母鲸的奶。他又伸出手，摸到了小鲸身体一侧的皮肤。啊，那种感觉怪怪的。是的，它的体温不高，凉凉的，坑坑洼洼的，但有一种油脂般的光滑感，像是滑石粉或者腻子以及胶水混合在一起，涂抹在它身上一样。他的手摸在它身上，它一定也很舒服，它翻了一个身儿，似乎是想和他继续亲近。他发现有一群小丑鱼，在它腹部帮助清理寄生的微生物。

它能感觉到胡石磊在摸它。它不能确定这有没有威胁，等到小鲸鱼不想和他玩儿了，就奔向了母鲸。大鲸鱼挥动了一下鱼鳍，一下子把水流搅动开了，看不见的水流裹过来，让他感受到一股巨大的冲击力，他被水流推开了。

大鲸向旁边优雅从容地漂移过去，用它巨大的鳍和尾巴扇动水流，带着小鲸鱼，渐渐消逝在海水里，看不见了。

他的心里有点空落，就像看到了冬冬，可冬冬又再度远离了他。

完成了这次美妙的自由潜水，胡石磊感到自己就像一条海鱼了。他想，假如人是从海水中来的，那么，自由潜水就是人复归大海。大海也将重新接纳我，大海是人类的母亲，这个母亲不会讨厌人的返回的。尤其是，胡石磊想，我的儿子也在大海母亲的怀抱里了。

"我的纪录是自由潜水一百一十米，"大卫·霍克尼告诉他，"在这个潜水深度,能够看到掠食类的大白鲨。不过,我们去的加州海域里,鲨鱼个头都比较小,一般不袭击人类。"

"真厉害,你的肺活量可够大。那自由潜水的世界纪录是多少?"胡石磊问他。在加州海滨的一家海鲜餐厅里,他们一边吃着龙虾和红鲍,一边聊着天。

"绳潜的纪录是一百二十四米,而戴脚蹼潜水的纪录,是一百二十八米。不过,像你潜到三十到四十米深的时候,看到的海生物最多,这个深度,珊瑚礁可以广泛地吸取阳光的能量,而珊瑚礁边有各种鱼,都很漂亮。你会发现绝大多数鱼类都喜欢群居在一起。就像革鳞鲔一样,为了繁殖,不断喷射精液和卵子,它们的繁殖过程给别的海生物也提供了食物,虽然会遭到袭击,最终有一部分鱼卵能够繁殖成功。你还能看到海豚和海獭,它们在浅海里追逐鱼类。海狗潜水会更深一些。如果潜水深度超过了六十米,运气好的话,你还能看见鲸鲨。"

胡石磊见过鲸鲨,它的身形非常美丽,黑色的身体上有很多白色圆点,沿着身体的流线分布。那些圆点从大到小,很有规律,这使鲸鲨看上去不那么吓人,毕竟,它那庞大的身体在水里看上去是个巨兽。

"在水深一百米的地方,人的肺部会难受,在那一刻,有经验的潜水员一定要把自己的肺部调整好。因为海水的压力很大,人的耳膜会受到鼓动,这一刻假如调整不好的话,肺部会非常憋闷,容易有意外。有的自由潜水者就这么呛水而死了,在水里昏迷,永远变成了一条鱼。"大卫·霍克尼说。他的嘴里咬着金枪鱼的肉,看着胡石磊。"有机会我带你去抓金枪鱼,我带你进行海底狩猎。"

胡石磊摇了摇头,幽然地说:"我不想杀害任何一条海鱼。在海

唯有大海不悲伤 | 165

水里,我会产生幻觉,看到那些大鱼,我会看到我的儿子的身影。"他告诉大卫·霍克尼,看到那头小抹香鲸之后想起儿子的情景。

大卫·霍克尼拍了拍他的肩膀:"我懂了,胡。明天,我们启程去墨西哥湾那边的科塔博尼亚群岛,跟着这股洋流走,你就会看到最好的海底风景。"

他们来到了墨西哥巴亚尔塔港,从那里前往玛丽埃塔群岛。大卫·霍克尼查看了天气和地形,觉得选择玛丽埃塔群岛中的一个小岛下潜,那里会有很好的海底风景。

胡石磊潜入到珊瑚礁附近时,看到有很多黑斑石斑鱼在礁石边互相追逐,似乎在做着求偶的游戏。而一些大大小小的隆头鹦哥鱼,则在快速地上下浮动,这种鱼长得很有喜感,后脑勺是隆起的,长相又很像鹦鹉,最大的能到一米多长。他还看到了鳕鱼正在一对对地谈着恋爱,而它们的繁殖活动也像革鳞鲉那样,排卵、射精、受孕,动作迅捷,上下翻飞,就像是快闪族一样。

第二次下潜,海水里波光闪动。在礁石中,胡石磊看到了白斑乌贼在产卵,附近的海底沙地上,一群小灰三齿鲨在白天里睡觉,身子一晃一晃,十分惬意。

胡石磊朝附近一片暗影游过去,看到了大量的水藻和海带构成了海底森林。靠近这样的海底森林,他有点紧张。这时,水下的光线暗淡了,他游进海带森林,仿佛进入了一个暗黑的世界。他看到那些漂动的巨型海带,就像是一棵棵树那样枝繁叶茂。他没有想到,海带能有这么大。而海藻就像是海底的灌木丛林,也像是云杉和松树林,把一整片海域里都占据了。

这片海藻和海带森林,是很多担惊受怕、外形非常漂亮的海鱼的避难所、隐身地和觅食场。几乎每一片海底森林里，都有不同的鱼群在轻快地游动，互相追逐着。

他看见一条花斑海鳗像蛇一样，摆动着身体游走了。一些小丑鱼很难看、但却很机警。一只大海龟匍匐在一片沙地上一动不动。也许，它是想去抓捕在海沙里隐藏的海肠子？鳐鱼则像是海底的巫师一样，忽闪着身体两侧的斗篷，拖带着长长的尾巴，俯冲下去，在海底的沙地上捕捉食物。

如果运气好，还能碰上儒艮这种海生物，能听到它们在一片海底的水草和沙地上掠食而过的声响。它们是属于扫荡类型的。儒艮是很温和的动物，它们不是猛兽，就像是憨厚的猪和熊猫的结合体。没错，从性情上来说像熊猫，从进食的状态上来说，简直就是猪。

胡石磊碰见的是一家三口，两大一小，三只儒艮在咣叽咣叽地用它们的大嘴扫荡，瞬间就把很多贝壳、鱼虾都吞到肚子里，吐出来泥沙和海水。儒艮在海底掠食而过，连海草都吃光了。儒艮让胡石磊看到了海生物可爱的一面，这让胡石磊瞬间想到了汪雁，不知道她现在怎么样了？

他的心口一疼，赶紧上浮。

自从开始了自由潜水，又有了几个同伴之后，胡石磊感觉到自己的生命力在逐渐恢复。丧子和离婚之后，有好长时间他都没有办法说话，也不想说话。他会流泪，但他没有和人交流的任何愿望。他把自己完全封闭起来了。那件事情发生一年了，现在，只要是潜入大海，在海水中，他的心境就会好起来。他常常能在那些大鱼身上看到儿子的身影。冬冬，你在大海里，是的你就在大海里。我来了我也在大海里，但我找不到你。你不在，你似乎又无处不在。他阴暗的心情被海水之蓝逐渐地浸染着。

这个夏天的潜水经历，最让胡石磊感到震撼的，是他亲眼目睹了抹香鲸和大王乌贼的一场恶斗。

那是在太平洋中部的汤加王国的一座海岛边。夏天时节，这片大大小小的海域里分布了很多小岛，和相距不远的岛国斐济一样，都是自由潜水者的天堂。

胡石磊和大卫·霍克尼分手一个多月之后，他回国办理了签证手续，又在斐济和大卫·霍克尼碰面了。这次还有几个自由潜水组织的朋友都来了，像俄罗斯姑娘雅辛娜、日本人西村京太郎，都是网络上认识的朋友。他们见面之后显得很热络。大家来来去去，每年都有自己的计划，就像候鸟一样，在这里那里的潜水点相遇和分手。雅辛娜是个漂亮的姑娘，二十多岁，是一家俄罗斯媒体的记者，酷爱潜水。但她的左腿受伤了，走路有点小瘸。这让胡石磊有点诧异。

大卫·霍克尼告诉胡石磊："她的父亲是俄罗斯的一个著名记者，早些年报道过寡头的丑闻，被枪手袭击导致下肢残疾。她在爸爸身边，同时被子弹打伤了一条腿。现在，她长大了，也当了一名记者，继续在和俄罗斯权贵缠斗。她爸爸说，他行动不便，就让女儿去帮他看到最奇特的大海风景吧。"

日本人西村京太郎五十多岁，脸部就像被刀削斧砍过一样沟壑纵横。"至于西村这家伙的经历，也很复杂。最起码，他和你一样没有老婆。"大卫告诉胡石磊。

胡石磊默然了，看来，人人都有自己的隐秘的生活痛点。

从汤加王国首都努库阿洛法出发，向东几十公里的外海下面，就是著名的汤加海沟。海沟最深的地方超过了一万米，深度仅次于太平洋最深的马里亚纳海沟。有了这条海沟的存在，附近的洋流流速很快。伴随着洋流而来的鱼虾、微生物很丰富，也引来了很多鲸鱼。汤加海沟的深不可测，对于潜水员来说，即是地狱般的存在，想想都会感到不寒而栗，那里也是探险的乐园。

他们在汤加外海的小海岛上安营扎寨。在整个夏天里，这里都能看到鲸鱼。每年的夏天，抹香鲸都要经过那里，然后在这片海域做短暂的休整和停留。这片海域的鱼类很多，是抹香鲸、鲨鱼捕猎进食的最好水域。

头天晚上，胡石磊告诉大卫·霍克尼，抹香鲸在中国古代就很有名，抹香鲸的鲸脑油和胃里积累下来的龙涎香，是名贵的中药，只有中国古代皇帝才能得到。

说到抹香鲸，大卫·霍克尼就活跃起来了，他说："我有一次在海边，看到过一具抹香鲸的尸体，巨大的尸体被海水冲到了岸边，已经开始腐烂了。抹香鲸的肚子膨胀起来，需要人给尸体放气，要不然会发生抹香鲸爆炸。砰的一下炸了，就像大炸弹一样，能炸死很多人的。所以，那具尸体是我去放的气。可真是臭极了。"

"你用什么东西给抹香鲸尸体放气？"雅辛娜很好奇，"不会是一把小刀吧？"

"当然不是，"大卫·霍克尼骄傲地说，"用的是一把很大的电锯。那种能锯断大树的电锯，去给死鲸开膛。我是全副武装，戴着防毒面具。扑哧一下子，鲸鱼的肚里的臭气出来了，一下子把我给打倒了。后来，我的衣服洗了很多遍，还是臭。谁都离我远远的，因为我是个臭人！"大家都笑起来了。

天亮了。他们几个人很早就乘船出发，向东驶去，来到了汤加海沟所在的海域。从这里，看不到海面之下那条著名的海沟。很快，胡石磊就看到了一条巨大的鲸鱼，是一条长达几十米的抹香鲸，它游过来游过去，像是在寻找什么。它浮上水面，呼吸了新鲜的氧气，然后一个猛子扎下去，在海水里就不见了。啊，几个人惊呼着。他们都很羡慕这自由潜水的真正高手——只要是吸一口气，它就能潜入水中待上好几个小时。

西村驾驶机船，他们三个潜水。他们找到了一片珊瑚礁水域，开始潜水。潜入珊瑚礁，大卫·霍克尼在水中示意，附近就是那条很深的海沟。洋流速度很快，胡石磊跟在大卫·霍克尼的后面，摆动脚蹼，很悠闲地去摘取礁石缝隙里长的鲍鱼。

这里的鲍鱼个儿大，非常肥美。忽然，他们都听到了来自海沟深处的声响，就像是有巨兽在打斗一样，传来了一阵震雷和闷锣声。水波的涌动也变得剧烈了。很快，就在他们的视线里，有一团纠缠不清还在激烈缠斗的巨大黑影，迅速地上浮起来了！

他们都吓傻了，赶紧浮到海面。幸亏他们上浮快，而那团黑影也在距离他们几十米外的地方发出了砰然一声巨响，跳出了海面。

是的，胡石磊和大卫·霍克尼、雅辛娜，还有船上的西村京太郎，都看到了那团黑影冲出了海面，啊！那一刻胡石磊摘下面镜，惊呆了！他们看到了两只巨大的海生物，一头是几十米长的抹香鲸——可能就是他们刚才看见下潜的那一头，正在和一条与它差不多大小的大王乌贼纠缠在一起，在进行殊死搏斗。

大王乌贼是深海动物，一般不到浅海来活动，巨型的长达几十米，它既是抹香鲸的猎物，也是抹香鲸的对手。它们缠斗的过程中，不是抹香鲸咬死大王乌贼，就是大王乌贼堵住抹香鲸的排气孔，使它窒息而死，反而成了大王乌贼的猎物。这时，海面沸腾了，水波激烈地涌动，抹香鲸在翻转身体，掀起了层层大浪，溅起了激烈的水花。

这可是千载难逢的好时机，大王乌贼只存在于书籍里，是深海里的怪兽，很少有人能亲眼看见活着的大王乌贼。他们看到的这只乌贼，肯定是藏身在那深海沟中，被抹香鲸一嘴擒获了。这是一场殊死搏斗，抹香鲸力大无穷，乌贼王诡计多端。它们从海沟里一路打斗着上浮到海面，抹香鲸显然是为了呼吸一口新鲜空气。在海面上翻滚的过程中，乌贼的触手会滑落，抹香鲸会得到机会。大王乌贼的触手上有很多吸盘，就像巨大的鞭子一样在挥舞着，抽打着抹香鲸和海面，而抹香鲸紧紧咬住了大王乌贼的身体要害，不断地翻滚和冲撞着。它们激烈地战斗了十几分钟，忽然，抹香鲸发出了尖利的声音，它带着缠绕和裹挟着它的身体的大王乌贼，像一块巨石那样向海水深处坠落。

西村京太郎驾驶小船，胡石磊、大卫·霍克尼和雅辛娜戴上面镜，深吸一口气，让氧气充满整个肺部，血氧含量达到最高值，立即下潜，摆动脚上的脚蹼，跟着那团轰隆隆滚动着，游向那无尽而黑暗的海沟掉落的抹香鲸和大王乌贼的影子。

他们也许是不要命了，可这是机会难得。胡石磊听到了闷雷般的回声在越来越暗的海沟里回荡。抹香鲸和大王乌贼还在缠斗，到底会鹿死谁手？谁都可能打败对方，这一次是胜负难料。胡石磊的心悬着，他想不到抹香鲸会这么厉害，大王乌贼这么巨大。这巨大的史前动物之间的生存斗争，会这么激烈。海沟里，缠斗的声音在持续，这一刻无比漫长，又无比的短暂。忽然，那类似巨石滚落的声音没有了。然后，胡石磊看见黑色的乌贼墨汁涌了上来，把海水都染黑了。这是大王乌贼的重要手段，喷射墨汁妨害对手视线，然后趁机逃脱。

他们又浮上海面，上了机船，在船上瞭望着那片海域。乌贼喷吐出来的墨汁把一小片海面染黑了。只是不见抹香鲸的影子，也看不见大王乌贼的影子。

他们等了好久，也看不到结果，墨汁很快也被洋流带走了。

到了第二天，他们来到这片海域，仍旧看不到那场大战的结果。胡石磊的心悬着。他看到了在附近海面有游弋的鲨鱼，那是一群大白鲨，它们那利剑一样的背鳍浮出水面，像是无声的示威和警告。

第三天，他们驾驶机船又来到这片海域，看到了大批的鲣鸟正在海面上聚集，和那些闻腥而动的大白鲨在抢着什么。他们的船开过去，看到了一些乌贼触手的残肢在水面漂浮。这场战斗的结果出来了：乌贼输了，它成了抹香鲸的猎物。海面上，乌贼触手上的吸盘个个有脸盆大小，已经失去了颜色，变得苍白软弱。这场大战，大王乌贼输了，而那只抹香鲸吃饱喝足，估计早就踏上了继续洄游的旅程了。

这个夏天结束之后，胡石磊回到了国内，继续打理自己的公司业务。手下的人都干得很好，并不用让他操太多心。

他还听到了汪雁的消息——她在南方一座城市再婚了。这对他是个安慰，也让他忧伤。他们的距离远了，形同陌路。晚上，躺在喧闹城市里的一张床上，他心情郁闷，无法缓解，格外想念那些潜水的日子。

他盼望着冬天赶紧过去，开春之后他就要出发了。他和大卫·霍克尼约好了，明年夏天，他们再去太平洋上那些美丽得如同珠串和项链的岛国潜水。

第三年的春夏之交,胡石磊飞到了斐济。他和大卫·霍克尼约好在这里潜水,观察鲸鱼,并进行海底狩猎。这片广袤的南太平洋海域,一直是大洋中的各种鲸鱼洄游的必经之地。鲸鱼跟着洋流,随着季节,沿着某条从古到今的觅食路线,依照太阳的方位进行定位,在几个大洋之间洄游。去年,在汤加海沟看到了一场抹香鲸和大王乌贼的决斗,今年夏天,会有什么样的惊喜等着他?

大卫·霍克尼比他早到两天,他是从澳大利亚飞过来的。经过了一个秋天和冬天,大卫·霍克尼养得很壮实。他们碰面后都很兴奋,大卫·霍克尼说:"今年你能听到座头鲸的歌声,昨天我出海发现,在斐济群岛的座头鲸群很多,三三两两的,到处都是。"

"座头鲸会唱歌?"胡石磊很惊奇,"我还真没有听过。"

"我手机里有录音,等下给你放。不过,明天你在海里能亲耳听到,很独特的歌声,你会迷惑的。好了,咱们先去吃饭。今年雅辛娜不来了,西村到阿拉斯加找因纽特女人去了。我告诉你一个秘密,西村原先有一个爱斯基摩人老婆,后来她死了。今年,他想去找个因纽特女人做老婆。你们东亚人呢,现在的活法越来越多了。比方说,过去可没什么中国人喜欢自由潜水。"

看来今年夏天,在斐济潜水的熟人,就是胡石磊和大卫·霍克尼了。

"那是,现在的中国人全世界到处都是,活法也很多样。不过,我的确想看看座头鲸,听它唱歌。"胡石磊说。

"听了鲸鱼唱歌,你就会有艳遇的。"大卫·霍克尼神秘地说。

胡石磊淡淡一笑:"但愿。可你呢?你又怎样?"

座头鲸又叫大翅鲸，因为它长着一对巨大的侧鳍，就像是长了一双翅膀。它块头很大，灰黑色的身体，肚腹是白色的，上面一般会寄生海贝之类的东西。座头鲸的特点是喜欢成双入对地活动。它们也是深潜的高手，一旦深潜，你几个小时都不会看到它的踪迹。座头鲸的叫声，非常像人唱歌。鲸鱼的叫声各有不同，大卫·霍克尼给胡石磊放了几种不同的鲸鱼叫声的录音。他说："现在最让座头鲸烦恼的，是我们人类的远洋运输船。这样的船，小的有几万吨，大的有十几、几十万吨。在海洋上走，轮船发动机在水下发出的声音就像是巨雷，会干扰和破坏座头鲸的声呐系统，使座头鲸无法准确定位。严重的话，座头鲸会迷失方向，被远洋运输船撞伤，甚至撞死。可即便如此，座头鲸还是要唱歌的。"

胡石磊头一次在大卫·霍克尼的手机录音机里，听到了座头鲸的歌唱，他还以为是某个乐手的演奏呢。座头鲸的歌声，有旋律和节奏，时而低沉，时而尖利，音调很高，人的耳朵会受不了。几头座头鲸互相呼应，彼此呼唤，这时就构成了交响乐，高音低音，回旋往复，欢快酣畅，美妙生动。

一早他们就出发去斐济外海的一处小岛边潜水。

下水后，他就看到在水面之下有一只座头鲸正在畅快地浮游。说浮游，是很生动的描述。那只座头鲸悠然自得地游动，不时上浮到半潜的状态，呼吸一下。

他游过去，慢慢地靠近它，和它近在咫尺。是的，这一刻必须慢。他伸出了右手，摸到了它的尾巴。它的尾巴就像是一把巨大的棕榈树叶一样散开来，缓慢地左右摇摆。他缓慢地抓住了它的尾巴，它并不吃惊，而是继续摇摆着前行。因为有过和鲸鱼接触的经验了，这一次他很自得。他摆动了一下脚蹼，长长的脚蹼助力他向前游动，他和它并排在游动了。

此时，在遥远的海面传来了打雷般的轰隆声。那声音由远及近，越来越响，在水底下听着，真是震耳欲聋。声响惊动了这只座头鲸，它发出了急促的声音，这声音让胡石磊感觉就如同近处爆响的炸雷，十分刺耳。他的脑袋都快被这声音刺穿了。紧接着，座头鲸加快了游泳的速度，不到半分钟，就消失在海水里，不见了踪迹。

胡石磊浮出了海面，他看到一艘远洋货轮，正在海平面上行驶，身影越来越大，往斐济港口开去。鲸鱼害怕远洋货轮，要躲着走。鲸鱼不是人类制造物的对手，这一点，他亲眼看到了。

胡石磊向机船所在游了过去。大卫·霍克尼在船上摄影呢。他发现了一群路过的海豚。有不远处游船上的游客在尖叫。

远处的海面上，一些海豚正在飞跃起来，划出一道道漂亮的弧线。海豚是大海里最聪明的动物，它们还非常顽皮，喜欢和人类互动。它们知道友善的人会给它们喂食小鱼，这样的馈赠不要白不要。

在斐济海岛，大卫·霍克尼要教会他进行海底狩猎。这一天，他们收拾停当，戴好了护面和水呼吸器，然后潜水。海水非常清澈透明。太平洋的海水属这里最透亮了，真是名不虚传。下潜之后，胡石磊看见大卫·霍克尼手里拿着水气枪在渔猎。他在水下寻找着金枪鱼，或者是凶猛的梭鱼，缓慢地摆动着脚蹼。

在一片珊瑚礁旁，胡石磊看到了一个蓝鳍金枪鱼群。这群有着蓝色的鳍、像猪那么大的鱼游来游去，它们一点都不怕他。金枪鱼喜欢扎堆，它的胸鳍、侧鳍和尾鳍都很漂亮。过去，他吃过金枪鱼做的生鱼片，现在，这活鱼就在眼前，该不该一把抓住它呢？他靠近过去。可蓝鳍金枪鱼没有那么好惹,它们是吃鱼的鱼,十分凶猛。此外,还有黄鳍金枪鱼也在游弋。黄鳍金枪鱼的鳍是黄色的,就像锋利的弯刀形状。

忽然,眼前几条梭鱼一闪而过。梭鱼的体型像是一把笨重的铡刀,又宽、又长、又厚,长相也很凶恶,眼睛很大,圆睁着,下巴长长的,往前伸出来,露出了锋利的牙齿。在浅海的珊瑚礁地带,只要是看到了小鱼和小螃蟹、小龙虾,梭鱼一口就咬住,然后,它那锋利的牙齿就像是齿轮一样把猎获物给吞下去。

大卫·霍克尼拿着水枪,在水中来回逡巡。海底狩猎有时候也很危险。大卫·霍克尼告诉过他,有一次,大卫在加州海域的潜水狩猎当中,射中一条很大的金枪鱼,结果,刺枪线镖击中了金枪鱼,金枪鱼猛然一抖,情急之下赶紧逃命,就往深海里猛跑,拽着大卫·霍克尼就向深海而去。

"那一瞬间非常可怕。对金枪鱼来说,它是为了逃生。它中枪了,刺枪连带着鱼线。可我却反应不及,一下子就被那条两米多长的金枪鱼给带到深海里了。耳压和水压瞬间发生变化,我就晕眩了。"大卫·霍克尼沉默了,感到后怕。

"那你是怎么脱险的?"胡石磊问。他后来当然是脱险了。

"我只能放弃啊,亲爱的兄弟,那一刻,我成了金枪鱼的猎物,它要把我带到地狱里去,所以,在几秒的时间里我做出了正确的选择——松开了手里的鱼枪,任凭它把鱼枪带到深海里去了,而我,则快速上浮。当时,我的胸憋闷得都要爆炸了,体内的血氧含量迅速降低,必须回到海面我才能活下来。那一刻无比漫长啊,是我生命的极限了。我像剑鱼一样从水下猛地跳出来,啊,白花花的阳光和扑面而来的空气覆盖了我的脸,我猛地吸了几口,这一下,我活过来了。没有成为我猎物的猎物,真是太幸运了。"

这是大卫·霍克尼的渔猎故事。所以,对付海里的那些大鱼,可要小心一些。"海洋是它们的地盘,是它们的天地,在这里,人类不过是些客人,最好不要把自己想象成一个主人。"大卫·霍克尼最后总结说。

胡石磊知道自己是个新手,当然要很小心,潜水狩猎对于他来说,还是一个新课题。他不喜欢去招惹金枪鱼,他还没到大卫·霍克尼那个段位。

他最喜欢干的,是到珊瑚礁旁摸贝类和鲍鱼。鲍鱼长在礁石上,要用潜水刀割下来。也就是说,作为一个初级海碰子,他最大的成就是随便捡点东西带上来就很好了。

在水深超过二百米的海域,胡石磊更喜欢绳潜。沿着一条垂挂到海底的绳子,一下子潜下去,可以感觉到水深的不断变化,由明到暗,这一刻是那么的美,那么的匪夷所思。

一眨眼,所有海里的生物都展现在你眼前了,所有的东西构成了一个鲜活的世界,摇曳的水草,五彩斑斓的珊瑚礁,各种颜色鲜亮的海鱼、龙虾、海鳗和螃蟹,都在水里,还有如同海妖一样摇动身体的海藻和海带。啊,这样的海底世界太丰富而美丽了,只有在自由潜水的时候才能收揽到眼睛里。

这就是大海,大海以她那无比宽阔的胸怀,吸纳了他的悲伤,瓦解他内心里的痛苦和忧郁。大海能够让他内心里积郁的、由儿子死亡带来的黑暗——那种东西很难形容——就像乌贼逃跑时吐出来的一团黑乎乎的墨汁,在湛蓝透明的海水里逐渐地被稀释,然后,世界重新变得透亮起来。

他感觉他的心正在变得轻起来。这就是大海的能力。他的丧子之痛、之沉重，在大海里得到了缓解。在海水中，一天天，他看到儿子的影子在变得模糊，有时候就看不见了，在缓慢消逝了。

有时候，在潜水时，胡石磊下潜到一定深度，就停下来了。他仰躺着，悬浮在水中间一动不动，静静地内视自己的生命，外视海里的景观。他在舔舐内心的创痛。儿子的死对于他来说是最大的创伤，这也是为什么他看到了抹香鲸母子会十分动情，这场景能让他想到儿子。儿子被大海带走了，如今，他也在大海里，以这样的方式和儿子靠近。可儿子在哪里？

像这样仰躺着悬浮在海水中，停下来，短短的一两分钟，不靠水肺呼吸，没有氧气瓶，只有面镜和脚蹼，这时的他就是一只海生物。那些身边的海鱼来来往往，热闹非凡，但它们也把他看成一条鱼，一条无害的大鱼。他在那里平静地摊开身体，睁开眼睛，看着这海中的全世界。海藻、海带构成的森林在繁茂生长，珊瑚礁在阳光的映照下显得艳丽和斑斓，洋流带来了微生物，海鱼在欢乐地追逐、捕猎、繁衍和死亡，这些海生物都是生机勃勃的，即使危机四伏，也顽强生存。

他感受到了什么？在海水的中央，上方的光亮打下来，照射在他身上，那个时候，他感觉到自己回到了母体。

是的，就像是躺在母亲的腹腔里，有着羊水给他提供营养，让他生长。这大海让他像一个胎儿那样复归母体，在海水里安静地思念自己的前世今生。他就那么安静地待在海水中间冥思。他知道，有人在沙漠的中央冥思，那里的天空和星星无比简单和繁盛，没有人世的喧嚷。

在海水中，他冥思着，作为胎儿回到了大海母亲的怀抱里。他感觉好多了，这一次真的好多了。因为他的儿子和他一样，早就复归于大海母亲的子宫里了。

碰到郭娜是在第四年的夏天，地点是在夏威夷。那一年，胡石磊和不少自由潜水爱好者来到了夏威夷。从那里往东，就是浩瀚的东太平洋。

夏威夷群岛在所有的季节里都适合旅游潜水，它的纬度决定了这一点。当时，胡石磊和大卫·霍克尼刚刚碰面，一个自由潜水组织的朋友说，有一个叫郭娜的人，也想加入到他们的队列里，她已经有些潜水经历了。在自由潜水者组织的夏季活动里，到处都是他们的人。

胡石磊看到郭娜了，她是一个加拿大籍华人，有着小麦色的皮肤，一看就知道她是经常在海边待着。她长着一双细细的眼睛，虽然不大但很亲切。鸭蛋形的脸，肩膀不宽，臀部浑圆。她的胸部丰满，中等个儿，说话的声音很好听："胡石磊，一看就知道你是一个南方人。"

"为什么？我是浙江宁波人，"胡石磊说，"知道宁波吗？"

"因为你很精干。我知道宁波，上海人有一半都是宁波籍贯。"

认识之后，她告诉他，在六岁的时候，她就由父母亲带到加拿大了。她在多伦多长大，大学毕业后去美国南方的佛罗里达生活了一段时间。她的中文名字叫郭娜，英文名字叫郭安娜。她的中文不错，和胡石磊交流没有任何障碍。

他觉得认识她很高兴。这个姑娘和他一点违和感都没有。

他们就去夏威夷的外岛去潜水。这里的潜水生手和跛脚鸭很多，在夏威夷，教授潜水是一门很好的生意，因为从全世界来了很多人，他们大部分都是闲人，都想学习潜水，于是，这里最好的生意就是教他们学潜水。不过，让这些家伙学习自由潜水还是行的，保险大部分不会给呛死。

郭娜是一家迈阿密美国人开办的公司的潜水教练，和他们一起来的。听说了大卫·霍克尼和胡石磊在这几年环绕着太平洋进行自由潜水，她很兴奋："我想和你们一起行动了。我讨厌那些娇气的就喜欢尖叫的笨蛋潜水爱好者。"

"你都来了一个星期了。今年在夏威夷潜水，我们能看到什么？"大卫·霍克尼问她。

"鲨鱼和鲸鱼，海豚，龙虾，海鳗，螃蟹，环纹海蛇，蝠鲼。"郭娜说。

"蝠鲼？这里会出现蝠鲼？"胡石磊感到很感兴趣。

"是的，蝠鲼有很多，在这个季节，它们到这里来吃洋流里的浮游生物。这家伙就像是披着黑斗篷、拖着长尾巴的巫师一样。它们会张开大嘴巴吞咽海水，海水进去，从鳃那里流出去，小鱼小虾米留下来吞进肚子。"

胡石磊说："蝠鲼的样子的确是很奇葩，像是黑蝙蝠、黑武士，又像是大巫师。"

"我们还会见到海马。在这个季节里，正是它们繁殖的好季节。"郭娜说。

他们几个在一片珊瑚礁茂盛的地方下潜了。那里的能见度非常好，是一片浅海区域。水下也有很多海藻和海带，形成了一片海底的森林系统，海生物很多。

他们扎下去，郭娜游在胡石磊的前面，她的身体凸凹有致，就像一条性感美人鱼。她的翘臀在潜水服包裹下，在海水水流的冲击下，加上脚蹼的上下摆动，显得更加美妙性感，胡石磊想，必须要承认这一点。

胡石磊惊奇于在丧子三年之后，他对一个女人开始有了一点好奇心。这就像是在春天里，有什么东西发芽了。要小心守护这春芽，因为，内心的黑风暴总会突如其来地摧毁一个人所有的美好期待。

他跟在郭娜的后面，靠近了一片珊瑚礁。啊，那片珊瑚礁是红色的。

大卫·霍克尼示意他们仔细观察那些红色的珊瑚礁。他们靠近，看到在这片珊瑚礁下，有很多红色的小海马在那里一弹一跳的。这东西虽然叫海马，但最大的也就三十厘米长。大部分只有几厘米大小，它的脑袋和身体弯曲的样子，很像是一匹马，所以叫海马。不过，也许叫海马虾更合适？这些海马在干什么呢？郭娜和胡石磊仔细地看，原来它们在产卵、孵卵，生孩子。

是的，海马们都在育儿，红色珊瑚礁的那些枝杈上，一个个隐藏着却不得不活动的海马都在跳跃。它们突出了自己的肚子，肚子上有一个育儿袋，从海马的育儿袋里不断往外跳着刚刚成活的海马幼儿。那么多的红色小海马，在一片能迷惑敌人的红色珊瑚礁繁衍生息，它们很聪明。一个个、一股股小海马从大海马的育儿袋里跳出来，弹开来，一蹦一跳地在珊瑚礁之间寻找着安身之所。它们从此进入到一个充满了残酷竞争的大海里。这么多海马都在生育产仔，实际上只有百分之十的海马，能够活到成年。

他们不停地上浮，又下潜，就是为了观察这海马繁衍的奇观。

那一天，胡石磊和郭娜看到了生命诞生的美好景象。是的，他和她,一个男人和一个女人,一起透过面镜在水下交流。他们在微笑,用手势在水下沟通,他们要换气,他们继续下潜,看到大量的海马幼鱼在游泳,奔向了无尽的海底森林。对于那些刚刚离开育儿袋的小海马来说,世界是全新的。但立即就有海鱼过来吞噬和捕捉它们。不少小海马刚刚出生几分钟,就被其他鱼类吃掉了。可更多的海马还在继续诞生。

这一生物的繁殖和生存景象,深深地震撼了他。他对失去儿子的痛苦,有了更深的了悟:作为一个父亲,儿子其实迟早要和他告别。

"你知道吗,那些有育儿袋的海马都是公的。是公海马在育儿。这一点和人类不一样。"在夏威夷的傍晚,郭娜和胡石磊躺在椰子树下的吊床上,相隔不远,一边喝着鲜椰子水,一边在聊天说话。他们已经很亲密了。

他假装感到吃惊:"育儿的都是雄性海马?那看来,我们男人要做的事情有很多了。空间还大着呢。"他笑了。

"最好是男人也能怀孕生娃,这样就公平了。"郭娜说。

他感觉和她在靠近。夏威夷的傍晚,太阳在大海上沉落,满世界一片金黄。海风十分温暖宜人,这季节里来到夏威夷的人很多。他和安娜躺在吊床上,觉得这一刻十分美好。然后,他们一起走向喧嚷的海滩,那里有酒吧和餐厅,他们都饿了。

在餐厅里,吃着虾和墨鱼饭,郭娜看着他。"大卫·霍克尼告诉过我,你离婚了之后,就开始在太平洋潜水了。我也是离过婚的。我离婚,是因为——"

那天晚上,郭娜告诉了胡石磊她自己的故事。

她的故事并不复杂，她后来嫁给了一个美国小伙子，两个人在大学里就认识。他们一起去了佛罗里达，在那里生活，因为小伙子的父母在那里，他们喜欢佛州的海岸线。她和丈夫生了一个孩子，是一个女孩子。

"有一天，我带着她出去玩儿。我到一家超市买东西。没有注意到她怎么就一下子跑到外面的马路上了，她才三岁，当然没有任何防范意识，然后，一辆红色的跑车飞快地拐弯，一下子就把她——就把她压倒了。"郭娜哽咽了一下，眼睛里都是泪光。

这件事发生在五年以前。后来，她丈夫为这事一直在责怪他。她很内疚，为没有照顾好这个女儿，为她的死内疚不已。她想再生一个，为了他们俩，但她就是无法再怀孕。

"很奇怪的事情。我检查了身体，没有问题，可就是无法怀孕了。然后，就是他后来和我离婚了。有个屁股很大的姑娘吸引了他，他走了。我也走了。"

"你去了哪里？"胡石磊摸着她的手。她的手很柔软。

"我回到多伦多待了两年，那里很乏味，不如美东地区有活力，可是我在那里度过了少女时代。我的父母亲回过中国，这些年中国发展得很好，他们回到了老家，打算在那里住下来。我呢，就开始到处当潜水教练。我发现自由潜水能够给我带来由衷的快乐，给我带来最大的满足，抚平我内心里的孤独和忧伤。"

原来，这世界上不止是他有丧子之痛。他们是同病相怜的。

那一天晚上，他也告诉了她自己的故事。还有他这三年来的潜水，到过哪些地方。面对她，他有了倾诉的欲望，他什么都告诉她了，郭娜的眼睛闪闪发亮。

"下一步，你想去哪里？"她问他，"你们总是喜欢去不同的海域，很快你们就要换地方了。我知道的，大卫都告诉我了。"

"我们——想去南极看看那边的冰山，进行一次冰潜。那是一个很大的挑战，"他说，"在冰山下潜水，那种感觉——"。

"肯定很棒！"郭娜兴奋了起来，"我去过一次南极，不过，我是坐邮轮去的。我知道每年的夏天，有很多蓝鲸去那里吃磷虾。蓝鲸很大很大，喷出来的水柱子很高，我见过蓝鲸喷水的时候，就像是火车鸣笛一样响。还有企鹅，很多企鹅都不怕人。"

忽然，大卫·霍克尼不知道从哪里冒出来了，他赶过来是为了告诉胡石磊一个好消息："兄弟，我们可以去南极了。我找到了一个瑞典人，在智利他有一艘帆船。我们不能坐大邮轮去，只有坐帆船靠着季风去那里，才会有意思。但往南极走，要必经安德鲁海峡，那里的风非常大，会有很大的危险。我决定了，要和那个瑞典人一起坐帆船去南极，胡石磊，还有安娜郭，你们愿意去吗？"

"太好了！我可以。"胡石磊很兴奋。他看着郭娜，目光里有着期待。

她挽起胡石磊的胳膊，点了点头。"大卫，我也去。我和你们一起去。"

他们在夏威夷继续做着准备，再过一些天，在这个夏天的末尾，他们就要启程前往南极。在南极，会有更壮观的风景，那美丽的海上世界和海水下面的世界等待着他们去探索。

胡石磊和郭娜拥抱在一起。在睡梦中，他已经到了南极，看到了巨大的蓝鲸像一艘船那样从远处游过来，它的鼻孔喷出了高达十米的水柱，还发出了列车经过的呼啸声。在南极水域，到处都是红色的磷虾。各种大鲸纷纷到达南极，座头鲸、抹香鲸、灰鲸，连狡诈的虎鲸也来了，都在进食磷虾。

他还梦见了南极的冰山。冰山在底部不断遭到海水洋流的侵蚀，渐渐地变得头重脚轻了。然后，一下子就翻转过来大头冲下。那一刻天崩地裂，十分壮观，声音震耳欲聋，就像创世纪一样令人震撼。

胡石磊感觉到内心里有一种雄海马育儿的心情了。是的，他也是一只雄海马，有着自己的育儿袋。他和郭娜抱在一起，在睡梦中，革鳞鲉的排卵和授精大战在进行，海马的育儿在进行，海洋里所有的生命都在繁衍生息，生生不息。

唯有大海不悲伤，他终于把悲伤交给了大海。大海接纳了他，他的儿子已经幻化成海生物，隐入海水不见了。他的悲伤也像大鲸消失在海沟里一样，不见了，而他和郭娜、大卫·霍克尼还要继续启程，在海上向着南极远行。

（获得2018年《青年文学》"新城市文学"排行榜第一名）

黄金幻

一

　　三月的印象是燃烧的印象，覆盖着白雪的茫茫大地在中午阳光密集的照射下腾起着无尽的白色火苗，阳光像烧着了一样烙着这块土地上庄稼人的脊背和脸，空气中弥漫着一股子火焰的味道，山川和河流"滋滋"地响着，一切骚动而又忙乱，不时地有一些仓惶的黑鸟密集地掠过天空。

　　然而，就在进入了三月的第一周的星期五这一天，整个日月村上空罩上了一层乌黑的云，这些云团像愤怒的黑熊一样从天边蜂拥移来，全村的男女老少都惊异地站到屋外，看着乌云慢慢靠近而渐渐张大了嘴巴，冷风吹动他们破烂肮脏的、劳顿的衣衫，像无数面破败而斑斓的彩旗在阴风中飘扬，乌云像抹布一样缓慢地抹去了在人们头顶上叮当作响的密集的阳光，像一面巨大而又恐怖的幕布一样拉满了整个天空，阴风吹来，日月村的孩子们齐声尖叫，瞪大眼睛看着乌云湮没天空的全过程，依偎在他们同样忐忑不安的父母爷姥怀里，一阵阵战栗掠过全身。

天空中，那乌云就像黑水在玻璃板之上漫延开那样，在日月村贫苦庄稼人的顶礼注视下，渐渐充塞了整个天空。天空中掠过了闷闷的声响，日月村所有的人都感到气促心跳，胸闷无比，他们像搁浅在沙滩上的鱼一样，大口地嚼着气，惊惧地等待着厄运降临。

五分钟之后，所有的人都注意到天空中开始密集地往下降落着什么了，有一件黑物倏忽之间掉进了马贵财八岁的小儿子摩萨的脖子里，那物件油腻而又冰凉，一边蠕动着一边发出叫声，摩萨吓得大叫一声，一把将那活物从衣服里掏出来扔在地上，周围的人这才看清楚那是一只圆滚滚雄赳赳的青蛙！与此同时，地面上响起了密集的坠地的声音，到处都落下了青蛙，无穷无尽的青蛙硬生生地砸在日月村全体庄稼人的身上，一阵蛙鸣和人的尖呼大叫声在茫茫大地上激越地回荡着，空气中腥气四溢，就像鞭炮一样在空中爆响，与人的鼻子纠缠不休。这一时刻，人走狗跳，白茫茫大地上跳跃着无数个呱呱叫着的黑点，青蛙们在寒冷的冰封大地上愤怒地跳跃着，人们像风吹的谷糠一样倏忽之间就隐入了屋舍。天越来越黑，更多的青蛙从天空中倾泻下来，青蛙们瞪着凸起的大眼狂怒地跳起，悲哀地落在雪地上，发出滋滋的声响。

日月村人浑身战栗着躲在屋里，透过窗户，在日落之前，他们几乎每一个人都看清了这个壮观无比、百年不遇的景象，为了寻找适于生存的温度，雪地上的青蛙们彼此拥挤着，格斗着，聚拢着，抱成一团团的青蛙堆，而且，越来越多的青蛙聚在了一起，在太阳落山的一刹那，日月村的人透过窗户和门缝，看见了所有的青蛙都向一个圆心跳去，渐渐地堆成了一个十几米高的蠕动着的青蛙山。每一个目睹着这一辉煌景象的日月村人都心惊肉跳，整个夜晚，日月村都被青蛙们愤怒而悲凉的叫声所包围着。

第二天天刚蒙蒙亮，马贵财一脚踏出门去，他看到了在村口麦场上耸立着的青蛙山，而且，在不远处和更远处的地方，还有两座青蛙山，形成三足鼎立之势，包围着日月村。

猛然间"轰隆"一声巨响，一股火苗从蛙山中窜出向天空刺去，立刻，三座青蛙山同时爆炸，一股幽暗的火苗子蔓延开来，青蛙们破碎的和完整的躯体布满了整个天空，随着数声爆炸，冻僵的、活着的、死去的青蛙在腾空而起的一瞬间爆炸，粉碎，从空中像雨点一样落了下来，天空中飘荡着一股腐臭和花粉混合的气味儿，一股股火苗从青蛙山中窜出。

青蛙大火就这样燃烧了整整三天，第四天中午，所有闭门不出的日月村人都听到了一声巨响，他们冲出门去，看见了青蛙们一个也没有了，腐臭焦烂的青蛙碎片覆盖了日月村的每一寸土地。

接着，他们又发现，方圆几十里的日月村的冬小麦全部完了，在这场青蛙雨的砸击下，麦苗们全都伏地而亡。一时间，一股悲凉的臭水在每一个庄稼人的心中漫开，每家的烟囱里都飘出了不祥而又沮丧的炊烟。

二

空气中充满了青草腐烂后的气息，灰暗的天空中落着雨，一层雾埃掩住了这一片茫茫的旷野。一些黑色的秃鹰在空中尴尬地盘旋着，渴望着发现死马驼骨和人的尸体。四周清寂无声，背景依旧是那遥远的祁连山脉，黝黑的山体无声地向前方延伸而去。从天空中往下看，在那一片雨雾冲刷涤荡的原野里，分布着许多像人体上的烂疮一样的沼泽地。这些沼泽地又仿佛是大地的烂眼，在风雨吹击下瞪视着天空。这是典型的青海西部的荒野景观。

渐渐地，在沼泽地的地平线上，传来了一些人的声音：人的涉水声、谈话声杂沓而起，突然地给这片死寂的土地增添了一些生机。慢慢地，在地平线上浮出了他们黑色的身影。他们一共五个人。他们步履蹒跚、神态委顿，显然，他们是经过长途跋涉才到达这里的。他们都背着沉重的包裹，手中拿着铁锹、镢头，有一个人还推着一辆平板车。他们像树桩的影子被太阳照射一样渐渐地拉长了。

忽然，有一个年青的声音尖声呼叫："死人！贵财叔，这里有一个死人！"随着呼叫声，身材高大、体格健壮、眉宇宽阔、面容冷峻的马贵财紧赶几步，走到一片小水洼池，他先闻到了一股尸臭，接着一眼看见了一具仰躺在那里的死尸，死尸的面容已被秃鹰啄得一塌糊涂，令人惨不忍睹。

马贵财紧皱眉头，他看得出来死者有近四十岁光景，那人身上穿着羊皮袄，羊皮袄上覆盖着一层雪霜，他双膝露出，手臂上已经起了青亮的腐烂的气泡，一股和青草腐败气息混合的肉体腐臭气冲天而起。"是一个淘金客，"马贵财看见那死尸手里还握着一柄小鹤嘴锄，他的脸立时阴了，"宝义、占海，把他埋了吧。"

被唤做宝义和占海的两个人，一个二十多岁，一个三十多岁模样，走上前来，他们用铁锹将尸体弄平展，然后用力铲动一些泥土和烂草，将那尸体一点一点地盖住了。

现在，不祥的火花在他们五个人的脑海里猛然闪现，他们都沉默不语，看得出来他们的领头人马贵财的心情十分沉重。

马贵财细眯起眼睛，他的脚踩进一堆臭肉般的烂泥，发出一声清脆的声响，之后，他稳稳地站起来，手搭凉棚看看远方。众人随他的目光看去，只见前方一片云雾迷漫，不时地有一声凄惨的鸟叫划破天空。他们的心中都流淌开来了黑色的水，因为他们谁也不知道迎接他们的命运会是什么。

从远处看，他们五个人的影子佝偻而又孤单，仿佛是在向死难者默哀，又仿佛在倾听和凝望着远方的什么。

茫茫大野依旧是那么空旷、浩大而深邃，依旧是那么神秘莫测，似乎到处都潜伏着死亡的阴影。之后，五条身影又排成了一列纵队，拉开来不长的距离，开始向前方进发了。

一只秃鹰的怪叫像闪电一样刺入了天空。

三

当那一场奇异的青蛙雨袭击了日月村之后，第二天，天空中的乌云猛然消散，太阳从东方猛地跃起，天上一丝云都没有。中午时分，太阳直射大地，把夹在两个小山丘之间的日月村照射得缩头缩脑。气温骤然上升了起来。日月村的男女老少们都忧心忡忡地坐在自家乌黑的门槛上，望着远方被青蛙雨袭击之后彻底毁坏的麦田，心情沉重无比。阳光越来越强烈，空气变得干燥、沉闷，没有一丝风，周围世界跟死了一样沉寂。

渐渐地，一些青蛙腐烂的浓烈气味儿从日月村的每一个角落升起，像一场飓风一样席卷了整个日月村。人们纷纷逃回了家中，用所有能堵住气体渗透的东西阻挡那气体的进攻,但那股恶臭仍像乌云一样席卷着日月村。每一个人的心中绝望的花朵盛开着,他们一年的希望,他们全部的庄稼都被毁了。

青蛙尸体的恶臭弥漫在日月村上空整整三天,三天之中,日月村的人足不出户,在屋里闻着这恶臭而惶惶然无计可施。

三天之后,突然从东南方向吹来一股风,只半天光景,那恶臭就给吹得一丝不剩了。

与此同时,马贵财心中希望的火花不停地闪烁起来。他在心中孕育着一个计划。他像一头焦虑的老狼一样,在屋子里转来转去,他八岁的儿子摩萨不停地舔着手指,坐在灶边有些害怕地看着他。老婆翠花一边缝一双布鞋,一边紧张地盯着他,不知道他又要干什么名堂了。

这个时候,马贵财头顶的灯泡"砰"地裂了,翠花惊叫了一声,与此同时门被"砰"地撞开了。"贵财哥!"一个声音像刀刃一样响了,马贵财一抬头,见是同村的白占海。"贵财哥,这样下去不行啊,咱们会全完的。全完了,贵财哥,小麦不会有收成了,大伙儿都听你拿主意呢。你叫我们去哪搭,我们就去哪搭!"白占海的语调里含着一丝哭声。这里去年曾经遭受过一次洪水灾害,水灾弄得他几乎家破人亡,而今年,他家把希望全都系在那几亩地里,而现在,在一场突如其来的青蛙雨的袭击下,连这点儿希望也所剩无几了。

马贵财一语不发地又开始在屋子里踱开了步子。白占海呆呆地看着他,头上沁出了豆粒大的汗珠子。倏然之间,白占海、翠花和摩萨都看见马贵财的额头上闪过了一道蓝色火花,他把脸渐渐转向他们三个人,脸上的肌肉抖动了几下,一种坚毅在脸上呈现,他的目光暗了一下又亮了。他说:"我已经打定主意了。我们去淘金,去可可西里。"

"淘金?"白占海和翠花心中的马蜂窝突然炸开,他们感到胸闷无比,张了几下嘴,却不知道说什么。他们知道马贵财一旦下定决心要干的事,就不会改变,他们也知道淘金这两个字眼又意味着什么。

"没别的办法了。只有淘金。你去村里与兄弟们商量一下。"马贵财说。白占海犹豫了一下,飞也似的跑出了马家。

又过了三天,日月村所有的男人们终于同意去淘金了。他们连日来从广播中得知,近日一直有大批农民前往青海的可可西里去淘金。每家庄户人都仔细地收听着广播,试图从广播的每一个字眼中寻觅到金子的光亮。

在马贵财强有力的号召下,村里的人们开始行动了。在他们的想象中,可可西里的草地上,黄金闪闪发光,可以像稻谷一样一粒一粒地捡到手。

村里每家凡是有成年男人的,都花了他们那很不容易的积蓄,置购了铁锹、帐篷、食品、手推车,有的甚至还买了小四轮拖拉机。到处是一派征战气氛,而做婆娘的则紧张地给丈夫整理着东西。就在这一天,从东南方向顺风飞来了一大片蜜蜂,这一大片蜜蜂像一片云彩一样在日月村上空盘旋飞舞了三个多小时,天气中充满了呛人的花粉味儿,而后,这群神秘的蜜蜂飞走了。

"胡大啊,但愿这是你给我们的启示!"马贵财仰望黑蓝的苍天,心中默念着。在呛人的花粉气味中,他把全村四十多个要去淘金的男人分成七组,大组近十人,小组五六人,每组设一名组长。

在这年三月最后一个星期的星期一，马贵财率领着他的一组四人，最先从日月村出发了。其余六组在他们走后，将每隔三天就出发一组。

悲壮的唢呐声在日月村上空回荡，马贵财一行五人分别是：马贵财、白占海、韩宝义、马福寿、摆德俊，在花粉气息呛得他们鼻涕眼泪一起流的情况下，由全村男女悲壮目光和喜乐的送行中，出发了。

在他们刚刚踏出日月村第一步时，他们的心中的巨钟响了，他们每一个人对那可可西里既充满了幻想，同时又充满了恐惧。然而，他们已经像圣徒一样出发了。

朝圣去哟！向着那有稻谷般的、在草地上闪闪发光的金子的聚集地可可西里去！朝圣去哟！为了生存与幸福，朝圣去！向那金子的领地朝圣去哟！

四

翻开地图出版社1983年第五版的《中国地图册》第三十二图"青海省"，在那一片褐色的广阔的青藏高原上，在昆仑山脉和祖尔肯乌拉山的挟持下，我们可以找到可可西里这几个字。在这片土地上，分布着可可西里湖、霍通湖、库赛湖、海丁湖、茶目错湖、葫芦湖等众多的高原湖泊，还有许多高山冰雪融河。而在这些湖泊和冰河的缝隙间，有着许多草地。这里就是淘金人的圣地可可西里，就是在他们的幻想中，金子到处在草地中闪光的地方。

一九八九年初夏，有十多万甘肃宁夏的农民变卖家产，驾驶着数以千计的机动车，推着更多的手推车向这里进发着，从而在中国淘金史上写下了十分悲壮的一页。在这年六月，由于连日雨雪交加，道路十分泥泞，数万人被困在沼泽地中不能行走，近千名淘金客死亡。政府动用大量人力物力前来营救，甚至还动用了军用直升飞机。但狂热的淘金客仍有不少人弃车步行，继续向可可西里深处进发。因为有一种精神一直在支配着他们，就是要过好日子，就是黄金给他们带来了幻想。

这是关于人的根本生存的精神。他们就像圣徒朝圣那样，坚韧不拔地进发着，仅仅是为了得到黄金，为了过上幸福、美满的生活。

一九八九年夏天，可可西里因此成了人们所有美丽幻想的集结地，一九八九年，青海可可西里淘金人大狂潮，实际上是中国贫苦的下层农民的一次精神朝拜。因为，最后他们大多数人都空手而归。但梦想不死，人们渴求幸福生活的精神不死，所以才演出了这一场悲剧。

而那些继续前行的淘金人，那些脸上闪耀着坚韧和希望的火苗的淘金人，在灰暗的天空下行进着，跋涉着，继续进行着他们的朝圣之旅。

五

马贵财低头走在最前头，紧跟着他的是一个俊俏的后生韩宝义，接着是矮胖的马福寿，瘦弱的摆德俊，他们几个人每人都背着装有食品、衣物的大包裹，最后是推着手推车的白占海。

当天空中突然飘起了巨大的雪花，当一片雪花打着旋儿飞进马贵财的脖子里时，他不禁打了一个冷战，一抬头，看见了那灰暗阴冷、像尸布一样缓慢拉满了整个天幕的黑云，心中掠过一阵战栗。

当他们从日月村出发，告别了站在那黄土坡上向他们招手的乡亲父老妻子儿女；当他们翻过了终年覆盖着积雪的日月山，眼望那在蜃气中浮动的可可西里方向，他们就知道，此去艰难百战多。他们先是搭乘一辆军车，驶过了近千里的大戈壁，而后，告别了那好心的解放军司机，他们开始进入了山区。不久，他们就翻越了昆仑山。而三十五岁的马福寿对翻越昆仑山的记忆最为深刻。

那还是在六天以前，他们在翻过了几座长着稀疏的烂草的小山之后，昆仑山那庞伟的躯体突然在他们面前浮现而出。昆仑山高大险峻，头戴一顶顶白色的冰雪王冠，直指天空，傲视群雄。他们五个人在山的面前，在彼此的相遇之后，都呆住了。因为昆仑山着实太浩大太巍峨了。但他们知道，必须翻过这座山，他们才有到达可可西里的希望。

在登山的过程中，马福寿因高山缺氧而多次昏迷。但他们必须要翻过一个冰大坂才行。那个冰大坂终年覆盖着坚冰，在太阳光的照射下，反射着亘古不变的幽幽蓝光。

突然，马福寿一跤跌倒在地，立刻沿着冰雪斜面向下滑去，他身上一百五十斤重的包裹像一块石头一样翻滚着跌入了冰雪悬崖。

"快！抓住那块石头！抓住石头！"马贵财和摆德俊大声喊着，马福寿"哧哧"地沿着冰面向下滑去，情急之下，他伸出双手，在经过一块凸起的岩石时抱住了那块石头。

"大哥，快救我！"马福寿有气无力地喊。他们赶紧取出绳子，放下去，马福寿腾手抓住绳子，他们把他一点点地从冰崖之下拉了上来。

上来之后，马福寿人立刻散了架，极度紧张之后的疲惫占据了他的精神和肉体，他浑身多处撞伤，身体上是青红一片。这是他们自出征以来第一次遇到险情,而前方的路还远,他们的心头都笼罩上了一层阴云。

从那会儿起,马福寿就变得沉默寡言了。显见他精神上受了一些刺激,不时地浑身掠过一些战栗。死神已经拍过我的肩膀了,胡大呀,你一定得让我活着回去见老婆!马福寿恐惧地想。

过了大山,就是沼泽地区了。自从进入这片沼泽地以来,马福寿开始不停地打喷嚏,显然,他是感冒了,而且,当他感觉到一片雪花猛然落在他的睫毛上时,他同时觉得头猛地向下一沉。连日以来,他经常为一个幻觉困扰,那就是,天空中,一直在紧随着他们的秃鹫不断地盘旋——这些专吃死尸的黑色丑物瞪着眼睛,在半空中恶狠狠地盯着他们,等待有人死去。但当他抬头去看天时,天上除了多日以来一直笼罩着的阴云以外,别的什么也没有。但只要他低头走路,秃鹫那乌黑的翅膀就开始在他脑海里浮动,伸展,浮动在他的上空。而且,他感到脑袋里像是被人用针管注入了很多水,又重又痛,就跟要炸开了一样。他一步步向前走,踩着韩宝义走过的路线,小心地向前,忍住那不停地从胃中翻上来的一阵阵恶心,一边大声地打着喷嚏。

"贵财叔,我老是琢磨,昨天我们见的那个死人。我看见他像是被人用绳子勒死的。"二十三岁的韩宝义突然问马贵财,打断了马福寿的胡思乱想。马福寿感到喉头一哽,忍住又一阵恶心,说:"早先,听先人说过,啥东西都有个黑影子,这金子也不例外,金子的影子更黑,我看那个死人肯定是一个淘金客,他不是被人谋财害死的,就是在群架中被打死的。谁不想要金子?为了金子,人的命又值几个铜钱?是不是,贵财哥?"

马贵财在刚才感受到第一片雪花降落时，突然预感到厄运的猫头鹰在他们头顶降临了。但他说不清什么，他感到有一束橘红色的光芒在眼前倏然掠过。难道我们要遭厄运不成？去年淘金的人可都发了，那时正值大旱，这片大沼泽干得都裂了缝，一批批的淘金客顺利地进入了可可西里，每个人都发了大财。回来的人最少也淘有一斤沙金。有的人还淘到两公斤重的天然金块，电视都给播放了。他妈日的，马贵财愤愤不平地琢磨着。

他抬头看了看前方，前面一片云雾弥漫，被烂草覆盖着的水洼一闪一闪的，周围没有一丝生机，到处都是一股子凄凉衰败的气氛。一阵阵青草和烂泥混合的霉味儿冲进鼻孔，他感到脖子上的血管像蚯蚓一样蠕动着。听到韩宝义打破了一个上午的沉默这样问他，他停了停，看准了一块青草衍生形成的疙瘩，脚稳稳地踩上去，这才说："也可能吧。不过，看样子，我们恐怕是今年第一拨进可可西里的淘金人。一般的五月份人就多了，现在才四月，还没到人多的时日哩。我也看那尸首像个淘金的，你看他穿的大头鞋、羊皮袄，怀里还掏出来一个空羊皮袋子。我琢磨，恐怕是被谋财害命的。唉，可怜啊，可怜。死时候，尸身家里人都见不上，胡大保佑他在天上安乐！"他仰天长叹，看着一些细碎的雪花慢慢在眼前落下，用力地跳过一个水洼。

像一棵黑枣树一样沉默了许久的、这里头年纪最大的摆德俊说话了："我家老爹和爷爷都是淘金人，这你们也知道。他们在大清朝和民国时候，到过新疆阿尔泰淘过山金，回来后老了，常给我讲，淘金人心里黑。他说过，有一天，一个金场的人闹翻脸了，谁也不认识谁了，打了起来，最后一个人都没有活下来。都是为了金子。唉，这年月，不好过啊，要不是为了盖房子，我才不来淘金呢。"摆德俊叹了口气。

大家又都沉默不语了。四周一片死寂,整个背景是灰暗的,灰暗的天幕,灰暗的大地,灰暗的内心。有一些受了惊吓的鸟儿惊惶地从草丛中飞了起来,隐入了天空。这大沼泽因连日的雨雪冲刷,变得泥泞无比,到处都隐藏着危险,一不小心就会陷入死亡的陷阱。

六

"大家休息一下,吃饭吧。"马贵财看到他们已经登上了一个小草丘,这才停下来对大家说。大家各自相距五米远在走,现在依次走上了小丘,像缩紧的弹簧一样又拢在一起,围成了一个小圈儿,坐了下来,休息了一会儿。大家解开背包,取出了一些炒面、牛羊肉干,吃了起来。

白占海把那辆木轮小手推车斜靠在草丘边,也坐下来吃东西。这时候,迎面吹来一阵小风,风很冷,像一些冰凉的蛇一样倏然入怀,在他的肚腹之间钻来钻去。他从水洼中抄手弄了一撮水,才要喝时,却看见水里有许多蠕动着的红色小虫,他赶快又将手中的水抖落,心中立刻扑扑跳个不停。他不得不忍住干渴,用力吞咽着沙子般的炒面。茫茫大野雪花依旧静静地飘落,给凄冷的沼泽地增添了些灵动的意象。

白占海觉得心口有只青蛙狠狠地扯了几下,他脑子里电光石火般想起了去年的事情。他下决心贷款养了一百只羊,整整半年,从春天到秋天,他眼看着自己养的羊一点点地长大起来,哪料到,去年九月的一天夜里,天空中突然响起了劈空的炸雷,接着,雨点砸地的声音密集地响了起来。他和妻儿从睡梦中惊醒,像弹簧一样从床上弹了起来,点开灯一看,却见山洪水已经淹过门槛,冲进了屋子。这时他才突然想起了他的羊圈,他的羊圈正好在离他房子五十米外的一个洼地里,他穿好衣服,打着手电去了,在瓢泼大雨中他跌得一嘴烂泥,跑到自己的羊圈边,却发现羊圈早已被汹涌的山沟沟的洪水给冲垮了。他的一百只羊,整整一百只羊啊,大部分都不见了,只剩下三只,站在高处咩咩地叫着,那泛着泡沫,带着枯枝败叶、像是嘲笑他似的发出轰隆隆巨响的黄色水流滚滚而下,他像被电击一样,登时愣在了那儿,因为,他压根就没料到他选的这里做羊圈,居然会发大水,在他三十多年印象中,这里从来没有发过水呀……他像一截石碑一样,一头栽倒在地。

整整一个冬天他都卧病在床,乡里信用社催他还贷款,朋友问他要借款,要不是他还有那么几亩山洋芋地,那个冬天,他就活不过去了。

想到这儿,白占海的眼睛里溢出来一些悲愤的泪水。他妈的,老天爷不长鸡巴!他眼前的一切都变得模模糊糊起来,大肠一阵剧烈地蠕动,他狠狠地放了一个屁,屁的气味浓烈,带着没有消化好的羊油炒面气味,十分呛人。他朝前"呸"地吐了一口唾沫,心想,今年,我不养羊了,我又全部改种了小麦,指望冬小麦能多收一些,哪知道,一阵子奇里古怪的青蛙雨,又砸碎了他的全部梦想。老天爷不长鸡巴!他愤怒起来了,眼睛里登时腾起了大片的火苗子。

"走吧,赶天黑前再多走几里!"休息了片刻之后,马贵财缓缓站起来说。他的身影又高又大,在白占海视线里一晃。

我他妈的把宝全押在这儿了,我后半辈子的运气就靠这次来淘金了。我几乎变卖了所有的家产,我这次非要淘到金子不可。

白占海的手推车歪歪斜斜地站起来,白占海的脚踩住烂泥,用力一推,他紧跟着队伍又向前走去了。

"大家拉开十米的距离!"马贵财说。于是,他们一行人拉开一个散兵线的队伍,像一些孤独的游击队员那样,在天地之间落寞地向前走。

俊俏的后生韩宝义的脚要落在一朵小草花上,他的心轻轻抖了一下,又将脚移开。他的心中倏忽闪过他未婚妻丰满的身躯和撩人的眼睛。他心想,这次我出去把钱挣回来了一定要把她娶回家。他放开嗓子唱了起来。

"天上的云黑下了,地上的雨点儿大了。

尕妹们活哈的人大了,人大者搭不上话了。"

大家都笑了起来。"接上唱!接上唱!"有人嚷嚷着。

"去到地里偷瓜哩——呀,地主来了乱跑哩——呀,一跑跑到妹妹家——呀,地主问:你偷我的瓜咋哩——嗨,我跟我肉胡耍哩——呀,几时过你那里——呀。"

韩宝义的歌声像美丽的羽毛一样划过天空。

白占海走在队伍的最后,耳朵里听着韩宝义的情歌,一个劲儿地乐。手推车上的东西并不多,有百十来斤,他推起来并不轻松,因为路上全是泥巴,把脚踩到一团稳定的草垫子上,用力一推,车子就向前走了。你就跟我的小毛驴一样,他想,这小车像小毛驴一样不听话。我媳妇可是一个好媳妇,想到这儿,他媳妇子嫩嫩的脸蛋就浮现在了他眼前,心火一下子就旺了。我媳妇可是一匹好马,他想,我骑上去折腾她一夜,她都不累,倒是我快瘫了。我的心肝宝贝儿,我这一趟子非把金子给你端回来放到你手心里不可,我的大白马,哎呀,这是怎么了——他猛然感到自己的身体一歪,一脚踩空,只听"扑哧"一声,他感到自己一下子陷身于一堆十分柔软的东西里了,那烂泥一下子就没到他的胸口了。他用力把手推车向前一送,还没来得及喊,那烂泥就又没到了他的脖子。"哎救命——贵财哥、德俊哥救——命——救——唔唔——"马贵财他们几个听到了白占海的呼叫声,赶忙向回转,却见那歪倒的手推车后面,一片泥洼里,咕咕地还冒着气泡,而刚才还活生生的白占海,却连个影子都没有了。

"占海!"几个人疯子一样大叫,但谁也无计可施。白占海就这样永远地被沼泽地吞噬了。这里离他的梦想还那么远,而现在,他将永远地像一根柱子似的站在这片沼泽底下,成为守卫大地的卫兵了。

韩宝义和马福寿哭了起来。

这时候,风突然变大了,阴风在天空中呼啸而过,发出了尖利的割破空气的声响。像哨子一样在空中久久地回响。墨汁般的云又在天空中漫延开来。

马贵财铁青着脸,泪花子一闪,他用力在眼睛里抹了几下,走过去把手推车上的东西取下来,递给了摆德俊,一声虎吼,那木制手推车子被他高举起来,摔到了地下。那手推车一下子被砸得七零八落,马贵财一声不吭地把破碎的手推车的残肢围着白占海消失的水洼插了一圈儿。现在,那些木桩像栅栏一样,围住了白占海的葬身之地。雪花骤然地飘荡着,仿佛是祭奠的纸钱。

他们几个人都没有再说话,默默地站着,直到他们的肩膀上堆了一层雪。

"走吧,让他在这里安息。我们回来再想办法走吧。"四十岁的摆德俊抹了抹泪花,劝着大家。

他们又接着上路了。

黄金幻 | 201

他们依旧像过去那样拉开散兵的队伍，他们的背影依旧坚韧而又孤独。但现在，他们的心中仍旧充满那片到处是金子的、光芒四射的可可西里的香味儿。巨大的沉默笼罩着他们，使得他们无法不沉重起来。他们不知道他们将迎来什么：是接连不断的死亡呢，还是像金子一样的好运气。

一声尖利的鹰唳，刺入了他们冰凉的耳朵，在他们脚下，发出了水草被踩动的"扑哧"声，声音晦暗而又悲哀。

七

大沼泽看起来一望无尽，无声地向四面八方铺展开来。地平线上，四个蠕动着的黑点在这无边无际的、以暗色为背景的无人地带上，显得无比空茫而又渺小。空气湿冷黏稠，他们几个人都感到呼吸异常困难，鼻子堵得难受。沼泽地里不断有雾气蒸腾而起，天空中依然走动着乌黑的云。雪已经停了。他们的脚踩过开着淡紫色小花的紫穗草，溅起的污泥雨点一样打在马莲草上。

路渐渐显得干燥一些了，这一信息向他们提示，他们就快要走出沼泽了。

太阳在天空中被乌云遮掩，显得暧昧不明。云层渐渐稀薄了，太阳像一枚白果似的在天空中激烈地摇晃着。马贵财抬起头，他的嘴里咕噜了一句什么，谁也没有听清，这时候他们都看见，他们离一座山不远了。

傍晚的时候，他们到达了山脚下。这时候天空突然放晴，西天边的霞光血一样涂抹了整个天空和大地，天地之间一片血红，构成了一个深红色悲剧的背景与暗示。

"这狗日的天气,等我们快走出沼泽了,它狗日的就放晴了。"马福寿大声地打着喷嚏,一边大骂着,一边到处搜寻着用于野炊的木柴。

他们在山脚下一个凹处支起了帐篷,因为这里可以避风。"今天可以睡一个安稳觉喽。"摆德俊坐在隐隐有些湿气的地面上,一边脱着笨重的靴子,一边说。韩宝义在帐篷外生了灶火,一只钢精锅里咕咕嘟嘟煮着土豆,土豆的野香四处飘散。天空中的血色一点点地黯淡下去,就像是一个躺在手术台上被麻醉的病人。

马福寿往灶里添着木柴,看着火苗子在出神。过了一会儿,他问韩宝义:"宝义啊,你媳妇可俊着哪,又是咱村里的文化人呢,女人对眼儿的只有一个鸡巴,你算是一个萝卜砸住一个眼儿了。"

韩宝义是一个腼腆的小伙子,听马福寿这么说,他害羞地笑了,眼前又浮现出他那未过门的媳妇的脸来。他媳妇可是个好强的人,考到县城里读了五年中学,死命考大学呢,最后却没有中,这才回到乡里。有一天,她到后山上给家里的羊割草去了,韩宝义在那儿放羊呢,突然,听到一个女娃子的嗓子脆脆地响了:

"太阳里山畔畔上站——山畔畔上站的呵,毛眼眼向着那沟坎坎看——沟坎坎里看哟呀,"歌唱到这搭时,远远地那女孩一转脸,刚好看见了隔条沟这边站着的韩宝义,歌声停了一下,接着唱,"一个后生那边草里站哟!"

韩宝义觉得心中腾起了一大片飞鸟,飞鸟的翅膀扇动空气,一阵花的迷香呛得他猛然流出了眼泪,一股股火苗子顺着他的血管四下乱窜。他一张嘴,就唱了起来:

"西宁的大路通兰州,嘉峪关通的是肃州。

盘罢了媳妇盘姑娘,盘不到姑娘的肉上。"

那女的听了,嗓音一亮,又唱了起来:

"蚂蚁变成蜩蜩了,出来了一身的抓抓。

歌曲的尕妹拿下了,你没有唱曲的把把。"

韩宝义听这姑娘说他曲子唱得不好,心中暗喜,琢磨着又可以再卖弄了,就又唱了起来:

"尕妹呀好比清泉的水,喝不上者就——喝死在泉源上哩!

尕妹呀好比个白仙桃,摘给阿哥是好——光长在树尖上了!"

正唱着,那姑娘的羊突然炸了群,也许是受了毒蛇的惊扰,羊群疯狂地向山下跑来,韩宝义傻呆呆站着,眼见着羊群和姑娘从山上下来,姑娘看他挡在路中央,又唱了:"材一页,四页材,你把你的路放开,好的花儿后头来!"正唱着,那姑娘已像旋风一样跟着羊群冲下山来,经过韩宝义的身边,那姑娘用毛眼睛狠狠地瞅了韩宝义一眼,韩宝义顿觉头脑中一片金光闪耀,他呆呆地看着姑娘一飘一摇的身影发愣……

后来,他们常在后山坡上唱,一唱一答,把山上的草都给唱得直起了腰。后来他知道,那姑娘叫买勒燕,是村上唯一一个女高中生。请人到她家去说亲,她爹娘却长着一个老虎嘴,张嘴就要一千五百块定亲礼。韩宝义把家里积蓄先给了,定了亲,但要结婚的话,还得再给三千块,没办法,他只好跟着大伙儿来淘金了。

眼前的火苗子一闪,把他的思绪给打断了,看看煮的饭也好了,他们就在帐篷里美美地吃了一顿饭,吃完饭,摆德俊把炭火灰弄了一些,叫他们每一个人用布包裹了一下缠到肚子上:"这样治胃寒呢,我在新疆当兵时就这样,今天晚上睡下,地气太湿,弄不好把胃伤下了。"

他们几个人听从摆德俊的说法,都把那热炭灰敷到了肚子上,立刻感到热气向身体的四面八方传射开去,通体舒畅。

夜幕渐渐地降临了。韩宝义把脑袋伸出帐篷,他看见了璀璨的星空。幽蓝的天空中星星像宝石一样闪烁着,这是他生平第一次注意到这么美丽的天空。风中送来了夜鸟的孤独的鸣叫,一些潮湿的地莲草气息直扑他的鼻翼。

马贵财、摆德俊、马福寿三个人卷了根莫合烟抽,马贵财说:"宝义,你也卷一根吧。"韩宝义摇了摇头,一边探头望着星空,一边琢磨着这一次淘金归来,就可以把买勒燕娶过门了吧?

在黑暗的帐篷中,几个红色的烟头一明一灭。"我可是在新疆当过兵的人。我那会儿当的是汽车兵,"说这话的是摆德俊,"新疆那个鬼地方,冬天冰得撒尿立刻就冻成弧型冰,夏天热得顺屁股槽子淌汗,吃了不少苦。我媳妇就是从新疆带过来的……算了,不说我媳妇了,咱还说我先人淘金的事儿吧。"黑暗之中,烟头一明一灭,停了一会儿,摆德俊接着说:"当年,我祖父领着我的老爹,一块儿在新疆阿尔泰山淘金。他们既挖山金,也淘沙金,有时候,还能在山里头挖上狗头金哩。"

"啥子叫狗头金?"韩宝义怯怯地问。

"狗头金就是天然金块。弄到狗头金,一下子就发大财了。淘沙金才叫苦,一整天都浸到水里,水一直淹到人蛋处。冰山水又冷又冰,我祖父和我爹淘了一年金子,那东西就再也没硬起来了。"

"雪水太凉了,把人毯蛋给冻了,"马福寿乐呵呵地说,"德俊哥,幸亏你那会子已经生下来了,不然,你们家就绝种了。"

"那也是。唉,淘金人的命可苦着呢,动不动,就会丢了性命。占海兄弟……就死得惨啊,尸首都回不去。咱们这一次淘到金子,每人回去都给他媳妇一份儿，咋样？"

"那当然了。占海死在金子梦的边边上，咱们可得把金子给他弄回来。他家的日子也不好过，还欠人家几千块钱呢。"

"我祖父和我爹他们淘金那会儿，经常为了金子打死人。金子的影子是黑的，为了金子，人是啥事都干得出来的啊。"

马贵财的心里倏然又掠过一丝沉重。潮湿的地气从他的脊背向体内渗去。他说："好了，不说了，大家睡吧。"说话声停止了，不一会儿，帐篷中响起了呼噜声。

八

半夜里，马贵财突然感到有什么东西扯着帐篷。黑暗之中，警觉的他翻身而起，立刻操起了铁锹。这时候，他分明听清了有几声低低的长嚎从远空传来，声音凄厉、凶狠、深沉而又悠长。他辨识出这是狼的嚎叫。

摆德俊像树叶一样飘浮起来，大叫："狼！狼！有狼！"大家都醒了，几个人在黑暗中乱作一团。

"莫慌！"马贵财低声喝斥，"操家什，看来，这狼来得还不少"。他看了看表，凌晨一点钟，离天亮还有五六个钟头呢。看来这几个钟头的日子不好熬啊。凭经验，他知道这是一些真正的高原野狼，身体高大、健壮、凶狠、善于奔跑，而且成群结队，不好对付。

"贵财哥，我头晕得很，咋办呢？"马福寿又紧张起来了。

"莫慌，看看狼有什么动静。"

大家都屏气凝神，在黑暗中操起了家什，静听着帐篷外的声音。

一阵风吹来，空气中有一些雪山的冰凉气息。一切声音在这时似乎都暂时静止了。但大家从那轻微的"沙沙沙"声中知道有狼正在向帐篷靠近。不久,这"沙沙沙"声因迫近而消失了。

马贵财在黑暗中竖耳倾听,猛听"嘶啦"一声,他们的小帐篷被什么东西扯了一下,那本来就很不牢靠的帐篷借着风力一下子飞了起来,显见是有什么东西在外头扯着,那黑色帐篷布像一张纸片一样,从众人头上飞过,他们猛地站起来,月光下,他们这才发现,面对着他们约有几十条黑影,它们全是凶狠的草原狼!

"围成一个圈儿,一人守一方!"马贵财低声喝道,四个人背靠着背,立刻围成了一个圈儿,手中的铁锹、锄头"咯啷"一阵乱响。

"大家别紧张,慢慢应付。"马贵财又是一声低喝,紧张无比的韩宝义和马福寿两腿一抖,马福寿感觉自己裤裆里都沁出一股子尿水来。

摆德俊的咙喉里发出了奇怪的声音,他镇定地用铁锹在手中舞了一个花儿:"狗日的,来了这么多,八成饿红眼了。来吧,杀一个够本,杀两个我赚一个,你们这群狼鬼子——!"

阴冷黯淡的月光下,可以看见他们四条人影和那疯狂狼群的紧张对峙。方才那几条悄悄潜伏近他们,并扯掉他们的帐篷狼猛然后跃,月光下,可以看见所有的狼眼都发着绿莹莹的残忍之光。它们三五成群,一共有十几堆,把他们几个人围在了五十米方圆的圆心里。而离他们五十米处,有一头异常高大的狼,它蹲在一块岩石之上,威风凛凛地、阴沉地观察着局势。在它周围,并排或蹲、站着的还有十几条狼!

马贵财心中掠过一阵闪电,他想,这一定是这一群狼的狼王了。擒贼先擒王,得想办法收拾这条狼王。正想到这儿,那狼王猛地仰天对月,古铜色长嗥从它的喉咙里缓缓涌出,狼群立刻躁动起来了。

离他们最近的狼开始用前爪擂击大地，喉咙里掠过同样残忍的嚎叫。

猛然，一条狼腾空跃起扑向他们，在半空中漂亮地停顿了一下，它跃起的距离足足有四五米远。就在它在半空中疾越而起，伸嘴咬向摆德俊喉咙的当口，摆德俊眼疾手快，挥锹凌空劈去，铁锹带着划破空气的尖声嘶鸣，愣头愣脑地向空中那张牙舞爪的狼劈去。但说时迟那时快，他一铁锹砍了一个空，这狼异常矫健，已然翻身落地，一口便咬住了摆德俊的小腿肚。他感到有一种利物尖锐地猛地刺进了他的肌肉，他听见他的肌肉和血管脆脆地响了一下，一阵巨痛冲上脑顶。他大叫一声，一个趔趄跌倒在地，这个时候，马贵财的锄头也应声落下，那条狼的铁脑袋应声而裂，一蹬腿，死了。

摆德俊单腿跪下了，他大声呻吟不止。狼群见死了一个同类，发出了高低不平的愤怒的长嚎，都向后退了一段距离。双方进入了对峙阶段。

"德俊叔，不要紧吧？"韩宝义跪下来察看他的伤口，见伤口处被撕开了一个大口子，血腥扑鼻，一片血色模糊。

"快取绷带，拿云南白药来！"马贵财又喊了一声，韩宝义跪下去解开了一个背包。

这时候，朦胧月光下又听见那头狼仰天长嚎，这一声长嚎足有两分钟，长嚎像低低的钟声一样掠过大海一样深沉广阔的黑夜，马福寿紧张得裆部的小鸟升起又落下，又沁出一股子热尿："贵……财哥，狼，狼狼又冲上来了……"

只见三十余条敏捷的黑影从四面向他们再次围来，绿莹莹的眼睛像鬼火一样闪动。马福财突然想起来，狼是怕火的，他正想去点火，这时狼群已经发动进攻了。

只见那逼近的狼群猛地跃起，从四个方向向四个人扑去，几十条黑影亮足腾爪，自半空向他们冲来，形势异常险峻。黑暗之中只听见一阵铁锹、锄头和狼的身体相击所发出的闷闷的声响，人的吆喝声，狼的长嗥、低吼、惨叫声杂沓而起，不时地有狼的黑影自半空中落下，抽搐和呻吟着。这是一场乱战，在一阵激烈的争斗中，狼群把他们四个人冲开分成两拨，他们四个人两面一拨，像孤岛一样在狼群中跃动着。

韩宝义和马福寿在一起，马福寿呼吸紧张而又急促，他感觉到脑袋里马蜂炸了窝似的一片"嗡嗡"声，小肚子跟灌满了铅似的沉重，而且有一种想撒尿的感觉老在压迫着他，但他又撒不出来。他把手中的铁锹舞得一阵风响，铁锹不时地击中扑跃而来的狼的身体，狼的身影像乌云一样在半空中掠过，他大声地打着喷嚏，一边奋力与狼群砍杀，而一阵狼嗥声中，韩宝义的腿肚子不断地有一种转了筋的感觉，浑身像被电打了似的一阵阵战栗，长这么大的他从来没见过这阵势，他手中的锄头笨重地在空中挥舞，与赴死般剪扑的狼进行着格斗，生死的决斗，这是一场真正的人与兽的决斗，生死的决斗！不断地，狼群发出苍凉的、愤怒的长嗥以及被击中的哀鸣。

天空中那弯明月阴郁而又钝冷，它默然地在空中看着这一场人和野兽为了生存的血肉搏斗，只把一点清辉撒向人间。

远山遥遥的黑影像长长的带子一样拖向了远方，风突然增大了。马贵财和摆德俊一边挥动着手中的家什，一边向一个山凹处退去。他们渐渐地感到有些力不从心了。看来，这群草原狼的确是饿极了，饿疯了，在那只狼王的长嗥下不断地向他们扑来。马贵财身子向后一闪，一条狼影倏然扑来，一口咬住了他的肩膀，这时候腿部已受伤的摆德俊反身给了那狼一铁锹，正中狼的软腰，那条狼应声倒地。这个时候，只见一条黑影迅疾地从马贵财头顶跃过，一口咬住了摆德俊的喉咙!

只听见一声汽球冒气的"扑哧"声响,摆德俊痛苦地哀嚎一声,与此同时,马贵财反转身子,在这条狼的腰部猛击一棍,接着又是一铁锹,才将这狼打死,摆德俊已然慢镜头倒了下去。

"德俊哥!"马贵财像疯子似的叫喊了一声,但只听见摆德俊喉咙里发出了古怪的声响,血的泡沫在他的喉咙里明灭,他浑身痉挛着,挣扎着,不一会儿便断了气,双眼在月光下圆睁着,显示着生命最后的顽强和倔犟。

马贵财像疯子一样大吼一声:"你们都来吧!狗日的狼你们都来吧!都来吧!"他的声音像巨钟一样在荒原上荡了开去,世界仿佛猛地跳了一下。狼群似乎感受到了某种震撼,在一阵呜咽的哀鸣之后,向后退却了。

马贵财喘着粗气,天空之下,只见他高举铁锹,头发高高耸起,像一尊山神似的巍然屹立。狼群纷纷向后退去。

这时候,韩宝义举着一把烧着的树枝,和马福寿一起跑到了马贵财身边,见死去的摆德俊,大叫一声:"德俊叔!"就立刻哭出了声。

又一个活生生的同伴死了,他再也不会活灵活现地讲淘金的故事,再也不会唱那几句老掉牙的花儿逗乐了。他死了。而连续的真实的、活生生的死亡,令剩余的人都感到了某种震撼,感到了迷茫。一瞬间,他们似乎突然懂得了人生的什么搅动他们灵魂的东西。他们这才发现生与死的距离居然那么短。

马福寿的腹压感突然消失,一股热尿顺着他的裤管和腿流淌了下来。他重重地舒了一口气,然后失声痛哭起来。

马贵财给那篝火添了不少柴,那堆篝火一阵毕剥爆响,火苗不时地腾空而起，给这荒原世界的夜幕增添了某些悲壮的成分。

这是他们在向金子的朝圣之路倒下的第二个人了。而他们的前方还有很大一段路。每一个人都继续面临着生死的考验。现在，映着红红的篝火，他们的心情悲痛而且沉重。他们不知道厄运的猫头鹰什么时候才会离开他们的头顶。

那狼群看着点着的篝火，再也不敢上前了，它们远远地围着他们，不断地发出绝望的愤怒的长嚎，一直到天边显示出鱼肚白时，它们才在那头狡猾凶残的狼王的带领下，悄然地撤退了。

天亮以后，他们看见，周围一共有十几条狼的尸体。马贵财用一条毛毯把摆德俊的尸体裹起来，埋进土里，又将那十几条狼以摆德俊的墓为圆心，埋成了一个圈儿。"让这些狼成为你的卫兵吧。"马贵财想着。他们在墓前祭奠了一番。

中午时分，他们又出发了。展现在他们面前的，依然是那一望无际的荒原景观。

九

一只野兔从一堆泥土中悄悄地拱出来，它机灵地左右察看了一番，就把身子从洞穴中挪出。它在一片草地中机警地刨着什么。不一会儿，它就用双爪抓住了一种植物的根茎，"喳喳"地吃了起来。它抬头看了看天，没有发现天空中有鹰鹫的影子，就又放心地挖了起来。突然，它好像听见了什么似的，机警地立起身子，圆圆的黑眼睛观察着，似乎发现了什么，它一缩脑袋，"嗖"地钻入那堆虚土之中，没影了。

渐渐地，伴随着一阵杂沓的脚步声，在地平线上浮出了几个人影。其中一个人伏在另一个人的背上,第三个人背着两个大包裹。一些乌黑的秃鹫在天空中一直跟着他们,盘旋着,怪叫着。他们的步履显得十分凌乱,十分疲惫。

走到那个野兔洞口时,他们停了下来。

马贵财放下了背上一直哼个不停的马福寿。自从两天前的人狼大战之后,马福寿突然感冒了,而且,今天上午又发起了高烧,浑身烫得像一块烧过的铁片似的,马贵财一直背着他。他们把背包重新整理了一下,扔掉了一些暂时不用的东西,在这片无人荒原上又走了两天。

两天之中,他们曾经遇到了一群放马的藏族人,因为语言不通,双方都没有听懂对方的话,经过了一番了解之后,他们给了马贵财一些食品,而现在,这些食品也越来越少了。

马福寿的脸红得吓人,他的眼睛半闭着,口中喘着热气,马贵财把他放在地上,叫他靠住背包,韩宝义也坐下来休息。"贵财叔,可可西里多时才能到?"韩宝义惴惴不安地问。马贵财一边脱着自己的大头鞋,一边看着天边那一抹黛黑的群山:"我估计,我们翻过那一片山梁子,就到可可西里。快了,估计,再走两天就到了。"他把脱下来的大头鞋用力掼到地上,磕掉泥巴,又将鞋里的小石子儿倒出来,他发现韩宝义明显地憔悴多了。

韩宝义坐在那儿抬头看天,一句话也不说了。

过了一会儿,躺在地上的马福寿喘着粗气说话了:"水……我想喝……水,吃……肉……"可能他发高烧进入了幻觉,马贵财想。他把军用水壶取过来,壶嘴放在马福寿唇边,叫他喝了一些。之后,马贵财站了起来,他感到浑身的肌肉又酸又疼,他眯起眼睛,放眼在荒原上望了开去。忽然,他看见了离他两米远的那个兔子洞了。

他立刻兴奋了。他拿起铁锹，叫韩宝义守住另一个洞口，又堵死了一个洞口，就开始挖了起来。

挖了没多久，一只灰褐色的十分肥硕的野兔从洞中冲了出来，马贵财手急眼快，一铁锹就将那只野兔给打死了。这时在另一个洞口守着的韩宝义也惊叫起来："出来了，出来了！"只见又一只肥大的兔子冲了出来，在草丛之中狂奔。他和韩宝义四处围追堵截，几下子将那只兔子打死。这时候，从洞口又一摇一晃出来四只笨拙的小兔子，这样，野兔一家全部落网了。

火苗子不断地舔着被剥了皮开了膛的兔子大大小小一家六口，兔子肉在火苗烘烤下发出了滋滋的声响，一阵阵香气冲天而起，在一边添柴的马贵财和韩宝义不停地咽着口水。他们已有二十几天没吃过鲜肉了。

在韩宝义的眼睛里，那剥了皮、穿在棍子上的兔子尸体，很像人死后的样子，一时间，在他脑海中，人的尸体和野兔的尸体互相叠加，不断变幻，兔子肉发出滋滋的声响，不停地有油滑落到火堆上，火苗子一下又腾空而起。他痛苦地闭上了眼睑。人太弱小了，在这无人的荒野上像一只蚂蚁一样无援无助。生存真是艰难啊，年青的韩宝义痛苦地流出了眼泪。

马贵财心想，日月村其余几组前往淘金的人，现在估计都已经出发了，走在路上了。要是他们也像我们一样可就惨喽！人活着真不容易，想过上好日子，就更不易了。当初自己闯东北、走新疆、下广东，都是为了挣钱，跑了四五年，才弄了几万块钱。老婆生了一次重病，钱就像流水一样淌光了。自己那几间房，一下雨就漏得厉害，着实得好好修整一下了，可是从哪里弄钱呢？一阵兔肉的香气扑了过来，打断了他的思绪。他取下一串焦黄油亮的兔肉串，递

黄金幻 | 213

给韩宝义，自己拿了一串在嘴边吹了吹，先咬了一口，尝了尝，这才放到昏睡的马福寿嘴边。马福寿的嘴唇微动，停了一会儿，他说："水……水……"

"先吃点兔肉，水不多了。但你放心，福寿，有我们吃的，就有你的。"

马福寿感激地张开嘴，费力地撕咬着兔肉，慢慢地咀嚼着，突然，他抽泣起来了。

"大男人的，哭个什么！"马贵财说。

"贵财哥，我恐怕不行了，你们……干脆扔下我算了，我太拖累你们了……"

"胡球说！"马贵财眼睛一瞪，"只要我还活着，就会背着你走，走吧，就快到可可西里了。"

两只眼睛明显有些浮肿的韩宝义说："贵财叔，还有三只小兔，咱们放在下一顿吃，咋样？前面的路还有好几天呢，也不知道再有没有这样的好运气了。"

马贵财点了点头。

现在，在他们的头顶上，抹布似的乌云仍旧在滚滚向前，汹涌泛滥，抹去了仅有的一点阳光和晴空。马贵财突然想起来，从他们出发到现在这二十几天来，他们似乎还没遇到过晴天，天空一直是这么阴郁，就如同他们接二连三地遭到厄运一样。周围仍旧是一片苍茫，空气异常凄清，带着一些潮湿的泥土的咸腥气息，地面之上，黄褐色的草在风中轻轻摆动身体，隐隐有风的尖声呼啸在耳边响起。那些连日以来一直盘旋在他们头顶的秃鹫，可能感到了某种对顽强生命的无可奈何，已于昨天下午尽数散去。

距离他们休息地不远的地方，有一堆黄羊的骨架，在荒原上显得十分可怕。而前方的路到底还有多远，马贵财自己也说不清楚。

十

休整了一个多小时，他们又出发了。马贵财背着马福寿，大步在前面走着，韩宝义背着一个大包裹，紧紧地跟在后头。马福寿浑身开始颤抖，像一块石头一样烫人，躺在马贵财的背上他大声地呻吟着。

"贵财哥，我怕是不行了。我觉得我……快完了。贵财哥，我，我想说说话。"马福寿突然感觉到心口处有兔爪撕扯一般猛跳了几下，心脏里古怪地发出了不规则的鸣响，他额头上的汗珠像泉水一般涌了出来。"贵财哥，我这辈子最对不起的人是我媳妇。当年……我娶她花了好几千，她爹娘狠狠砸了我一榔头，我娶她过来，心里就琢磨，几千块钱买来的老婆，我得好好踏实踏实她，要不然，我可太亏了。我白天打她，夜里使劲压她，结婚刚开始那几年，她叫我打得整天带伤，可她一声不吭，连嘴都不还一下，整天给我做饭，忙田里的活儿，还给我生了两个……咳咳，儿子，我感觉过意不去了，就想着，挣些钱给她买个洗衣机，叫她省点劲儿。唉，我媳妇真是一个好媳妇，我真……对不起她。万一我一撒手上天去了，你一定有机会有时间多到我房子去看……一下，看看我媳妇，还有我那两个小儿子……"马福寿在马贵财背上像小孩一样嘤嘤地哭着。

"福寿，你死不了，你命大着呢。挺住劲儿，听见了没有？挺过今天，你就会好了。"马贵财说这话时泪流满面。他其实并不确信自己的话。

"我话还没有说完呢，我，也干了不少缺德少材的事儿。前村王大头他老婆刘红花，叫我踏实日过几回。王大头天天在外头跑药材生意，丢下他媳妇不管，去年她叫我帮着她去割她家麦子，我去了，那几天我一下子对刘红花起心思了。一天晚上，我就强行把她日了，其实她也想和我日。事后，我感觉对不起王大头，也对不起我媳妇，刘红花却没有告，因为她觉得闲着也是闲着。这事也就不了了之。唉，我……怎么说呢，"马福寿在马贵财背上大声哭泣着。

"行了，行了，兄弟，哪个人一辈子不做一点亏心事儿？你就不要这么求全责备自家了。"韩宝义跟上来说："你喝水不？给你水喝。"他把壶递到马福寿嘴边，马福寿喝了几口，又接着说开了："还有摆德俊家那条大黄狗，也是我给套了，吃掉了，我还偷过白占海家的羊，我……是个赖痞子——"马福寿说不下去了。

一些黑色的鸟突然从他们眼前的草丛中飞了起来。韩宝义听到了一种奇异的声响。马贵财还要抬脚，却看见有一条手臂一般粗的蛇，正从自己的脚下向前游去，他倒吸一口冷气，忙向后退了一步，这才看清楚有数不清的各色各样的蛇，汇成一股蛇的水流，缓缓地向前方游去。这些蛇像一波紧似一浪的波涛一样向前涌动着，蛇们所到之处，衰败的黄草尽数倒伏，空气中立刻充满了奇怪的血腥味儿，蛇的眼睛放射着蔑视一切的光芒，它们奋力向前游动，足足有一刻钟，蛇的波涛才席卷而去，消失不见。

马贵财为自己不断碰到一些奇异的现象而惊诧不已。这些天来，从青蛙雨降临日月村起，他感觉他们就开始被一种看不见的力量所左右着，而白占海、摆德俊的接连死亡，更加证明了这样一种神秘力量的存在。

他有些迟疑，从口袋中的油纸包里掏出五根火柴，在地上摆出了两个图案，然后举起一个石块，石块落下，五根火柴尽数应声断裂。他怆然泪下。

韩宝义问："贵财叔，咋啦？"

他不答话，背起了马福寿，又重新上路了。

天空越来越暗，没过多久，一场席卷大地的倾盆大雨从半空中浇了下来，天幕之上，不时地有红色的根状闪电在一霎那将天空撕开，巨大的雨滴狠狠地打在他们三个人的背上和头上，不时地响起了巨大的炸雷，这炸雷在厚厚的云层中翻腾和爆炸着，一股子硝烟味儿在半空中弥漫开来。

他们加快脚步，在一个山头下找了一个凹处，搭起了一个帐篷。

马福寿的嘴上起了好多小泡，他发着高烧，被雨一淋，病情更加重了，不久，他开始说胡话了："我……骑着一头山羊沿着一棵树干向上走，看见了……看见了蚂蚁仙女，蚂蚁仙女美极了，我……把她给压在身子下日了。胡大，我没有偷白占海的羊，我也没有偷张太杰的烟叶子，我……我在升天，那么多蜻蜓和我一起在飞……我要到月亮上去……我看见你了，太阳，你像一枚金元宝一样放光华，呵，我在蜂蜜的河里游泳，游累了，我就喝蜂蜜。饿了我就摘树上的面饼吃，我媳妇骑个摩托车来接我了，她一头都是蝴蝶……金子！金子！满山遍野全是金子！你们看哪，都是金蛋子，金块子，金豆子，快捡啊，你们快捡啊，这么多金子！金子，我日你妈，你有这么多，快拿口袋来……"马福寿大声喘着气，他紧闭双眼，手舞足蹈。在一边的马贵财和韩宝义束手无策。

天色渐渐地暗了，就在这天黑夜，伴随着那巨大的冲刷一切的雨声，马福寿咽了气。

他带着他的黄金梦想，像一缕烟一样飘入了天空。

第二天清晨，阳光灿烂，天空放晴，万里无云。马贵财和韩宝义进行了自踏上"朝圣"之路的第三次掩埋与祭奠。又一个同伴倒下了，他们的心情像一堆烂泥一样黏稠。

一座黄土小坟宣告了一个苦难生命的终结，一个生命的句号。

他们吃了一顿炒面糊子，休整了半天，又接着上路了。

朝圣去！到遍地都是金子的可可西里去！茫茫荒原上，一高一矮两条身影，疲惫不堪而又坚韧无比地向前移去。

风声越来越大，渐渐地，他们隐入了一片浮动着的蜃气，看不见了。

十一

天刚麻麻亮的时候，躺在一堆烂石头中间的马贵财和韩宝义就醒了，他们打着哈欠坐起身，四下望去，周围仍是一片洪荒世界。早晨的霞光异常美丽，给这个世界涂抹了一层瑰丽的橘红。在这大荒原背景之下，他们看起来是那么无助而又渺小，仿佛阳光下沙漠之海上喘气的蜥蜴，疲惫而又孤独。

韩宝义说："贵财叔，我们怎么还不到呢？"

马贵财说："快了，翻过这一片土丘岭，差不多就到了。"

早晨的风像刀子一样冰冷而又锋利，他们感到睡意一下子就被寒冷赶跑了。他们站起身，收拾好东西，点着了火，煮了一些大豆和炒面，吃了一顿，感觉香极了。

"宝义，你什么时候把你媳妇娶过门呢？"马贵财问。

"等我淘完金子回去就结婚，要是淘不到金子，我这媳妇也就飞走了。"韩宝义白皙的脸如今整整脱了一层皮，嘴上结着一层厚厚的血痂。

"这年月，庄户人娶媳妇越来越不容易了。娶媳妇不就是找个鸡巴住的地方？女人嘛，其实要不要也无所谓，干吗非要结婚生娃子？这世界上的人已经够多了，中国十几亿人，真不容易。"马贵财开玩笑说。

"那不行啊，总要传宗接代，要不人活着有什么意思。"

"水不多了吧？"马贵财问。

"还有两大壶呢。昨天我在一个海子泉里灌足了水呢。"韩宝义说。

"咱们继续走吧。"马贵财说。

两个人站了起来，马贵财一挥手："慢着，咱们给占海、德俊和福寿鞠个躬吧。"他说。两个人朝他们来的东北方向深深地鞠了几个躬，祷告了一番，两个人又上路了。

远远地，他们看见一大群藏羚羊在荒野之上狂奔疾驰，一大片黄烟腾空而起，仿佛千军万马一般。此时，阳光柔媚，像玻璃一样在空中脆响，天空之下，他们两个人的背影越移越远了。

不久，他们发现迷路了。这不仅仅因为到了中午时分，天空中重又聚满了乌云，无法根据太阳运行的情况来辨认方向，而且在于他们进入了一片土丘小山地带，地形地势十分复杂，无法站在高地观察。两个人都感觉到他们已进入到灾难的手掌心里了。马贵财决定一直朝山丘矮的地方而去。

在无比苍茫的青海西部高原景观之下，他们两个人像蚂蚁一样翻山越岭，脚踩山石，足音落于空谷。全世界就好像只剩下他们两个人了，周围全是经过史前时代风吹雨打的地层和裸岩，有一种历史沧桑感在他们心头诞生。

在整个跋涉过程中，饿了，他们吃捉到的老鼠、蛇、野兔，使自己的生命保持着继续前行的热量，使他们有了不倒下去的勇气、毅力和信心。其实，到底能不能到可可西里，马贵财也没做太大的指望了，他只希望而且相信自己能顽强地走下去。也许，他们最终所面临的归宿都是毁灭，但现在，有一种对命运抗争的力量主宰了他，他相信自己最终会在行走中实现目标。

"要是能碰到人就好了。"韩宝义抚摸着被磕碰得青痕累累的脚踝，望着天空中不断走过的云，感叹着。

"是啊，我估摸着，翻过这一片山岭，我们就可以找到放牧的藏人了。"马贵财说。他正埋头在挖一个鼠洞。

"咦，你看那是什么，贵财叔？"韩宝义指着前面山谷中升腾起的一片雾气，问马贵财。

马贵财望着他指的方向，看见有一些白色的雾气从那边一个山谷中缓缓升起。他看了半天，也看不清那是什么，就说："走，咱们到跟前看看去。"

现在，两个人下了一道较高的山岭，进入了一条狭长的山谷。山谷中怪石嶙峋，满山都长着褐黄色的草，一片衰败气象。

他们大步向前走着，不久，他们先是惊奇地看见不大一片芦苇丛，走到跟前的时候，他们这才看清，方圆几百米有一个大温泉，水汽正从这个温泉中蒸发出来。那温泉从几块巨石后"咕咕嘟嘟"地冒出来，热气蒸腾直上云天。在温泉四周，生长着一大片泛青的芦苇。在温泉边上还可以看见几具鸵鸟的白骨。

"太好了，有水喝了！"韩宝义欢叫着把手中的背包往地上一放，就向温泉边而去。他像一头快活的小鹿一样到了温泉边，先捧一把水把头脸洗了，然后伸下头就"咕嘟咕嘟"地喝了起来。

马贵财想，这么大一片芦苇，可是烧火的好材料啊，这回得好好烧顿饭吃、烧碗水喝，他用铁锹用力挥砍芦苇，泛青的芦苇纷纷倒地。砍到第十四铁锹时，忽听那边韩宝义大叫："贵财叔，我……肚子疼！"

他连忙转身，这才看见喝足了温泉水的韩宝义突然双眼圆睁，捂着肚子踉跄着向他跑了过来，还没到他跟前，便"扑通"跪倒，七窍流血而死。

马贵财立刻明白了，这是有毒的高原温泉。他伏下身子察看，却见韩宝义的瞳孔放大，已经没有救了。

这一下变故陡起，令他感到十分突然。一种悲愤的激流在他心中流淌开来，他的眼睛又一次模糊了，头脑中一片银星闪耀。他一下子跪在了地上。

在这次跋涉当中，依次倒下的白占海、摆德俊、马福寿、韩宝义活生生的面孔电光石火一般在他眼前闪过。人的生命犹如一股烟，一撮灰，他甚至还没有感觉到它，它就悄然灰飞烟灭了。他悲哀地抬头看天，天空中的乌云像浪头一样一阵阵涌来，就像充斥在这个世界上的无尽的苦难。

下午的时候，这片芦苇地腾起了白色的火焰，只一会儿，风借火力，火鼓风势，芦苇嗖地燃烧起了冲天大火。而在那火焰深处，布单裹着的年轻的韩宝义的尸体，正在被一点一点地火化着，一阵阵浓烈的烟笔直地升起，而在十米高空处，又突然向西一折，飘然而去。

天空之下，只有一个人站在一个高坡之上，默默地看着大火，一点点地吞噬了所有的芦苇，掩盖了有毒的温泉。乳白的烟雾向天空深处滚滚而去。

十二

马贵财终于翻过了这一片山岭。站在最后一道坡上，他手搭凉棚，向前看去，与此同时，风突然送过来一阵嘈杂的人声，同时，他的眼睛也捕捉到了什么：在眼前那一览无余、一望无际的苍茫野地里蠕动着的，全是人的身影！莫非我真的已到了可可西里了？他有些怀疑，额头上一片蓝色火花闪现，他猛地感到异常振奋，周身的血哗然一阵喧响，他像一股旋风一样从山上向山下跑去，一脚踩入一个小水潭，脚下和心中同时"扑哧"一声，脚下和心中的污水同时漫延开来，一种绝望立时掠过头顶，他这才明白过来，自己原来绕了一个大圈子，又回到了大沼泽！

他无比悲凉地放眼望去，在眼前，一望无际地铺展而去的大沼泽里是人头攒聚，在幽暗的天幕之下，像一个巨大茅坑里蠕动着的无数蛆虫，人的争吵声、咒骂声、吆喝声此起彼伏，汇成了一个广阔的交响。他挪动着沉重而又悲哀的步子向他们迎去，他狠命地咒骂自己，咒骂老天爷不长眼，不长鸡巴，死了四个人，整整四个人，到头来，转了一圈子我又回到了大沼泽，难道这就是我们的命吗？他心中一片死灰，心中骤然地降落着大雨，雨点"噗噗"地打在他心中那一片死灰上，发出了绝望的声响。他一点一点地向他们走去，他明白，他们是随后而来的淘金大军。他看见有许多卡车、拖拉机、手推车、毛驴车、马车、自行车统统都陷入了这个大沼泽，人声鼎沸，每个人脸上都挂着愤怒和失望的表情。

他一步步向他们迎去，眼睛内模糊一片。这么多人，都是为了金子，那只有天国中才存在的金子，哈，哈，人这个东西！我们的命为什么这么苦？他眼前众多的苍老的、稚嫩的面孔像花朵一样依次在他眼睛里闪过。天空中又落开了雪花，人群中有人愤怒地咒骂着天气。他们的车辆像死尸一样陷入了沼泽地一动不动了，到处都是蠕动着的人头，乌云像抹布一样席卷了整个天空。他看见所有的人脸上都闪现着他曾有过的朝圣者的光芒。朝圣，哈哈，他想，可我们什么也没有朝拜到，金子离我们太远，离我们的梦还有一大段距离。他悲愤地挪动着沉重的脚步，他看见还有更多的人向这里涌来。他们许多人在大声咒骂和发呆的时候，看见了他这个一言不发朝相反方向走着的大汉，眼睛里充满了疑问，但旋即，这种疑问就被狂热给抹去了。他们还是狂热的，他想，但命运不会让我们得到金子。他在心里大声喊着："兄弟们，回去吧，回去吧，我们谁也得不到金子！"

忽然，有人大喊一声："贵财哥！"他一扭头，循声望去，见一辆小四轮手扶拖拉机上有一个身穿皮大衣的大胡子惊喜地向他招手。他眯起眼睛，抖落睫毛上的水珠，这才看清，那人是同村的哈福宽、王大头、马得玉、童三军几个人。他的心头骤然跳起了一万只青蛙，他一下子就摔倒了。

"没事吧，贵财，其余几个弟兄呢？"王大头把他身上的雪拍掉问他，其余几个人都期待般地看着他。

他的目光十分黯淡。停了许久，他说："他们……都死了，全部死了！全死了！"

马得玉说："哎呀！我们是第四组，我们六个人也死了两个。孙谦破伤风死了，海清泉被车撞死了……"他呜呜哭了起来。

众人一时都沉默了。他们在巨大的悲凉的现实面前喑哑了。他们都听到了厄运的猫头鹰在飞过他们头顶时的古怪叫声。

"你们什么时候陷到这里的?"马贵财问。

"我们到这里有三天了,一直困在这里,没办法朝前走,也没办法后退。现在,什么消息都没有,后面仍有大批的人向前涌,很多人都断粮了。贵财,你是怎么回来的?"哈福宽说。

"我……唉,我整整转了一圈儿,又转回来了。我还以为到了可可西里呢。他娘日的,咱们的命真苦。没办法。你们咋办呢?"

"向前走!"童三军说,"都日他妈走到这里了,还不往前,回去弄啥?让老婆孩子笑话。反正死活就这条穷命,向前走!"

"你们还有粮吗?"马贵财问。

"不多了,在过那边沼泽时丢了一包。人太多了,大部分是海东地区来的,经常打架,刚才那边还打了一架,死了两个人。贵财,你说咋办?"哈福宽问马贵财。

"我……回去。我劝大家……都回去。没有办法,这是命啊!"马贵财叹了口气。

"我不回去!人命就这一条,死就死,反正我要往前走,不回去。好马不吃回头草,我绝不回去!"童三军坚决地说。

马贵财没有说话,他走上了拖拉机,站在机头上向后面望去。在灰暗的天幕下,他看见还有更多的人像潮水一般地向这边涌来,天空中风雪交加,人群的咒骂声、殴斗声响成一片、机车的轰鸣声与风的呼啸声汇为一起,但笼罩在所有人头顶的,只是那滚滚涌来的尸布般的乌云。

"不前进,就等于是孬种!长鸡巴的就走,我们把车子扔了,徒步向前走!"童三军说。

众人都看着哈福宽,他是这一组的组长,他看着默默走上拖拉机的马贵财,没有说话。

正在这时，天空中响起了巨大的轰鸣声，他们都仰头看去，看见了有十架军用运输直升飞机疾速向这里飞来，空气立刻被搅动了。

"共产党救我们来了！""解放军救我们来了！"有人欢呼着。所有的声音在这一时刻都落了下来，人们的脸都朝向天空，安静地看着直升机缓缓下降，在一个大沙包上依次降落了。

人们鸦雀无声，风吹动他们的衣衫和头发，他们像塑像一样在风雨之中一动不动。

一个军人手持播音器，从飞机中走出，他向大家喊话："淘金的兄弟们！根据政府指示，今年可可西里已不适合淘金，大家都有生命危险，请大家上飞机返回！请大家想办法离开这里！"他一遍又一遍地喊着，远远近近的天空之中回荡着他的呼喊。但是，所有的人就像远古石人一样一动不动，近万人都沉默不语。他们都不情愿让自己的黄金梦想就这么轻易地破碎了。

正在这个时候，马贵财走出了人群。他一言不发、一瘸一拐地向飞机走去，他走得很慢，但非常有力。所有的人都注视着他，看着他一步步地靠近飞机，然后，一个，两个……有更多的人开始跟着他，向飞机走去……

飞机的轰鸣再一次响起，装满了人的飞机再一次升入天空。在半空中，马贵财透过飞机舷窗向下看去。他看见这茫茫大泥潭中，仍有许多坚韧不拔的人，在向前继续进发着，像大地之上的蚂蚁一样。

他闭上了眼睛，一些混浊的泪夺眶而出。

黄金幻 | 225

十三

  他一步就跃上了山梁,现在,他一眼就看见了生他养他的日月村了。日月村还是那么破败,像一摊牛粪似的夹在两山之间,背衬黄土高坡,头顶一片蓝天。麦芒般的阳光狠狠地刺痛了他的眼睛,他感到眼睛里响了一下,接着一股灼热的水流夺眶而出。他一步步走下山岗,向他的日月村走去。

  远远地,有人看见了他,他听到了人的呼喊,他大步走在山岗上,脚下干燥的黄土"噗噗"直响。他看见有更多的人从黄土房里走出来,女人们都戴着鲜艳的头巾,有众多的肮脏的孩子们,他们像一股水一样从低矮破烂的房子里涌出,他们潮水一样向村口汇集,他们都伸长脖子,挥着手向他迎来。在他们渴盼的目光注视下,他一步步地走下山岗,衰草在他脚下响着,他一步步向他的村子走去,麦芒般的阳光狠狠地扎着他的皮肤,他的眼睛潮湿了,模糊了,在无比辽远的晴空之下,他向他的乡亲们走去,风吹起了他旗帜般的长发……

(获得2017年"华北六省市出版物奖")

血染的永恒之爱

布拉提追赶那只火狐狸,已经整整一天了。

那是一只有着一身漂亮的火红色皮毛的母狐狸。而布拉提追赶它正是为了获得那一张珍贵的火狐皮。

两年前,布拉提举行"银奶洗手宴"的时候曾经宣布,他再也不操起那杆跟了他三十年的猎枪,而且还发了誓:"只要再操起那杆枪,就把它砸了!"布拉提可是一个能把猎物打个眼对穿的优秀猎人!并且还是一名养的牛羊数不过来的牧人。可他为什么要违背自己的誓言,冒着毁枪的危险(毁掉了枪也就意味着他大半辈子狩猎英名的毁灭),而去捕获那么一张火狐的皮呢?

他的儿子拉吉因为被人走了后门挤掉了名额,而没能进入高中,但那所中学的校长洛依私下表示，假若布拉提能给他弄一张火狐皮的话，那么拉吉上高中的问题就好办了。

布拉提是多么地爱他的儿子啊。他就知道养马养羊，钱从来都数不清。每次内地的或是本地大城市的一些生意人拿一些小玩艺，如玻璃弹儿、项链啦，就可以换走他的牛羊。但他却并没有感到吃亏，相反倒挺高兴。而且布拉提买卖牲畜时都是看一叠钱的厚度大小来决定生意的合算与不合算的——他只认多。

自从儿子上学以来，布拉提才知道了自己的愚昧和无知。为了对得起塔林娜娅——拉吉死去的母亲——自己心爱的妻子，他也要让儿子继续去上学，从而摆脱无论是物质上还是精神上的贫困。

这时，他正趴在一丛红柳之后，紧紧地盯着左侧那只漂亮的火狐的一举一动。火狐正在掏挖着一丛骆驼刺下的沙鼠洞。只见它飞快地用前爪往外扒着沙土，期待着能捕到它渴望得到的东西。然而这个被称为很狡猾很聪明的狐狸没有料到，有一个它认为最危险的敌人，正暗中监视着它，以求得它那张只有它停止了心跳才能被人夺到的美丽的皮毛……

他为什么不开枪呢？他在寻找机会。因为火狐狸非常罕见，因而也就格外的珍贵。只有把火狐打个眼对穿——子弹从一只眼进从另一只眼出，狐皮才是真正有价值的。

然而这个机会是多么地难寻啊！布拉提就这样等待着令他无比快乐的时刻的到来……

……火狐也丽做了妈妈啦！这是它平生感到最快慰和有意义的事儿啦。然而值得一提的是：它的丈夫毛瑟在孩子降生十天后，便被一个人开枪打死了，从此也丽便担起了丈夫的责任——去寻找食物。它既要像父亲一样地严厉管教孩子们，又要以温柔的母爱来温暖孩子们，使之尽快地成长。

值得它高兴的是，几个孩子长得都很结实，一个个食欲很旺盛，使得也丽不得不跑远路到沙鼠多的地方寻觅食物，因而它也就不自觉地进入了它们狐类划定的危险区。

这时也丽已经刨开了沙鼠窝。好家伙！有十几只硕大肥圆的沙鼠！也丽欢叫起来，用闪电般的速度，把它们一一击毙。然后叼起它们的尾巴，轻快地炫耀般地抖动着火红的美丽的毛皮，准备登上归程。

就在此时，它那双机灵的耳朵忽然捕捉到了异常的响动，它立刻意识到了身旁巨大危险的存在。它本能地倏然往下一趴，而同时，一粒子弹带着呼啸，擦着它的头顶而过。也丽蓦地打了个滚，撒开腿便奔逃而去……

……刚才布拉提好不容易等到了一个绝妙的机会，然而，这只火狐没有他想象中的那么愚笨，它非常聪明机智地躲过了那致命一击，这使布拉提非常懊恼。他捋了捋络腮胡子，提起那杆老枪循着沙地上非常清晰的脚印追去……

这个时候已经是半上午了。太阳残暴地折磨和蹂躏着大漠，似乎大漠欠了他无数的债务。新月形的沙丘一座接一座，连成一片无际的莽莽沙海。偶尔有一阵干枯的风吹过，才把那些要死不活、蔫溜溜的铃铛草、沙棘什么的推得摇几摇。远处的热风流溢着，颤动着，继而扩展，扩展，扩展成苍茫的死一般的寂寥……

……几个小时的追踪，使布拉提心焦气躁。他已经不知不觉地进入了被人们称为死亡地带的沙漠的腹地。这是他没料到的。猛然间他感到肚子一阵剧痛，立刻明白了这是饥饿造成的。于是他赶紧趴在一片枯草上，从背袋中掏出一块干粮，用力地嚼了起来，嚼得很响。几分钟后，他的肠胃首先感到了充实，一股股活力也登时从肠胃中涌向每一条汗孔，涌进每一条血管。

那只火狐又能跑到哪里了呢？他望着也丽留下的一直延伸到远处的脚印发呆着。

又休息了一会儿，他突然感到了焦渴难当，慌忙中摸遍全身，才发觉水袋早已空了。猛然他又醒悟：自己已经陷入了绝境。他已不知不觉地走向死亡，而这却是他自找的。

如果趁现在循着踪迹返程的话，一定可以解脱大漠无情的宣判。但假若突然起了沙暴的话，那么这一切又仅仅只是幻想。

是追还是归？他问自己。这对于自己来说可是个生死存亡的关键啊！他想踏上返程。然而儿子拉吉那张焦虑的哀求似的面容立即浮现在眼前。终于，他决定：追下去！一定要得到那张能改变他们家的命运的毛皮！

……也丽跑得累极了。它纳闷，怎么自己跑多远，不久身后就响起了敌人匆匆而来的充满着恐怖与敌意的脚步声呢？它感到了死神正向它狰狞地笑。其实死倒没什么，它想，可那四个可爱的小宝宝，谁来照顾它们呢？它心焦如火，真想立刻"飞"到孩子们身旁，看看半上午它们是不是都饿坏了。可是它又不敢那样做。因为不停地追赶着它的敌人的脚步声告诉它，如果那样做了，将会导致不堪想象的后果！它不敢再想下去。

这会儿它才感到了饥渴难忍。当它翻过一个小沙包时，沙包下赫然生着一大丛沙棘，缀满了红色的浆果，然而也丽感兴趣的不是浆果，而是沙棘下的洞穴内的沙鼠。

它悄悄到了洞口，立刻用爪子刨了起来。突然一个活物窜了出来，它飞快地捕获对方，才发觉猎物不过是一只它平常最讨厌的血蜥蜴。然而求生的本能促使它必须吃掉那东西。于是它竭力忍着那血腥味的冲击吃了一些蜥蜴的肉，这才感到了体内能量的复苏。因而它也就有信心来摆脱敌人的要命的追踪了。它是多么地热爱这片土地，多么地爱它的孩子们啊！

当它休息了片刻，那令它恐惧的脚步声又追踪而至。于是也丽起身继续向远方——苍茫的大漠腹地奔去……

……布拉提气喘吁吁地追了上来。他觉得渴极了，似乎自己的生命正一丝一丝地被太阳那焦灼的光芒抽走。

突然，他的视线触到了那丛沙棘上缀着的亮闪闪的浆果，高兴坏了，一个蹦子跳到跟前，抓起大口吃起来。红色的浓浓的果汁沾满了他的胡子，溅上了他那张古铜色的脸膛。少时，他感到沁人心脾的凉意正从每一个毛孔释放出来，追赶中的焦虑和饥渴立刻被惬意代替了。吃饱了浆果，他倚着棘丛，准备小憩一会儿，但一眼瞥见了那只翻着血色烂肉、散发着腥臭的蜥蜴，猛然感到了恶心，"哇"的一声，大口大口地吐了起来……吐过之后，他埋住死蜥蜴，又吃起浆果来。为了生存！

还得追下去吗？得追多久？能追上吗？他一时又怀疑起自己来。但对未来的希望太大了，他又一次打消了返程的想法。之后，他又追了下去……

……也丽这时感到了非常的焦虑和不安。而离开了自己的孩子，对任何一个母亲来说都是放心不下的。也丽的右眼皮老是跳，跳，是不是自己的孩子出了什么事？是不是？！它害怕起来，感到自己的心仿佛要从风箱似的胸脯中跳出来似的。得回家看看！得回家看看！

由于有了这个信念的驱使，也丽箭一般地奔向了自己的家。而它却忘记了此行对它来说意味着什么。它心中只是在呼唤：孩子！我的孩子！

……终于望见那一大片红柳了！也丽非常激动。它快速地跑到了近前，忽然，一群黑鸟从红柳丛中惊惶地飞走。猛然间也丽察觉：不好！

它飞快地跳进柳丛。眼前的景象使它呆住了：四个孩子直挺挺地死去了。它们的脸上带着笑意，似乎在期待和憧憬着美味和母亲温柔的爱。而它们的眼睛都被鸟儿啄去了！

泪水。泪水！泪水立刻挂满了它的脸，浸透了它的心。这个打击，是任何一个做母亲的都难以承受的。

该恨谁呢？谁是凶手？是那个敌人——布拉提？不，不。他只是要我，而不是去杀我的孩子们。是我自己！是我为了自己的安危而舍弃了它们的！我苦命的孩子们啊……

然而，那脚步声又响了起来。也丽猛然愤怒地转过脸，用仇恨的目光盯着那个从沙丘后一点一点探出身子的黑影，一面想着：我要报仇！来吧！我什么都不怕！

但随着布拉提的靠近，也丽这种想法也立刻萎缩了。求生的欲望又在它心头油然而生。而求生，则是地球上所有动物的本能！

它依恋地望了一眼死去的孩子们，才隐入旁边的密丛中。它要看看对它的逼迫将会到什么程度！

……布拉提又追了上来。他瞧见了这片红柳丛。一阵狂喜涌上心头，他拉开大步，快速跳进红柳丛。

然而呈现在他面前的景象并不像想象的那么美好，他也呆住了——片刻之后，他掉下了泪。人也是动物。他有爱自己后代的天性。何况布拉提是为了自己的后代而扼杀了别的生物的后代生存的权利！他感到了一种深深的罪责！

当他凝立于苍茫之中独自忏悔的时候，他忽然听到了一种异样的响动。他慌忙转过身来——这才发现火狐也丽——自己追捕已久的猎物，正饱噙着泪水，用极怨毒的目光盯着他，并且一步一步地无畏地向他逼来！

布拉提一下子便将枪取了下来，瞄准了也丽。枪上的准星告诉了他这会是一个怎样的奇迹。他惊喜地想：这难道是天赐的吗？

但是当他正要扣动扳机的一刹那，一种怜悯，或者说是一种由慈爱、宽容以及人类许多最美好的天性混合的感情涌上了他的心头。他一瞬间觉得，难道自己间接地杀死了火狐的四个孩子，还要去杀死孤苦伶仃的小火狐的母亲吗？

他有些迟疑了，猎枪的枪口渐渐在低垂……双方以包含着无比复杂的感情的目光互相凝视着！

然而这个时候，突然远方大漠之中，一个大大的棒槌似的沙柱立了起来——那是龙卷风沙暴！眼见那龙卷风沙暴带着摧毁一切的架势，向这儿扑来，并且，它们的先锋队——一些小风儿已经开始掀动这儿的沙土了！

人兽依然对视着！这两个生灵啊！

布拉提发现了那龙卷风沙暴，不禁猛地一跺脚，大吼了一声："快走！"随即便俯下身子，把四只小火狐一只只摆好，又颤抖着从四周的红柳丛中折了一些缀着淡粉色小花的枝条，轻轻地将它们的尸身覆盖，然后用力推动沙土，把它们掩埋了。于是这个世界上又多出了一座小小的饱浸着泪水的坟茔，一个归宿，一个象征生命完结的句号。

而当他再次转过身时，见也丽已经不在了。布拉提急忙向安全的地方奔去……

风以迅疾的速度扑到。幸亏,沙暴的中心并不经过此地带,否则,一切不堪设想。眼见浊浪排空,那势头,似乎要把一切吞灭!布拉提眯着眼睛,背向风沙之来势,艰难地向安全处奔走……风沙好几次都推倒了他,把他埋起来……但他又站起来,继续与风沙搏斗……

为了生存!布拉提心中喊着:我不能死!我还有儿子!我还有儿子!

……

夜。一切归于寂静。沙暴又一次精心策划的暴动彻底地宣告破产。就像邪恶永远都不能战胜正义与真理一样。现在它们现了原形:一个个没有脊梁地软软地趴在了那儿。也许,它们仍死心塌地等待着狂风——那个暴虐的灵魂附体而继续向生命们宣战吗?虽然等待着它们的依然是失败。

月亮阴冷地拉下了面纱,发泄着莫名的愤懑。在整个苍白、寂寞的夜中,世界被涂上了一层阴暗的色彩。

死寂。冷漠。也许这就是宇宙的原样么?

也丽逃脱了这一场灾难。它从一片胡杨林中走了出来。它迷路了。

当它环视了一圈之后,清楚地发现,离它四十米处的高坡上,有一个黑影伏在那里。经过判断,它明白,那是它的敌人——布拉提。他死了吗?为什么他不动弹呢?

也丽想走过去看看。但它又害怕敌人是在装相。终于,许是受一切生物所共同具有的好奇心的驱使,也丽走到了布拉提的身旁。

布拉提没有死,他只是暂时的昏迷。肯定是缺少水!也丽想。

那个小湖离这儿至少也有一百多米。救不救他？也丽犹豫着……它想起了刚才那渐渐低垂的枪口，想起了他掩埋小火狐尸体的情景。它终于决定搭救布拉提了。

也丽这才发觉它们正处于一个大沙丘之顶，而沙丘的底下，就是那个小湖，因此也丽不会费多少力气就可以将布拉提沿斜坡拖下去。

于是也丽迅速地行动起来……终于，当也丽几乎是费尽了全身力气，把布拉提拖到了湖边，并且将布拉提的半个脸浸在水里，来让他吸取必要的水分。尔后，才躲进了湖边的一大片胡杨林中，期待着黎明的到来……

……布拉提渐渐醒了。他的嘴唇动了几下，触到了一阵甜润。他把眼睛睁开一条缝时，猛然发现自己躺在水边。于是他大口大口地喝了起来。一顿牛饮之后，他翻过身来，而呈现在他面前的景象又一次使他呆住了！

这时候早晨的太阳刚刚升起。四周是一片血红的苍茫和寂寥。也丽——那只母火狐正对着刚升起的太阳，像朝圣似的，亢奋并且愤怒地带着无限怨艾地长嗥着。拖长的声调在半空中嗡然轰鸣和回响。那声音似乎是在发泄着什么郁积了很久的愤懑，又像是在倾诉着狐类多少世纪以来所受到的种种磨难和坎坷的忧伤……太阳也仿佛听懂了它的话语，用血一样的光芒，把这个沉寂的大漠抹上了一层血淋淋的恐怖……

顿时，一种恐惧和寂寞在布拉提心中漫延开来。他感到了惶恐、焦虑和不安，一种原始的沉重而积淀下来的痛苦重新在他心头涌出……这时，他又想起了儿子那种企望的眼神，猛地，他从身上取下枪，这时正是一个最好的机会！

"砰"的一声，对面的一个美丽的影子倒下去了。顿时惶恐和不安也立时消失。布拉提无比兴奋地跳了起来，但又跌倒了。突然他想起了什么：我怎么到了这个地方？我记得清清楚楚，倒下去时是在一片沙地中啊？

当他的视线扫到了从对面那个大沙丘上拖下来的痕迹，呆了半晌，终于明白了——是火狐也丽救了他的命？是也丽把他从死亡的臂弯里拽了出来！

他发疯似的吼了一声，慌乱地跌撞着跑到了也丽倒下去的地方，一把抱起了也丽。但那个漂亮的眼对穿却告诉了他这个悲惨的结局。他大声地诅咒着自己的枪法！然而一切都晚了！

茫然？惆怅？痛苦？他不知心中是什么滋味……之后，他把也丽的尸体连同那支猎枪放在一起，用胡杨枯枝燃起了一堆火……

忽然，随着烟柱的升腾，一大群阿库洛鸟飞了起来，围绕着这被太阳涂上了血色的孤烟，长久地哀鸣着，声调凄厉而苍茫，古朴而悠远……袅袅上升的垂直的烟柱似乎是在默哀，又似乎是一个浸满了鲜血的巨大的感叹号，宣示着一个循环的中断。

太阳的目光依然惨淡、血红。光束把布拉提凝固的身影一点点地缩短，缩短，成为了一个点……

（获得1987年《儿童文学》新苗奖）

大声哭泣

我和老姚绕过两座石椅和石凳，穿过几株大芭蕉掩映下的一条曲径通幽的石子小径——小径上尽是用各种小石子儿组成的动物图案和一些催人上进的古代格言，我们来到了学校的网球、篮球和排球场。

我一眼就看见了长头发的梁海涛正在和一帮穿着牛仔服和工装裤的姑娘小伙子们打排球，他那一头披肩长发使得他从背后看上去潇洒极了。要知道，梁海涛可是H大学中文系作家班中最讨人喜欢的家伙了，就在上周六H大学的狗屁"红枫艺术节"上，他和老姚，还有另外三个写诗的家伙表演了电影《红高粱》上的颠轿舞，把晚会的气氛推上了高潮，以至于至少有三个女孩子将自己的高跟鞋扔到了舞台上。现在，梁海涛一个前滚翻，用手掬起了一个球，球飞向了对面。一阵惊呼,三个女孩子都去救那个球以至于撞到了一起,球还是飞了。

"哈,几只笨小狗全碰到一块儿了。"老姚乐呵呵地打趣道,梁海涛听见了,他转过了脸,把额前的长发朝肩后一甩,咧开嘴笑了。他的脸颊像是用刀削的一样平整倾斜,显得很有力度,似乎很像美国某个硬派电影明星。不过,他说话总带江南吴语的腔调——他来自江浙,因此有不少温柔气息,我看见另外几个家伙停下来,表情十分严肃地看着我们。我说:"老姚,你骂她们是笨小狗,她们全生气了。""喂,认识一下,剧作家老姚,校园诗人乔可。这几位是日本留学生佐佐木,加藤美智子,黑田三郎,渡边升,山口庆子,村上惠子。不过,我们的确像是一群笨小狗。"梁海涛介绍完了,搓了搓手。

几个小日本一齐冲我们半鞠躬,老姚卷起了袖子,笑着说:"再加上两只笨狗,怎么样?"

那是我和老姚第一次和日本人混在一起玩儿。在此之前,老姚在所有的场合都说日本人的坏话,说他们如何没有幽默感,如何刻薄和坚忍,如何过于呆板,工作起来如何玩命几乎像是可怜的工蜂,并老是衣冠楚楚对什么事都好奇却又装作漫不经心,"全是一帮假模假式的混蛋。"老姚得意洋洋地说。后来,我们很快和这帮日本留学生混熟了,当我听说那个叫村上惠子的女孩子,在日本做了一星期豆腐,就赚到了在中国一年的生活费用时,吃惊得就像是一个老傻瓜。至于另外几个,父母亲一般都是百万富翁,他们来中国除了学习东方古老的文化,还有一个梦想:到西藏去组成一个原始群落,以避开现代社会的噪杂和喧嚣。我注意到那个叫山口庆子的女孩子笑起来真是纯真生动,她不停地点头示意,脸上忽隐忽现的酒窝显得美妙动人,而且,她看梁海涛的眼神十分热烈。

"雷吉娜,雷吉娜,讲一讲索绪尔语言学中关于语言和言语的区别。"刘教授摸着他那锃亮的光头用教鞭敲着讲桌。

雷吉娜——一个法国留学生站了起来,她显得十分局促不安和害羞,她低着头,让一头金黄的头发遮住了至少半个脸。我就坐在第二排,侧过脸看她。她的长相实在一般,虽然只有二十四岁可看上去她至少有三十岁了。她总是显得十分忧郁,心事重重的。每次上课她总是在已上课十分钟后才进来,然后就坐在第一排。按说中文系作家班的才子应该早就注意到她,并且向她发动跨国界进攻的,可是至今没有什么风声。要知道,那帮小子几乎追遍了H大学树枝上所有漂亮的小鸟儿。可见雷吉娜的魅力欠佳,至少她看上去没有一点儿青春活力。

雷吉娜用吃力的汉语阐述了语言和言语的区别。"嗯,很好。乔可,考古系的乔可,你来讲一下结构主义语言学的几个构成部分。"刘教授双目炯炯地看着走神的我。我十分流利地回答了。看上去刘教授感到十分遗憾,要知道,他本来打算存心难为我一下的。

下课的时候,我站起来说:"雷吉娜,雷吉娜,今天晚上我们系和留学生部一起搞联欢,这里有两张票,请你和朋友们来,好吗?"雷吉娜迟疑地接过了票,有些迟钝地点了点头。

……她说她的家在法国南部的一个盛产葡萄的平原上,那里气候湿润,阳光清脆充足。她的父亲是一家葡萄酒酿造公司的大老板,在地中海沿岸和北非都有分号。"葡萄酒,葡萄,我的生活中被它们填得，很满，满满的。我们家，还有，一座小岛，它在地中海撒丁岛边上。上面有别墅。我们还有一架飞……机，和两艘游艇。我们家过、过豪华的生活。"她举起殷红的葡萄酒杯，轻轻对着灯光晃动。"可是，活着，生活，在别的地方。你喜欢一个叫米兰·昆德拉的人写的《生活在别处》吗？那个雅罗米尔，我很喜欢。"

听到一个法国女人谈到她喜欢正在像疾病一样在中国知识界流行的米兰·昆德拉，我感到很吃惊。我并不喜欢他，我想，至少米兰·昆德拉总是把小说写得像差劲儿的四重奏一样令人厌烦。"对，雅罗米尔，他出卖了自己的恋人，同时也找不到自己的方向。他觉得生活在别处，可是他却从来没有找到它。而我更喜欢西蒙·波伏瓦的那部《人都是要死的》，我们都要死掉，还干嘛老是去关心生活在哪个地方呢？"我反问她。

雷吉娜苍白的脸显得更白了。"西蒙·波娃？那个女权主义者？她甚至，连生一个孩子都不要，她，不是一个女人！她没有生活，真正的生活。雅罗米尔有。"她固执地说。

"不。真正的生活就是现在。生活不在别处，在现在，比如现在我们坐在一起聊天，这就是真实的，而且它还会成为回忆。人是靠回忆才生活下去的。"我说。

雷吉娜把杯中的残酒一饮而尽，之后说："我，是靠着梦想，生活的人。你们中国人，很现实，你们不懂我。"她的两只陷得很深的眼睛闪烁着幽暗的光。

那天的晚会十分热闹，几个哈萨克斯坦和俄罗斯的留学生像是一群笨熊一样跳起了好看的中亚舞蹈。边上莲花椅上坐着的几个美国小伙子开朗地大笑着，把杯中的啤酒互相抛洒——我真羡慕他们的无拘无束。我感到和雷吉娜坐在一起十分沉闷，刚好看见梁海涛正和山口庆子、渡边升等坐在一起，我就对雷吉娜耸了耸肩，向他们走去。我看见山口庆子用一根竹签扎起一块菠萝放到了梁海涛的嘴边，目光大胆而又热烈。大家七嘴八舌地在说着东京大阪什么的，我有些心神不定，不知道为什么。过了一会儿，我悄悄把嘴唇凑近老姚的耳朵："喂，你发现没有，山口庆子已是第二次给梁海涛夹菠萝块儿了。"

"梁海涛可是有老婆的人，他无非和日本妞逢场作戏而已。"老姚信心十足地说。

晚会结束时我同时看到了两种背影消失在黑暗中：雷吉娜的身影孤单而又落寞，而梁海涛揽着山口庆子的背影显得年轻而温馨。

我知道至少有几十个女孩子喜欢在留学生公寓出出进进的，因为，这些女孩子都梦想能有朝一日被某个洋鬼子领出国门。我原来的女朋友瑶就是这样一个女孩子。她和我分手之后就梦想找个外国男朋友，然后一走了之。我还记得我们第一次睡觉之后，她突然叹着气对我说："唉，我很爱你，乔可，可惜你是黄种人。我把我的第一次给了你，从此以后，我不会再让任何一个说汉语的臭男孩动我了。"说完之后她大哭不止，我们很快就分手了，她也转到了上海的一所大学去了，据说上海有亲戚能叫她尽快出国。我一直没有听到她的消息，我承认我曾经发疯似的爱过她，可这是一个即时性的时代，人人都在忙乱地寻找和捕捉着他想要的东西，而人人又都像是转瞬即逝的大海的泡沫。

我的宿舍的墙上被我贴上了三幅风景画：一张是灯火朦胧之中的旧金山大桥——这是一个钢铁造就的家伙；一张是俯瞰的日本富士山——与通常仰视角度拍的不一样，画面上的富士山被周围更为广大的自然包围着，显得安详、美丽、神秘和亲切。另一幅是俄罗斯西伯利亚白桦林。有着金黄的树叶的白桦林像是亲密的兄弟一样站立在大地上，那样的广阔和浩大，叫我震惊。

我每天都看着它们，叫它们把我带到这些遥远、神奇和美丽的地方。我知道兴许我亲眼见了它们又会万分失望，所以，我是一个在憧憬中生活的冥想者，仅此而已。

不久，我就听说了梁海涛和山口庆子恋爱了的消息。而且，在随后的一天我还亲眼目睹了他们之间的亲密。那天我和老姚去他的宿舍，山口庆子正好等在那里，见我们进来，她鞠了一个躬说："梁海涛去打饭了，等一下好吗？"正说着，梁海涛满头大汗打了饭菜进来了。山口庆子突然高兴和敬畏地站起来，不停地给梁海涛鞠着躬简直就像，就像见到了上帝。我们算是亲眼见到了日本女人是如何温柔的了。她是那样谦卑，那样投入，心甘情愿地把自己当做一件附属品。能被这样一个女人所爱，真是要幸福死了。那天我和老姚走下楼之后心情十分不好，因为，我们的生活是多么琐碎和烦乱啊。

第二天上课时，我悄悄问梁海涛——他也选了这门唐宋爱情诗词研究——我问他："嗨，老梁，你到底动真情了没有？要知道，山口庆子那么纯真，你该怎么办？你老婆据说很厉害，她会饶了你？"

梁海涛苦笑了一下。"其实生命都是过程。我一直想活得轻松一些。再说，我的确爱上了她。但我们之间不会有任何结局，我们只有过程。"

"你不是一个追求结果的人，对吧？"我问道。

"不不，结果是自然呈现的。我深知我们无法抵抗生活中的巨大力量，这种力量随时都会把你推向你不想去的地方。抓住现在，小兄弟，你认识那么多甲骨文，你能告诉我，古代的中国人是如何看待瞬间与永恒的吗？"

"不知道。不过，我知道现在是一个即时性的时代。没有什么值得真正谈论的东西，古代奥林匹亚山峰上的众神已被影视歌星崇拜所代替了。而上帝手中的权杖变成了金钱。有什么值得我们信赖？爱情？一切都是破碎的。"我十分残酷地说。

他沉默了好一会儿，脸色显得很阴沉。"一定有些什么东西，是值得去把握和付出的。"他喃喃地说。

有一天我终于把那些贴在墙上的风景画全部扯了下来，我把它们撕成了碎片，然后扔到了风中，叫风把它们带走了，眼泪在我的眼睛里打转但没有流出来。因为我刚刚听到一个消息，说是我原来的女友瑶在去往广西阳朔的飞行途中，在空中飞机碎成了千万片，人和飞机都没有一件完整的东西。要知道，瑶是知道我内心的秘密最多的人，尽管她最大的梦想就是嫁给白种人，可是，她死了，我立刻就在内心中原谅了她。问题是她为什么要坐上去广西阳朔的航班，这个不折不扣的疯子？我得承认我爱过她，现在依旧在内心中爱着她，而今天，我把那些画片撕得粉碎，就是为了不再去梦想任何事情了。生活带给我的惊异已经够多了。

三月以后，桃花杏花次第开放，校园里的空气骤然间变得温润起来，似乎所有的眼睛和喉咙都要在这样的季节里复活了。梁海涛和山口庆子的关系到了白热化的地步，而就在这时，山口庆子的父亲突然强行叫她回国了。在临走的几天里，山口庆子和梁海涛日日夜夜都在一起，她发誓要把梁海涛带到日本去，因为她太爱他了，而他也深深地爱上了她。但是，在大陆，他有自己的妻子和孩子，他同样也深爱着她们。他不能离开她们而和她到日本去。再说，他到日本干什么呢？卖豆腐吗？因为，他是一个小说家。种族就是命运，他无法离开他已经熟悉的一切。而这时，渡边升、加藤美智子、佐佐木、村上惠子等已经去了西藏，去建立他们的原始村落了。

于是山口庆子大声哭泣着坐上了飞机，飞入了空中。空中的足音、爱情、瞬间的伤痛切入了永恒的记忆。在机场中梁海涛脸色忧郁，刀削一样的脸隐入了大理石柱的暗影里，沉默着不出声。

就在这年四月，雷吉娜突然和H大学基建处的一个工人结婚。证婚人就是秃顶的语言学概论教授刘先生。在十分简洁的婚礼上，在烛火突然被一阵风吹得向一个方向倾斜的时候，雷吉娜猛然扑入了丈夫的怀抱——他是一个体格健壮的普通中国男人，有着中国男人的质朴、自信和坚实——大声地哭了起来，她哭得那么伤心，那样动情，以至于显得那样的真挚而动人。她在那一刻口中喃喃自语，经刘教授的翻译，我们知道了她的百万富翁父亲，在她来中国的时候曾经告诫她，说她干什么都行，就是别嫁给中国男人，否则他会与她断绝一切关系的，而且，她将不再有财产继承权了，那些别墅、游艇、飞机和金钱，都不是她的了。现在，她彻底地与过去的生活割裂了。她兴许真的找到了真正的生活。但她却大声地哭泣着，哭得非常深刻和动情，忧伤和幸福，就连刘教授——他被我们暗中起了个别号"伪君子"——都不停地擦着动情的眼泪。

山口庆子回到日本后，几乎每一天都要从日本给梁海涛打电话。两个人在电话中互诉衷肠，彼此都能听到对方哽咽的声音。山口庆子在电话中大声哭泣着，哭泣声比他听到的任何一种声音都深刻，都令他震动。他让泪水哗哗地在脸上流着。听着远方那曾经刻骨铭心和他相爱的女人的声音，这一切显得真实而又虚幻。山口庆子每月给他寄来十万日元叫他给她打电话，他们就这样在电话中倾听与倾诉，在这个转瞬即逝的时代里恪守着一点点对永恒的期待，互相倾听与倾诉，大声地哭泣着。

很快，梁海涛毕业了，回到了故乡，但山口庆子那大声哭泣的场景和内容，像刀片刮擦着我的耳朵，使我听到了心灵的回声，在真实的墙壁上的碰撞。

也同样是在这一年燥热的六月，我接到了瑶的母亲打来的电话，她告诉我瑶并没有死于飞机失事，而是已经去了日本，现在在一家酒吧当招待，每天工作十一个小时，一个月八万日元——多么廉价的劳动力！在她给她母亲的电话中，她大声哭泣着，说她无时无刻不想着自己的家和妈妈，哭声中含着很多期待和幻想的破灭，她妈妈听得心都快碎了，在电话中，瑶告诉她妈妈不要将她的境遇告诉任何一个人，叫大家以为她已经在那次飞机失事中死掉了会更好。尤其是不要告诉乔可——她在20年间唯一爱过的一个男孩子。"我甚至恨他！因为他没有坚持着把我留住，不然毕业了我会嫁给他。我还要到美国去，到美国去……"她大声哭泣着，后来她的母亲觉得兴许我会知道该怎么办，就打电话告诉了我一切。可是，在这个转瞬即逝的时代里，我又能安慰她什么呢？谁的生命不是一阵风？

雷吉娜，山口庆子和瑶，在同一个季节里大声哭泣着，成为了这个时代的注解与风景。她们大声哭泣着，犹如爆发着这个时代的病症，或是在表达着这个时代的特征。她们是那样真实，她们哭泣着，叫我感到了茫然和忧伤。这的确是一个没有神和上帝的时代。嘘——你在对我说些什么？永恒？

（获得1994年《四川文学》好稿奖）

公 关 人

我的朋友 W 是一个公关人，他干这一行已经三年了。起初当公关人那会儿他不善言说，但现在已巧舌如簧。W 是两年半以前结的婚，娶了一位体态丰满然而又非常善解人意的姑娘做太太，生有一个小女儿如今已满口童语。上一次我去他家吃饭，小家伙看见她妈在切菜，竟自言自语说："刀在走路。"那天晚上我离开他家时嫂夫人递给了我一把手电筒。不知何时外面已淅淅沥沥地下起雨来，我拧亮手电，光柱之中有雨丝在黑暗中疾速下落，小家伙又在后面喊："叔叔，光湿了。"我和 W 是大学时的校友，但不是一个系的。我们一同在这座大得像是一台精密的机床的城市里生活了四年，可我至今仍是光棍，而他已建立了叫我颇为称慕的家庭。要知道，在这座具有摇滚节奏的城市里生存下来并且活得好并不是一件十分容易的事情，可他结婚以后从各种迹象上看竟非常幸福，不幸的是他却突然失踪了。

今天是三月八日，是妇女的节日。我们报社的每一位女性都得到了五百元的过节费和一些妇女用品，我也得了一份，所以感到非常莫名其妙，我想我刚到这个报社才两个月，也许是行政处的人不认识我的原因吧，况且还有一袋妇乐卫生巾，在众位女记者的哄笑中我把钱和妇乐卫生巾"作为我本人在妇女节期间向本报妇女所表达的一点心意"而交了出去。

正在这时，我接到了W的太太的电话。"W已经有三天没有回家了，我给他所有可能去的地方都打了电话，他的公司、他的朋友，甚至他过去的情人我都问了，可都没有他的消息，我该怎么办？"她说话的声音中到后半部分明显地带着哭腔。

我开头听出是她的声音还油腔滑调地祝贺她节日快乐来着，但现在我突然意识到了问题的严重性。"先别急，我马上就到你家里去。一定会找到他的。那家伙在学校里就喜欢突然失踪，一星期后又在课堂上冒出来，叫他的老师一惊一乍的。"

我在去W家的路上一直在想着这件事，但我忽然发现，无论我如何去想，我都记不起W的面孔来。就像W一样只成了一个符号，我发现他好像已没有十分鲜明的特征了，就如同他的姓氏W，可以是吴王魏卫任何一个。这几年他的公关人生涯已将他变成了一个橡皮泥似的人物，遇见什么样的人他就成为什么样的人。就像和我在一起他只扮演老校友一样，没有一个角色是真实的但他又从来都是真实的。生活瞬息万变，生活如同流动的盛宴，有哪一个人可以和所有的食客一起一直吃下去而不散去宴席？这是不可能的，因此便也给公关人的出现提供了机会和土壤。大学毕业那会儿我们一同都被分到了两个外表看来十分堂皇的大机关。他只待了一年就如同脱缰的野马一样冲了出来,仗着他优秀的专业底子和外语在外企里干起了公关人首领,迅速成为这个痛苦而又辉煌的转型期社会中白领阶层中的一员。而我,直到去年才发现在机关里待着如同熬油的灯,油尽灯灭,便惶惶然钻入一家报社当了记者。我走进他家时嫂夫人正坐在客厅里发呆,烟灰缸里一堆"摩尔"烟头。我进去后,她给我倒了一杯水。孩子这个时候已经睡着了。

"你们之间没有发生什么不愉快的事情吧?比如吵嘴、第三者、性生活不和谐之类?"我问她。

"没有,一切正常,平静如水。也没有什么第三者,在这点上,我们互相能够做到开诚布公。"

"他最近有什么变化没有?情绪、心理、言谈、举止、性格、脾气、思想?"

"要说起来最近倒没有什么特别大的变化,只是他当上公关人以后,也就是我们结婚这两年多来,我发现他好像变得越来越不真实了。有时候我正在干活,发现有人在我背后悄悄看我,我一转脸,他便猛地将脸转开,做出一副并没有琢磨我的样子。他似乎有什么心事,只是他从来也不说。W是个工作狂,这一点你也知道。他每天的工作就是天天和刚认识的人打交道,然后谋算着如何和对方把生意做成。因此我觉得他要有变化,也是变得更为深沉,让我无法了解了,但这并不至于到了非要出走的地步呀!"

我点了点头。"干公关人这一行,时间干长了的确容易引起一个人的变化,但他的失踪也许与此无关。我记得上大学那会儿他很内向的,不爱说话,和女孩子来往很少,即使性冲动了也用手解决掉——我们那会儿都这样干。"我抱歉地对她耸耸肩。"要不,再等两天,也许他累坏了,躲到某个地方打算好好睡几天。要不我在我们报上登个寻人启事吧,我们周末版看的人多。"

正在这时,内室里的小家伙忽然大哭起来。她赶紧进去把孩子哄好,抱出来,孩子嫩嫩的脸上还带着泪水和梦的痕迹。"妈妈,我刚才梦见爸爸了,他在树林里睡着了,我怎么喊他他都不醒。妈妈,我想爸爸!"

我愣了一下,然后我记住了孩子的话,告别后下了楼。

晚上躺在床上我想着这件多少有些奇怪的事情,我的思绪回到了大学时代。那时候我们都少不更事,那时候 W 那么内向,常常一个人躺在校园里樱园下面的著名草坡上晒太阳。有几次我看见这个人就觉得奇怪,他怎么老是一个人用书遮住脸晒太阳呢?有一天中午,下着雨,我走过那里时他仍然躺在那儿,脸上盖着一本书,是海德格尔的《存在与时间》,我当时想起了不久前发生在这片草坪上的谋杀案:一个女孩子也是这样躺着,但她已死了几天了。莫非他也……我有些心惊胆颤地走过去,隔两米远我喊:"嗨,下雨了,快回宿舍去吧!"

他拿掉了那本书。就这样后来我们成了好朋友。大学毕业后我们又一同分到了北方的大都市,因此时不时总要联系一下。自从他到外企干起了公关人这一行,他变得很快,真正做到了见什么人说什么话,而且,他懂三国外语,因此还经常见外国佬说外国话。一开始他的年薪只有一万五千元,一年后他又跳槽到一家德国企业,年薪一下涨到四万。现在他在一家日本独资企业里干,年薪七万元人民币。这在国内是不折不扣的白领阶层。可他为什么会离开家庭和孩子,突然失踪呢?我沉沉地睡去,在梦中我却梦见他,W 这时是西装革履,面带一成不变而又瞬息万变的微笑,向我伸出一只手来。奇怪的是，在这个梦中，他周围穿梭往来的他的手下，那些公关人，无论是漂亮的小姐还是英俊的先生，都戴着一副面具在工作，也就是说，他们都是一些没有脸的人。我觉得这个梦有些可怕，就醒了，发现这个梦极富于象征意义。同时它也许会给我提供找到W的线索。不久，天就大亮了。

我来到W所在的公司。这家公司隐身于一幢七十层的大厦的腰部。从外观来看，这幢大厦用幽蓝的玻璃装饰，像一座现代纪念碑一样。人类也许的确是伟大的，他们的使命就是毁灭与创造，而永不停下来。我走进这家外企公司租用的写字间，突然发现这一层大厦的所有办公室都没有椅子，看来日本老板的确是"讲究效率"，他宁愿叫人们站着工作，这样可以加快工作步伐。我还听说这家公司的日本老板将自己制成了一个橡皮模型，挂在休息室里——像日本的许多大企业里的老板一样，叫有怨气的职员用拳头出出气，气通畅了接着玩命干活。

我被经理秘书领着来到了总经理办公室，我发现这里的确只有总经理才有椅子，他正坐在那里埋头办公。我进去时他抬起头，看上去他像个中国知识分子，但显得要干练许多。我开口道："我是记者，我想来了解W的情况，要知道他刚刚失踪。"我已经知道他叫平田，"平田先生，我是W的好朋友。"他给了我一个日本式的礼貌微笑，互递名片后，我们坐下来谈论这件事。从他的叙述中，我了解到W作为一个跳了几次槽、年薪却越涨越高的公关人，公关能力是非常强的。W是一个善于交际的人，一个稳重、灵活、机敏和口才出众的人，一个风度翩翩、势压群雄的人，一个最好的公关人。这是这个日本人对他的评价。得到日本人的赞许是不容易的，我想，W这家伙的确干得不坏，在内心里不由得产生了一丝妒意。

"可他却失踪了,我已在报上发了寻人启事。谁也没看见他,他为什么要离开家庭、离开工作而出走,我想作为老板,也许你有你的答案。"

"他在这里一切都是顺心的,尤其在报酬上,明年我打算给他年薪十八万元人民币。我也不知道这是为什么。我非常欣赏他,但坦白地讲,假如他三天内不出现的话,我就会让别人来干他原来担任的职务了。"

我道了谢,离开了那里。人走茶是凉的,这就是现代社会。

我刚刚回到住处,就接到了W的妻子的电话。"我想起来了,最近这几个月他好像特别喜欢各种面具。他买了很多面具,各种各样的,有时候晚上回家他就一个人默默地欣赏。但我刚才找了屋里所有可能藏有那东西的地方,却没有发现。我敢肯定他是带着那些面具走了。可他把那东西带走干吗?去参加一个无休无止的假面舞会吗?我觉得我们是不是到各个舞厅去找找,兴许他犯了病似的一家又一家地不停地跳下去呢。"

"噢?这个信息很重要,是一条非常重要的线索。那今天晚上我们去各家舞厅找一找试试。可我印象中他从来不跳舞的。他不是一个疯狂的家伙。"

"是的,他是这样,也没和我跳过。但他难道不会从头学?"

"对,有道理。七点钟,咱们在海马歌舞厅门口碰头。"我放下电话之前说。

那天晚上我和她见面后,便开始在这座不夜城中的歌舞厅寻找W。我们包了一辆出租车,统共花了五个小时,找遍了所有主要的舞厅,但仍没有W的影子。这个谜一样的人干吗要躲在暗处折磨我们呢?我甚至都有些气恼了。在送她回家时,她抑制不住痛苦而扑入我的怀中，我默默地抚摸着她的头发，一句话也说不出。

这天我急急忙忙去采访，路过"石渠通人像艺术摄影室"时，我在汽车里看见临街的橱窗里有一张照片，上面的人好像就是W。我叫司机停了车，赶紧冲了过去，把脸贴在玻璃上。没错，真的是他。是他的大半个脸，他的表情非常古怪，同时奇怪的是他身后有很多的衣架塑料模特儿。那些光着身子的塑料模特儿姿态各异，使他在画面上非常不协调。

我在想，那些面具和这些塑料模特儿会有什么联系吗？我冲进了照相室，我见了石渠通。我告诉他W失踪的事。"你是在什么时候见到他，拍下这张片子的？"

"上个星期。就在绿岛大厦里。他在那里买那些塑料模特儿，而且，他买了一卡车！他在模特儿中间忙活时我正好也进大厦买东西，发现他很特别，而且他在那些塑料模特中显得非常有感觉，我就拍下了他。我是偷拍的。可他会失踪吗？那是个奇怪的人。我能想到这一点。"

"他是个公关人。"

"搞公关可累了。也许压力太大一走了之？我想是这个原因。"石渠通肯定地说。

我立即把这个情况打电话告诉了W的妻子。她也弄不清这是怎么回事。"他为什么会买一卡车的塑料模特呢？他从来也没向我提过。他的出走是有预谋的，现在我相信这一点了。"她又哭了起来。已经六天了，仍旧没有W的消息，我也很着急。在电话中我劝慰着她，却一直在琢磨，面具和模特是什么关系？我想，也许这两样东西就是这个时代的特征？他会把它们放在哪儿？"我猜他肯定在放面具和模特儿的地方。"我深信不疑灵机一动地判断道。

她愣了一会儿："也许是，可哪个地方能放下一卡车的塑料模特儿呢？"

"不知道。但我预感他就要出现了。"

果然，就在第二天上午，也就是他消失整整一周的那天，我收到了一盒录音磁带。一看封盒上的笔迹我就知道是W寄来的。一阵狂喜掠过我的心头。我赶紧找了一台walkman，把磁带放了进去。

"人啊，我爱你们！"第一句就是W深沉而又响亮的呼喊。这句话似乎是某个思想家说的。"我自从当了公关人，才真正开始与人打起了交道。原来我是一个沉湎于内心、认为时间是凝滞不动的人，可是，我后来发现一切都在迅速地发生着变化。我一共与一万八千多人有过公关接触，这一点，在三年的公关人工作记录中我统计过。后来我就突然对研究人发生了兴趣，在内心之中我把他们归类整理。可最近得出的结论却是：人是贫乏的，人的肉体是让人厌弃的，人的灵魂没有固定的面孔，只有面具才真正能显现出当代人的灵魂。所以我在工作中日益感到了压力，我无法承受我每天都在与几十个上百个面具人打交道的现实，而同时我本人也已是一个面具人，没有深度的人，假设人。我觉得最终可笑的是我自己，所以，我选择了出走和死。人啊，我是厌弃你们的！"W的录音突然就断了，中止了。W也许把话说完了，我立即明白了他出走的全部原因。他的脸上盖着海德格尔的《存在与时间》躺在校园里草坪上的形象立即浮现在了我的面前。人的本质是无法改变的，看来他不想成为一个平面人、没有深度的人、面具人和假设人。问题是现在必须要找到他。他已经死了吗？可他会在哪里呢？刹那间我眼前一亮，因为寄磁带来的包裹上有邮政编码，就在邮戳上。我找到了那邮编，在地图上查到了那个地区，在这座城市的东北角。我知道那里有一幢八十八层三百米高的望京大厦，他肯定就在那里！

我和 W 的妻子匆匆赶到了望京大厦。在客房部我们打听到有一个男子在一周半（十天）以前曾经在这里租了房子，并且运送上去一卡车的塑料模特。"我还以为他是开服装公司的呢，可他不是。他是杀人犯吗？你们找他干吗？"看过记者证后，服务员领我们上了楼。在电梯里，我的手感觉到 W 的妻子的身体在颤抖。看来不祥的预感已经一同来到了我们身上，我轻轻地揽住她，她用求助式的眼神看着我，泪光盈盈。我们跟在服务员后面出了电梯。我们来到了七十九层，我知道现在我们已经在云彩里了，假如想做一只小鸟，现在从窗户里跳下去就可以实现。服务员打开了门，屋子里弥漫着一股强烈的刺鼻气息，包围着我们的是黑暗。服务员打开了灯，却吓得失声尖叫了起来。

在屋子里站着满满的塑料模特儿。它们大多是女性模特，也有一些是男性和孩童模特儿。不同的是，现在它们每一个脸上都戴着一副面具。这样的场面是那样的奇怪，充满了激情、欢乐、静止与死亡的暗示，我也情不自禁地啊了一声。

我们来到了另一间屋子，屋子里同样都是戴着面具的塑料模特儿，只是我们还看见 W 正靠墙坐着，他也戴着一副面具。我走上前摘下了它，发现他已经死了。他妻子在我背后大哭了起来，而这时我已看清楚他脸上带着那样一种痴迷的笑容，包含着幸福、满足、狂热和快乐，与多年以前的那个下雨天，我在 H 大学校园草坪上向他走去时，他抛开那本《存在与时间》时脸上倏忽隐现的表情一样。

（获得 1995 年《山花》小说奖）

大额尔齐斯河

嘎子和他的父亲以前生活在乌图布拉克小镇，约莫他八岁的时候他们一家人跟随父亲搬到了布尔津城。布尔津小城位于布尔津河和额尔齐斯河交汇的河口，一些红砖房子和红松木房子就这样散乱地沿着河边分散开来。他的父亲搬家的理由是他可以由此接近阿尔泰山去打熊了。

他的父亲是一个好猎手，在布尔津他总领着嘎子去城外的水洼地区去打野鸭。他的嘴里能发出一种很奇异的叫声，这种叫声促使那些野鸭从水洼草丛中探出头而不离开，等到他已经离它们很近的时候，他再刺耳地叫一声，这时候那些鸭子便会慌乱地飞起来，但就在它们腾空而起的一刹那，他父亲手中的霰弹枪便响了，嘎子总是亲眼看见它们，像电影中的慢镜头一样斜斜地落下来。然后他踩着水洼边沿着青草地，把它们一只只捡起来。有时候嘎子用木棍把垂死的野鸭从水洼中捞上来，它的悲哀的眼神触使嘎子扭过头去不看它。父亲总是很满意地看着嘎子拎着两只手的野鸭，脸膛泛红，他高兴地抹一抹枪口，虽然那里什么也没有，然后他咧开嘴笑了："好样的，儿子，咱们可以回家了。"他像一头老熊一样拍拍嘎子的头说。

他们沿着布尔津河走回家时，可以看见许多穿黑色条绒衣服的山地哈萨克，骑着枣红色或是黑色走马从山上下来，头上歪戴着皮帽子，怀里插着一个酒瓶子。他的父亲会说维吾尔语、哈萨克话和俄语，这个时候他总是用大嗓门问那些哈萨克打着熊了没有。

"没有，它们都躲到树洞里睡觉了，你先去叫醒它们去吧。"有一个大红脸膛的山地哈萨克在马上哈哈笑着对他的父亲说。

"等着瞧吧，我一定去用手拍醒一只熊，然后再把它一刀宰了。"嘎子的父亲用手中的枪向他们扬一扬。"我连枪都不用开。"

嘎子非常喜欢他的父亲，因为嘎子也长了像他一样的红脸膛。父亲喜欢喝酒，有时候甚至就用一大碗酒直接泡干饼吃，让嘎子吃惊得都快傻了。等到他上了大学，他才隐约知道，父亲的祖先是清代末期从内地发配来新疆的囚犯，也就是说嘎子是囚犯的子孙。可问起他的爷爷以及他的爷爷的父亲，父亲总是用不耐烦的口气说：

"我很小的时候，他们就死了。"

在布尔津城，嘎子特别迷恋黄昏时，太阳渐渐从阿尔泰山脉淹没的情景。那种时候，橘红色的阳光铺在布尔津河上，四周泛起了清凉的雾气，大地是那样的神秘和苍茫，一些更为遥远的召唤，促使嘎子用手支住头顶，去想象远方的事物。嘎子在乌图布拉克上的小学，学校是那种黄土块垒成的房子，到了布尔津可以在红砖房里上课了。嘎子实际上一直很内向，这使得嘎子父亲在他很小的时候就对他的未来产生了深深的忧虑，不过他并没有怎么表现出来。

嘎子迷恋的季节是布尔津的夏天，每年的七、八月，阿尔泰山的雪水融化，便汇聚成山地季节河，沿阿尔泰山的一些山谷流泻下来，最后汇聚成布尔津河和额尔齐斯河，水质清亮冰冷。

因此嘎子十分喜欢夏天额尔齐斯河的凉爽气息。多年以后嘎子离开布尔津城，在乌鲁木齐读高中，嘎子进一步确认了额尔齐斯河是唯一注入北冰洋的中国内陆河。额尔齐斯河非常宽阔，但水不急，也不深，有些地段清亮到你可以照见自己的脸。他觉得额尔齐斯河是亲切的，因此嘎子叫它大额尔齐斯河。

在这样的夏天来临，父亲便领着嘎子去河里打鱼。他打鱼的方式十分奇特，因为他实际上是个陆地上打猎的人。他不像其他人那样坐一种桦木和松木做的木船，而是坐在一个大木桶里。

这个大木桶足足装得下三个人，而嘎子则抱着木桨，他向后撒下一面小拖网，然后就从嘎子手中拿过桨，向河的上游奋力划去。就这样他把木桶划向上游几百米的一处岸边停下，有时候嘎子也帮帮他划划桨，但嘎子力气太小，使水流很快向下游冲去。他们就是以这样的方式打鱼的，而且总是能打上来不少的鱼。因为嘎子母亲爱吃鱼，所以他们必须去打鱼。

嘎子知道父亲很爱自己的母亲，虽然他很粗鲁，但他总是以不停地打到鱼来向嘎子母亲表达他的感情。在嘎子母亲一次偶然地抱怨说淡水鱼不好吃之后，约摸在八月的一天，嘎子父亲便带上嘎子，去离布尔津城40公里的乌伦古湖去捕捉一种叫做"五道黑"的咸水鱼。

这种鱼据说只有新疆的几个内陆咸水湖才出产，个小刺少，味道微咸然而非常鲜美，身上总有五条黑道。有一天他们是下午骑着马出发的，到达乌伦古湖天已经擦黑了，他的父亲叹了口气，便在鱼贩子手里买了十公斤"五道黑"，他默想了一会儿，面带羞色地对嘎子说："儿子，别告诉你妈说这是我们买的。"

嘎子想自己当时是答应了他。可约摸在一九八二年，嘎子十四岁的那个傍晚，他将这事告诉了自己的母亲。嘎子从来没有撒过谎，可在这件事情上他撒了谎，一直到他十四岁那年那个夏天的那个傍晚，他将这件事告诉母亲之后，长久地负重于他少年的隐秘的羞惭才没有了。

可就是那个夏天改变了他们一家人的生活，从此他们家便走上了另一条道路。

嘎子一直弄不清他父亲为什么那样急切地梦想要打一只熊。很久以后，在一次酒后，他叹着气对嘎子说："我父亲有一张熊皮，那是他自己打的。这张熊皮后来铺在他的棺材里和他一同下葬了。所以，我也要打一只熊。"父亲曾经告诉嘎子，在他很小的时候，他的父亲曾领着他，在巴里坤草原，沿着天山在木垒、奇台、吉木萨尔和阜康一带生活过，后来他领着嘎子父亲刚到乌图布拉克一个露天盐场不久，就死了。

那一年嘎子的父亲也才20岁。他的父亲在1966年，他28岁的时候遇见了嘎子后来的母亲，就这样他和21岁的她结婚了。

嘎子出生于1968年。实际上嘎子有些不太喜欢他的母亲，他的身上继承了更多的是父亲的粗鲁性格，这在多年以后才在嘎子的生活中显现出来，成为嘎子生活悲剧的一个重要原因。

他母亲的皮肤和脸非常白，那种颜色像月亮的颜色，非常美丽，然而也显得阴冷。他们一家人的生活自从由乌图布拉克搬到布尔津之后略有改观，母亲在一家皮革厂做工，但她每天回来，都要在那个大木桶里，用嘎子父亲烧好的水，一种用苦艾、薰衣草和一种叫依斯迈尔的带着奇香的草熬成的水洗澡，这样她身上那种皮毛的气息便被一种苦涩的清香所代替，屋子里也到处都弥漫着这样的香气。

他母亲喜欢哼一种声调很软的歌曲，她告诉嘎子这是她母亲教的。多年以后嘎子到达内地的江浙一带，才在那里听到过类似他的母亲当年唱的歌。在这种时候他父亲总是一遍又一便地擦他的三支猎枪，一支霰弹枪，一支双筒大号子弹猎熊枪，以及一支单筒连发的小口径枪，脸上有一种沉浸在幸福里的微笑。他们一家三口人的生活就是在这样的气氛中度过的。

等到了一九八二年，嘎子的性格似乎越来越内向，他不太爱说话，只是说"是"或者"不是"，这使得他的父亲很着急。这年夏天，他发誓说一定要打一只熊了，但他对嘎子的成长似乎忧心忡忡。他也许一直担心嘎子不会处理自己将迎来的复杂的生活。那一段时间嘎子进入了青春期，身体的一些部位在日新月异地起着变化，这使他有些慌乱。嘎子知道父亲很关心自己的成长，嘎子还猜测也许他对自己今后的性困惑都有所担心。在嘎子14岁那年的夏天，父亲说："我们一直沿着额尔齐斯河向上流去吧，我们要打能吃一冬天的鱼。"

在夏天，蚊子和蜻蜓都飞舞在额尔齐斯河的两岸，河面上总是浮着一层雾气。一种清凉的气息让他们直想打喷嚏。

那一段时间嘎子开始了青春期的梦遗。他很想将这件事告诉父亲，但是又不敢。父亲似乎看出了嘎子想对他说点儿什么，他只是拍着嘎子的头，"孩子，我真不知道你怎么这么内向。变得爱说话点儿不行吗？"

他们划着很大的木筏，向额尔齐斯河上游而去了。嘎子知道如果他们一直朝上游走就可以到达萨尔布拉克，甚至还可以到达可可托海。嘎子一直梦想能够到可可托海去看看，嘎子听哈萨克人讲那里的额尔齐斯河地段的水清得吓人，而且河面又宽又平，你甚至可以挽起裤腿一直蹚过去。

那里到处都是淘金人，他们光着脊背，有的人穿着特制的皮裤，有的人甚至就赤条条站在河边洗那些含有金子的矿砂。年年那里都有淘金人的死尸顺流一直漂下来。有时候黄昏时光，嘎子嚼着青草和父亲沉默无言地坐在布尔津城的河边，就可以看见那些尸体。然后嘎子父亲就给他讲起了传说中嘎子爷爷和曾祖父淘金的故事。嘎子爷爷曾经挖过一块狗头金，像人的拳头那么大的天然金块，但却被人抢走了。"至于我，我就梦想能亲手打一只熊，阿尔泰山的哈熊比天山里的熊要多得多。到今年秋天，我要亲自去打一头熊了。"他们的木筏在额尔齐斯河上向上游划去时，父亲这么说。

父亲想为母亲置过一冬的腌鱼，可嘎子在想母亲为什么那么爱吃鱼？嘎子的父亲和母亲之间似乎有一种奇特的契约。

嘎子的母亲肯定是个读书人。但父亲则不认识几个字。嘎子母亲的那只木箱中装满了竖排的繁体字书，她总是一个人看，当嘎子好奇地靠近她时，她总是把他轰到一边。"去找你爸去吧，你也是个只想打熊的料。"

然而到了他 14 岁的那年夏天，他想他一定可以认得那些竖排书上的一些字了，可嘎子母亲为什么仍然不叫他摸一下？难道那是她父亲、嘎子未曾见过的外祖父留给她的,嘎子就不可以看吗?嘎子意识到他的母亲并不喜欢嘎子。她从来不拍嘎子的头,而嘎子的父亲最爱拍他的头了,可嘎子的母亲却从不拍他的头,有一次他病了她摸了他一下额头,他当时幸福得几乎都要哭了。她说:"好啦,你什么病也没有,快去玩儿去吧。"

额尔齐斯河的水非常凉,那种刺骨的凉。这是因为河水全是阿尔泰山脉上的冰雪融水汇聚而成的。嘎子坐在木筏上,看着对岸上哈萨克人骑马奔驰而过的影子,非常忧郁。父亲到了鱼多的地段,他就会下拖网去打一次。网上来的鱼他总是挑一些大个儿的留下,把小鱼又放回了水中。

"这叫网开一面。"他乐呵呵地说。嘎子一边帮他干活,一边十分想问他和自己的母亲是怎么认识的,但嘎子一直没有开口的机会。嘎子知道父亲非常爱自己的母亲,甚至还超过爱嘎子。每一次打上鱼来他的眼睛就会发亮,"这下你母亲会高兴了。"他叫嘎子稳住木筏,一边用力起网一边说。

他们逆流而上,用了约摸两天时间,打了整整一大木桶鱼。就是嘎子母亲经常用来洗澡的那个大木桶。她从来不让嘎子进去洗澡。她也许并不担心嘎子会被淹死,实际上嘎子也不会被淹死。

他们把木筏停在塘巴湖水库的水与萨尔布拉克方向的水汇合的额尔齐斯河交叉口处,在那里歇了一夜,然后就顺流而下了。他们是在下午往回赶的。到了布尔津城时,天上已到处是星光了。

在嘎子的记忆中,星光总是那么灿烂,密集而又忧伤。他们租借了一辆马车,拉着装满了鱼的木桶,向家的方向而去。离开布尔津三天了,这是嘎子头一次离家这么长时间。嘎子猜想他母亲一定会为满满一木桶鱼而感到高兴的。

他们来到家门口的时候，看到家的院子里亮着灯。红松木的房间里，似乎家里所有的马灯都点亮了。嘎子想也许他的母亲想到他们会回来，在深夜仍旧亮着灯等着他们？嘎子看到他的父亲情绪非常愉快，他甩了几下马鞭，卸下木桶，从木桶中拎出两条大鱼，抠住它的鳃，向家门大步而去。

嘎子像一条温顺的狗一样紧紧地跟在他身后。但他们旋即发现门口还停着一辆带棚的马车，四匹黑色和枣红色的马在喷着粗气。是谁来到了他们家？

父亲刚要去开门，门自己开了。灯光之下，嘎子母亲和一个男人站在一起，他们手中拎着两个大箱子，看上去正打算离开屋子。显然所有的人都愣住了。嘎子父亲把鱼递给了嘎子，冷冷地说："他是谁？你们要干什么？"

嘎子这才看清楚那个男人的脸。他看上去十分年轻，约摸二十六七岁，两道眉毛又黑又密，眼睛也很大，露出了羞怯和焦躁的神情，嘴唇很厚，他穿一件蓝色的牛仔服，腰间别着一把长柄镶了玛瑙的匕首。母亲的脸比平时更白了，她将额前一缕头发拨开。"我要走了，跟他一起走。我不想在这里生活了，就是这样。"

她那么冷静而又坚定的样子真让嘎子和他的父亲吃惊。也许她一直就期待着这么一天，嘎子注意到他父亲的手在轻微地抖动。他像一块冰冷的石头一样又说："我想单独和你谈一谈，十分钟。"

嘎子的母亲想了想。"好吧。咱们在屋子里谈。"然后她叫那个小伙子出来，然后父亲走了进去。他们把门关上了。嘎子和那个小伙子都愣在门外，嘎子琢磨嘎子父亲万一拿起那支打野鸭的枪冲母亲开枪怎么办？嘎子的眼前浮现起被父亲击中的那些野鸭悲哀的神情。14岁的嘎子心情很乱，他甚至都不明白发生了什么。嘎子向院外走去。空气十分潮湿、寒冷，似乎有狼在很远的地方嗥叫。他走在院子外头，一拳砸在红松木桩上也不感到疼。他没有注意到那个小伙子也跟了出来。"嗨，小孩，我要把你母亲带走了。她要和我一起生活了。"

嘎子冷冷地问："你们要去哪里？"

"乌鲁木齐。你知道乌鲁木齐吗？一个到处都是楼群与汽车的地方。你母亲可不愿呆在这个鬼地方。"他的嗓音平静，仿佛一切顺理成章。

"但你为什么要带走我妈妈？我爸爸怎么办？"

"哈，你母亲并不喜欢你父亲，知道吗？你母亲的父亲最近死在东边几千公里外一个大城市了。她要去看看，也许嘎子也去那里，连乌鲁木齐都不呆。你母亲的父亲是个大官儿，这她从来没对你讲过？"

夜空传来了额尔齐斯河特有的凉爽、凄清的气息。嘎子感到胸口也很凉。他说不出话来。嘎子想也许他并不懂这一切到底是如何发生的。他知道他母亲就要离开这里了。就是这样，可他该怎么办？他应该跟父亲走还是跟母亲走？他很想哭，可他不能哭给这个家伙看，因为他要带走自己的母亲，嘎子想也许他应该恨他。一些夜鸟从额尔齐斯河方向飞来，它们的翅膀扇动空气的声音十分空洞。他家屋子里灯光十分明亮，嘎子一直担心的枪声并没有响起。

约摸过了二十分钟，门开了。嘎子眯起眼睛，看见他父亲手里提着枪，他的母亲跟在后头，他们向嘎子走来。嘎子发现他父亲一下子变疲惫了。他一下子变得像沮丧的老狗。嘎子明白他被彻底击垮了。他走到那个小伙子跟前，突然用枪管抵住他的下巴，沙哑着说："你叫什么？"

那个年轻人顿时恐惧了起来，但他没有反抗，把两手摊开，神情很漠然，也很羞怯。"叫马明，马明。"他轻轻喘着气。嘎子和母亲都十分紧张，因为他父亲会随时开枪打死他的。他的父亲看着小伙子约摸有一分钟，才颓然放下枪。"我本来想打死你的。可这没有用。我宁可去打一头熊，我也不会用子弹浪费到你这种杂种身上。"父亲喘起了粗气，把目光放在嘎子母亲身上。"那么你跟孩子谈吧。"

母亲走过来，拉住嘎子的手，疲惫地笑了一下："孩子，你可以跟我走，也可以留下来。我们听你的。"

那恐怕是他一生中最难的一次选择了。这对一个十四岁的孩子来说的确有点儿困难。嘎子父亲背过身子，手里拎着枪在发愣。嘎子想他真的很坚强。嘎子望着星星，足足想了15分钟，嘎子想到也许他同样不喜欢布尔津小城封闭的生活。但嘎子爱他的父亲，痛恨他的母亲。可他想离开这里。他想离开所有给他带来痛苦生活的人。最后他说：

"我跟你们走。"

父亲转过身，目光中带着浓重的忧郁。他走过来，用力拍了拍他的头："好吧，儿子，等你长大了再来找我吧。我给你留一张熊皮，你得成个有出息的人才行。"嘎子从他的目光中感到了他的悲凉。也许他觉得儿子也背叛他了。直到今天嘎子仍在想他的父亲多么坚强，在一个晚上同时失去了老婆和儿子都不流泪。可嘎子已打定主意远走高飞，离开所有的童年与记忆了。

嘎子和母亲坐上马车。嘎子不停地在漆黑的夜里回望，看见父亲高大的身影移动着回到屋子，然后所有的灯都灭了。他的母亲试图向他解释,可他什么也不想听。他的母亲说:"可惜了那一大木桶鱼。那可够我吃三个月的了。"嘎子在马车上找了个角落就沉沉入睡了。在睡梦中,额尔齐斯河的水声一直伴着马车走了一夜。他也默默地流了一夜泪水。他就这样永远地离开了额尔齐斯河,他的大额尔齐斯河,离开了他的父亲,那个坚强的粗鲁男人。他们把他一个人留在了布尔津小城。

他的父亲到底没能打着熊。他死于嘎子走后的第二年,那一年嘎子在乌鲁木齐上高中一年级,因为从那时起他按月寄来的钱中断了。后来嘎子才听说那年秋天他曾进了一趟山去打熊,但在大雪封山之前他找了两个月也没见到一只熊。第二年春天,他就离开布尔津,开始向上游而去。他到达富蕴,在那里成了一个淘金人。到了这年秋天,由于天天泡在水里,他得了一种奇怪的病,骨头开始变得脆弱,并且收缩了起来。又过了一个冬天,他就死了。死的时候已萎缩得不成样子了。他到底没有打着一头熊。

嘎子一到乌鲁木齐就离开了他的母亲,后来就再也没有见到她。对于伤害自己父亲的人他永远不会原谅。他找到了父亲的一个叔伯弟弟,在他家住了下来开始顽强读书。父亲的死讯到达乌鲁木齐,是他死后一个月了。两年以后,他考上了广州一所老牌大学,这一年他18岁。

在刚考完的七月,嘎子曾在一张布告上见到了自己的母亲,那是4年来他第一次听说她。她杀死了马明,被判刑十年,从那年七月开始服刑。同年八月二十日,他乘坐火车离开了乌鲁木齐,开始了自己真正的孤独的成长之旅。一晃又是6年,他从大学毕业又到南方的广州工作,这期间遭遇到了更多的事情,但一直没有他14岁那年夏天那个巨变之夜带给他的多。

  直到现在他都不敢确定，是否生活中的确有一种沉闷乏味的东西在毁坏着我们，抑或人本身就充满了问题。生活本身也许就是一头野兽，它平时是那么驯服，但会在某一天就突然地爆发起来，彻底地改变了我们的生活。他一直没有弄明白他的母亲怎么会认识比她小10岁的马明并跟他走了，他的父亲为什么没有在那天晚上杀了马明，以及父亲后来为什么没能打中一头熊？还有那桶鱼最后是如何处置的？他的母亲后来为什么会杀了马明？自己的离开与背叛给他的父亲造成了多大的影响？生活中是什么样的逻辑在支配着人的命运？这一切他已无从知道了。至于他，在梦境中有时候还能听到十一年前大额尔齐斯河忧伤地流动，在那一年他开始了遗精与成长，并且让一个事件彻底地改变了他的生活，他开始真正独自面对生活了。

         （获得2001年广东《潮声》第三届伟南文学奖）

大石头城

　　大石头城就是充满了大石头的地方，到处都是很大的石头。我们这座在西北偏北的城市也叫做大石头城。

　　现在要讲的事儿是成杰的，那同样是十几年前的事儿了。那一年成杰十四岁，他有一个新婚不久的哥哥，他的父亲是一个筑路工人，平时总是不在家，在那一年，他的生活中好像突然地发生了某种变化，一种新格局形成了，成杰也从此真正地生活。

　　在我们这座大石头城，干烈的阳光跳跃在那些又圆又大又白的石头上，这样的石头布满了全城。成杰就天天在这些石头边生活和思索。他一直奇怪为什么只有这座他出生的城里充满了大石头，而别的地方却没有。

大石头城除了大石头，还有就是醉汉多。每到夜晚，十字大街上就晃动着醉汉的身影，他们手中晃着空酒瓶子去追姑娘，有的或者用石头砸过路人，然后就坐在大石头上嚎啕大哭。

成杰的哥哥是个警察，他那会儿刚 22 岁，英俊得就像一棵白杨树。他每天的工作就是天一黑，就提上警棍在街上巡逻。当时的大石头城似乎到处都是流氓、地痞和用石头砸过路人的醉汉，他的哥哥每天晚上都得同这帮人打交道。他装备有一根很短的、一按电钮就迸射出蓝色火花的绿色电棍，有一次成杰亲眼看见他把它顶在一个向他扑过来的壮汉的胸脯上，那个壮汉就像弹簧弹出去一样跌出去老远，像死狗一样躺在地上。成杰哥哥的手枪从来都没有子弹，有一次成杰从他的枪套中取出那支黑色的手枪，企图射杀自己家里那只令他讨厌的公鸡，结果并未得逞。枪膛中只是响了一下，发出一种十分空寂的声音。成杰崇拜他的哥哥，因为在大石头城，几乎每一个男人都爱喝酒。他哥哥说："喝酒会误事，会丑态百生，一喝酒就什么也干不了。"所以哥哥是一个好警察，因为他从不喝酒。

那一年他哥哥刚结婚半年。他的嫂子是纺织厂的女工。她长着一对杏眼，眉毛又细又长，嘴唇小巧但显得有些刻薄，胸部丰满得如同有两堆棉花。她的脾气有一点古怪，特别喜欢在手里抓一把黑亮的蓖麻。成杰不知道她为什么这么喜欢蓖麻。他们一家五口人都住在一套三间连在一起的平房里，成杰爸妈住一间，他的哥和嫂子住一间，他一个人住一间小屋子。

每天晚上，躺在床上，成杰都能听到遥远的天山上冰川在滑动的巨大声响，那种声音看来就只有他一个人能听见，那种声音沉闷、遥远，仿佛巨大的石头从空中坠入深渊之时发出一样。那一年他的身体也在发生着奇异的变化，他几乎是带着恐惧心理观察自己两腿之间日益细密的毛发。有时候，成杰被一些可怕的梦所纠缠着，在梦中，总有一些光裸的少妇在拉扯他，使他心惊肉跳。在半夜醒来，听见冰川滑动的声音和大石头互相的低语，心脏的负荷很重。他家有家传心脏病史，他的父亲有心动过速的毛病，但他却又偏爱激动，一谈起什么就吐沫星飞舞，下巴上的胡子也乱翘个不停。父亲几乎每天都一口气喝掉一茶杯白酒，他知道他哥哥看不起父亲，因为他是最讨厌酒鬼的。

那年夏天，父亲因为喝酒误事，将两台推土机都撞坏了，被筑路队送回大石头城休养，因此他每天都拎着个酒瓶子在街上晃，瞪着喝得发红的眼睛，在那些大石头边上流连，嘴里说着胡话。成杰妈是个性格懦弱的人，她很会操持，但在他的父亲面前连大气都不敢出。成杰妈在十字路口边开了一家杂货店，每天都有过路的司机带着种种的鼻息进去买东西。成杰就生活在这样一座大石头城里，天天望着远处的天山山脉那庞伟的躯体发愣。

他很喜欢他哥哥，他们俩就像是两棵并排生长的白杨树，不同的是他还没长大成人。他多少有些忧郁，从那一年开始，他就有一种强烈的愿望想离开石头城，去别处转一转。人不能老是呆在一个地方，更何况老是呆在一个到处都是大石头的地方。其实他们那个地方倒不坏，每到夏初，空气中到处都是嗡嗡飞舞的蜻蜓，那时候他哥哥就会领着他去离城十里远的地方打野鸭，他枪法不错，一般往往只射杀两只，他就不愿再打那些褐色的机灵鬼了。他开枪只是叫它们飞走，然后他们好去捡鸭蛋。

他们是骑自行车去的那里，就把自行车靠在沼泽边的榆树上，捡鸭蛋时必须要小心,因为如果陷入沼泽你就没命了。把那些野鸭轰走后,他哥哥就在前面带路,他紧跟在他后面,像两只敏捷的袋鼠那样,从一块草皮跳到另一块草皮上。因此他很喜欢他哥哥,和他在一起,他干什么都不会慌张。

到了冬天,大雪就会把大石头城的所有的大石头都给掩盖了。在冬天他们要去季节河打兔子。那些兔子就把窝建在枯河岸边的坡上。大雪覆盖了河床,到处都是白茫茫的一片。因此,只要他和哥哥沿着河岸一赶,就会有灰褐色的野兔惊惶地从洞中窜出来,在白雪地上没命地跑。由于颜色的关系,它们在雪地上显得很扎眼,他哥哥就会稳稳地瞄准、开枪。他这时就站在他身边,枪响过后,他就冲过去拣兔子。有一次他们沿着河岸走,老远就看见河床的雪白地上有一个灰影子。

他哥哥说:"那是一只兔子。"他们重重地朝它走去,希望它能跑起来,可它就是不动。一直到他们走到它边上,才发现它是被冻在雪地上了。那家伙的机灵脑袋仍在转动,眼珠很亮。他哥哥说:"把它从冰上取下来。"它很乖,他小心地用枪管砸开冻住它的脚的冰,然后把它捧起来。走到岸上,他哥哥说:"放了它吧。"他松开手,它一纵一纵地逃远了。他哥哥眯起眼睛说:"它会死的。因为它冻坏了。"他问:"难道它不会回到它的窝去吗?""那样也不行,它已经冻坏了。"他哥哥又说:"它受了伤,伤了内脏了。人和兔子一样,伤在外面不要紧。我有一次抓一个逃犯,他一头撞在我的胃上,结果把我的胃给撞坏了。"他们朝回走,他的手上拎着一串兔子,他感到和哥哥十分亲密。

他哥哥和嫂子结婚没多久,嫂子就开始和他哥哥吵架。他弄不清楚，他们为什么要吵架。最后总是他哥哥涨着发红的脸，把他那大拳头捏紧，又张开，向他嫂子认输。他嫂子刚开始看上去很柔和，可一结婚脾气就非常大。他父亲每到这个时候，就会在一边，拎着酒瓶子，看着成杰的哥哥向他老婆认输而得意地笑，他管不了成杰的哥哥，因为他自己是一个大酒鬼。嫂子的胸脯像风箱一样鼓动着，她把杏眼瞪圆了骂他哥哥，他在屋里躲着不出来。因为他不想看到哥哥的窘样儿，他喜欢他，所以，十四岁的他认为女人一定是一种十分古怪而又让人讨厌的东西。

那年的夏天好像特别长，因为蜻蜓总是飞动在空中，久久没有离去。有一天他拐过街角，碰见拿着酒瓶子喝酒的东城最有名的二流子韩冬，他怪笑着一把揪住他，酒气也喷了一脸，他说："快去告诉你哥，你嫂子和你爸勾上了，我昨天下午看见他们一块儿钻玉米地了。"他立刻火了，他说："去你妈的！"他飞快地跑回家，家里只有哥哥一个人在睡觉，因为他每天凌晨才回来。他躲到他的小屋子里又害怕又伤心。他想这也许是真的。因为他讨厌他嫂子，他也讨厌他父亲，他整天都泡在酒精里。他悄悄地流泪了。

那是七月的一个晚上，空气闷热，入夜也并未见凉爽，在他父亲的屋子里，他父亲、他妈、他嫂子，以及一个长有一只酒糟鼻子的人，他们说笑着围着一张方桌在打麻将。他父亲和酒糟鼻子不时地抿一口酒，他嫂子睡眼惺忪，一副慵懒的样子。她好像刚刚洗过澡，浑身有一种母猫般的香气。这样的气息叫他的小腹突突直跳。他钻入他的屋子，躺在床上发愣。

停了一会儿，门突然被撞开了。然后他听见他母亲在惊呼："天哪！你怎么了？"他冲出屋子，却发现进来的是他哥哥，不同的是他的脸上都是血，血像花瓣一样落满了他的白衬衣，他的电警棍像个玉米棒子一样在他的屁股后面晃。他喝醉了，连站都站不直。

他不明白发生了什么。一定有什么事情发生了，他想否则他哥哥不会喝酒的。他呼哧呼哧喘着粗气，坐在一张方凳上，他父亲嘲笑他说："嚄，醉鬼又多了一个。你也终于喝上了。"其余人仍在惊愕之中，来不及反应。

他嫂子却明白一定发生了什么事，她赶紧去端来一盆水，他发现他哥哥的胡子又乱又密，他显得非常沮丧。停了一下，他说：

"刚才，我亲眼看见他们把那个人杀死了。那个人我认识，是电线厂的技术员，一个毕业不久的大学生。可是我喝醉了，我连脚都挪不动。我是个警察，可我亲眼看见他们把他杀死，而无能为力。"

所有的人都惊呆了。停了好久，他父亲忽然冷笑起来："谁叫你喝酒的？这下好了，你也该进监狱了。"

成杰赶紧找出衬衣，拿给他哥哥，他用醉鬼才有的混浊目光扫了他一眼，麻木又迟钝。这在他简直是从未有过的事情。他一边摸衣服，一边说："就在转盘朝西的那条路上，旁边有一大片玉米地。他们把正在那里坐着的那个大学生和他的女朋友给抓住了，他们还剥掉了那女孩的衣服，把她抱到玉米地去了。可是我的脚却挪不动，我只能抱着树对他们喊，叫他们停下来。可他们没有停下来。他们还把那个技术员捆起来，用脚踢他。"

屋子里有一种冰凉的气氛。他嫂子突然静得像一只猫，他妈也傻了。那个酒糟鼻子一动不动。父亲抿了一口酒："你这混蛋，为什么不用电棍电他们？你这懦夫，酒鬼！谁让你喝酒的？大石头城人人都可以当酒鬼！可就你不能是酒鬼，这话不是你说的吗？你这混

大石头城 | 273

蛋！"他不明白父亲为何在这时也激动起来。他难道有权利骂他哥哥吗？他不明白。

哥哥似乎并未听清他父亲的话，他用毛巾擦了擦脸，把一些血块抹掉，血有一种甜丝丝的腥气叫他很恐惧。他哥哥又说："我就抱着一棵杨树，听见玉米地里那个女的在挣扎，嚎哭，好像他们正在轮奸她。那个技术员疯了，用脑袋猛撞一个家伙的头，把那家伙撞晕了，他的手脚被捆住了，他却飞快地向玉米地里钻，这时另外几个人抓住了他，就用石头朝他的头上砸去。我听得很清楚，一共砸了四下，那个大学生就再也不动了。我知道他肯定死了，因为我很熟悉那种声音。我摸索出电警棍，向前走去，却一脚踩进了一条水沟。我喝了好几口水，才爬上来。我站不起来。那些人大声地嘲笑我。"

他父亲猛地拍了一下桌子，他站了起来："你这混蛋，真丢脸，你为什么要喝酒？你应该用电警棍电那帮子杀人犯，你这混蛋！"父亲的胸部发出了巨大的类似风箱拉动的声音，他生气了。可他弄不明白他有什么资格生气，他又喝了一口酒，坐了下来。

"可我挪不动步，我什么也说不出来，但我的大脑还清楚，我爬了一会儿，抱着一棵榆树又站了起来。不远处就躺着那个年轻人的尸体，到处都是那种又圆又白又大的石头。我头晕得厉害，听了一会儿，那个姑娘自己从玉米地里出来了，她呆呆地站在那里，看了看死去的男友。绝望地哭着。我说，姑娘，你快……去报警，我是警察，可我却喝醉了，你快去。她漠然地看了我一眼，就走了，停了一会儿，警车来了。我不知道我的头怎么也流血了，那一定是我自己摔的。可刑侦队长把我拉到了家门口，叫我先回家休息。他一定闻到了我的酒味，但他叫我先回家休息。"他哥哥的脸白得可怕，目光呆滞得像死鱼。

"你个混蛋！你根本不配当我的儿子！"父亲咆哮起来，"你应该用电警棍电他们，你这个混蛋！"

"可是我没有力气站稳，我没办法。"他哥哥说。

"你就是一个混蛋！"他父亲下巴上的胡子翘了起来，他的眼睛很红，他又喝了一大口酒，"你就是应该用电警棍打他们！"

他哥哥抬起头，斜视了一会儿他父亲，又看了看他嫂子，他似乎想说什么，但又没讲出来，后来他说："可是我根本站不起来，我喝醉了。"

"你这个混蛋，你滚出去！"父亲吼道。他站了起来。哥哥也突然站了起来，他走到父亲身边。"我不是混蛋。"他似乎用尽了全部力量，一掌将他父亲击到了墙边，父亲的身体震了一下，父亲睁大眼睛，突然弓起身子，身体抖动得厉害，然后，他栽倒在地，心脏病发作了。

成杰的嫂子尖叫了起来。这的确是一个恐慌的夜晚，麻将桌也倒了，酒糟鼻子不知什么时候已经消失了，他妈走过去，抱起了他父亲，他哥哥两眼无神，重重地坐在了椅子上。停了一会儿，他妈尖叫了起来："你爸他死了，已经死了。"

他也惊呆了，他嫂子一边尖叫，一边不知所措地在屋子里外乱跑。总之那个夜晚是十分纷乱的，后来，他记得来了一辆警车和救护车，他父亲的尸体被拉走，他哥哥也被带走了，那会儿他刚刚能自己走路。那个夜晚，成杰一夜未眠，他睁大眼睛躺在黑暗中，他听不到冰川巨大的滑动声了。他的心跳得很缓慢。那一天他妈特别镇静，她不乱分寸地应付着各种事情，包括刑侦警员的盘问。她把他父亲的死归为心脏病发作，而尽力为他哥哥开脱。看来她是想保

大石头城 | 275

住她的儿子。他嫂子却像一只被烫着了的母猫，只会哭泣，她身上有一种奇特的气息。他忘不了的是他哥哥在决定击父亲那一掌之前，看了他父亲和她那一眼的奇怪神情。他猜想韩冬那家伙也一定给他哥哥说了什么，要不他为什么会喝酒？他是爱他嫂子的。可这一切都已无从查证了。

他哥哥因失手杀人和渎职，被判刑八年。他嫂子在宣判之后和他哥哥解除了婚姻关系。那一年夏天他背着包，第一次一个人离开了大石头城。他知道这一切都与大石头城那种封闭、晦暗的生活有关。生活中一定有很多悲剧性因素是他们在平时不易察觉的，它只是到某一刻才突然爆发。几年后，他考上大学离开了那里。

他哥哥于两年前才从监狱中出来。他不太适应已经迅速改变了节奏的新时代。他真的成了一个酒依赖者。他不愿意再见他。去年，他在一次贩运货物到中亚的哈萨克斯坦，因酗酒死于阿拉木图街头。据说在他的口袋里发现一把蓖麻籽，又黑又亮。他随身带着这东西干嘛？

大约是不久以前，在上海香格里拉大饭店，成杰打完了两局保龄球，又到快餐厅吃了意大利细面条以及披萨饼。对于马可·波罗从中国带到欧洲，又从欧洲反销大陆的这种馅饼，他并不太感兴趣，因为它们的馅包不好。他一个人慢吞吞吃完了饭，后来又在大厅边上的一排盆栽植物边坐着。旁边几个美国佬在谈生意，有个金发女郎胸部很丰满，他多朝她看了几眼。但她显得有些老了。

后来他突然看见，有一个穿橘红色裙子的女人很熟悉。旁边还有一个穿黑色西服套装，扎一条红绸印花领带的男人，他的胡子刮得发青。他认出来了，那个女人是过去他的嫂子，她只是变得更美艳、更丰满。还是那一双杏眼，长而又弯的眉毛，口红也很鲜艳。十年前她二十一岁，现在，她三十一岁，像一枚成熟的桃子。他知道她后来也离开大石头城，去南方飘零。他在想她如果没看见他，他应该再打招呼吗？但她看见了他，一瞬间脸上出现了惊奇——这样的相遇的确令人惊奇。

他站了起来。"你是我嫂子，过去的嫂子，对吧？"

她脸上的表情很复杂，很丰富。她挽着那位先生的手，朝他走来："老天爷，这不是小杰吗？你怎么来到了这里？"

"大学毕业，我就来到了这里，当记者。"

"这几年回过大石头城吗？"

"回过，我母亲还活着。"

她叹了一口气，看得出不断流转的生活改变了她很多东西。"哦，我先生金朴昌，这是我的……前夫的弟弟。"她迟疑一下，有些想哭，却又笑了："你哥哥……"

"他已经死了。去年死的，死在阿拉木图，听说是酗酒。"他在想是否该把他哥哥口袋里装的那包蓖麻的事儿告诉她，但他想算了。

她的脸骤然出现一瞬间的悲伤。停了一下，她说："我马上要离开中国了，跟先生一起去哥伦比亚。他是韩国人，那里有他的公司。你已经长大了，变英俊了，小杰，看见你我很……"她无法说下去。"我们要去赶飞机，我们走了，"她冲他淡然一笑，"其实我过去一直挺喜欢你，可在家里你从来不跟我说话。"然后，他与那位很礼貌的韩国人握了手，和他过去的嫂子握了手，他们就朝门口走去。

他有些发呆，思绪有点儿乱。停了一会儿，他也向门口走去。

他看见他嫂子正在钻进一辆黑色的丰田轿车，朝他摆了摆手，但后来却又朝他走了过来。

"有个问题我想问你，"她说，"你是不是一直以为我和你父亲好？"她说。

"没有。只是猜想过。不过他是一个酒鬼。"

"我没有和你父亲好过，我很爱你哥哥，但我也不知道为什么老和他吵架。直到今天我都弄不明白他那天为什么喝酒。但我总是爱过他的，你相信吗？"

"相信。"他说。

"这就好，能亲我一下吗？"她说。

"可以。"然后，他亲了她一下。

"你多保重，一个人在北京也不容易。"她拍了拍他肩膀，手在那里停了一会儿，然后，她毅然地转身，向汽车走去。汽车开走了。她仍在车里向他挥手。

他站在那里眯起眼看天。大石头城过去的生活蜂拥而来，让他应接不暇。他的眼前浮现出那些可以砸死人的又圆又大又白的石头，那只冻在雪地上的兔子，以及冰川滑动的声音。那些都是在十几年前的记忆了。有一架飞机从空中滑过，他想生活中一定有些什么东西是始料不及的。就像十几年前那个夜晚。停了一会儿，他向一辆出租车招了一下手，那辆车迅速地向他开来。

（获得2001年广东《潮声》第三届伟南文学奖）

风车之乡

在南边的河滩上,后来立起了一片巨大的风车。风车是银色的金属制成的,在太阳下翻转,发出的声音十分的好听。

人们说,有风车的地方就有漂亮姑娘,有一首歌叫做《漂亮的姑娘》,唱的是在风车每天转动的地方,到处都是美丽的姑娘。

然而谢刚知道,那里除了有风车和一些被风吹得越来越丑的姑娘,再也没有一个漂亮姑娘了。当巨大的风车开始在城外开阔的荒野上转动的时候,就注定了最后一个漂亮的姑娘要从这里消失。

什么时候风车开始站在风城之外的荒野上?谢刚17岁那一年风车已经在那里站立许久了。那些风车的底座是钢筋混凝土制成,巨大的金属叶片在风中转动，发出了切割空气与风的奇妙声响。风车仍像一排排亲密的兄弟那样站在那里，只要有风，它们就永远不停止转动。

站在风车下面，你可以看见即使在夏季也仍是白皑皑的天山山脉，它的身体黑黝黝的，像起伏的一条大鱼的身体，忧郁地向西方延伸而去。不远处，穿过天山隧道的铁路，每天都有将近二十辆的火车来往经过，它们经过这里时发出的同样忧郁的汽笛声能让你心中的小草颤抖。谢刚、罗巴和关梅就这样扶着那些沉默不语的风车，怀揣着对未来的期盼与想象，含着手指凝望火车远去的。火车带走的不仅仅是风，还带走了谢刚他们三个17岁少年的全部惆怅和梦想。

"今年的风越来越大了。我担心我的皮肤会粗糙起来了。"有一天关梅对罗巴和谢刚说。

他们就站在风车下，一列火车刚刚过去，在天山脚下形成的黄色的旋风，像一条浊龙一样向这里卷来。

在谢刚和罗巴的眼里，关梅的美丽如同夏日里最后一朵玫瑰。她总爱穿红色的衣服，在走动时总像是一团火苗在跃动，她的眼睛是淡褐色的，总是笼罩着一层梦幻和询问的神情。她的脸，比月亮还要洁白，连一颗雀斑也没有。那个时候她的胸部早已隆起，而从腰到臀的曲线像一道圆弧一样美丽舒畅。

谢刚和罗巴都悄悄地爱上了她。而谢刚们，又都从小就生活在这座城市，一座黄土和红砖构筑的西北偏北的小城，一个被称做大石头城和风车之乡的地方。

罗巴是一个有些迟钝的家伙。从小学开始数学成绩每况愈下，他长了一颗像南瓜一样的脑袋，嘴唇很厚眉毛很黑，五官倒显示出一些粗豪男子的英气。"那么，你回家围上一面纱巾吧。你看那黄色旋风，过一会儿就要刮过来了。"罗巴说。

他像一棵榆树一样站在风中，十六排巨大风车互相间距三十米，在他们身后的开阔地上排列开来。自从《漂亮的姑娘》被谢刚和罗巴学会了后这好几年，他们都知道，这里最后一个漂亮姑娘，只剩下关梅莫属了。可是，这里的确像关梅所说的，风已经越来越大。哪一朵玫瑰能经得起黄风的天天吹刮？

你要是再去那座西北偏北的小城，你就会看见那里的丑姑娘，脸上像苹果一样分布着两片深深的红晕，几乎覆盖了全部脸蛋儿，似乎永远都在剧烈地害羞着一样。而且，风沙使得她的眼睛也越来越小，总是眯起来，眼角溢出了浑浊的泪水，连目光也变得像黄风一样含糊不清。

"总有一天，我要到水多的地方生活，并在那里生儿育女。"17岁的关梅如此坚定的话语对谢刚和罗巴来说实在是有些胆战心惊。他们都非常向往外面的世界，可是世界什么时候才向他们展开？罗巴在两年前，因为没考上高中，就已经开始学开汽车了。谢刚和关梅在一个班。他们总是很努力地学习，然而在小城，人的记忆像风一样不管用，他们都很难记住课本上所有的内容。

他们三个人青梅竹马一样并肩长大。有一段时间关梅突然开始回避谢刚和罗巴，那一年她13岁，她白净的脸也变得殷红，仿佛是拥有了什么不可告人的秘密，那就是从那时候她开始来例假了。女人是一种多么神秘的物体，她们身体中间的小孔每个月都会流出一些血来，明白了这一点真叫谢刚和罗巴大惊失色。直到有一天谢刚和罗巴的胯下也开始出现一些细密的黄毛，并且不定期地在梦中排出一些鱼卵一样半透明的黏液的时候，谢刚和罗巴才明白了生命成长的诸多奇妙。

没多久，谢刚们三个人顺利地度过了青春敏感而危险的河流，又开始几乎天天在一起玩儿了。

城市外面竖立起风车，就意味着这座城市已经变成了一座风城。在街上，几乎每个人走路都有些倾斜，人人都像快要被刮倒的树但谁也没倒下去，大家就这么在街上走。

谢刚17岁那年，街上游手好闲的人非常多，他们大都三五成群，用流里流气的话互相攻击，留长发，手里玩着一种铝制的手锏，这种东西能把一个人的鼻梁骨给打碎了。谢刚曾经见过一个警察的鼻子彻底塌了，因为他曾在白天追捕过那些游手好闲的人，但他们在一天晚上袭击了他，把他的鼻子用手锏彻底打塌了，可他却不知道是谁下的手。满城的无所事事的青年人人都戴着铝制的手锏在风中行走，谁是夜晚打塌他鼻子的凶手？每个白昼他都带着电棍皱着眉头在街上走着，凶狠地盯着每一个戴手锏的家伙，但他却一个也没有抓住。

有什么办法呢，在一个小地方，一个除了风车日夜不停转动的地方，事情总是显得悖离常情。

而谢刚和罗巴都知道有不少坏小子都盯着关梅这朵花，从她15岁时就想采摘她。在风车之乡，几乎每一个女孩都爱玩纸扎的风车，那种有折叠旋轮的彩色风车，用大头钉固定在竹筷上，你要是迎着风跑，风车就会飞快地旋转，每一个姑娘都在风中举着风车边跑边笑。而关梅，是她们中间笑得最美的一个。

在城南有一戴手锏的流氓小头目摩萨，他长着一头焦黄的头发，眼睛是淡灰色的。他有些波斯人的特征。摩萨比谢刚们大两岁，他手下聚结着十几个汉、回、维吾尔和哈萨克族坏少年。

  他们一直猜测那个塌鼻子警察被袭击就是他领人干的。据说公安局的人为此拘留过他，却无法证明就是他下的手。他的脸上总是带着一种下流的笑容，对每一个独自在街上走的姑娘发出怪叫。他有一个叫很多人慑服的绝技：可以一边说话，一边将燃着的烟头不停地在嘴里用舌头转圈儿，取出来照样可以抽，那烟头儿根本烫不着他的嘴。他就以这样的手段和两把非常精致的生铝制手锏赢得一帮坏小子的拥戴。

  罗巴没有考上高中之后就开始学开汽车，他父亲就是一个开车的，整天开着车在新疆天山南北广阔的野地里飞奔。谢刚和关梅则在学校里读书，并对未来充满了向往。到了放学之后，罗巴总是到她家或者谢刚家来，兴致勃勃地给谢刚们讲他学开车的故事。他的南瓜大脑袋总是谢刚嘲笑他的话题，可这会儿关梅却一点都不笑，莫非她更倾心于他？在一天天长大之中的谢刚变得忧心忡忡。谢刚既不知道谢刚会在几年后迎来什么样的生活，也不知道关梅会到哪里去。她总说她想像一只鸟儿那样自由地飞动，而飞鸟却总是要去水草丰沛的地方，可这里却只有风，没有一点儿草。

  在谢刚上高二那年的暑假，谢刚发现摩萨开始盯上关梅了。有一天关梅还惊慌地告诉谢刚，当她晚上一个人坐在她的屋子里写作业的时候，有时候一抬头，就会为在窗外狞笑的一张下流的脸吓一大跳。

  "你要拉上窗帘。"卡车司机、南瓜脑袋罗巴说。他父亲这时已死于一场翻过天山冰大坂的交通事故。从这年秋天起，他就要接父亲的班，正式成为风车队的一名驾驶员了。他才17岁，就可以开始挣工资了，这一点不能不令谢刚感到吃惊。

"拉上了，可他仍在窗外怪笑。"关梅说。

"那么，晚上我们带上铁棍，在窗外为你巡逻一会儿，叫他知道最好别惹你。"谢刚说。

于是谢刚和罗巴就带上铁棍，在晚上出现在关梅家的窗户边。摩萨没有再来。然而在白天他看见谢刚们的时候，眼睛里流露出的仇恨已经非常强烈了，就像一桶汽油一样，只要一点儿火星就会爆炸。谢刚有点儿恐惧，谢刚甚至在想谢刚的生命与关梅之间，哪一个更为重要？在需要谢刚从中选择之一时，谢刚会选哪一个？这是一个非常令人痛苦的问题，谢刚想谢刚小小的年纪无法不为此而遭受折磨。

作为风城最后一个漂亮的女孩，关梅的确是无可挑剔的。这不仅在于她长得美丽，而且她温存、随和和善解人意的聪慧，叫很多男孩为之倾心。在风城的风越来越大的时候，很多人都把目光聚在了她的身上也在所难免。她已无法回避一些东西了。谢刚和罗巴都希望她从他们俩之间尽早确定一个男友，这样大家也许更好相处一些。然而，青春的多变和梦幻特征使得谢刚们都无法把握将来。

在八月的一天，谢刚和关梅放学回家，来到了城外的风车林中。他们靠着风车，听着远方又一列火车带着轰隆隆的巨响向远方驶去。关梅的睫毛轻抖。"我什么时候才能离开这个风越来越大的鬼地方啊。"

"为什么你要离开这里？我就看不出风城有什么不好。至少这里有这么多风车。"谢刚说。

她嘲笑了一声："风车？风车能为我们带来什么？只会叫这里的姑娘变丑。人只有离开故乡，才能更好地生活。世界多么大啊。"

"可风车，可风车给风城带来了电。昨天晚上在电视上，市长还说，他打算再建六十座风车用来发电，让风车在四周包围城市，也让光明笼罩这里。风车转动起来多美啊。"谢刚深情地抬头凝望风车在风中急速旋转。风车那样高大、挺拔、孤傲地站在谢刚们边上，一排排、一列列，在天空之下永不停息地转动，它会知晓谢刚们多少17岁的秘密和惆怅？谢刚突然下定决心向关梅摊牌了。

"谢刚和罗巴，你将来会嫁哪一个？"

她愣了一下。"我……不知道。我不知道我会迎来什么样的生活。然而，快十年了，我们三个人就这样一起长大。我都不知道看不见你们该如何生活。"

"可，这，总得选一个吧。"谢刚变得涨红了脸，说话也结巴了。谢刚一下子握住了她的手，并且——并且将嘴唇凑过去，她躲闪不及，被他吻到嘴唇。一种冰糖滋味在谢刚嘴里漫开，她脸红红地推开谢刚，"不不，……"

这时谢刚突然看见有一团黑压压的人群，面向他们围了过来。谢刚看清他们是摩萨那一伙人。他们一共有二十几个人，他们像乌鸦一样怪笑着，像兀鹫一样一跳一跳地向谢刚们走过来。风车在转动，关梅红色的衣裙和纱巾在风中飘扬，摩萨他们手中的铁链子、红砖头和银亮的手锏那么显眼。然后，谢刚想他的勇气还没有丧失，他们在包围圈中打算突围了。

所有的风车可以做证，谢刚打算以命来换关梅对他的衷情。17岁的铁血少年没有谁能比谢刚更疯狂了，然而谢刚终于被他们击倒，并且他的脸上、肚子上被密集的重物击中，谢刚在天昏地暗中看见摩萨和几个流氓把关梅按在一架风车柱子上，一点一点地剥着她的衣服。

然后，她被剥光了。她的哭声根本无法让风车停止转动，摩萨把她按倒在地上，就要侮辱她了。可是谢刚已经瘫软，谢刚连风车转动的声音都听不见。

谢刚听到一声巨响是后来的事，一辆卡车撞倒了一架风车，那又高又大的风车带着呼啸向摩萨们的头上砸去。他们吓呆了。卡车在狂风中愤怒地追逐着他们一群人，险些压死他们中的大部分人。他们跑了。谢刚靠在风车柱上坐起来。

谢刚知道罗巴来了。他的脸比石头还铁青一片。他压断了摩萨的双腿，让强奸未遂的他付出了高昂的代价。谢刚的脸肿得像茄子一样，他听见风声和摩萨的呻吟混合，几十架风车齐刷刷转动，关梅美丽的裸体在风中像莲花一样打开，而罗巴距离她八米之远，手里拿起关梅红色的衣裙，手一松，让风把裙子送到了几十米外的关梅身上。风车下面的战斗结束了。

后来摩萨以强奸未遂被判七年，但因为伤势过重在监外执行，谢刚的伤养了一个月才好。这场事件的结果使关梅受了刺激，她变得冷漠了。尽管罗巴在后来寸步不离地和她在一起，她脸上的纯真、温和的笑也很少再出现了。

她也许永远都弄不明白，为什么世界上总有要摧毁美丽的事物的人？谢刚也不明白，就像他不明白风车之城为什么一年比一年大了一样。罗巴被判赔偿撞坏的那架风车一半的钱，他开始更辛苦的司机生涯了。

谢刚伤好了以后，知道的第一个消息就是，关梅答应等她高中一毕业就嫁给罗巴。她在他们中间已经选定一个了。毁掉一架风车就能得到一个好姑娘吗？

　　谢刚说不上当时他是悲伤还是失落，他想罗巴要得到她也许是天意。谁让他长了一个南瓜脑袋并且用卡车撞倒风车？后来的两个月中他们天天在一起，而谢刚，则不再和他们在一起了。

　　然而就在这年秋天结束的时候，一直没有露出过笑容的关梅突然变得笑容满面。在一次旅游饭店管理人员招聘考试中，她考上了。两天以后，她就可以离开风城，去北京接受培训并永远地离开这里了。在临行前她又把他们叫到了一起，他们一同来到了城外的风车群中，关梅喜上眉梢地向他们告别。

　　"我就要去北京工作了。我终于可以离开这个鬼地方了。为我祝福吧！我的……永远的朋友。"她幸福地流出了泪水。

　　罗巴的脸色青黄。他们都没有说话。

　　风车之乡最后一个漂亮姑娘将不再存在了。那种感伤与绝望是无与伦比的。后来罗巴说："明天你走，我送你一个礼物。你会在乘坐火车经过这里时，看见一架风车为你送行而停止转动。那是我在为你告别。"他坚定地说。

　　关梅说："太好啦！可你怎么样才会让风车停下不动呢？天天都有风呀！这该死的风城！"

　　谢刚永远忘不了那个晴朗的早晨，当他来到站满风车的荒野的风车边上时，听到远处关梅乘坐的火车经过时，谢刚所看见的场景。

　　那一群风车中，的确在最前一排，有一架风车停止了转动，有一个人，高高地吊在上面。谢刚看清楚了那是罗巴，他用生命和躯体来让风车停止了转动，并为他心爱的姑娘送行。他送给她的竟是这样一件残酷的礼物吗？他和这座风城一样，永远也得不到风车之乡最后一个漂亮姑娘的爱了。

谢刚惊呆了，然后他哭了。他不知道在火车经过这里的一霎时，在列车里是否也会有一个人，她哇的一声哭出来，并为震惊与悔恨所击倒？

这一切，已无法知晓了。那列火车带着一去不返的坚定节奏，向前疾驰并且消失在天山的阴影里了。在风中，罗巴的尸体在轻轻摆动。所有风车转动的声音是那么密集，那么美丽，那么忧伤与寂静。

在第二年夏天，谢刚也考上了内地一所大学，离开了风车之乡。有一年暑假谢刚又回去，发现风车仍在，只是风城已变成了一座空城。那里连一个丑姑娘都没有了，由于风越来越大，风城的人都迁走了。剩下了那些风车，在茫然地转动，它们还能发出电来吗？

又过了几年，谢刚也来到了像工业齿轮一样转个不停的北京。这座庞大的城市像绞肉机一样吸纳了他，他在这里也经受了更多的磨难，包括日益显得破碎并抓不住的情感。他总是在深夜带着一脸惊惧奔逃到大街上，在这座城市中飞奔。

他的手里拿着两只彩色的风车。他在狂奔的时候风车就会转动，他似乎在寻找什么。他在寻找关梅吗？他在寻找他自己丢失在风车下的影子吗？他在寻找失落的大风车吗？

走在京城的大街上，没有一个人告诉他关梅消失的方向，彩色风车的声音多么空洞而且忧伤。

（获得2001年广东《潮声》第三届伟南文学奖）

花园的下午茶会

吴雪的孩子满周岁了，我们夫妻应邀到她家的花园喝下午茶。这样的名目与聚会方式，应该像她的家庭一样，也是中西合璧式的。她过去曾经做过国家队的乒乓球运动员，但是，一直运气不好，从来没有拿过世界冠军，后来只好成了那些世界冠军的陪练。所以，退役之后，她完全地离开了体育界，因为那是一个让她暗暗伤心的地方。于是，没有多久，她就嫁给了退役之前在柏林参加最后一场比赛时认识的德国人马克先生。

马克，巴伐利亚人，胖胖的，笑眯眯的，皮肤白里泛红，很有修养的样子，我见过的。过去，我妻子对他们在一起十分好奇，于是，吴雪和我们闲聊的时候，就告诉过我们，他们是怎么认识的。在柏林的那场她的告别赛，是他，马克，最后把一束特别漂亮的花献给了她。比赛中尽管她的对手，一个很精干的德国女运动员气势压人，又是主场，吴雪还是打败了她。而那束花，很漂亮奇特，她从来也没有见过，似乎就是德国所特有的，因此吴雪很是喜欢。所以，比赛结束之后，她给他留下电话，然后等着他给她打电话。

马克果然打电话来了，他开车来接她，然后，那天他带着她在柏林市区转了很久。过去，她只是在法兰克福打过一些比赛，对德国没有什么综合的印象，但是，就是这一天的德国柏林的游历，马克陪着她的这一天，使她对这个国家产生了特别好的印象。她暗暗动心了，心想假如马克向她求婚，她就会答应。结果，果然，就是这样顺利地发生了。她后来和马克一起，进行中德之间的小型贸易活动，在两个国家之间跑，在柏林和北京这两个大城市里，像候鸟一样奔走。都说德国人刻板，她是深有体会的。嫁给了马克，一年中有半年在柏林居住，一天，她在柏林的公交车上，看到一个特别胖的老太太上来了，吴雪决定给她让座位。但是，那个老太太看了一眼自己的手表，告诉她："很抱歉，我买的是廉价的月票，而我的票上规定，我十分钟之后才能坐下来。"于是坚决不坐。要是中国人，早就抢先坐下来了。

我和她是在建设银行办理住宅按揭手续的时候，知道了我们是一个社区的邻居。不同的是她的房子是带花园的那种两层复式的房子，而我买的，则是顶层带一个大露台的那种房子。我妻子的衣服很多，她又喜欢洗衣服，因此，需要一个巨大的露台来晾晒衣服。我妻子在一家很大的国际旅行社担任高级管理人员，和吴雪还有些业务上的来往，于是，一来二去，我们彼此就有了来往。

那天下午，应邀来到吴雪家的小花园里的，除了我们夫妻两个，还有一个单身母亲，望京中学的音乐老师胡美丽。胡美丽确实十分美丽，说话就像唱歌一样，身形妖娆，动作夸张，十分有趣。吴雪请她来，是想把她介绍给另外一个单身男士林德做女朋友。林德是旅居德国多年的男艺术家，他主要是做装置艺术的，刚刚和自己的德国妻子离婚。但是，由于没有调查清楚，那天，林德自己带来了一个女朋友。于是，事情就显得微妙了。此外，还有吴雪的邻居，一个嫁给了意大利男人的女士，名字叫韩萍，也带着她的三岁的混血儿子，看着这边十分热闹，就从她家的花园里移了过来。这样，加上马克和他刚刚满周岁的女儿安娜，老少男女一共十个人，在花园里喝下午茶。

　　吴雪家的后花园大约有三十多平方米，都是草地，中间有一个巨大的遮阳伞，四面种了很多月季。月季好活，而且四季中三季都有花，因此，他们家的月季花色最多。马克在花园里搭好了烤肉架，开始给我们烤他最拿手的德国香肠和牛羊肉片，作料是很好的油和波斯小茴香以及大茴香。而吴雪则给我们端来了一道道的茶水。这些茶都很有特点，也十分叫我们夫妻开眼。比如，我们喝到了一种用葡萄、苹果、柠檬、水蜜桃等水果煮成的水果茶；喝到了意大利式的橘子茶，里面加了少许的朗姆酒和蜂蜜；喝到了加了柠檬和白兰地的俄罗斯红茶；喝到了加肉桂粉的印度奶茶；还喝到了薄荷茶和冰红茶、茉莉花蜂蜜茶。而且，喝茶的同时，我们吃到了各种各样的点心，这些点心，都是吴雪在北京的几家酒店里精心定做的。这个茶会很快乐，也很悠闲。跟社区里所有的住户一样，这样的中产阶层的生活方式，不再是西方人的专利和电视上见到的情景，而成为了我们自己生活的一部分，很切实的、很普通的一部分。

　　那个下午已经过去很久了，我还记得，最开始，是胡美丽在说话，然后我们所有的人都围绕她的话题，和她聊天。胡美丽四十多岁，离婚了，一个人带着十多岁的儿子一起过，所以，她痛恨婚姻对女人的威压，我琢磨，她的婚姻一定带给了她很多痛苦的回忆，现在，她终于有了解放之感，所以显得十分的快活。她说起婚姻和男人，真是快人快语，妙语连珠。另外，因为是中学音乐老师，她讲话很夸张，像一个把任何地方都当成剧场的演员，因此很有趣。

她讲了很多现在的中学生的情况，比如，为什么孩子们喜欢超级女声，这些是我这个社会学家最感兴趣的。我在首都师范大学教授社会学，正在研究《中产阶层的涌现及其问题与局限》这样一个专项课题。在这一点上，我对她的话题很感兴趣。从她的谈话中，我判断，她现在可以说是一个标准的北京中产阶层成员，有一套地段很好的、价值百万元的房子，有一辆轿车——不算好，可是和她娇小妖娆的身形很符合——是一辆上海出产的明黄色的POLO。我们夫妻刚才走过来的时候就已经看见她在那里倒车停车了。然后，根据她的穿着，带的坤包，以及身上散发出来的香水的气味，我那在行的妻子判断，她的上下行头连同坤包和香水，在八万元以上。我眼尖而喜欢猜测别人身份的妻子多少有些嫉妒地小声告诉我，光是她脚上那双产于意大利米兰的名牌皮鞋，就价值两千欧元了，还有，她戴的那枚一克拉的钻戒，也是很耀眼的，价值一定不菲。

由于我的妻子的注意力都在她身上，小声地给我嘀嘀咕咕，我越发对她的话题感兴趣了。很长时间里，我们一边喝各种古怪美好的茶，一边听她谈如何与自己的儿子以及自己那些无法无天的学生，成为好朋友的故事——她那个正在处于危险的青春期的儿子，最终成为了她的好朋友，而她的那班极其调皮捣蛋的学生，也在她的教导下，成为了她的朋友。整个过程非常像一些电影情节，我想，具体说，就像是美国电影《死亡诗社》和法国新电影《放牛班的春天》

那样。这两部影片,前一部是一个从来不循规蹈矩的中学老师,用自己的文学知识,带给了孩子们一种奇特的教学方法;而后面那部法国电影,则是一个音乐老师到达一个福利院般的几乎被遗弃的可怕学校里,对从来也没有被管教好的孩子们,进行了春风化雨般的音乐教育。不过,这两部影片中,两个饱受同学们欢迎的老师,最后都被赶走了。而我眼前的胡美丽,则意气风发地完成了她成功的教学实验,并且,从中找到了最大的人生价值和生活乐趣,同时也获得了褒奖和金钱的回馈。加上已经和丈夫离婚,她号称自己是单亲母亲,她更是号召在场的所有的女性,都应该成为单亲母亲,来摆脱男人们加给女人的可怕的桎梏。

　　我正在琢磨她的生存状态,结果,令人眼花缭乱的点心过后,大餐来了——马克开始给我们分发美好的烤肉和香肠了。于是,我们吃着马克耐心地烤制的德国香肠,虽然有些咸,但是已经展开的话题,却兴奋地继续了下去。现在,我的注意力,和大家的注意力,都落在了旅德艺术家林德和他带来的女朋友岚岚的身上。林德大约四十多岁,有着一头艺术家惯常喜欢留的长头发,而他的女朋友岚岚,则比他年轻二十岁,看来才从大学——她说是毕业于北京广播学院——毕业没有多少年,在电视台一个边缘频道的边缘节目担任主持人。她身材高大,几乎和林德一样高,而林德有一米八的样子,这样高大的主持人一定不多。所以,我看她的主持人生涯,前途堪忧。但是,这都是无所谓的,重要的是,刚才我们谈到的单亲妈妈的话题,她接过来话茬:"即使让我做单亲妈妈,我也只为他生孩子。"然后含情脉脉地偎依在林德的怀里。吴雪给胡美丽介绍男友的计划失败了。

　　林德的艺术作品,我通过一些艺术杂志看到过很多。他最近一些年，喜欢使用猪肉作为他的作品的材料，那些用红白色相间的猪肉做成的艺术品，确实达到了惊世骇俗的效果。但是，这样的一个艺术家，又和自己的德国妻子才离婚，根据我的理解和观察，他是一定不会那么快就结婚的，而他的女朋友，二十五六岁的岚岚，则显然是陷入情网，对林德是一片冰心在玉壶，情有独钟了。现在，看到她对一个成熟男人如此偎依，胡美丽则大加讽刺，两个女人就有些交锋了。而嫁给了一个意大利男人的韩萍，是一个山东人，个子也不小，她抱着自己的孩子，看着这两个女人互相交锋，觉得十分有意思。其间，似乎谈到了中产阶层的婚外情问题，为了增加一些喜剧效果，想强调嫉妒是女人的本性，韩萍站了起来，不知道怎么，和林德肩并肩地站在了一起，她揽着林德的腰在说话，显得很亲密的样子："林德确实很迷人，他的艺术家气质，很惹女人喜欢的，我就喜欢他。"而刚刚满周岁的吴雪的女儿安娜，马克和她的混血结晶，与韩萍的那个三岁的混血儿子，很能够玩在一起。

正在这时，忽然，一个很瘦硬的白人男子，开着一辆帕萨特车来到了门口，看到了韩萍和林德互相揽着腰，站在吴雪家的花园里，脸色阴沉地摔了车门。韩萍这才看到了那个男人："糟糕，我的喜欢嫉妒的意大利老公回来了。"她的脸色一变，赶紧抱着孩子回家去了。没有几分钟的光景，我们都听见了隔壁房间里大声的吵闹声，那个意大利男人十分愤怒，正在大声地斥骂韩萍，英语、意大利语和汉语交织在一起，两个人吵成了一团。他们为什么争吵？很简单，韩萍的意大利丈夫看见了韩萍和林德拥揽在一起，大怒，因此就吃醋了，和自己的老婆大吵大闹了。岚岚一点不气愤，却很兴奋，对着林德嗔怒："你看，都是你，随便搂了人家的老婆，结果引来了人家家庭不和睦。"

林德哈哈一笑:"本来无一物,何处惹尘埃?"

胡美丽更加地高兴了:"你们看,天下的男人一个德性。全部都是占有狂。做单亲妈妈吧,女人们!"

"你们不了解意大利人,像这样的意大利男人,还不少呢,"吴雪解释说,"一些意大利男人特别爱吃醋,而且,他们甚至比中国男人还要保守,这两口子为了这个原因吵架,已经不是第一回了。"然后,我们就听见隔壁开始砸东西了。

我要说的肯定不止这些,对于一个不会写小说的社会学家来说,如此平淡无奇的描述,实在没有什么意思。我只是描绘了一个生活场景。那么,我想要表达什么呢?你看,这些不过是非常日常的一户北京的中产阶层家庭生活景观,即使过了一些天,我再来描述这些事情,也是觉得平淡无奇。可是,就是这个时候,那奇怪的事情发生了,改变了那天下午茶会的进程。

我们都听到了一声巨大的,似乎是发生在地底下的沉闷的爆炸声,大地似乎猛地颤抖了一下,就立刻又恢复正常了。忽然,一直在吴雪的怀里抱着的安娜,一岁的小安娜感觉到了什么,她很高兴,牙牙学语,指着花园外面的空中,不知道她看见了什么。

这个时候,我们都向安娜所指的方向看去,原来,天空中开始下雪了。六月雪!在北京发生的!我以为自己的眼睛看错了,但是,我们都愣住了。确实,天空中在飘落着雪花,是在下雪!

马克很吃惊:"北京?这个季节?下雪?"他伸手接了一片雪花,仔细地端详,我们都看着他的动作。我们看见,那片雪花很大,但是颜色却发灰,而且,在马克的手心里并不融化。这倒奇怪了,怎么六月的雪花,还不融化呢?

花园的下午茶会 | 295

"这不是雪，是别的东西！"我看见马克惊恐地说。

我们都站在花园里那柄巨大的遮阳伞下面，看着天空，看着那雪花一般的东西在大片地飘落，我也接了一片放在手心里观瞧。那雪片一样的东西，其实是某种灰烬，正在缓慢地从天空中降下来。我们都呆住了，有一片天空完全变成了阴暗的颜色，正向我们的头顶覆盖和飘移，而四周的花园里，所有的绿色植物，都正在变成黑灰色，被这火山灰一样的东西所缓慢地覆盖。整个花园，所有社区人家的花园，都正在被这古怪的灰烬给覆盖。

难道，是附近的火山爆发了？或者，是哪里发生了什么爆炸事件？再或者，我们受到了恐怖袭击？所有的事情都是有可能发生的。于是，没有一个人不感到恐惧。

马克很有经验，他嗅闻了那灰烬一样的东西，说："可能是某种化学品的泄漏，由气体变成了这个东西。我们要赶紧离开这里！快！"他说话的声音都有些颤抖了。

"我们最好往北边，怀柔那边走！"我清醒了过来，赶紧建议道。于是，大家都赶紧行动起来了。因为谁都不会知道，这可怕的灰烬雪会带给我们什么侵害。于是，我们决定分头上车，离开社区，中止了我们的下午茶会。我也拉着妻子的手，赶回家，拿了一些生活必需品，就把露天车位上我家那辆马自达启动起来，开出了家园。

此时，我看见，整个社区的人都跑出了房间，惊慌失措地纷纷开车或者步行，正在离开社区。大家很慌乱，比那年在北京发生的非典还令人惊慌。我和妻子在车流中看见了他们：吴雪夫妇开着一辆丰田越野车，林德和女友开着一辆很旧的桑塔纳，刚才还在吵架的韩萍和她的意大利丈夫连同他们的孩子，坐在那辆银色的帕萨特里。我们互相沉默地致意，感到了大祸临头，又不知所措，缓慢地上了主路。而我没有看见胡美丽连同她那辆明黄色的小 POLO 到了哪里。兴许，她向相反的方向开去了？

向北面的主路，101 国道上，很多车在缓慢地爬行。在我们的头顶，那片灰黑色的云团，也在向北面移动。我打开了收音机，试图得到消息，但是收音机里没有任何准确的信息，都是小丑般的主持人在那里油嘴滑舌。我有些不适应，因为，我们的稳定的中产阶层的幸福生活，我们美好的、闲适的花园里的下午茶会，就这样被一场可怕的、突如其来的灰烬雪给破坏了，说明中产阶层的幸福生活，是多么的容易被破坏掉。

我们就那样缓慢地开着车，沿着 101 国道向北京北部的山区，怀柔、密云的方向开去。至于我们要到达哪里，我们到底遭遇了什么，在逃跑的很长时间里，都没有人给予一个答案。而我总是能够看到那朵巨大的黑灰色的云，像是一团凝固的什么东西，一个巨大的蘑菇，一个奇怪的问号，在缓慢地跟着我们走。而那些灰色的雪花，仍旧在四下里飘洒，无味无臭，十分漫不经心，但是又奇怪万端。

终于，我们从汽车的收音机里得到了最新的消息："……在通往承德的这条 101 国道上，发生了巨大的拥堵，原因是京东一家化学建材工厂发生了爆炸，一种和苯有关的粉末，形成了一朵污染云，这块污染云还下着污染雪，并且，它正在向北面缓慢地移动，由此造成了二十平方公里的化学污染。目前，全市的消防人员和清除化学污染人员正在紧急地抢修化学工厂。而经过了消防队员和专业人员的紧急抢修，目前，污染局势正在被控制，而某航空大队也已经紧急出发，即将对污染云采取爆破和洒灭行动……"

我们都稍微地放心了一些，但是仍旧十分不安。毕竟，这是一场突如其来的环境污染事故，就像一次核爆炸，它带来的后果，是我们还无法预测的。而且，那些已经被污染的地方，二十平方公里，包括了吴雪家的花园和我家的露台，如何清理？怎么办？那费用又是谁来负担？有没有后遗症和放射性污染？这些疑问旋即在我的脑海里出现了。车流缓慢，人们的心情复杂，中产阶层们被打断的生活，被汽车里的音乐所笼罩了。

后来，我们来到了怀柔一个乡镇，我看见，那里聚集了很多从东部城区逃过来的人们，大家都开着轿车，这个城市已经有三百万辆汽车了。人们都像所有的中产阶层那样穿着打扮，现在也都是一样的惊恐不安。

不过，我惊喜地发现，因为距离那朵云彩有些距离了，天空中已经不再飘洒那些灰色的雪花了。

我们这些人又重新聚集在了一起，奇迹般地在一个水库跟前的巨大的停车场里见面了，现在，我们一共有十个人，我和妻子，吴雪和她的先生马克、女儿安娜，韩萍和她的意大利丈夫以及他们的儿子，还有林德和女友岚岚。我们决定继续我们的聚会。在一片树林里，我们找到了一片空地，铺开了一片巨大的塑料布，然后，把随身带来的一些食品拿出来，继续我们受惊之后的下午茶会。

现在，我们似乎可以少安毋躁了。我们惊魂未定，但是，谁都不表现出来；我们谈笑风生，因为，我们相信政府里面有很多人很聪明，他们不是吃干饭的，他们像广播里说的那样，正在采取紧急的行动。

我们继续聊天说话，现在，没有了胡美丽，话题变得宏大了起来，我们聊的都是我们这个阶层最关心的问题，股票市场的股权改革如何继续进行？四大国有银行的金融体制改革、外资注入有没有真正的效果？银行由国有企业造成的巨大的呆坏账如何消弭？最终如何解决？社会群体性事件很多，如何使之不成为可怕的社会风潮？环境污染和资源匮乏以及可持续发展之间的矛盾如何解决？食品安全和社会治安，谁来保证？教育乱收费和医疗改革的基本失败，谁来承担责任？道德失范和唯利是图的社会风气，如何扭转？大众传媒之无聊和媚俗如何避免？集团利益捕获政策与政府，如何平衡与扭转？礼崩乐坏和道德失范如何重建？我们就那么漫不经心地瞎聊，胡扯，不知道这些问题的解决到底和我们自己有什么关系。也许，其实真正令所有的我们这个阶层关心的，是自己的收入、健康和人身安全。

忽然，小安娜又兴奋了起来，她牙牙学语地用手指着天空，是的，我们都看见了，这个时候，那团灰黑色的云团，如今已经停止不动了，而两架飞机已经风驰电掣地从我们的上空掠过，向那团黑灰色的云朵冲去。很快就要采取收音机里政府发言人说的那个爆破行动了！我们都很兴奋，所有在树林里暂时躲避的人们，此时都走出了树林，看着那两架信心十足、霸道无比的飞机，向黑灰色的云团冲了过去。然后，我们看见了两架飞机在黑灰色云团的上空，下了两个透明的水蛋，水蛋似乎变形了，像巨大的水滴滴了下来，含蓄而缓慢地爆炸了。我们都发出了一阵惊呼，眼看着那朵黑灰色的云在水蛋的冲击下，裂开成几块，这些块状物又迅速地变成了更小的碎片，接着，只花了几分钟时间，像一团凝固的雾气消散那样，黑云在空中消散不见了。

大家都发出了惊喜的赞叹，执行完任务的飞机回转并且飞越我们的头顶，我们再次欢呼、跳跃，向飞机致敬。因为，它们帮助我们消除了来自半空中那个巨大的威胁。我们周围上万人的心里，总算是踏实了。

后来，我们又开车往回赶。一路上车速很慢，因为都是回家的人。抵达社区之后，我看见，很多身穿防化服的人在用一种特殊的吸尘器，在地面作业，在每户人家的花园里、露台上作业，他们正在迅速地消除着、消灭着那些灰色的雪花，那些不知道会影响我们的生命安全到何种程度的雪花。社区里贴出来很多布告：只要你需要专业的清除清理人员，他们会二十四小时为你服务，帮助你清理你家任何地方的污染。

到了第二天的早晨，我起来跑步，看到整个世界已经完全和过去一模一样了，人们的生活也恢复了正常，我和在花园里浇花的马克打了一个招呼，就跑开了。我一路跑一路看见，那些花园、绿地，都是一片生机勃勃，没有了半点昨天那灰色的雪花，它们这么快就被清除干净了？以至于我都觉得，我可能是做了一个奇怪的梦。

（获得2005年《红岩》杂志"重庆市第六届期刊好作品奖"）

树人

我赶到社区里那片树林的时候，看见了奇怪的一幕：几乎每一棵树上，都绑着一个人，这些人有的是我认识的，是社区业主管理委员会的成员，有的还是孩子和老人，他们表情肃穆，不像是玩什么行为艺术。与此同时，还有十几个人，拉着一幅长长的横幅标语，上面写着：保护社区树林，反对更改规划！

然后，我就听见了推土机轰隆隆开过来的马达轰鸣的声音——那是开发商雇用的建筑商的推土机和挖掘机，正准备把这片树林夷为平地。一时间，场面顿时紧张了起来。但是，那些轰鸣的推土机和挖掘机在这个时候都停了下来，没有强行推进，双方形成了对峙的局面。此时，作为记者，我拿出来摄像机进行了拍摄。这个场面我多少有些熟悉，使我想起来我看过的一部日本导演小川绅介拍摄的纪录片《三里冢》，那个纪录片记录的是当年日本政府修建东京成田机场的时候，当地居民也是这样在每一棵树上都绑着一个人，和前来弹压的日本军警对峙和抗争。

这天，很多报社记者事先得到了消息，也来到了社区里这片漂亮的树林，用他们的眼睛和摄影镜头，记录下了这场多少有些别开生面的物业管理纠纷。最后，那些推土机和挖掘机悄然地退却了，但是，树上绑着的人，到了傍晚的时候才解下来。晚上的时候也有人在那里守候着树林，防止那些挖掘机和推土机进行偷袭。而只要是天亮了，人们就重新地绑在了树上，成为树人，来抵抗那些企图毁坏这片美好树林的人。

早先的时候，最多是十年前，这个位于城市郊区的地方，还是一片湿地，据说草长得有一人多高，到处都是水潭和洼地，有很多水鸟和兔子，甚至还有一些漂亮的红狐狸也出入其间。而这片由枫树、白蜡树、合欢树、松树、白杨树和柳树簇拥着几棵巨大的百年槐树所形成的树林，是这里十分奇特的景色。然后，城市不断地向外扩张，像摊大饼一样，很快就摊到了这里。于是，房地产开发商来了，他们填平了水潭和洼地，赶走了红狐狸和兔子，拔掉了茂密的青草和树，在这片荒地上盖起了这片低密度住宅区，还向城区开通了班车，许诺了很多优惠的条件，吸引那些刚刚有点钱可以买房子的人来。而在原来的社区规划上，保留了那片树林。居民们很为这里有那片树林而感到满意。虽然，兔子、狐狸和獾是绝对不会有了。

半年以前，社区里刚刚成立了第二届社区管理委员会。原先有第一届的，但是第一届管理委员会的人很不好惹，他们是最早买这个社区房子的人，而且，很多都是有钱的、留过学的，以及一些行业精英，熟悉法律的人，所以，和开发商下属的物业管理公司一开始就在吵闹。后来，这些业主们大都又把房子卖了，干脆搬走了，而新的二期、三期的房子和新的客户也在不断地拥来。按照规定，必须要成立社区业主管委会，因此，当第一届业主管理委员会到期之后，物业管理公司十分迫切地希望，大家选举出来能够和他们合作的业主管理委员会来。但是，事与愿违，这第二届社区业主管理委员会比第一届更加厉害。

第二届社区管理委员会的主任黄远方是一个律师，因此，他最厉害的地方就在于可以利用法律来维护社区业主的正当权利，并且由此开展很多合法活动。于是，第二届业主委员会刚刚成立，就和物业管理公司势不两立了。

我作为观察员，也参加了业主管理委员会的一些活动。业主管理委员会成立的会议，就在社区的商务中心里一个会议室里召开。黄远方是一个看上去很瘦弱的男人，但是，这个人的精力特别充沛，关键是他还很有激情，而社区里能代表住户利益和物业管理公司打交道，就是需要这样有为大家服务的能力和热情的人。社区新的业主管理委员会一共十三个人，这简直就是耶稣和他的门徒的象征，我想，那么，谁是犹大？而那个时候，犹大还没有现身，而耶稣则显然就是黄远方了。他那缩进去的脸颊，热切和深邃的目光，还有说起话来双臂挥舞的样子，都像一个圣徒一样。他说："首先，新的社区业主管理委员会成立了，我们还没有被区政府和社区的物业管理公司认可，所以，我们还是一个筹备委员会。他们，开发商和物业管理公司是要看我们是不是和他们合作的人，假如我们可以安心地和他们合作，能够比较听话，我们这个业主管理委员会后面的那个'筹'字，就可以取消了。所以，第一次开会，我想问，你们这些代表了社区十二个小区业主的代表们，你们是大家民主投票选举出来的，你们是决定选择成为那种听话的管理委员会，还是选择成为保护和保证社区广大的业主权利，和他们不懈争斗的人？这是第一个问题，也是关键的一个问题，需要我们来作出抉择。"

一个女白领，一家德国公司在北京的高级代表，她很有风度，说话的手势我到现在仍旧记忆犹新，她说："我们是民选的业主代表，当然要代表业主们和开发商、物业管理公司进行各种交涉了。我当然赞成不要和他们有任何的妥协！"她说完，就举起了自己的左手。于是，其他的社区管理委员会（筹）委员们，一个个地都举起来自己的手，表示了支持。

黄远方似乎很满意："那剩下的事情就好办了，我要告诉大家一些基本的情况。我刚刚接手，就发现，过去在这个社区的总规划图纸上，原先规划为保留树林的地方，眼下开发商正准备盖两座新的连体别墅。而过去规划的社区小学、医院、超市，现在则统统不见了。加上社区提供的班车，经过了七年的运营，已经严重老化了，需要立即更换发动机。而社区第一期的房子，有的已经出现了墙壁裂缝等大的质量问题。社区提供的二十四小时热水，现在水质一直不稳定，经常有黄色的锈水流出来，而且水温很低。目前，物业公司还准备取消二十四小时提供热水，要给每户安装热水器，这样的举措，和当初的承诺，都是很不符合的。"

业主委员会副主任赵小海是一个电视剧编剧，他说："社区物业公司存在的问题实在是太多了，还有养狗的问题，社区住户阳台栏杆需要重新粉刷的问题。你看，很多房子的栏杆，都锈成什么样子了，实在是需要重新粉刷了！而钱，要由物业公司来出，应该动用我们的物业维修基金。"

黄远方咳嗽了一下，他那消瘦的身体略微有些佝偻："你说得很对，我们需要动用维修基金了，可是，你们还都不太了解，我仔细地查过了，全体业主交纳的一共一千多万元的物业维修基金，现在账上已经没有多少钱了，大约只剩下了二百万元。那么，九百万元的维修基金，这么多的钱，物业管理公司都拿去干了什么？"

"是啊，他们拿去做什么了？"我作为观察员都按捺不住了，因为，买下这个社区的房子的时候，我的物业维修基金交了一万多元。理论上这个钱是房子的养老金，我只有离开这个社区，卖掉房子，才能够要回来我的维修基金。可是，一听到维修基金这么快就缩水了，我十分的着急。看来，社区管理的问题与黑洞太多了。"那，物业公司的答复是什么呢？钱，我们的钱，都被他们拿去干什么了呢？"

黄远方说："物业公司说不出来全部，只是说，一些钱用到了班车的亏损补贴上面，用到了热水管道的修缮方面，用到了暖气的维护和维修上面。而这个维修基金问题，第一届业主管理委员会就已经发现了，但是和物业公司的交涉，没有任何的结果。所以，我们必须深入地进行查账，彻底把这个维修基金的问题搞清楚。因为，维修基金可是房子的养老金啊，没有了养老金，那么，我们的房子就有后顾之忧了。"

那天，就是在这个会议开到了一半的时候，经常写电视剧，对镜头十分敏感的赵小海，感觉到了什么异样的东西，他忽然站了起来，悄悄地假装在找什么东西，发现了藏在屋顶三面墙交会的那个最为隐蔽的屋角上，有一个很小的摄像机探头。然后，他立即耳语告诉了黄远方："我们被物业公司监视了！"

当时，黄远方的反应非常快速，他叫人保护好那个探头，和赵小海两个人带领大家冲向了物业公司的监控室。果然，在那里，在众多的社区各个出入口和要害地方的监视屏幕中，有一面就是我们刚才开会的那间屋子。而物业管理公司的郭经理，刚才全程聆听和监控了我们开会的全过程。他还没有来得及跑掉，就被我们堵在了监控室里面。结果，物业公司十分丢脸，我们之间的信任感则完全丧失了。

而后来，业主管理委员会也不得不打游击似的到处找地方开会，像当年搞地下活动那样，临时通知，然后找地方开会，从而杜绝物业公司知悉业主委员会的行踪和意图、部署与战略战术，展开了迷魂阵。于是，从此业主委员会和物业公司的矛盾，业主们和开发商以及其代表物业管理公司的冲突就正式地开始了。

重新叙述那些我自己亲身经历的业主们和物业公司的斗争，是十分困难的。在一篇一万字的小说里，照多年的文学训练，要讲一个很好的故事，要有漂亮的结构和语言，此外，还要有深邃的思想，关键还要有鲜明的人物形象。而我可能会模糊这些所谓小说规则，只是描绘出来一种时代所具有的氛围，和一些人物的轮廓。我只是一个旁观者，而不是一个全知全能的叙述人。

业主委员会和物业公司进行了多次谈判，查账的结果，当然也是令人不满意的。我们房屋的那些养老金缩水了很多，而那些钱，都被物业管理公司拿去填补了他们自己应该承担的亏损。但是，物业公司十分强横，他们根本就不会认真地和你商量。一方面是黄远方们带着大家交涉，另外的一方面，是物业公司的拖延战术。业主们只有几个简单的诉求：更换老旧的已经有安全隐患的班车；降低物业管理费并且公示管理费用的使用情况；把违法使用的物业维修基金补上；给几户要求退房的业主全额退房；全面检修已经不合格的热水管道系统；等等。

而物业公司也不是省油的灯，他们也开始了加强宣传和提高服务水准。一方面，不断地和黄远方等开会接触，答应了无偿给社区所有的住户粉刷已经黄锈了的阳台栏杆，同时，成立了"共荣工作小组"，专门满足每家每户提出来的具体的要求。于是，业主们提出来了各种各样的问题，"共荣工作小组"就解决了不少业主的要求，比如一些房间屋顶多年漏水，厨房厕所防水问题得到了修缮；班车内忽然铺上了鲜红的地毯，又重新粉刷了车身，但是却不更换老旧的发动机；而且，门卫每天要求要笑容可掬，要做到打不还手，骂不还嘴，微笑服务。

于是，一些业主的思想开始麻痹了，认为俗话都说了，阎王不打笑脸人，认为业主委员会应该见好就收了。

正是在这个关键的时刻，黄远方召开了一个十分重要的会议，因为是在秋分这一天举行的，就叫"秋分会议"。业主委员会的人全体到会了，我这个观察员也到会了。"我们维护权利的旗子，到底能够打多久？我们的诉求，他们只是很小部分地给予了解决，但是，现在，有些人，就是你们，在台下面坐着的一些人，要打退堂鼓了，要被他们的小恩小惠给感动了，尝到一点甜头了，就有些好了伤疤忘了痛了。这样的情况，难道不应该引起我们格外的警惕吗？"

在台下的一些人低下了头。但是，军心动摇的确发生了："毕竟，他们在整改，他们改进了一些工作……社区保安和保洁还是很好的，加上绿化，社区建成这七年多以来，没有出现一次入室盗窃和抢劫案的发生，唯一的一次，还是邻居偷邻居的文物。"戴眼镜的大学教授成啸鸣说。

"是,他们是改进了工作,可是,他们是在应付我们,而且,他们没有解决最为主要的问题,维修基金问题至今不认账,这是大问题啊!现在,物业公司还使出来了一招十分阴损的招数,就是通过区主管部门,要求解散我们这个业主委员会。他们认为我们没有得到批准,只是筹备委员会,是非法的。你看,明里暗里,这物业公司可是当面一套、背后一套地搞,根本就没有任何诚意想要解决我们的问题啊。"黄远方说。

"果真有这样的事情?"大家又把头抬起来了。

"你们还是天真了吧,对我们的对手估计不足吧。所以,我们要和他们斗争到底!不能有丝毫的妥协了。"

"但是,最近市里很多小区,都发生了业主和物业管理公司之间的纠纷,像柏林水晶社区,物业公司雇人把业主委员会的几个人都给打残废了;像巴黎风采社区,物业管理公司的人,晚上把业主委员会的人的汽车玻璃全部砸了;像纽约印象社区,物业公司雇人把业主委员会主任的孩子给绑架了,不慎把孩子给弄死了,惊动了总书记亲自批示。而现在,我们的物业公司,毕竟不干这种黑社会才干的事情,所以,我看,我们还是坐下来,慢慢地谈判比较好,为什么总要鱼死网破呢?我们不要激烈的行动,不要革命,要谈判,要改良,我们是业主委员会,不是野猪委员会!"

说这话的人,是成啸鸣教授,他在符号学和文化研究方面很有名气,经常看见他为一些地产商摇旗呐喊。我对这个人早就有些怀疑了,而且觉得,他就是一个犹大。但是,还没有证据,我无法说出来什么,我看见,一些人觉得成啸鸣说的有道理,都在点头。

黄远方咳嗽着:"大家,大家还是民主表决吧,看看我们是不是要继续进行斗争，还是放弃斗争？"

那天的会，最后没有出来结果，大家表示需要考虑考虑。于是，大家就只好散了，我看见，瘦弱的黄远方一边咳嗽，一边十分失望地望着大家远去的背影。

就是在那段时间，物业管理公司阳奉阴违，根本就不听业主委员会的要求。他们首先悄悄地采取了收买措施，个别地和业主委员会的委员们进行了接触，并且私下里答应满足他们个人提出来的一些要求，包括个人退赔等。于是，大学教授成啸鸣在这个时候显示出来了犹大的特性，他要求物业公司退赔给他十万元，他就和他们合作。而成啸鸣也就成了业主委员会里面的叛徒和犹大，只要是我们开会研究问题，他就立即将我们会议的内容，告诉物业管理公司。内奸产生了，但是当时我们都被蒙在了鼓里。

物业公司在草草地做了那些面子上的工作之后，又故态复萌了。一个月之后，物业管理公司继续开始最后一期社区的项目建设，要把社区里那片大家都喜欢的树林，全部铲平了，然后建成两排别墅！

这个消息传开来之后，业主委员会的所有人十分震惊，大家紧急磋商，又达成了一致的意见。而且，他们发现了成啸鸣这个犹大，为了自己的利益，竟然和物业公司私自达成了肮脏的协议，于是，成啸鸣被业主委员会经过投票，宣布了开除出业主委员会。几个动摇分子也被劝退，又重新从业主中间，选出来愿意进行维护业主利益的人作为新的代表。一时间，业主委员会在社区里掀起了一阵浪潮。举报成啸鸣的人，竟然是物业公司的一个会计，物业公司的人也没有想到。这个会计后来良心发现，她自己也在这个社区里买了房子，在选择物业公司还是站在业主委员会这边，她进行了很激烈的思想斗争，最后，她终于起义了，选择了业主委员会。

我们决定立即进行研究下一步的行动。我们的会议，是在北海上的一个亭子里开的，已经是秋天了，我们决定了要采取更加重大的行动，和物业管理公司进行对抗。

黄远方决定分两步，齐头并进。一是走法律的道路，就是三十七家业主联合起来，通过法律的途径来进行诉讼，起诉房地产公司有欺诈销售的行为。因为，在当年地产公司的销售宣传册上，已经十分清楚地写明了这些基本的设施，现在这些设施不仅消失了，而且地产商还要变本加厉地修改计划。同时，社区业主委员会的人出面，利用行政诉讼法的有关条例，对市规划委员会进行起诉，起诉他们行政不作为。

还有一个办法就是给人大递交请愿书。黄远方说："必须要把事情弄出声响，他们才重视和给予解决。上次在海淀区那边，有个社区也是和物业公司闹纠纷，在社区里示威，刚好被驱车经过的总理看见了，总理就停车下来询问，问题就顺利地解决了。还有，就是位于三元桥附近的一个社区，业主们抗议规划绿地被两幢楼占领，一百位业主开着车沿着大街行进，一路上警察在疏导交通，结果，事情被市委书记知道了，也顺利解决了。因此，我们要把自己的声音完全地发出来，进行一次冬至行动！"除了法律的渠道，业主委员会还争取社区居民的民意支持。

黄远方首先派人在社区门口，利用双休日的时间，展开了一面白色的横幅，要社区的业主自动地签名。于是，就在社区门口，业主们出出进进，大家就踊跃地在白布上面签名，一共签了五百多个。

我们在黄远方的部署下，兵分两路，开始了我们的冬至行动：

一路由黄远方带领,来到了市人大的门口;一路由赵小海带领,抵达位于朝阳区开发商总部进行维权活动。剩下的人都去保护树林,把自己绑在了树上,成为了树人。

  我参加了来到市人大门前的那一路,由黄远方带领。天气十分寒冷,西伯利亚的冷空气刚好在冬至的这一天,抵达了这座城市。我们举着这条横幅,站到了市人大的办公楼跟前,举行请愿活动。我记得,那天是数九寒天,天气非常寒冷,按照约好的人数,有一百多人,都是社区的业主们。大家准时来到了市人大办公楼门口,男女老少,齐心协力,展开了这面由社区五百多个业主们签名的横幅。我看见,市人大的办公楼十分气派巍峨,有一个巨大的金属国徽,悬挂在这幢大楼的正面墙壁上,门口有武装警察把守,戒备森严。但是,武装警察很友好,发现我们不是坏人,并不阻拦我们表达民意,只是要求我们不要堵住进出的大门,让开进出通道即可。我们于是就站在了大门的左侧,拉开了一百多人举着的五十米长的横幅,安静地进行请愿活动。我们想,那些人大代表,代表人民的人,一定有人会帮助我们的。而且,社区业主委员会还起草了一份请愿说明书,要求对开发商破坏规划,侵害社区公共绿地,准备毁掉社区树林进行查处。这个时候时间很早,人大机关还没有到上班的时候,路人也不多,有些路人很好奇地过来询问我们在干什么,然后朝我们竖起来了大拇指。"原来不是下岗工人啊,我瞅着也不像。你们能够这样维护自己的权利,真是不错!"

  此时,有中央电视台经济频道的一个很漂亮的女记者,和一个摄影师来到了,进行了现场的采访。这个采访,是黄远方联系的。寒风凛冽,使人觉得骨头都有些麻木了,可是大家都觉得,今天的这个事情,和我们每一个人都有关系,没有一个人退缩。我看见,一些人大的工作人员已经开始陆续地来上班了。但是，对我们的行动仍然并不在意，也不惊讶。忽然，就在记者进行采访的同时，一个骑着一辆无声地转着警灯的摩托车的警察来了，他全副武装，威风凛凛，手里拿着对讲机，腰间挂着警棍和一把手枪。他先请黄远方作了陈述，然后没有要求我们解散，也没有再说什么，只是用对讲机向上级作了汇报。

　　一辆豪华轿车停在了请愿队伍的跟前，下来一个气宇轩昂的中年男人。我曾经在电视上和报纸上见过他，他是人大的一个副主任，过去当过副市长。他的后面跟了几个人，有秘书、警卫等等。问明了情况，他说："我是人大的副主任范文渊，你们把请愿书交给我，这么冷的天，不要在这里站太久，大家可以回去了。回去好好休息，喝些茶水！"他态度温和，很体谅我们这些业主们。

　　黄远方很高兴，因为有人大的主要领导接受了我们的请愿书，这样，我们今天的行动，算是有了很好的结果，因为无论如何，他会给我们帮助办理，并且给予一个答复的。我们的目的达到了，然后我们回去了。回去之后，发现另外的那批人马，到了晚上才回来。那批由社区业主委员会副主任赵小海带领的五十多个人到开发商总部，在那里静坐，并且向前来咨询买房子的客户进行宣传。一些准备买房子的人，听了业主们的控诉，就走掉了，搅黄了不少生意。最后，开发商总部下了班，他们也回来了。

　　我们安静地等待消息。果然，递交给市人大范副主任的请愿书发挥了作用，传过来的消息是开发商被要求立即停止施工，并成立了调查组，对原社区规划图进行审查。我们取得了胜利。随后的一些天，圣诞、元旦、春节、元宵节，一个个的节日，使得社区人都很快活。但是，也是在这个时候，黄远方经过了医院的检查，发现他得了肺癌。怪不得他经常地咳嗽，身体又瘦弱。这是后来我知道的，当时，他瞒着大家，还是带领着我们，和物业管理公司进行交涉暖气、热水问题。

我经常到那片美好的社区树林里散步，虽然那些夏天和秋天特别美丽的树木被大雪覆盖了，可松树仍旧十分苍翠。这是我们十分喜欢的树林啊。现在，它们被留下来了，真是不容易啊。

转眼又到了开春，一天，开发商的那些推土机、挖掘机又来了，他们展开了一次突然袭击。发现他们行踪的，是两个在刚刚萌发出嫩芽的树林里幽会的恋人。于是，所有的业主管理委员会以及其家属，赶紧上阵，每一棵树上面，每一棵白蜡树、合欢树、松树、白杨树和柳树，还有那巨大的百年槐树上，都绑着一个人，大人、孩子，重新成为树人。那个场面十分的震撼！凶狠的开发商的推土机和挖掘机继续前进，和我们这些树人对峙。原来，在2月的市人大会议上，支持我们的那个人大的范主任退休了，于是，开发商又继续行动了。他们雇用了三百多人，虎视眈眈地来到了这片树林，采取了盯人战术，两三个盯一个，把我们给盯住了，然后，就采取强行措施了。

而黄远方把自己绑在最前面的一棵很挺拔的巨大的白杨树上。他那有些佝偻的身材，现在显得十分挺拔。当挖掘机毫不留情地准备推倒这棵树的时候，他根本就不退缩。挖掘机轰鸣着，把这棵树给推倒了，在推倒大树的同时，盯着他的几个人，迅速地用刀砍断他身上和大树绑在一起的绳子，要把他拉走。但是，几乎所有的人都看见了那一瞬间，黄远方奋不顾身地扑向了大树倒下来的方向，抱住了被推倒的大树，被压在了大树的下面！他就这样把自己的身体和这棵大树融为一体了，成为了真正的树人！场面顿时安静了下来。

姗姗来迟的警察立即封锁了现场，同时，媒体记者在第二天进行了广泛的报道，每棵树上绑着人的图片，成为了市民们眼中奇特的风景。建设部部长也知道了这个消息，要求立即停止开发商的施工，进行严查。

我要告诉你的是事情的结果。那片树林，那片由白蜡树、合欢树、松树、白杨树和柳树簇拥着几棵巨大的百年槐树的树林，终于被保住了，而树林，是业主委员会主任黄远方用他的生命换来的。而且，据说，后来人们企图将他和那棵大树分开，但大树和他互相拥抱，拥抱得紧紧的，好长时间才拿开他的尸体。而且，还发生了一个奇怪的事情——我过去是不相信万物有灵的，但是这个事情叫我十分相信，我亲眼看见了：刚刚长出来嫩叶的树林，所有的叶芽又全部凋零了，每棵树上面，都洇出来一片鲜红的血迹一样的东西，然后，树叶才又重新开始生长。

这可能是这片十分难得地保存下来的树林，对拼死救它们的黄远方的一种独特的纪念方式吧。万物有灵啊。

（获得2005年《红岩》杂志"重庆市第六届期刊好作品奖"）

我是唐武，我弟弟叫唐文

我叫唐武，我弟弟叫唐文，最近，我们兄弟俩都倒霉了。我倒霉倒得小一些，我弟弟则倒了大霉，把命都给丢了。到底是怎么个倒霉法，我等一下就告诉你。

最近，我在内心里有些很惶恐的感觉。这种惶恐和隐忧，以一种变形的心理暗示出现在了我的想象中。我总是梦见我呆在一口深井里，无法脱身。井是一口枯井，里面没有水，也没有癞蛤蟆和其他爬虫，倒很安静。但我不知道我是怎么掉进去的，却怎么都无法脱身了。我仰脸看见的，只有井口那么大的一片天空。我看见了流云和飞鸟不断地掠过井口，天色从明到暗，也在不断地变化，我的心情随着时间的缓慢推移而更加焦虑，我大声呼喊，却没有人听见，我就那么坐在枯井里，绝望地等待着救援。可是，却没有人来救我。我内心希望的火苗在不断地减弱，飘摇，到最后黯灭。

我发现，最近，我老婆经常陷入歇斯底里的状态，不仅要拿尖刀自伤，还要伤害我。这个时候，我就感到我的婚姻有很大的问题了。我也搞不清楚怎么和老婆逐渐过成了这个样子。我老婆是燕京大学法律系的副教授，当初读研究生的时候，我和她同在一所大学里念书，我读的是新闻系。现在，我在一家电视台主持一档体育节目，她也经常在一些电视台的节目里担当法律顾问和嘉宾。我当初追她的时候还费了很大的劲。可是，眼看着这么一个女人，从一个天真烂漫的少女，变成了我的妻子，最后，变成了一个面目可憎的女教授，原来滋润丰满的身体不仅越来越干巴削瘦，性格也越来越古怪。最近，她开始具有自残和残害他人的倾向了。每一次，因为琐事吵架，她最后都要拿出一把锋利的尖刀来，扎向自己的身体，自己的腿、胳膊、腰——她没有扎自己的脸，肯定是不想让自己毁容——然后，不管身上受伤的部位在流血，突然把目光投向我，把剪刀扬到头顶，开始冲向我了。

那个时候，我可真是被吓破了胆子，我虽然叫唐武，人也长得身高马大，孔武有力，可是却不敢和她对峙。横的怕不要命的，我只好在屋子里四下逃窜，直后悔房子买得小了，完全不够我这个时候逃命用的。还好，最终，我总是可以化险为夷——逃进某间屋子，从里面反锁上门，任凭外面老婆怎么砸门都不开。等到她的气消了之后，我才打开门，这个时候，我老婆已经瘫软在沙发上，嘤嘤地哭。我就赶紧给她包扎。如果伤势严重了，还要把她送到医院。等到把她送到医院，这个时候，她的气已经完全消了，她开始谈笑风生，并且还和医生打趣，并逼着我对医生承认，这伤是我造成的，我使用了家庭暴力,然后,我照例遭到一阵大夫护士的集体讨伐。

妻子不仅拿尖刀威胁我,而且,我记忆犹新的是,有一次,她和我吵架,她一把就把墙上挂着的、我们的结婚照连相框扯下来,然后扔在地上,使劲地用脚踩踩,相框劈啪作响,被踩得稀巴烂。还是我眼疾手快,赶紧把那张合影抢出来,要不然,那张照片也就彻底被毁了。虽然每一次老婆的歇斯底里发作,都没有伤着我,但也足够把我吓得半死。于是,我开始和妻子分居在两个屋子里,晚上还小心地从里面锁上,以防老婆半夜闯进来。因为在睡梦里,这样可怕的事情已经发生多次了,以至于我几次半夜忽然惊醒过来,在黑暗中大叫:"救命!救命!"等到我打开灯,才发现屋子里只有我一个人,我老婆其实在另外一间屋子里呢。

这样的日子还怎么过下去呢。我很害怕。我仔细地回想着,我和老婆到底是怎么把日子过成了这个样子,怎么想,也想不出一个眉目。每一次我们吵架的原因,都是一些特别琐碎的事情,琐碎到都无法对外人言。因此,我怀疑我老婆有精神病。或者,最轻也是一种神经官能症,或者,是抑郁狂躁症。反正,她不对劲,完全不对劲儿。可怎么不对劲儿,我也说不出来。要是我劝她去精神病院看看的话,那她马上就会爆发歇斯底里,非把我杀了不可。

为了今后能死有对证,我悄悄地在家里装了一个针孔摄像机,在妻子歇斯底里发作的时候,就留下了影像资料。然后,我就把这个影像拿到了精神病专家那里,我找了一个专家看。专家看完了,笑了起来,这使得我觉得很尴尬。

"怎么样大夫,我老婆,她是一个精神病吧?"我问。

"应该是抑郁狂躁症。精神病的一种,严格来说。"这个看上去也像一个精神病的大夫嘿嘿笑着说。

"原来好好的啊，怎么得了这个毛病？"我很诧异。

"你们有没有孩子？"

"没有，我想这是我们的一个大问题。"

"那你外面有没有其他女人？你是主持人，喜欢你的女人多，她是不是发现了什么？我觉得她是一种扭曲的表现，就是因为你自己行为不端。"他审视着我，目光炯炯地说。

这个精瘦的、本来就像精神病的男大夫很厉害。他说对了，我是在外面有了一个女人。我主持着一档很受欢迎的体育节目，平时接触的人很多，男人，女人，尤其是体育界的俊男和靓女们。但是，那个女人，却不是女运动员，而是我的一个下属。她叫胡海燕，刚刚从美国一所大学拿到了一个硕士文凭回来，因为打了多年的网球，这使她看上去身手敏捷，体魄强健，既有运动员的身体，也有小知识分子的大脑。她应聘到我的节目组里，成为了我的兵。由于我还兼任制片人，整个体育栏目的节目制作，都由我来掌控。按说，和自己的部下有一腿，是大忌，可是，她的确有她独特的味道和气质，让我动心了。被考试录用之后，她一上班，就显示出了她的工作能力和女性的魅力，干脆，爽利，都是我喜欢的风格。我就开始留心她了。我渐渐地喜欢看她的眼睛，喜欢听她说话的声音。她还比我年轻20多岁。我这个年龄，已经四十出头了，可我没想到的是，会有很多姑娘都愿意往我身上扑。不过，我从不乱来。男人有了地位和身份，就需要格外的小心，以免给自己制造麻烦。所以，那些骚扰我、一度让我老婆很怀疑的女人，都和我没有关系。可是，和胡海燕的接触，从工作上，性格上，感觉上，都使我们迅速地接近了，因此，我和这个比我年轻很多的姑娘之间，就自然地发生了男女之间应该发生的事情了，这个过程，似乎都是顺理成章和并不经意的，我们，就那么有了"情况"。这样的情况持续了一年之后，现在，问题的关键在于，眼下，我让她怀孕了，我开始认真地考虑离婚的事情了，这就是我真正的麻烦所在。

"怎么说呢，大夫，我不知道这是不是在我应该告诉你的范围之内，严格地说，男人嘛，我想，你知道的，总之，反正，嗨，你——我承认——"我感到难以开口。

"明白了，我明白了。我想，是你过错在先，然后，你的妻子感觉到了什么——女人的第六感很发达，你千万不要把她们当作傻瓜。她们的感觉比男人的感觉灵敏一千倍，因此，她迸发出歇斯底里的状态。"

"她肯定感觉到什么了？"我心虚地问。

"是的，要不然，一个大学副教授，不可能变成这样，"他把影像带给我，"根子就在你自己身上，婚姻需要稳定，赶紧悬崖勒马吧。"

从那个精神科大夫那里，我没有得到什么启发。我被告诫的是，为了防止和救治老婆的歇斯底里，唯一的途径就是不要在外面有其他的女人。但是，我必须承认，我有了，我现在陷入到麻烦里面了，因为，胡海燕很聪明，她悄悄地就这么让自己怀孕了，把我逼到了墙角——我现在是和我的老婆离婚，另娶胡海燕，还是让她立即去打胎，结束和她的关系？这的确是我的一个难题。我感到很头疼，我明白我为什么总是梦见自己坐在井里面了，我这是坐以待毙啊。这就是我的尴尬和为难处境的心理投射啊。

可是，我不想坐以待毙，我想挣扎。我想应该有更好的方法处理这个事情。于是，我去找了我的弟弟唐文。

我弟弟唐文比我长得要俊秀一些，带些书卷气。这不奇怪，因为，他毕业于巴黎第八大学，获得了文学博士学位，回到国内后就在京华大学教授法国文学。他看上去总是那么的意气风发，风流倜傥，潇洒非凡，举手投足之间，就有着那么一种拉丁人的浪漫气质。虽然我也懂点英语和法语，但我听他讲法语，就觉得很舒服、很法国。他的法语说得很好，正如他还有一个很好的家庭。他结婚比我晚一点，我弟妹杭艳和他学同一个专业，两个人一起到法国留学，又一起回来，然后，分别在两所高校里当教授。可以说，这是一个令人羡慕的知识分子伴侣。

我告诉弟弟我的处境。我虽然是哥哥，但是，有时候我却需要弟弟给我当参谋。我们是在一家咖啡厅碰面的，因为，我们的碰面，我既不想让我老婆知道，也不想让他的老婆知道。我老婆就不喜欢她的这个小叔子："你看你弟弟看上去就是一个自以为是的风流男人，你弟弟肯定喜欢和女学生搞，早晚要有事。"

听了我的处境，我弟弟哈哈笑了起来："你呀，本来应该再小心一些的。你怎么随便就让女的怀孕了呢？你要知道，这个女的，她很聪明的，她要你改变你稳定婚姻的唯一可能性，就是给你怀上孕。她是很有心机的。"

"也不能那么说，问题是，现在已经怀上了，就说怀上的事情，我没有孩子，我也想要这个孩子。"

"那你肯定孩子就是你的？"

"这个我可以肯定。我当然可以肯定。"

"要是很想要孩子，那你就和我嫂子离婚呗。当然，离婚的话，你要失掉不少财产。你要做好准备。你如果能瞒得好，你就可以少些损失。如果你让我嫂子知道了外面有女人为你怀孕了，那你就血本无归了，因为你属于婚姻的过错方，这个，你应该知道的吧？"

"可是，我又不能肯定那个姑娘和我能不能走到底。其实，我不知道她是不是真的爱我。现在的年轻姑娘，不那么可靠，都说不准的。我再想想。你呢？你现在的情况呢？"

"我？"我弟弟唐文笑了，"我老婆最近怀孕了，她准备生孩子了。她35岁了，再不要就太晚了。当然，我不瞒你，我和我的一个女研究生，有点那个事情，但是，我可以掌控局面，已经分开了。我不会像你那么把事情搞得这么被动。"

我有点不满："你也别得意，很难说你老婆我弟妹就不知道你的事情。没有不透风的墙，我觉得我们俩，我们哥俩儿，现在都在钢丝绳上。"

他笑了："是你在钢丝绳上，我不在，我在看你表演呢。不过，其实，任何问题都有一个简单的处理办法，你如果不想和那个女孩子来往，就让她去打胎。如果你想和妻子离婚，想和那个年轻女孩子过，就找别的理由尽快离婚，这，就是我给你的意见，总之，拖下去不好，要速战速决。"

我没有打算好速战速决。我的性格里有软弱的一面，总是有些犹豫和拿不定主意。我觉得，我老婆在不歇斯底里的时候对我也很好。我不觉得她的歇斯底里和发现了我的情况有关系。她什么都没有察觉。眼下，大学里的考评机制、学术研究的压力，以及她35岁了还没有生育——过去她一直不想要孩子，现在又想要了——这又成为了一个新的问题，横亘在我们的面前，这些内外之事交集在一起，使她焦虑和紧张是在所难免。我工作忙的时候，也要大吃谷维素才能睡着觉。那个从美国回来的女孩子胡海燕年轻漂亮，身材健美，一年多，的确是处心积虑地想和我在一起，本来，没有怀孕的可能，都是我疏忽了，或者，她肯定是没有像她说的那样及时吃避孕药，才怀上的。当然，我也很喜欢她，我觉得和她在一起也很好。关键是如何摆脱妻子。我现在又没有勇气和理由去解除我的婚姻。

我告诉我老婆，说，我和我弟弟通电话了，我的弟妹杭艳最近怀孕了。这使我老婆立即感到了郁闷和烦躁。当然，她还没有到歇斯底里发作的地步。两天之后，她就目光炯炯地宣布，她告诉学校，自己要休假了，而且，是和暑假连起来一起休。"我也想要生孩子，尽快要一个孩子。你要努力啊，现在，全看你了。因为，土地等待着种子，没有种子，土地是不会发芽的。"

这使我很紧张，以至于我在主持节目的时候老走神，说错了一些话。还有一次，我坐在那里主持节目，因为特别热——镁光灯、白炽灯照得你满脸都是汗，我们有时候就上身穿西装、下身穿大短裤主持节目。本来也没有什么，结果，摄像师疏忽了，把我穿的大短裤的部位也给快速扫描进了镜头。观众不干了，有好事者录制了节目，然后一格一格地扫描，把我穿大短裤——我声明不是内裤——的镜头进行了截图，然后在网络上传，热炒我"上身穿西装、下身穿内裤"进行直播，进而攻击电视台。我在自己的博客上解释了，但是没有人听我的，我就不再说话了。这也是让我感到烦心的。

何况，我们最近换了一个新台长，他一来，就开始抓新闻改革了，增加了新闻节目的容量，对很多栏目组都进行了调整。我的事情也被他抓住狠狠批评了一顿。我很烦，我感到我现在真的是内外交困：第一，在胡海燕的肚子里，我的种子在迅速地发芽和膨胀，生长和发育，她根本就没有要打胎的意思，反而拿怀孕逼迫我去离婚；第二，在单位，我是聚焦性人物，被新台长都批评了，我的地位有些危险了,甚至有传言说,台长不要我干节目的制片人,打算另外换人了;第三,在家里,我的那个副教授老婆,突然开始了休假,每天都盼望着我回家去"交公粮",把种子播撒到她那有些缺水的"土地"里,酝酿着怀孕。我真的是有些穷途末路了。

最糟糕的事情发生在半个月之后,有一天,我正在主持一个关于广州亚运会一周年倒计时的启动仪式——这是一个全国直播的电视节目,来了很多国内政界和体育界的大人物,正在我精神抖擞地主持和解说的时候,忽然,我看到我老婆出现在后台了。她来干什么?我没有反应过来,她已经斜刺冲上台来。

那个瞬间,我完全都惊呆了,她从我的手里抢过话筒,哭着说:"我是唐武的妻子陈棠,观众朋友们,你们一定不知道唐武干了什么对不起我的事情吧?他竟然和他的下属,一个女编导私通,还让人家怀了孕!他他他怎么能这么对待我?怎么能这么对待自己的妻子?你们帮我评评这个理——"然后她呜呜大哭起来。

场面完全炸锅和失控了。反应敏捷的保安上来,把她手里的话筒抢走了,要拉她下去。但是,我老婆毫不畏惧,她冲向了我,开始和我撕打起来,推搡我,让我差点掉到台下去。现场的观众也看呆了,台上的嘉宾一时也没有反应过来,因为,我的老婆的突然出现太戏剧性了,所有的人都意识不到发生了什么。场面乱了一阵子,摄像师这时才反应过来,赶紧把镜头投放到别的地方。我立即下台,让另一个主持人接着我主持。我满脸是汗,我到处找我的老婆,但是她已经被警卫人员带走,进行调查了。

我给胡海燕打了一个电话:"你知道刚才发生什么了吗?"

她不解地问:"我在家休息呢,怎么了?"

我气喘吁吁地告诉她刚才发生的事。胡海燕听着听着倒镇定了下来。"这么说，你的老婆知道了我和你的事情了。其实没什么，反正，早晚都要知道的。我不会退缩，我一定要给你，给我们把这个孩子生下来。"

"现在不是说这个的时候，我疑惑的是她是怎么知道的？"

"反正不是我告诉她的，我从来都没有和她有任何的联系。肯定是你泄露出去的。或者，你老婆，我听出来了，她是什么都干得出来的，她一定是采取了非常措施，比如找私人侦探，搞跟踪、窃听，调查出来的。现在，你要做一个决断了，到底要我还是要她？"她也是咄咄逼人。

"我决断不了！"我吼叫了起来，"我现在已经全国闻名了，我的事情，马上就要被全国所有的媒体报道了！"

"你本来就是全国闻名的主持人。亲爱的，别着急，你冷静一下，好好想想，我们应该怎么办，因为，你老婆已经把事情闹大了。她这是要毁了你啊，也要毁了你的事业。你的老婆太可怕了。你怎么找了这么一个女人呢？"

"你也不是省油的灯。"我摔了电话。

的确，现在，没有哪个女人是省油的灯，尤其是那些受了很好的教育的女人，如果再漂亮一些，就更不省油了。我感到了困难，我不知道如何面对我的处境。我老婆大闹广州亚运会一周年倒计时启动仪式现场的消息，已经传遍了网络。网上的闲人们还进行了人肉搜索，把"第三者"胡海燕的情况也都搜索了出来，媒体上到处都是唐武、陈棠和胡海燕三个人的消息。还有人把我们三个人搞成了网络版的电子游戏。所有的人都把这个事情当作丑闻和笑话来看待的，人人都喜欢落井下石。

现在，我需要的是尽可能地降低事件造成的恶果。在一个朋友的帮助下，我在西山一家宾馆暂时住了下来。我知道，我老婆大闹主持现场的事情，已经不可避免地影响到了我的工作和前途，这是毫无疑问的。于是，我首先写了检查，其次，写了一封言辞恳切的辞职信，交给了电视台的领导。很快，台领导的意见出来了：让我"休息一段时间"。至于到底休息多长的时间，没有明确说。台里也希望尽可能地淡化这个事件，让我淡出大众的视野，也是为我好。

那段时间，我的电话都快要被打爆了。胡海燕每天都会问候我，我的老婆每天也给我打电话。我总是不接。十天之后，我从沮丧中恢复过来，有勇气接我老婆的电话了："喂？"

"你还好吗？"她小心地问。

"不好。"我很生气。我当然会很生气。

"对不起。我那么做，就是为了能继续保持和你的关系。现在我完全原谅你了。男人有时候……你知道吗，我是让私人事务调查所的人调查了你一个月，他们给了我你和胡海燕交往，让她怀孕的证据，我当时就气疯了，我还每天在家里等着你播种，你却把种子种到了别的女人的子宫里！那天下午，我实在控制不了情绪，本来想去找你，打算和你谈谈，但是，我看到你的时候就没有办法控制自己，我就崩溃了，歇斯底里了……"

"我还是不理解。我无法理解你的行为是为了继续和我保持关系。我搞不明白。现在，我和你成了旋涡里的人，我现在想一个人呆着，好好想想，到底怎么办好。"我挂了电话。

我想一个人呆着。台领导让我"休息一段时间"，那很好，我就休息一段时间吧。我弄了一套二十四史，开始用那些浩瀚的中国正史来填充我的休息时间。在好朋友的安排下，我还到北戴河、威海、厦门、珠海等海边走了一圈。在面对大海的时候，我觉得我的心情平静了很多。这期间，我尽量关闭了电话。我只和我弟弟唐文通了一个电话，在电话里，他也认为，"现在是尽量让你这个事件的影响缩小的时候。大众善于忘却，没有媒体谈论，也就没有人关心你了。哥，还是你老婆厉害啊，我的老婆杭艳从来都不管我，现在，她就想安心地把孩子生下来，我现在也收心了。我和那个女学生早断了关系，她警告过我，她的男朋友知道我的存在，可能会报复我。"

"男人啊，总是要倒霉在自己的鸡巴上，"我对他说，"你也当心些。"

我还有些自省精神，在那些面对大海的日子里，我想到，我是旋涡的中心，是我直接造成了这样一个结果，是我让两个女人的生活都发生了变化：一个怀孕了，另外的一个则崩溃和歇斯底里了。以前，我认为是她自己的精神状态不好，导致了她的歇斯底里，但是，我现在觉得，都是我的问题。可是现在，胡海燕坚持要生下来那个孩子。在电话里，我告诉她："我不要那个孩子，现在应该不是要孩子的时候。我们现在还不能这样。"

"即使你妻子原谅你了，我也要自己把孩子生下来，你不要管。我才不怕你老婆这么闹呢。"她的态度也很坚定。

一个月过去了，我回到了北京。二十四史我已经看了一半，对那些帝王将相的事迹感到了厌倦——这些家伙的结局大都是杀人和被杀。然后，一个更加惊人的消息，给了我一个晴天霹雳：我弟弟唐文教授，被和他有过暧昧关系的女研究生的男朋友，一个同在京华大学读书的22岁的男孩子，在教室门口用刀刺死了！

一时间，舆论哗然。毕竟，老师被学生杀死，这无论如何都是一桩令人震惊的事件。但是，奇怪的是，在网络上，在人们的反应中，人们似乎很同情那个22岁的凶手，因为，我弟弟唐文在性角逐中处于一种强势地位，相反，那个22岁的男孩子则处于劣势，他不得不采取这种极端的方式，来把事情扳平。

在报纸上、网络上，人们对当今社会的道德沦丧的现状，展开了讨论。我的心在流血。我翻看着一份报纸，报纸上介绍的，是那个22岁的大学生、凶手的辩护律师的访谈。律师谈到了22岁的凶手、那个小伙子："他的纯真与残忍形成了巨大的反差，他的人格分裂应该引发我们的思考，他对爱充满热情和执著，但是却不懂得爱；他被审问和惩罚的同时，我们还应该拷问社会道德的失范，他所谓的'替天行道'实际上是严重的犯罪……"不用再仔细看下去，我就可以想象出来事件的来龙去脉：我弟弟唐文风流倜傥、气质潇洒，女学生们大都喜欢他，他也喜欢女学生，是很自然的事情。可是，偏偏有那么一个执拗的、死心眼的、把爱情看得很重、把女人看得也很重的小伙子，一个22岁的年轻人，过不了这一关。于是，他要"替天行道"，他说："我的行为不可取，但是我也没有办法。"顷刻之间，两个家庭都毁灭了。小伙子的父母亲、大连乡下的农民，我的弟弟、我的弟妹杭艳博士，包括她肚子里的孩子，这下子，所有人的命运，瞬间都改变了。我明白了古人所说的"淫近杀"的意思了。

我给弟妹杭艳打了电话，可当电话接通了之后，我却不知道说什么了，还是她反过来安慰我："我没有什么问题，你放心吧。我现在就希望我的孩子能健康地孕育。我也希望你处理好和我嫂子的关系。大家都保重吧。"

我弟妹的坚毅的声音，使我似乎心里敞亮了很多。杭艳是一个很达观的女人，她温和贤良，我想，她对我的弟弟、她的丈夫的行为，看来有着某种理解和宽宥，对那个22岁的小伙子的激情犯罪，也有着某种程度的理解，这是超越了情感和非理性的境界——正如她对律师说的那样，她对司法机关如何处理案件，都不持有任何异议。

那么，我呢？现在，我的老婆冷静了下来。她给我写了一封很长的信，希望和我面谈。后来，我终于回到了家里，她在那里。

没有互相的责备，也没有别的，她只是说："回来啦。"

"嗯。"我说。

"那我做饭去。"她给我做了我爱吃的一种面食。我们吃得很安静。

又过了一个月，我的老婆怀孕了。我告诉胡海燕："我的老婆也怀孕了。你说怎么办？"

她哭了，她说："我们的孩子已经孕育了四个月了，难道——"她挂了电话。

一个星期之后，她又打电话告诉我："孩子我已经打掉了。是一个男婴。我准备离开北京，不打算再见你了。"

我沉默了，然后，我听到她挂了电话。

又过了四个月，我被电视台的领导要求立即回到原来的岗位上，继续担任节目主持人。我老婆的肚子也一天比一天大起来。她不再歇斯底里了。她很安详平和。

我不知道说什么好。我叫唐武，我弟弟叫唐文，今年夏天我们俩都很倒霉。现在，他已经死了，而我还活着。正如那个杀了我弟弟的男孩子的前女友、和我弟弟有过亲密关系的女孩子给那个小伙子的信中写的那样:"我不知道你会选择怎样的易和怎样的难,但不管怎样,生,总是有着无限的可能与机会……"

(获得2012年《广州文艺》第一届"都市小说双年展短篇小说奖")

里面全是玻璃的河

那一天是一个星期六,天气特别好,因此冯斌决定去钓鱼。他已经有好久没有去钓鱼了,部分的原因是他的妻子怀了孕,所以他要花不少时间在家中照顾妻子。

他们结婚五年了,去年他们在这个社区买了一套房子。这时做服装设计师的妻子决定要一个孩子,而且也很顺利地怀上了,现在离生产还有一个月,冯斌觉得自己的生活风平浪静,一切都将在预料之中。

"你是要带上海竿还是那个可以伸缩的钓鱼竿?"妻子袁梅在帮他整理和收拾渔具时问他。

"海竿要在湖里钓鱼时才用,我用那杆可以伸缩的普通竿。我去潮青河钓,那条河不宽。"

"什么时候回来?"

"中午我不回来吃饭了,晚饭前我会回来

的，我要钓满一桶鱼才回来。"冯斌向妻子要了一个红色的塑料桶。去年夏天，他去北部一个钓鱼场钓鱼，就钓了满满一桶虹鳟鱼。那些虹鳟鱼简直傻极了，它们抢着往他的鱼钩上碰。不过那个钓鱼场是专门为了钓鱼者修建的，撒满了为了让它们早点儿上钩的饥饿的鱼。但这一次不一样了，因为潮青河是一条自然河，它从很远的地方像一条宽阔的带子一样弯过来，在太阳下面闪闪发光。这条河离社区八公里远，冯斌决定骑自行车去。他有全套的从日本带回来的钓鱼服；那种可以下水的特制高勒儿胶鞋、薄手套、夹克、太阳帽和一根可以伸缩的碳合金鱼竿。在和妻子告别——他亲了她的额头之后，就出发了。妻子挺着骄傲的大肚子，站在台阶上，看着他在阳光下的社区门口的道路上消失。

很长时间来冯斌觉得自己很幸福——他和袁梅从恋爱到结婚，再到现在她怀孕，即将做妈妈，这期间已经经历了八年时间。他是在大学快毕业时认识袁梅的，从此开始了他的马拉松般的追求，但这个过程在冯斌看来很迷人，他认为这个过程是圆满的，因为他们两个人之间经历了从恋爱到结婚再到即将生子的所有的细节，他觉得这个过程他和袁梅一起完成，让他体会到了生命的乐趣和丰富，有很多人把他们的感情分给了很多人，他们不会体会到他的完满幸福感的。

几个月都没有把心思放到别处的冯斌一出门就觉得快活。初夏的阳光白花花的，但很柔和，就像他和妻子对视时的目光。那里面全是爱，全是爱。他哼着歌，骑着车子快速地奔向那条河，那条闪闪发光的潮青河。

这时候仍旧是早晨，空气清新得仿佛被过滤了好多遍似的，冯斌选择了面向太阳的河岸，支起了钓鱼竿。太阳光很柔和，但它待一会儿就会放射出十分强烈的光线了。冯斌细眯着眼睛，他选择了一处河湾水流舒缓的地方下了钩。

潮青河大约宽九十米左右，但它显得异常平静，因为可能河底是平的，因此看不见它有一丝的波澜，这使得河面看上去就像是他家的三十四英寸的索尼纯平彩电的镜面一样。也许我不该买这么大的电视，他想，我从来就不爱看电视，平时都是袁梅在看，她每天要在电视机前待到很晚，女人的真正丈夫是一台电视机，他略微不满地想。

可能是因为水太清了，他坐在那里有半个小时都没有鱼咬钩。水至清则无鱼，有人早就这么说过了。于是冯斌又换了一个地方，他沿着河大约向下游走了三百米，这里的河水哗哗地响着，河面凸起的好多石块让水发出了这样的声音，在一处芦苇边上，他再次甩出了鱼钩。

一个穿红色衬衫的小姑娘从河边小道上走了过来。她大约有六七岁，扎着两条小辫子，两个眼珠子滴溜溜地转动着。

"叔叔，你钓着鱼了吗？"

"还没有。鱼还没有咬钩呢。"

"它什么时候咬钩？"

"快了，在它饿了的时候。"

她坐在他旁边，恍惚间他觉得他已经有了一个女儿，一瞬间她已长这么大了。

"我不要做一条鱼。"

"为什么？"

"因为它被钓着的时候嗓子眼儿一定痛极了。"

"你不会变成一条鱼的。你叫什么？"

"我叫小红。我爸爸也在钓鱼,但他在那边,他已经钓上一条小鱼了。"

"我没看见有人。"

"他在一个小坡下面。我在采野花,我不想变成一条鱼。"

"你不会的,你爸爸也不会让你变成一条鱼的。"

"因为鱼被钓着的时候嗓子太痛了。"

那个叫小红的小姑娘就坐在他的边上,有一会儿他们都没再说话。从冯斌的心中升起来一种他过去朦胧感受过的父亲的感觉,现在身边有这么一个小姑娘,他感觉到了。这是一种非常慈祥、温暖的感觉,就像温度正在不断升高的太阳,他和她坐在那里,就像父亲和女儿,安静地盯着鱼竿伸出去的方向。

然后,鱼咬钩了。因为鱼总是要咬钩的,冯斌心里一阵激动,他猛地挑起了鱼竿,在钓鱼线上脱水而出的正是一条银光闪闪的活蹦乱跳的鱼。

他赶紧收线,将鱼拉近到手边。小红姑娘先是一阵欢呼,但紧接着仿佛也感受到了鱼嗓子眼的疼痛,张着嘴不吱声了,看着冯斌把它抓到了手里,取下来放进了塑料桶。

"你把它放了吧,"小红蹲在塑料桶边看着鱼说,"叔叔,它痛着呢。"

"不,我钓起了它就不放它。"

"把它放了吧。"

"不行,小红,你爸爸会放走他钓的鱼吗?"

"有时候他就放。"

"我不放,我好不容易才钓上这条鱼。"这时冯斌觉得自己像一个脾气倔强的孩子。难道我也六七岁吗?

小红站了起来,她很失望地四处打探,然后她指着河面上说:"那里还有一条鱼。"

"什么?在哪儿?"冯斌站了起来,向她手指的方向看去,但这时从远处传来了呼唤小红的声音。那一定是她的父亲,因此她答应着跑开了。

他还在看河面,他心想那里真的会有一条鱼吗?是一条什么样的鱼呢?于是,他的确看见那边的河水中间,有一块石头上靠着一个小东西,它是白色的,但比一般的鱼要大得多,它不知道从哪里浮过来,被那块石头挡在那里,或者河水太浅,它走不动了,就待在那里了。

冯斌再一次甩出了鱼竿。他猜想自己会钓上一条大鱼。因为袁梅最喜欢吃鱼了,她什么鱼都爱吃。但他的视线总被河水中间的那个浮物所吸引,它是什么呢?

他细眯起眼睛看,现在太阳已经升得老高了,河面闪烁着碎银子一样的光芒,仿佛有成千上万条鱼在跳跃,它让他一阵眩晕,他仔细地辨认着,觉得它并不是一条鱼,它更像是一个玩具娃娃。但它也许是一个死婴。这种想法让他吃了一惊,死婴!这是他从来没有想过的事,但那东西看上去太像了,简直越来越像了,他就盯着那个东西看,直到他决定涉水把它捞上来。

他挽起了裤腿,下水向河面走去。河面细碎地闪动的波纹让他眼花缭乱,但河水不深,还没有到他的膝盖。这么浅的水里会有些什么?他盯着它想,他离它越来越近了,他尽力使自己适应了河面的反光,然后看清楚了它。

那的确是一个婴儿,它(他?她?)头朝下漂浮着,被一块石头挡着,微微地浮动着,可以看出它的头发是褐黄色的,那样子像是一岁左右的婴儿的头发。它身上有些青伤，但皮肤已经被水泡得发白，就像一条大鱼一样。

他呆立在水中不知道怎么办的时候，忽然感到脚下一凉，然后一阵钻心的疼痛从脚底慢慢地升上来，他猜想一定是自己踩上了一块玻璃。他吸着气把脚拔出来，看见自己的脚底果然嵌入了一块透明的玻璃。他骂了一句，取出了那块玻璃，然后又走回岸去。

他这下明白这是一条布满了玻璃碎片的河。他弄不清它们是从哪里来的，就像他不知道它是从哪里来的一样。它们是从哪里来的呢？它呢？它又是从哪里来的呢？站在河岸上他很茫然，他看见小红和她的父亲在几百米外的地方，他们已经打算离开了，现在向他挥手，然后，他们就不见了。

他坐下来将脚底包扎了一下。幸好带来了药棉和创可贴，为了防止破伤风，他又将自己的脚板挤出了一点儿血，因为他认为只要见了血就会防止破伤风。

现在他坐在那里感到心里不太平静。那个死婴面朝下漂浮在水面上的样子很悲哀。它是怎么死的呢？是谁、是哪一对男女把它扔进了这条河里？他应该去报警吗？

他觉得现在他不能钓鱼了。它的出现完全吸引了他的注意力，他现在不能干别的了。他决定把它捞上来，他想了想就又下河了。

但这是一条布满了碎玻璃的河。那些玻璃碎片在水底闪烁，并不是有千万条银鱼在跳跃，现在他明白这一点了。他小心翼翼地尽量躲开那些玻璃，但他的脚底仍被扎中了。他的脚痛极了，这下双脚都被玻璃割烂了，但他决心把它弄到岸边。

他又来到了它的近旁，他用带来的小绳子拴住它的一只脚丫，那大概是左脚，然后他就像渔夫拽着他的一条小船一样在向岸边走。

他突然不怕那些水底的碎玻璃了，因为它们已经扎伤了他，让他流了好多血，如果这条河里有食人鱼群，它们闻着血腥会很快扑过来，把他和它吃成骨架吧？这个联想并没有使他觉得恐惧，因为他知道这条河里的鱼还不如那些碎玻璃多呢，即使这是一条郊区的河，人们也往里扔了太多的东西，甚至连死婴——它也扔了进来。

他回到了岸上，赶紧再次包扎自己的脚，他的脚底已经伤了好几处，伤口挺深，因为那些扎在沙土里的玻璃片像竖起的刀锋。可现在他把它弄到岸边了，他松了口气，因为不处理好它他就没有办法再钓鱼，而今天他只是为了来钓鱼的。

他包扎好了自己，松了一口气。在一条里面全是玻璃的河边钓鱼，心理上的确不能轻松，他停了一会儿，注视着塑料桶里的鱼，那条小鱼已经恢复了过来，可能它的嗓子眼不再痛了，它轻快地在桶中游着，脊背健康得发黑。

他停了一下，有一个愿望使他想去动它，他拿着一根细木棍，在河岸边把它翻了一个个儿，现在它变成他了。这是一个小男婴，他紧闭着双眼，看不出是痛苦还是在熟睡，他的整个皮肤发出了一种令人难以置信的灰色，他现在像是一具被包裹在一层很薄的塑料里的玩具娃娃，在水中仰面朝天。他端详着他，觉得这个小东西仿佛是从天而降，又仿佛没有任何来由，但已经和他建立了某种联系。他不明白这个小东西和他即将出世的孩子之间会有些什么关系。现在，他可以把他放在一边了，可以专心钓鱼了，于是他就用绳子把他拖到了不远的一个河汊处，然后他回到原地继续钓鱼。

等到他再次开始钓鱼的时候，他心里已不再去想他了，这时他的脚意识到疼痛，那全是河中的玻璃扎伤的。河岸沿线没有一个人，只有他在钓鱼。整整一天都是这样，这一天他一共钓了大大小小十几条鱼，装了有小半桶，在天黑之前他回家了。

而袁梅正在家中等他回来，她现在还在挺着大肚子坚持做饭，她要吃新鲜的鱼，她要喝新鲜的鱼汤，因此她在家中等他回来，她当然会等到的，因为那个红色塑料桶里有十几条鱼呢。冯斌从来没有像今天这样轻松，他们一起吃了一顿有鲜鱼的晚餐。当然，他们还在餐桌上点了蜡烛。

冯斌后来一直后悔他讲了那个死婴的事儿，那时候他们都躺在床上快要睡了，他们都穿好了睡衣，正准备关掉床头灯，然后他讲了他在钓鱼时看见的那个小东西的情况。

从他一开始讲，他能够感觉到袁梅在屏住呼吸，仿佛在听一个令人难以置信的故事，他讲到他把他拖到河汊以后，就不再说了。

"然后呢？"

"什么然后？我再没管他了。"

"那他就一直在那里，那个男婴？"

"对，一直在河汊里呢。"

"然后你就坐在不远处钓鱼？"

"是啊，后来鱼就直往鱼钩上碰，你就拦不住它们。"

"为什么有那么多的鱼？是不是因为有他的原因？"

"不不，可能后来天气渐渐热了，河水变暖了吧。"

"你为什么不去报警？"

"我想过，可我后来忘了。"

"你忘了，你还是个人吗？"妻子的口气突然变得严厉了。

"我真的忘了，因为鱼太多了。"

"那你也忘了你脚上的伤口吗？"

"没有，后来我简直痛极了。"

"可他还在那里，他死了，你熟视无睹，你把他拖到岸边，扔在一边，然后你钓了一天的鱼。"

"就是这样的啊。"

"我们刚才吃了有死婴的河里的鱼。"袁梅勉强说出这一句话，然后"哇"地一下子吐了出来。他们的确吃了有死婴的河里的鱼，现在，袁梅大约是要把它们全部吐出来，她成功了。而他，也不知所措了。

后来冯斌回忆起来那天晚上的情况，觉得一切都是乱糟糟的，妻子的呼吸突然变得紧张了，吐过之后，她脸色苍白，她不想和他说话，过了一会儿，等他收拾完了她的呕吐物，她的肚子开始痛了。

这是一个危险的信号，冯斌急了，打电话叫来了保安，他穿好衣服和他们一起把妻子抬进社区的一辆面包车，然后紧急送往医院，一路上袁梅眉头紧皱，她一直不和他说话，这让冯斌很着急。后来在医院里，经过紧急护理，医生保住了险些流产的孩子。

"为什么会是这样？"冯斌问一个面色红润的大夫。

"她一定受了刺激。受了刺激的孕妇情绪反应巨大，可能会早产的。幸亏你送来得早，否则，你的这个孩子就保不住了。"

"她要住院吗？"

"明天要观察一天，你明天再来吧，她已经没事儿了。"

他第二天来到医院的时候，大夫告诉他他妻子已经走了。"回娘家去了，她妈来把她接走了，"那个大夫狐疑地看着他，"你是她丈夫吗？"

"当然，"他十分生气，"我当然是她丈夫。"现在他明白，袁梅生他的气了。可袁梅是怎么生他的气的呢？因为什么？是吃了有死婴的河里的鱼吗？可能没有那么简单，因为袁梅一直是一个通情达理的人。但又是为了什么呢？仅仅因为他吗？因为他没去报案而是在他的一边钓了一天的鱼。他现在想，当时他的确是把他忘了，因为他已经把他拖到河边了。但仅仅拖到河边就够了吗？他认为够了，可她却觉得这样还远远不够。

他单独一个人在那张大床上躺了一晚，第二天他打电话给袁梅，是她母亲接的电话，然后才是她。

"不管到底怎么了，我想把你接回家来。为了我们的孩子我也要在你身边。"

"你没有人性。"袁梅的声音听上去又严厉又恶狠狠的。

"我，没有人性？"他目瞪口呆。

"是的，你把那个死婴用绳子捆起来拖到河边，然后你把他扔到一边，就再也不去管他了，你把他忘了。可他也是一个人啊！然后你在那里钓了一天的鱼。你说，你有人性吗？而你马上也要当父亲了，我感到害怕。"

"你害怕我？"他更加慌乱了，"可是当时我没法再干别的，我已经……可他……我又能怎么样？"

"你没有人性。我在想我应该一个人待一阵子。我不想回家去，你让我自己好好想一想。"

"想一想什么？"

"想一想你会不会为我们的孩子负责。"

"这还用说吗？我当然会。"

"但你的行为证明你不会。"

"你太不讲理了。"

"而你太没人性了。我想自己好好静一静，因为你伤我的心了。"

他觉得这非常荒谬，本来生活那么平和宁静，然后有一天他去钓鱼，看见了一个不知从哪儿来的死婴，是一个男婴，然后他把他拉到了河边，然后，他的生活就发生了一些变化。这让他想不通。他左思右想，决定再去那条叫潮青河的地方找一找他，他就又去了。

他在河边找了半天，他记得自己把他放在河汊里了，可现在那里什么都没有，如同一个幻觉，那里什么也没有。他沿着河边找啊找，仿佛他找到了他就可以把妻子接回来，但是他没有找到。他有些恼怒了，他不知道这一切是怎么回事儿，后来，他索性脱掉鞋子下了河。他把裤腿挽在了大腿根，然后在河水中向下游走去，他要找到他，因为他知道那一天他确实看到了他，现在，他要找到他。这条河确实不深，河面很宽，他就在水中拎着鞋走着。他下了河再次确认了这是一条充满了玻璃的河，因为他显然被扎伤了，而且他还流血了，但他全然不顾这些，只是为了找到他，那个皮肤灰白的玩具娃娃——也许他原来不是死婴。但那条河里除了玻璃碴，什么也没有，他什么也没有看见。

到了星期六，他已经连续去了那条河边三次了。他再也没发现过他，他变得十分慌乱。他在给妻子打电话时恳求她回来："回来吧，我想那个死婴是一个幻觉，我再也没看见他。回来吧，快回来吧。"但电话那边一片静默，是的，电话那头一点声音都没有。

（获得2016年《人民文学》"林斤澜小说奖"优秀作家奖）

蒸锅与古琴

一

在一家生活用品商店里，李娜娜站在厨具货架旁边，拿起了产自德国的蒸锅，与日本产的电饭煲在一起仔细地比较。对于厨具，她喜欢德国货和日本货，虽然这两个国家在二战中分别败给了苏俄和中国，但德国人的精细和严谨，日本人的认真和精巧，几十年来出产的生活用品还是最值得信赖。

比方说这蒸锅吧，设计的精到也与中国人的简单、方便的美学原则和实用原则不一样，就这么一个蒸锅，能够蒸煮任何食物，而且，安全可靠，十分复杂，分为好几层，每一层都是蒸煮不同的东西。蒸锅的产品说明书也很厚，基本到了李娜娜看不懂的地步了。

李娜娜一边翻看说明书，一边不由就有些恼火了，一个蒸锅，至于吗，何必呢，差不多就行了，弄得我都看不懂，这还是锅吗？她觉得有点小恼火，就去看日本产的电饭煲。说起来，上一次去日本，她带回来的，除了一个电饭煲，就是一个马桶圈。现在，中国人去国外，在有些国家有钱可没的可买，比如去日本，过去还经常能带回来各种电子产品，现在，除了买个电饭煲和马桶圈，再买点面膜和一些小糕点，真不知道还能买什么。中国什么东西都有了，质量也不错。去欧洲也是，也就是法国、英国的名牌服装、化妆品、德国的厨具、意大利的皮货时装、俄罗斯的琥珀和伏特加，别的，就真没有什么可买的了。

李娜娜一边琢磨着日本产电饭煲，一边还在想着那个她其实已经很中意的蒸锅。上次从日本买回来一个使用起来十分复杂，能够喷水、加温、自动清洗带香味除臭的马桶圈，可邻居马上告诉她，这马桶圈就是浙江人生产的，是贴牌拿到日本去卖的，她就很气愤了，下决心出国什么都不买。因为家里已经有好几个电饭煲了，她还是决定买下来那个德国产的蒸锅，虽然说明书也很复杂，用的语言像是外星人说的，回家再好好地研究吧。她付了款，拿了那个蒸锅就回家了。

的确，李娜娜与别的女人不一样的地方在于，她最引以为自豪的，就是她对各种厨具的在行，因为，她很喜欢做饭。现在，一些知识女性最不喜欢做饭，她们大部分人生活在一种幻觉里，以为自己学问高了，经济独立了，就能反过来支使男人了，把男人赶进厨房，生孩子也越来越不积极，越来越晚，有的干脆连孩子也不要，弄得最后男人火大了，生气了，闹了离婚，这知识女性重新单身之后,才明白过来,原来,中国还是一个隐形的男权社会,女人还是应该早点生孩子,还是要以家庭为重,但那个时候什么都晚了。女人就像花,是有季节的,开放的时间是短暂的,女人又像韭菜,一茬老了,新一茬女人就又成长起来了,老女人斗不过年轻女人,才有了男人的婚外恋、小三上位和私情汹涌。

所以啊,这女人可千万不要被一种妇女解放的幻觉给害了,就是要锤炼做饭技艺,懂得收拾家庭,让男人心态好了,家庭才稳定。李娜娜悟到了这些东西,是根据不少女人婚姻的失败总结出来的。这是一般的八〇后女人所不具备的见识。而且,她的妈妈很早就告诉过她,要想管住一个男人的心,先要管住这个男人的胃。所以,她是从小就喜欢看妈妈在厨房里忙活做饭,跟母亲学会了做饭。

李娜娜的妈妈是一位中学老师,爸爸是医生。父亲是医生,名字叫李安全,所以,他总是觉得很多东西都不安全,都不放心。他对很多吃的用的东西就很挑剔,总是觉得什么东西都不干净,上面都带着病菌,甚至还带着病毒,都需要消毒。所以,李娜娜的爸爸最喜欢的,就是给家里的东西消毒,他有轻微的洁癖,对所有买来的东西都要先消毒,不消毒的东西,是不吃的也不用的。

老爸李安全虽然有轻微洁癖这个小毛病,但李娜娜的妈妈并不在意,而是娇惯着自己的丈夫,让他随性子来,爱给什么东西消毒,就去消毒,反正这世界既是宏观的,也是微观的,有人就是能看到微观世界里的细菌和病毒,那怎么办?就消毒呗。而且,她也从来不要求他会做饭做家务。

说起来,李娜娜的老爸对洗衣做饭不管不顾,但他有一个绝活:会修理家电和家庭用具,家里任何出问题的电器和日常用具,什么洗衣机、电冰箱、电视机、烤箱、升降式晾衣架、整体厨房、抽水马桶,他都会修理,一旦有情况发生,诸如洗衣机不转了、电冰箱流水了、烤箱不工作了、衣架卡住了、马桶堵塞了、抽油烟机需要清洗了,李娜娜的爸爸都是手到擒来,很快就弄明白问题出在哪里,也就很快给整好了。

这是李娜娜的妈妈对自己老公最满意的地方。的确,嫁给了一个医生,平时家里人有个头疼脑热的,都能够对付了,这年头,身体的健康、养生和安全保障,都是家庭的头等大事,比柴米油盐还重要。

李娜娜的爸爸对食品安全的担心和防范,也到了匪夷所思的地步。因为有些人良心坏了,为了钱,为了东西有卖相,他们敢往食品里添加会损害健康的东西。李安全就利用业余时间编制了一本小册子,将媒体报道的那些黑心人搞的各种不法手段和鉴别办法都汇编起来,比如,为什么硫磺熏银耳又白又好看但有毒、鳝鱼吃避孕药鳝鱼会又肥又大、如何制作假鸡蛋、地沟油的鉴别、假葡萄酒如何用碱面子来鉴别,以及农药残留的有毒蔬菜如何清洗,植物膨大剂草莓如何鉴别、水果上的农药残留清洗办法,等等,这个小册子让全家人都感到匪夷所思,现在有些人的良心真的是让狗吃了,他们这么害别人,他们自己就不会遭报应吗?他们自己就不会吃到有毒食物吗?

李安全在家里弄了一个小型检验检测室,李娜娜的妈妈把什么食材拿回来,他都要去检测一番,包括米、面、油、菜、禽、蛋、奶、肉这些基本的食材,李安全都要仔细地用检测仪器进行检验,根据检测结果,他能分析出这些食材有没有问题。

李娜娜觉得自己的老爸李安全真是一个奇葩。有一句老话,叫做"不干不净,吃了没有病",可老爸必须要吃了干净的东西才可以，这一点，和喜欢做饭的老妈搭配在一起，真的是绝配。所以，老爸和老妈的感情非常好，从来都不吵架。李娜娜是家里的独女，可父母亲也没怎么把她当做宝贝来养，而是让她从小就自由生长，除了注意她的人身安全和饮食安全，其他的，包括上大学学什么专业、毕业干什么、对象找哪个，一概不管，就由着她来，就这么李娜娜研究生毕业了，短暂地处过几个男朋友，都分手了。后来一个人自由自在惯了，突然发现自己这个"八〇后"姑娘竟然还单身，这才有些慌乱了。

　　李娜娜是1983年出生的，今年已经32岁了，长相算是漂亮，身材也很好，却还没有成家，很有点着急。她发现，自己周围的一些八〇后女孩子，本来一个个都说不结婚晚结婚不要孩子的，转眼几年之后再一看，闺蜜们一个个的都食言了，她们不仅结了婚还赶快要了孩子，每天想的都是老公孩子家庭父母的，日子大都过得很滋润，即使是家里的打打闹闹，也是情趣盎然，都还没到离婚的那一步。

　　李娜娜就有些心有不甘，心情慌乱，想着要赶紧嫁掉自己了。过去，"八〇后"这个概念还时髦过一阵子，但很快，"八〇后"这概念就过时了，而且，每个"八〇后"的情况都是不一样的，大都市的，省城的，特区的，中小城市的，县城的，乡镇的，山村的，边疆地区的，这些地方出来的八〇后，难道都一样？肯定不一样，那些动不动代表"八〇后"说话的，都是胡说八道。而且，这"八〇后"现在还分成了"八五前"和"八五后"，"八五后"指的是一九八五年之后出生的，他们感觉自己比"八五前"又小了几岁，就觉得自己有撒娇的资本和理由了，不知羞耻地大叫我是"八五后"！我要再潇洒七八年！你妈的蛋，你真还以为自己能潇洒七八年呢？人人都会老，只是没到时候罢了。

于是，经过朋友的介绍，她认识了银行职员吴文桥。两个人第一次见面，是在商业中心大悦城楼上的绿茶餐厅。绿茶餐厅里人非常多，叫号排队的人就有几十位。好在吴文桥发挥了银行职员的那种凡事想得精细到位的优点，早早就订了座位，已经在那里等了她半个小时了。

李娜娜记得，那一天，绿茶餐厅里人声鼎沸，到处都是就餐的三三两两的朋友恋人同事伙伴，在亲切交谈。绿茶餐厅的菜肴又便宜又好吃，小资、白领、市民都喜欢，所以顾客盈门。吴文桥戴着眼镜，穿着银行的工作西服，很是干练，李娜娜一看，就觉得这个男人踏实可靠。这第一次见面，李娜娜对吴文桥印象比较好。

吃完了饭，李娜娜为了展示自己对厨具的精通，特地带吴文桥去了附近的一家家居用品商店转了转，专门到了厨房用品部，让吴文桥猜一些厨具的用途。

她先拿起来一个搅蛋器，问他："你说，这是什么？"

吴文桥显然是学金融出身的，不怎么做饭，专业不对口，有点发窘："我猜，是笊篱。"

李娜娜哈哈笑了，"这是搅蛋器，吴同学。那这个呢？"她拿着更加看不出来那是什么的一个东西问他。

吴文桥这下子崩溃了："我看，这是一个瓶子——装盐的？"

"不是，是胡椒粉碎器。"她很得意地笑了。

那天，她带着银行职员吴文桥，在厨具部走了一个小时，详细地给他讲解那些锅碗瓢盆生活用品的妙用。吴文桥这才发现，时代的变迁已经让传统的厨具发生了巨大变化，就说这锅碗瓢盆吧，不光是形状变得五花八门，用处也变得附加了很多功能。很多厨具的功能更加细分了，光是锅，就有蒸锅、炒锅、煎锅、炸锅，质地也很复杂了，钢的，铁的，陶瓷的，合金的，铝的，土陶的，形状大大小小，圆的，方的，六边形的，平底的，浅口的，深口的，重的轻的，什么样的锅都有。碗也是，铁碗、铜碗、瓷碗、铝碗、玻璃碗、木碗，瓢和勺的种类更加丰富，形状多到了几乎认不出来了，盆子分大盆小盆，塑料盆，盆子的功能细分就更加讲究了。至于其他厨具，像是一些新开发出来小家电厨具，现在的皮重已经到了让吴文桥目瞪口呆、瞠目结舌的地步了。

"我我是个不会做饭的男人，我不认得这些玩意儿。看来啊，人们为了吃好饭，做好饭，将厨具弄到这个地步，我是大开眼界了。"吴文桥赞叹。他对李娜娜对厨具的喜爱和熟悉的程度，也非常惊讶。一开始，他觉得李娜娜是在展现她的生活能力，料理家庭尤其是能够管好一个男人的肠胃的能力，但他发现，李娜娜是由衷地喜爱这些厨具。

确实，李娜娜在这个方面展现出了非常惊人的眼力，她详细研究每种厨具的用途，对新的厨具很敏感，每一次有新厨具来了，她都买回去试验试验，做饭做菜，看看这些厨具的功能和效果到底怎么样。

"什么不粘锅啦，电饭煲啦，我买了各个国家出产的来实验。我发现，日本的电饭煲的确是好。就说那蒸出来的大米饭，一颗颗的大米，晶莹剔透，都能站起来，口感也非常好。国产的电饭煲，蒸米饭大米就是站不起来。德国的厨房刀具和各类锅碗瓢盆，制作精良，材质也好，很多都很有创意。我爸妈每次出国玩，我都给他们一些画册，让他们去商店直接让售货员找到买回来，"李娜娜抓着一柄德国陶瓷刀，得意地说，"像有些德国产的刀具，十年不用磨，照样非常锋利,这把刀切肉,那是没的说。"

吴文桥看到她挥舞着一把刀,感到很紧张。银行职员最怕有人挥舞刀具了。"德德德国的制造业是没说的,"他结巴了,"日本的也是,次之。看来啊,这厨具也代表了一个国家的工业和社会发展的水平。"吴文桥总结道。

"可不是嘛,有什么样的厨具,就有什么样的生活。你觉得呢?"李娜娜得意地看着吴文桥,吴文桥张口结舌,接不上话,内心里稍微有些烦躁了。

二

那次在绿茶餐厅见了一面之后,李娜娜看上吴文桥了,就经常给吴文桥打电话,发短信,表现得很热络。

吴文桥就礼貌地回一下,也没有表现出特别的热情。实际上,他对李娜娜对厨具的热爱感到了一些不解和厌烦,他觉得,那些东西,总归是厨具吧,厨具是干什么的?是做饭用的。做饭干什么?人要吃,对不对?可是,吃,不就是将饭菜吃到肚子里,然后把那些食物转化为能量和热量,保持一个人肉体的臭皮囊存活下去吗?这再会做饭,可是精神世界很贫乏,又有什么用?他对吃饭向来没有什么特别的要求,好的坏的,口味轻的重的,无所谓,吃饱了就行了。

这个吴文桥,虽然是学金融的,每天都在支行上班,正点上班正点下班,可他内心里,还有着一个别人不知道的精神世界。那就是他对戏剧的迷恋。他喜欢各种戏剧,话剧、歌剧、舞剧,他都喜欢,这些年在北京,只要是下了班,一周他要看三场戏剧。一年就是一百多场。大戏剧小戏剧，什么戏他都看，工资有不少都花在这个方面了。刚好，北京是舞台剧演出最发达的地方，几乎每天晚上都有戏剧演出，国家大剧院、长安戏院、天桥剧场、首都剧场以及很多在小胡同里的小剧场，他都光顾，而且，他一直是一个人去看的，也不觉得孤独寂寞，实在是身边没有这个爱好的女孩子。

吴文桥对李娜娜没有展现出对精神世界的追求而失望，他不知道李娜娜对厨具之外的任何精神世界是否有追求而困惑。难道，一个女人的世界能够全部被厨具占领吗？他觉得这是匪夷所思的。

他问她："那你除了喜欢厨具，喜欢做饭，还喜欢做什么？"

"读书啊。"李娜娜说。

吴文桥内心里感到有些安慰了："那，你读什么书呢？"

"菜谱啊，还有讲饮食文化的书。现在，这方面的书出了很多，还有画册，各种美食画册。再就是介绍厨具的说明书，可费解了，需要认真研读。我就爱读这些书。"

啊，绕来绕去还是做饭，做饭，厨具厨具。吴文桥哭笑不得了，他就慢慢地冷落李娜娜了。他觉得，李娜娜不是他要找的那种女人。

他很希望能找到一个女孩儿，也和他一样对戏剧感兴趣。其实，这样的女孩儿很多，剧场里每天都有很多，可他很害羞，不会去主动搭讪。那么，银行里面就没有喜欢戏剧的女孩了吗？肯定也有，但是他平时很少和银行的同事交流，也不愿意说出自己的这个爱好，他认为这是自己的私生活，他保密得很好。他也知道，银行的单身同事，其实各有各的爱好。他就知道，有一个男同事，白天上班好好的，到了晚上，有时候喜欢去那些专门供白领放松的会所里玩SM性游戏，比如制服诱惑、丝袜诱惑之类的性游戏，听任姑娘穿着高跟鞋在他身上踩来踩去。或者，去同性恋酒吧厮混的，去夜店嗨皮的，什么人都有。但那都是个人的生活，属于私人生活领域，无可厚非。至于单身女同事，他估计大部分都喜欢逛商场买衣服，琢磨化妆品，美容美发，吃美食。如此说来，像李娜娜一样喜欢厨具到了十分精通地步的女人，在女人里也是奇葩，也是少见的。

但人的精神生活是非常重要的，吴文桥想。只有戏剧能够满足他日常生活之外的精神追求。他过着银行职员那种精细、枯燥、刚性、僵化和程式化的生活，每天都与金钱数字打交道，到了晚上，那一场场的戏剧演出，将他带到了一个非凡非常的世界里，这个世界就是人类的无比丰富的情感和命运的世界，是那么的丰富、多元、壮丽和美丽，即使是毁灭，痛苦，黑暗，也都显示了一种迷人的人性。看戏使得吴文桥的日常生活得到了提升，进入到一种想象的空间里，满足了他对精神生活匮乏的那种梦想。就是这么，他白天在银行工作，晚上在剧场隐现，过着一种分裂的，物质和精神分裂的双重生活。

在认识李娜娜之前，他在朝阳区的九剧场看一出舞剧的时候，对舞剧的一个女演员产生了浓厚兴趣。那是一出由几个片段构成的叙事类现代舞剧。一共有六个演员参加演出，三男三女，个头也是由高到矮，错落有致。整场演出是一个半小时，分为五段，有长有短，每一段都由这六个男女演员演出，主题就是表达演员对于现代社会的感受，至于叙事性的内容，似乎是现代城市生活里面的某种变形、隐喻和夸张式的呈现。

九剧场是一个很小的剧场，有三层楼，常常是每一层都有戏剧演出。他在三层的小剧场里看这出舞剧。这出舞剧比较抽象，舞台上，演员们闪展腾挪，或者静立如同僵尸，翻滚如石碾，跳跃如梅花鹿。男演员裸着上身，女演员穿着一种很薄的、皮肤色的紧身衣，就像是裸体一般。这使他发现，女舞蹈演员都是瘦子，身上没有多余的赘肉，即使乳房都是小巧到了不影响舞蹈动作的。紧身衣下，她们小腹部的小丘状隆起很明显，弯腰的时候，可以看到阴部的马蹄状勒痕。他们所用的道具很有特点，以各种柔软的幕布为装饰，比如雨衣、雨伞、丝绸窗帘、黑色垃圾袋、还有圆形的桶，演员们在这些雨衣、布衣、丝绸窗帘、浴巾、黑色垃圾袋的限制下，做出各种肢体动作，似乎又想竭力突破这些限制，将舞蹈、想象、生命的奔腾和挫折，梦想，以人体的某种激越的爆发来呈现。

吴文桥看呆了。他喜欢上了三个女演员中间的不高不矮的那个。她很瘦，胸部很小，但腿又粗又长，腿部的爆发力很强大。她的肢体非常的柔软，软到了可以从自己的腿下面钻出脑袋来冲着你笑。关键是她的眼睛，非常大，他坐在小剧场最后一排，拿着一个小型的望远镜看她，能够看到她那双离奇的大眼睛。怎么比喻呢，比赵薇的大眼睛，赫本的大眼睛，或者干脆是某种动物——大眼睛猴的眼睛都要大。她这眼睛里的目光，是那种有些病弱感的迷茫感。是的，就是一种迷茫感，非常空茫，不见物，也不见人，什么都看不见。在她这双眼睛里，世界就是一片云里雾里的空茫感，虚无缥缈，没有来处，也没有归途。她在那里舞蹈，她的眼神就是这么的空茫。

吴文桥被她的眼睛里的这感觉给攫住了。他的心怦怦跳，把目光锁定在她身上，就是为了看她表演。她的表演，都是用身体在呈现情绪，也叙事，但叙事的内容很隐晦，他搞不明白一个女人的体内怎么能爆发这么多的力量，表达出这么丰富的情绪。她或静或动，都非常有力，但又柔软到了极点。

等到演出结束了，观众的掌声也消停了，大家散去了，他没有走,他留下来一定要认识那个姑娘。那个姑娘正坐在前排一个空座位上喘气,要知道,舞蹈是非常需要体力的,即使每天跳,也是很耗费体能的,所以演出结束了,她很疲乏。

"我想认识你,"他走过去,给了她一张纸条,"我的电话。我是你的粉丝,我太喜欢你的舞蹈了。"

她仰脸看他,脸色苍白,那是体力透支的原因,但她接过了纸条,看了看,她的笑很灿烂。他注意到,这一刻,她眼睛里的空茫没有了,不过,还是有灰色的云霓。"我会给你打电话。"

她果然给他打了电话,他们俩开始交往了。她叫肖美婷,毕业于舞蹈学院,在南方一个学校教舞蹈,后来,她辞职了,一个人来到了北京,参与各种演出。她吸引他的,就是她的艺术家的生活方式,那种通过身体释放情绪的感觉。

现在,他们认识了,她碰巧还没有男朋友,他也没有女朋友,这使他们的交往显得很自然。她比他大一岁,不过她似乎并不成熟,像个孩子,但他感觉很好,她的精神世界吸引了他,让他感到了她是一个非凡的女人,能够帮助他脱离凡俗生活的女人,他对认识她感到很兴奋——他有了一个舞蹈演员女朋友。

三

李娜娜发现吴文桥似乎对她不感兴趣,她也不明就里,主动约了他几次,他就老是推脱,说自己要加班,她似乎明白他起码是不待见她,就不再给他短信了。但她还是感到难以忘怀,不知道他为什么冷落她。她喜欢他身上的那种精确、认真和有条理的气质。再说了,她喜欢他那种瘦瘦高高的样子,表情略带点不屑的嘲讽。这种男孩不算很有安全感,但却值得信赖。

有一天傍晚,她开车经过金台路,在路口等红绿灯的时候,忽然发现旁边一家餐厅靠窗户的座位上,吴文桥正和一个姑娘坐在一起,有说有笑地吃饭。乍一看,那个姑娘没有她李娜娜漂亮和丰满,但他们却很亲热。

她明白了,人家早就有人了,发了半天呆才踩动油门,悲愤地离开了那里。

第二天,她按捺不住自己的情绪,给他打了电话:"我看见你和一个姑娘坐在一起在吃饭。你根本就没有加班。你觉得我有什么缺点是你无法容忍的?我就不如那个姑娘吗?"

吴文桥沉默了一下,说:"精神生活。我觉得,你太喜欢那些厨具了。女人没有精神生活,是可怕的。你明白吗?"

李娜娜生气地挂了电话。精神生活!不吃饱饭,吃好饭,能够有什么精神生活!傻瓜!这人真是蠢蛋!她感到自己受到了轻慢和羞辱,觉得这个银行职员实在是有些匪夷所思,不可理喻,一个银行职员,在追求着自己的精神生活?这让她百思不得其解。那个女孩子,莫非是艺术家?是演员、乐手、歌手、画家、小提琴手?她在脑海里搜寻着那个姑娘带给她的印象,可那印象太模糊,实在是无法与艺术家对上号。

但他说的话,也触动了她,让她有所思考。精神生活是什么?她查阅了汉语词典:精神生活,指的是与人的意识、思维、情感和意志有关的生活。与物质生活对应。她想了想,精神生活所对应的物质生活,就是和厨具有关的生活啊,也就是说,她喜欢并且精通的厨具和厨房,刚好是物质生活的东西,是与精神生活对立的!原来,她整天在追求着物欲的享受,享受着口腹之欢,而他,一个银行职员，白天和数字与金钱打交道，晚上人家有着自己的追求，说不定参加了什么艺术家群落，在那里画画写诗唱歌当演员呢。

吴文桥，他不喜欢厨具，这些东西是她的最爱，他要他的精神生活。看来，他是吃饱了，他是没有饿着。一个吃饱饭的人，想的一定比饿肚子的人要多。可是，她想，我也吃饱了啊，我无非是喜欢更多的精美食物，食不厌精，脍不厌细，这做饭也是一门艺术呢，他怎么就不欣赏做饭的艺术，以及做饭之所以做得好的工具——厨具呢？这个人，他是狭窄的有偏差的。

她很生气，觉得受到了委屈。反过来，李娜娜又问自己，那她有没有精神生活呢？她想到了这一点，就有些拿不准了。精神生活，狭义地理解，主要指的是一种与文学和艺术有关的生活，她想，自己这方面很欠缺。

她觉得自己起码应该补补课。她喜欢音乐，爱看音乐会，但后来觉得交响乐实在太冗长，歌剧是不好好说话，把说话变成唱，一句话能唱十分钟，她这急性子就有些受不了，后来就不常去了。她在想，我是不是应该捡起来对音乐的爱好，多去几次音乐会呢？

老爸老妈本来不着急，但自己的街坊邻居同事的孩子都结婚了，生孩子了，他们就越来越着急了，就四下托人，要他们给自己的女儿介绍男朋友。眼下，有三个人选：一位，是北京一个部委机关的处长；一位，是自己开网络公司创业有成的经济学博士生；还有一个，条件差一点，是一个乐团的乐手，他离了婚，还带着一个14岁的儿子。

这李娜娜听到父母介绍前面两个人的时候，没有什么反应。等到介绍到第三个男人，就是那个带着一个孩子的乐手，精神一振："这个乐手好，我想见这个人。"

父母亲觉得很惊讶，因为，那个乐手比他大 15 岁，还带着一个男孩子，等于她和他在一起的话，就要当后妈了。父亲的眼睛都睁大了，说："这男的，年纪最大，还有一个刚刚进入青春期的儿子呢，你可想好了。"

倒是母亲比较豁达："哎呀，见一见，又不是立马就结婚成家，怕什么？你想见谁就见谁，你去见人我就高兴了。"

李娜娜的父母亲都不知道的，她没有兴趣见前面两个经济条件不错的男人，是因为她受到了吴文桥说的那些话的刺激，就是她没有精神生活的追求。她对那个乐团的乐手表现出了兴趣，因为他是搞音乐的，而她曾经喜欢音乐。

李娜娜一定要见见这个乐手，大家都不拦着。见就见呗，难道相亲这年头还会有啥稀罕的？

他们约在绿茶餐厅见面了。她一定要把绿茶餐厅当做打胜仗的地方，潜意识里也是这样想的。这个乐手叫杨承宗，是一位拉大提琴的专业琴手，在专业上很有名。他也弹古琴，人很瘦，很儒雅的样子，就是稍微显得比较的冷峻。

第一眼很重要，这第一眼看着他，她感觉他有些冷硬。这种感觉让她有些不舒服，这是一点直觉。她不大喜欢男人过于冷峻，冷峻的男人总是十分自我和自恋，不顾及他人。

这顿饭似乎是她吃过的说话最少的饭，李娜娜发现杨承宗不爱说话，她不问，他就不说话。她问什么，他答什么，她问了几句他儿子的情况，他的回答也很简洁。后来，杨承宗取出来一个电脑平板，插上耳机插线，让她听听他拉的大提琴。

这大提琴可是沉郁辉煌的，那声音一响起来，就拉动了李娜娜的心弦。那种如泣如诉是多么的哀怨、忧郁、激昂、飞翔，是多么的低沉、高亢、婉转、生动，让她感到了一种精神上的酣畅淋漓。她忽然觉得，音乐细胞在她体内复活了。

她看着他，说："我喜欢你拉的大提琴。"

杨承宗难得地笑了。

虽然他不爱说话，让她觉得需要严阵以待，有点儿小紧张，但后来他们交往起来，逐渐也开始让她感觉放松了。

他带着她去听一些音乐会，这些音乐会大都是交响音乐会，即使李娜娜听不太懂，她现在也认为这是"精神生活"，是自己最缺乏的，就特别用心地去听。他有时候给她讲解，有时候就让她自己看节目单，那节目单上什么都说了。一开始，在剧场里，她听着听着，神思飘渺起来，很容易打瞌睡，因为完全不知道有些交响乐在表达什么，或者说，那交响乐要表达的，是她现在没有兴趣了解的。比如，贝多芬的《命运》交响曲，那么的悲壮激越，她听懂了，可她觉得，有那个必要吗？这不是歇斯底里吗？现在中国的太平盛世，人人都能获得安宁的发展，自我的寻求，不是很好吗？真是吃饱了撑的，无病呻吟。直到一些模仿暴风雨的声音炸雷一样响起来，才会惊醒她。有的交响乐，比如巴赫的那些带有宗教情怀的交响乐曲，有些晦涩，好在她还喜欢问，杨承宗就回答她，交响乐队的构成，为什么是这么一个结构，哪种乐器起着什么作用，演奏的曲目是谁的，等等，显示了一点耐心。很快，有灵性的李娜娜就懂得了不少音乐知识。

杨承宗平时拉大提琴，但是在家里，他最喜欢弹的，却是古琴。在居所里，他有一个专门弹奏古琴的琴室。屋子里都是明式的仿古家具，每到这个时候，他都穿上对襟的中式衣服，盘腿坐在一个黑色的檀木案几边，案几上有一架古琴。他焚香，净手，静默，让她在一边喝茶，静候，然后，他弹古琴。

李娜娜注意到，那古琴的形制很好看，长条状，但有对称的半月的缺边，琴弦不多，看不清是六根还是七根，她仔细看，应该是七根。这种弹奏古琴的场面，在历代的中国文人家里是常见，李娜娜感觉到了这一气氛的沉静和清雅。她就觉得很美好。

杨承宗弹古琴的时候，非常沉醉。这一刻，沉香在小铜炉里升起袅袅的烟气，飘渺在空气里，散发着时间的芬芳和古雅。茶，是古树茶，喝起来感觉沉郁，丰厚，深红色的颜色不仅润喉，还能让李娜娜感到内心很沉稳。然后，就是古琴的乐声，简洁，有空白，如松如风，如泉水叮咚，如坐禅人的诵读。

李娜娜一听，就特别地喜欢古琴。杨承宗弹奏完一曲，她报以掌声。他说："这古琴的乐声，是中国乐器里最古雅沉郁的声音了，这种感觉，你一听，就知道是中国文化的一种表达和一种境界。那是什么境界呢？如同禅者在松树下听风，和大自然融为一体，如同哲人在帮助我们思考和与自我对话。在今天这个浮躁的社会里，我们更需要听一听内心的声音，这古琴，就能够帮助我们去倾听内心的声音。"

李娜娜问："是啊，这古琴是好听。其他的中国乐器，就没有这么高古的表现力。"

杨承宗说："其他的中国乐器，比如二胡、琵琶、古筝、箜篌等等，各有各的表现力。后来，很多中国乐器发展得更加复杂，有的适合在宫廷里演奏，到了唐宋明清这些朝代更是如此，因为宫廷里需要歌舞升平的演出，需要合奏，很多中国乐器的功能发挥出来了。只有这古琴自诞生两千多年以来，独独成为了文人高士的最爱，才是中国文人孤傲的精神折射。现在，社会上重新流行弹古琴，不是没有原因的,有些人在大都市里,也想找到古代高士的那种精神高古和孤寂感。"

他这么告诉她的,她都听懂了。所以,在杨承宗弹古琴的时候,她觉得,他是那么的神奇,那么的有魅力,那么的动人。这样一个男人,给她带来的那种感觉,就是精神生活的感觉了吧?现在,她感觉自己也有精神生活了。

四

李娜娜很喜欢一幅古画的情景:画面上,一个古代文人雅士,穿着长衫走在前面,在他的身后,走着一个斜抱古琴的琴童。

现在,对于杨承宗来说,她就想做一个怀抱古琴的琴童,跟在他的后面。李娜娜也暂时把她对厨具的热爱放到了一边,开始琢磨起古琴来了。杨承宗告诉她,这琴童也不是好当的,抱琴的姿势都是讲究的,一种是琴首冲上,斜抱着,琴底朝内,琴面朝外,琴尾朝后,这是古代的抱法。明代之后,抱琴的姿势变成了琴底朝外,琴尾冲前,琴首在后。李娜娜就更喜欢明代以后的人抱琴的方法,这么抱着感觉更牢靠,琴不容易掉地上。

她还专门到能制作出最好的古琴的地方——扬州,去给杨承宗买了一把古琴。然后,在那里,给自己定制了白色丝绸做的汉服女袍,这汉服袍子很宽大,斜襟的,系上腰带,袍子也覆盖了脚面,显得如同仙人一样衣袂飘飘。

杨承宗对她送给他一把伯牙式古琴非常高兴,喜欢得不得了,连续多天,给她演奏一些古雅的曲子。比如,道家喜欢的一些表达对想象的神仙境界的曲子如《凭虚驭风》《渺焉六合》《志在冲漠》

《神游太清》《长啸空碧》，听听这曲子名，都知道那是高古、出世、飘渺得不得了。杨承宗也给她弹《渔歌》，如《洞庭烟雨》《楚湘烟波》《天阔月朗》《渔人晚唱》《寒江撒网》《山高水长》，让她感觉自己就是那个渔女，在一叶扁舟上怅望远方。

"弹古琴，有琴声十六法之说。比如，要轻、松、脆、滑、高、洁、清、虚、幽、奇、古、澹、中、和、疾、徐。十六个字，就是古琴乐声的总结和描述。而且，古琴和鹤，古琴和松树，古琴和剑，都有一种呼应的关系，我弹古琴，有人练剑，那就好了，就能互相辉映了，你看，剑胆琴心这四个字，说的就是文武相互呼应之道。你能舞剑就好了。"杨承宗给李娜娜说。

李娜娜觉得他的建议可行，何况，她还从扬州买了那种衣袂飘飘的丝绸衣服，穿上舞剑，舞蹈加剑法，那再配上古琴，完全是珠联璧合、琴瑟相鸣的节奏啊。于是，她就拜师在公园里学习剑法，有一个专门教授剑法的老师，办了一个剑法训练班。现在的大都市里，只要是你想学个东西，那就一定有这方面的培训班。

李娜娜感觉一把宝剑在手，特别有一种不爱红妆爱武装的英姿飒爽。她练习剑法很快就入门了。一个月过去了，她就能够给杨承宗弹古琴的时候，伴舞、伴剑了。他们这么一搭配，有时候杨承宗业余带一些学生挣外快，给那些古琴学习班讲课弹琴的时候，李娜娜就在一边舞剑，古琴与剑法一动一静，一男一女，都穿白衣服，音乐和剑，这两者加起来，让喜欢古琴的人更加动容了。

李娜娜和杨承宗交往了两个多月，发现了他很多优点。比如，在他冷峻的外表下面，有着四十多岁中年男人的稳重和踏实，细致和体贴。于是，不顾父母亲的反对，她就毅然搬到他家里，和他同居了。不喜欢杨承宗的她老爸李安全忧心忡忡："哎呀，女儿啊，你要注意安全,你这是与虎谋皮与狼为伴啊,你哪里了解男人啊。"他这是为女儿晚上被那个成熟男人折腾在隐隐地表达担忧呢。她妈妈表示了沉默。毕竟,女儿那么大了,想怎么生活,都是她的选择。

婚前同居很必要,当一个男人和一个女人每天都生活在一起,那在各个方面都会测试彼此的适应程度。这一点十分重要的。当然,古代媒妁之言的那种婚姻,结婚前有时候新郎新娘都没有见过面,结婚了在一起照样也是生儿育女,日子过得红火。

住在一起后,每天相处,那就不是弹琴和练剑的浪漫了。几个月过去,李娜娜就发现,杨承宗的内心实际上很孤僻。他的内心里有一个区域,似乎是任何人都进不去的,连她也无法靠近。他平时比较沉默寡言,就像他长得比较冷峻一样,身上总有些棱角,让她感觉硌得慌。平时,他还不让着她,很多事情一定要按照他的主意来,否则他就不高兴,有时候还得她去哄他。

一开始,两个人因为古琴和舞剑所营造的那种浪漫和新鲜感很快过去了。后来,有一天杨承宗在琴房里弹古琴,她在厨房里炒菜,炒菜嘛,自然会有油烟,自然会有声响。青菜和热油一接触,嗞啦一声,在她看来那是最好听的声音之一,可是他正在弹奏古琴,忽然很恼怒地跑到厨房里来:"你炒菜的声音能不能小一点!而且油烟味儿那么大,我在弹琴!"

她一听,也是火冒三丈:"你疯了!炒菜当然会有声音,有油烟也很正常,你还要不要吃饭了?!你去吃你的古琴吧!"她关了煤气炉,解下围裙,一怒之下要出门。

杨承宗可能感觉到自己有些冒失,觉得她说得在理,毕竟,吃饭的事才是最大的,你练琴啥时候练不行啊?非得人家做饭炒菜的时候吗?就赶紧拉住她,让她休息一会儿。但也不怎么哄她,气得她一个人坐在那里运气。

这样的事情发生过几起之后，这就让她内心里有些失落，不知道自己是不是找对人了。

她还遇到了一个最大的难题，就是杨承宗的那个14岁的儿子。那个满脸粉刺的家伙刚刚上初中，也刚刚进入到青春期，身体上的性征在变化，比如，眼睛喜欢瞄漂亮姑娘的胸脯了，像一个老鼠那样的喉结在下巴下面滚动，胡子也开始有了，一层浅黄色绒毛出现在嘴唇上。而且，这家伙非常反叛，和他父亲杨承宗经常顶嘴吵架。爸爸让他往东，他就往西，爸爸让他干这个，他就干那个。他是逃学，抽烟，喝酒，什么都干，所以和他父亲顶撞了很多次。家里有这么一个反叛的少年、青春期的孙悟空，那是很难对付的。

李娜娜没有当母亲的经验，她不知道如何应对一个对她充满了敌意的男孩，和他处得很不自在。而且，他并不怎么喜欢李娜娜，尽管李娜娜一直在讨好他，给他买他喜欢的、想要的东西，可是，每次他从自己的亲妈那里探视回来，对她的态度就更加冷漠，想来肯定都是那个亲妈给她上了不少眼药，教唆自己儿子不要搭理这年轻貌美的后妈。虽然是杨承宗带着这个儿子，但每个星期，孩子的母亲都要将孩子接过去住几天。孩子的母亲是一个著名的古筝演奏家，李娜娜就觉得奇怪了，这大提琴手和古琴演奏家，怎么就不能和古筝演奏家愉快而和谐相处呢？根据李娜娜的观察，杨承宗的性格是一个大问题。他的孤僻、骄傲、疏于家务、沉默、怪癖，都影响了父亲与孩子的关系。而这孩子和他的父母亲一样，都是个性突出，非常的自我，让李娜娜产生了很大的疑惑：是不是艺术家都是有棱角的、自我和无比自恋的人啊？

终于有一天，她正在洗澡，忽然感觉不对劲儿，感觉有人在偷看她。她猛地打开浴室玻璃门，发现杨承宗的那个满脸粉刺的儿子正把脸贴在浴室的玻璃门上，在偷看她。而她此时是完全裸体的，后妈或者爸爸的女朋友的裸体被偷看了！这个事情很严重，她火了，猛地拉开浴室门，大声说："你这么小，就学得这么坏，好，现在，我让你看个够！"然后，她把浴巾一扔，扔到了那个惊呆了的坏小子身上，自己完全裸露了，让小坏蛋看得是张口结舌，目瞪口呆。

这时，杨承宗刚好从书房里出来，看到了这一幕，一怒之下，暴揍了一顿儿子。儿子被打得鼻青脸肿，但很顽强，他就是不哭，得空就逃出了家门。

见到儿子被打跑了，杨承宗气呼呼地坐下来，忽然，他回过神，开始责备起李娜娜来："你也是，你把浴巾扔到他身上干嘛，你这分明是让他看你的裸体，这下子他不是看得更清楚了吗！"

李娜娜不知道他会这么说，感觉非常委屈，也很愤怒。她不明白他怎么能这么说她，好像这一切都成了她的错。而她实际上才是真正的受害者，才是最应该被安慰的。他坐在那里气愤异常，丝毫不顾及她的感受，而她的心忽然就凉了。

她穿好了衣服，想了想，觉得还是先回母亲那里好，就回去了。而他竟然也没有追上来拦住她。

五

吴文桥和肖美婷认识了两个月之后，他们同居了。她租住在东边五环边的一个小区里，这里很安静。房子属于那种很小巧的一居室。吴文桥的父母亲住在南城的陶然亭一带，他自己的房子也在父母亲附近。但肖美婷希望他不要住在距离他父母亲那么近的地方，因为她现在还不想见到他的父母亲。

吴文桥和肖美婷同居了三个月,这三个月,吴文桥才感觉到了一个艺术女神,带给他的具体感受。肖美婷将他带入到戏剧演出中,有时候,让他客串一个小角色,反正都是小剧场演出,观众也不在乎。他演得很卖力,不过并不出彩。

首先,是肖美婷有中等状态的洁癖,对他的任何一个细节,都从洁净上要求,比如,吃任何一种水果,她都要仔细地将水果的外皮用酒精棉擦一遍。被酒精棉擦过的水果有一种奇怪的味道,让吴文桥吃着恶心。但他忍住了。

有意思的是,她喜欢刚从外面回来,比如,晚上演出回来,在一身的香汗情况下,先不洗澡,而是抱住他求欢,两个人在浑身的汗水的盐味儿中翻滚做爱,等到做完了,她才去洗澡,把自己清洗得干干净净,洗完澡了,就不让他再碰了。他对这个觉得还能接受。

她对灰尘也非常敏感,每天几乎都要用吸尘器将屋子里吸一遍。她说她能看见床单上、枕头上的螨虫在蠕动(这不是瞎掰嘛,他觉得她那是一种想象,因为人的视力是看不见螨虫的),一定要不断地吸尘和白天将被子床单拿出去晒太阳,让紫外线杀死那些小东西。这一点他觉得也很好,洁净的环境有利身体健康。

她对他的指甲生长的速度很在意,总是要剪掉刚刚长出来的指甲。"你的指甲划伤我了!"她总是在那里大惊小怪地尖叫。好吧,他想,既然你的身体那么容易被划伤,我就剪掉我的指甲。

她对他的鼻毛的长短很在意,只要是他的鼻毛长出了鼻孔一点点,她都要亲自下手,用鼻毛剪给他剪掉,后来,还专门买了一个鼻毛夹,给他实施鼻毛拔除术,让他哎呦哎呦地叫,因为,那鼻毛拔起来实在太疼了。

还有，她对他身上的气味十分在意，她绝不去吃任何烧烤，因为吃完了一身的烧烤味儿，需要很久才消散。有一次，他与朋友们在外面吃了一顿烧烤，结果她就是不让他进门了，让他回南城他家去睡了，因为，"你这身上的气味，即使洗澡了我也闻着睡不着觉"。他只好回父母那边去了。

其次，她经常在家里训练。这个时候是他绝对不能出声的。他可以在旁边看着，但是不能说话。她戴着耳机听着伴奏音乐，一边赤脚在地毯、沙发、客厅和卧室那么点地方来回闪展腾挪，动如风静如钟，忽如白鸽飞上天，忽如大雁落了地，就看见她一头长发甩过来甩过去，耳朵上戴着白色的两个耳机，不出声，但那耳机在他看来很像是两个冬天很多姑娘戴的取暖耳罩。

所以，这么一个长发披肩，经常看不见脸的姑娘在飞来跳去，鬼魅异常，就如幽灵一样，起初他很好奇，也很欣赏。但有时候半夜睡得好好的，她忽然起来开始跳舞了，把睡梦中的他惊醒了，大叫"鬼！鬼！"让她恼怒不已，让他羞愧不已。于是，本来是在家里闲时复习或者揣摩舞蹈技艺的时候，恰恰后来成了折磨吴文桥的神经的时候。

肖美婷的情绪非常不稳定。等到两个人同居了，他才知道了女人的情绪真的是天上的云，会瞬间变化。她的情绪每天都在变化，生理期尤其如此。当然，生理期的时候，每天根据月经来的量的大小，变化得非常不一样。她的情绪坏的时候会默想，呆坐，不说话。一整天都是这样，看着窗外想心事。任吴文桥怎么在身边哄她，就是不说话。或者会大叫，尖叫，会哭泣，会揪他，打他，踹他，半真半假，可也不是一点都不疼，还是疼的，可是他基本还能忍受。

吓人的是在两个人同居到两个月的时候，肖美婷终于告诉他，她有轻度的抑郁症，一旦她想跳楼，跑到阳台上的时候，那是真的要跳楼，如果他不拉住她，她可就跳下去了。她说了这个，第二天就来了一出，把吴文桥吓坏了，他赶紧从后面抱住了已经爬上了阳台护栏，半个身子都在外面的肖美婷。

玩儿自杀还不是最惊悚的，最惊悚的是有一天晚上，他忽然感觉自己的身体有了欲望，就搬过来还在熟睡的肖美婷，爬过去把她压在身下，进入了她。被从梦中惊扰的肖美婷忽然尖叫了起来，"滚开！滚开！"开始猛地抓挠他的脸和头发，捶打他，将他踢到了床下。然后她躲在床角掩面大哭不止。

他觉得委屈，愤怒，因为过去一开始同居的时候，半夜起性的时候控制不住，他们曾经这样过，都很好，她也没有这么大的反应，怎么这一次反应这么强烈？他揪住了自己的头发，躲到了一边的沙发上睡了半天。黎明的时候，他感觉到自己被惊扰了，有一张嘴在吮吸、亲吻他的那里，一直到他射精了为止。然后她温柔地和他偎依在一起，亲吻他的耳朵根和眼睛。然后，她终于告诉他她为什么那么反应——在初中三年级，她的继父就性侵了她，一直到高中二年级她才将这个事情告诉了妈妈，导致继父的被捕和母亲的再次离婚。这个事情是她最大的心理阴影，她现在都告诉他了。

他明白了眼前的这个舞蹈艺术家的精神状态很不稳定的原因了。等到她又有一次要跳楼的时候，他抱住了她。但当天他就离开了她，再也没有回去。

六

过了一个月，吴文桥才从一种很受伤的情绪中出来。他和肖美婷分手了，他的戏剧梦也破碎了。他躲着肖美婷，即使她哀求他回去，到她身边，他也不回去了。他害怕了。他发现，精神生活有时候距离精神病也很近。他重新回到循规蹈矩的生活，晚上也不出去了。

又过了一个月，有一天，他忽然觉得，他应该去家具商店的厨具部看看。他想自己去买个蒸锅，买那种最好的蒸锅。他到了家居用品部的厨具部，在那里，他看到了一个很好的蒸锅，是德国产的，精细、复杂，能够蒸煮很多东西。

"这个蒸锅的确不错。"一个女孩子的声音在他的一旁响起，他转身，看到了李娜娜。他笑了。

他们那天不仅买了蒸锅，还干脆回去一起做了饭。后来，他们同居了，结婚了，他们一起都非常喜欢厨具了——重要的，是他喜欢上了厨具，和在厨房做菜。

当然，还有精神生活，他们一起去看戏剧演出，听音乐会，并继续逛家居用品商店的厨具部。这本来就不冲突。

（获得 2016 年《十月》"李庄杯"短篇小说奖）

李渔与花豹

它是老年李渔养的一只花豹。李渔不仅养女人和家庭戏班子，还养了这只花豹。这说明，他喜欢女人和猛兽。在笼子里，花豹又一次睁开眼睛，看见了围住它的铁笼子的铁条，铁条之间的间距很狭窄，这使它感觉到不透气，目光变得迟滞，因为，它知道自己没有力量冲出去。后花园里的花香弥漫，这使它昏昏欲睡，使它感觉不到时间的流逝。

它刚才做了一个梦，梦见自己变成了一个人，变成了它的主人李渔。李渔原名李仙侣，字谪凡，号天徒，又号笠翁。梦见了自己变成了一个人，还是豢养它的主人，这使它很奇怪。因此，自从它梦见变成李渔之后，它就异乎寻常地意识到自己的特殊性，它能够看到自己身上花纹的变化如同谜语，这豹纹还如同某种流体，每天都在变化，像云彩，如河流、田埂和山峦的四季更替，在它的身上蔓延，延伸或者缩短，组合或者离散，总之，变幻无穷。因此它可以想象自己就是大地本身。

在它的梦中，它梦到了李渔，那么，即使它身在笼中，也能够看见和经历这个人一生中的各个片段。李渔人生的这些片段，如同一叠压在一起的它身上的花纹一样流动着，变化复杂。一只豹子梦到了它的主人，这使它感到非常恐惧，同时又感到温暖。过去，它是一只健忘的豹子，对刚刚吃掉的食物都想不起来滋味，但是，它现在是一只有灵性的豹子，它现在想要想起来的，就是它是如何来到这个铁笼子里的。

因此，当它从变成李渔的梦中醒来时，看见自己身上那河流、田埂和山峦般斑斓的花纹时，不禁大吃一惊，因为，它弄不明白到底自己是一头豹子，梦见了一个名叫李渔的人，还是自己是李渔，醒来后发现自己变成了一只豹子。为此，在夕阳的余晖刺痛它的眼睛时，它感到十分苦恼，它就只好再次闭上眼睛，进入那持续不断的梦境中。

这个梦的时间开始于1644年，这一年，李渔33岁，在此之前，他去杭州参加了两次乡试，都未能成功。因此，当他听说这一年里北方的满族入主中原，并将很快南下的消息后，便放弃了继续参加科举考试的念头，绝望于功名。因为，战乱年代里，读书人的命运是最糟糕的，是最不知所终的。一开始，李渔举家迁往山中避乱，后来，因为山中生活不便，加上一场突然发生的山火，他又不得不带着家眷和跟着他的一些歌女舞女，从山中逃了出来。

这只花豹为自己梦见变成了李渔而疑惑，事实上，李渔后来一直为顺治初年浙东青山中的那场大火而疑惑不已。

那场山火是突然烧起来的,起因是他的出门捡拾柴禾的妻妾二人惊慌地逃进家门,说,她们看见了一只花豹,一只色彩艳丽的、浑身如同着火了一样的花豹,在山前屋后附近溜达,并对她们虎视眈眈。李渔听到这个,拿起宝剑,大胆走出房门,忘记了这是一把他的戏班子经常演出的时候使用的道具剑。这时候,山中正是夕阳斜下,橘黄色的阳光将深秋的山林氤氲得一片辉煌,仿佛天空都在颤抖,又仿佛整座山林都在燃烧。他仗剑向屋后的树林寻去,没走多远,就看见了那只花豹。

那只豹子是一只有金黄色火焰花纹的花豹,它正蹲伏在那里,用目光盯着李渔。李渔毫不畏惧地向它走去,他们就这样相遇了。在此之前,李渔从来也没有想到过自己会和一只花豹对视,因为它可能要危及他和他的家人的生命。在这种意义上说,这只花豹甚至比入关的清军所带来的威胁还要巨大。

在那个夕阳斜下的傍晚,他和一只花豹对视着。他们都没有退却,彼此都很勇敢,除了勇猛、戒备和恐惧,他们没有从对方的眼睛中读到更多的内容。他们就这样对视着,直至山林中暮气升起,大地因太阳落山而显得阴暗,他们的影子像一滴墨溶入了更多的墨的时候。天色使得李渔看不到豹子了,正在这个时候,山林中烧起了花豹的花纹一样的大火,而那只花豹子,在与他面对面对视了很久之后,忽然在烟雾中消失了。

李渔清晰地记得,那场来势迅猛的大火是如何快速地吞掉了山林、山居和菜田的。而且,他的宠妾语花,也在那场花豹出现之后燃烧的山火中丧生了。这使他多年以后都心痛不已。他不得不带着妻子和女佣,向金华而去,去投奔朋友许檄彩。许檄彩接纳了他,两个人常常忘情于山水,避祸于山林里。

又过了一年，清兵继续南下，攻破金华，他感觉很焦虑。留头不留发，留发不留头。这样的现实使他不得不剃发，然后，他回到老家兰溪，种花养草，和妻妾一起玩耍，还赋诗访友，直到有一天，他从镜子中看到了另一个自己。

确切地说，那个人仍是李渔，不同的是，那个人是 1679 年的更为年老的李渔，那一年的李渔应该是 68 岁，离他去世只有一年时间了。

李渔是在早晨帮妻子云笺梳头时，从妻子手持的铜镜中看见了自己未来的面容。一瞬间，他明白了自己的一生应该怎样度过。不久，他就带着妻子和其他几个小妾，移家杭州，后来，又搬到了南京，开始了另一种生活。

也许，人的一生即使再顺利，细想起来，都会如同一只花豹身上的花纹一样变幻莫测。自从李渔看到了另一个更老的李渔在铜镜里显现，他便决定不仅顺应自己的命运，也要过更为有趣的生活。在杭州和金陵，他到处行走，广泛结交杭州和金陵的才子佳人，与"西泠十子"和"海内八大家"多有交情，还一口气写下了《无声戏》《十二楼》等两部短篇小说集，又写了《怜香伴》《风筝误》《意中缘》《蜃中楼》等多部传奇，写下了《论古》和《李笠翁一家言》，最后，写出了散文随笔《闲情偶寄》。这二十多年间，李渔走遍了大半个中国，带着他的家庭戏班子，每到一处，必有当地的达官贵人慕名请他唱堂会，他的家庭戏班子一般演出的，都是李渔自己编剧的戏。

我们说过，戏如人生，人生如戏。因此，当花豹又一次从李渔那在杭州和金陵度过的二十几年令人眼花缭乱的生活之梦中醒来时，花豹在想，究竟是人生如梦，还是梦如人生？它费力地撑开眼皮，又看见了铁笼子的栅栏，铁条仍是那么严密地囚禁着它的目光和梦，它感到十分烦躁，就站起来在笼子里走动，从这头走到笼子的那头，怎么走，都刚好是七步，它少走或多走一步，都是不可能的。这简单的重复要使它发疯，于是，它又蹲了下来，闭上了眼睛，为的是不去看那严密的铁栅栏，和铁栅栏后面固定不变的后花园的景色。

康熙五年，李渔往西北方向行走，到达了陕西和甘肃。在陕西咸阳，他遇见了两个舞女大乔和小王，他把她们带回了金陵，这样，他的家庭戏班子进一步地扩大了。他和号称"江左三大家"的吴伟业、钱谦益、龚鼎孳，以及号称"海内八大家"的王士祺、施闰章、宋荔裳、周亮工、严灏亭、尤侗、杜睿、余怀等人，一起切磋艺理，诗文唱和，饮酒作乐，四处游历。

李渔的《无声戏》《十二楼》等话本小说，以及长篇小说《肉蒲团》在坊间四下流传，广受欢迎。在《无声戏》和《十二楼》中，人间悲剧和喜剧交替上演，各种因缘际会发生在一个人那长长短短的旅途中，并以巧合和因果报应结束。《肉蒲团》则是一部奇怪的作品，初看之下似乎是劝诫人不要沉溺于肉欲，但是读者将随着小说中的主人公未央生一起经历一次肉欲的狂欢和狂迷之后，才获得一种大彻大悟，而在这个过程里，我们看到的，是一个淫荡的狂徒的纵情声色、毫无节制的性生活，细节突出，会引起读者的淫欲冲动，所以印行不久，就被某些道学之士给举报到官府，经过调查和李渔及其朋友的斡旋，这本书以官方调查上报为"此书并不是李渔所作"而作罢。

因此，李渔将更多的时间和精力，放到了自己的戏班子的演出上。因为演出是最好的商业、社交和娱乐活动。那段时间，经常有人跨省来请他的戏班子前去演出，因而，李渔可以拿到数目可观的赏赐和报酬，因为，他和他的家眷、家庭戏班子，一共有几十个人要依靠他生活，开销很大。

　　总的来说，有时候李渔的日子过得很富足，有时候，他又贫穷得身无分文，还要借债度日。但他的三十多个妻妾、仆人、子女、婢女、演员，都对他不离不弃，怎么样都要跟着他。这样的情况，使李渔对他周围的人充满了责任感，他不得不广开财源，自己印刷书籍出售，包括了《闲情偶寄》《李笠翁批阅三国志》《新刻绣像批评金瓶梅》等等著作。这样，他举债的机会减少了，演出费、出版印刷业、书画润笔等收入多元化之后，他就能够维持家庭的运转了，过着繁花似锦的热闹生活。

　　……花豹又一次睁开眼睛，它看见，有仆人用一根木竿挑着一只山鸡，扔进了笼子。这是它的食物。对于食物，自从它被关进笼子，它的食欲不振，胃口已经越来越小了，所以，它并不去理会刚刚送进来的山鸡。这一刻，它仿佛从空气中嗅闻出了一种熟悉的味道，那是一只母豹的气味，这一刻，花豹格外想念它的配偶。但母豹又在哪里呢？它又闭上了眼睛，通过想象去接近那时间中的母豹，就这样，它却又再次进入了对李渔的回忆。

　　李渔写过一本情色小说《肉蒲团》，说的是一个读书人未央生在与六个女人发生了肉体关系，纵欲之后，悟出了人生哲理，从肉欲中升华了。这本书因为性描写的细腻，被称为淫秽小说之首。但李渔虽然好色，却不淫。他在对女人的品赏方面，有着绝佳的品味。比如，在他的《闲情偶寄》中，他就写到，初次与处女发生性关系时，千万不要伤害女人的感觉，因为，初夜对女人的意义非常重大，一定要小心翼翼。

但李渔和女人的关系十分复杂,他喜欢女人,也拥有很多女人。因此,当豹子又梦到了李渔和他的女人在一起的场景时,不禁就想到了自己和那只母豹的第一次交配。据说,豹子并不是可以随时起性的,它们都有自己的发情期,不像人,在成年之后的几十年中,随时随地都可以性交。花豹想起自己那一次和那只母豹的性生活时,既感到了甜蜜和忧伤,同时又感到了痛苦和畏惧。那是一头年龄比它大的母豹子,它们交合在一起时,费了很大力气,母豹子甚至还咬伤了它,但它最终还是进入到了母豹子的体内。据说,公老虎的生殖器是带倒刺的,在交配中倒刺会使交配中的母老虎靠得更近,那么,公花豹同样也长着带倒刺的生殖器,它钩住了母豹子的阴道内壁和靠近子宫的肌肉皱褶。而母豹的不合作,也加剧了它们之间的痛苦,在拉扯中,它生殖器上的倒钩被扯掉了,留在了母豹的体内,而母豹则嚎叫着,消失在了丛林中。

李渔公开宣称自己好色是在南京,他与很多女演员、乐师,以及秦淮河边上的艺妓都有一手,他像一把巨大的茶壶,不停地向那些女人身上玫瑰色的小茶杯里倒水。此外,李渔对情爱是持开放态度的。对他的戏班子里的同性恋,他也很理解和欣赏,可以说,是他把她们中的一些人发展成了双性恋。他无微不至地关心和爱护着跟着他的每一个女人。在豹子的梦中,李渔像一架精力充沛的机器,一边领着他的戏班子四处游走,赚取演出费,一边写下了大量的诗文、杂著、戏剧和小说,还编定与评点了几部历史著作,印刷出版,获取了不菲的金钱。同时,李渔身体健壮,他不停地向女人那两腿之间的玫瑰茶杯倾倒爱液,他的生命力在那些年,完全释放了出来。

当然,每个人都有自己的命定,每只花豹也有身上的花纹全部消失的时候。李渔终将走向他人生的衰败期。1675年，也就是康熙十四年，他送儿子回乡参加童子试时，再一次看见了故乡的山水，突发思念故乡之情，两年之后，他由金陵移家到了杭州，在云居山的东麓，过起了隐居生活。

当花豹的梦向结局挺进的时候，它势必将与李渔再次相遇。史书上记载，李渔在1680年死于贫困交加，但花豹的梦则提供了另一种可能性。

那仍是一个黄昏，李渔拄着拐杖来到云居山中散步，在夕阳余晖中，再次和一只花豹相遇，这只花豹像一块石头那样卧在灌木丛中，李渔有些老眼昏花，走到了很近的地方，才看见了它，这让他吃了一惊。他以为自己是身处梦中，一瞬间，他回到了1644年清军入关那一年他曾经和一只花豹相对，但他发现，这一次不是，因为豹子明显不是上次那一只，这一只要更大，身上的花纹也更像夕阳中的火焰。他和豹子就那样对峙着，谁也不后退一步，仿佛都要证明自己勇敢似的，直至黑夜像一张大网一样降临。然后，花豹温柔地、乖顺地来到李渔的身边，任凭李渔抚摸它身上火焰色的花纹。

李渔就豢养了这只豹子。他把它关进了铁笼子里，让它每天做梦。李渔也在日渐衰老，并且和花豹在梦中相遇，互为彼此。李渔梦见的，是自己和一只母豹的交配以倒刺的损害导致了身体疼痛而告终。

后来，某一天的傍晚，一场大火点燃了云居山的半个山麓，四周的人都去上山救火。他们看见了一只在火焰的包围中奔突的花豹，并抓住了它。但谁也没有找到李渔，连他的骸骨也没有，但花豹十分清楚，那场大火不过是一个梦，就像它身上的花纹一样是流动和难以捕捉的。现在,它可以安详地闭上眼睛,继续做梦了。梦见它变成了自己的主人李渔,并再次经历了他全部的生活。

(获得2016年《西部》杂志"喀纳斯杯"小说奖)

入迷

"入迷"是一家伊朗餐厅的名字,位置在北京三里屯街东侧的街口。马路对面是兆龙饭店和现在已经消失不见的太平洋百货商场。每天,有无数路人都会注意到它的标牌"入迷",这个餐厅的名字很吸引人,是起自古代波斯最有名的诗人鲁米。波斯诗人鲁米这些年的诗集在欧美很热卖,鲁米因此被简化为心灵鸡汤式的诗人了。

这家在北京的伊朗美食餐厅起谐音名为"入迷",实在是十分巧妙。"入迷"餐厅旁边还有两家伊斯兰风味的餐厅,一家是"土耳其妈妈"餐厅,有上好的烤肉,另外的一家是"一千零一夜",这几家伊斯兰风味的餐厅,分别售卖来自伊朗、土耳其和阿拉伯半岛国家的美食,你要是想品尝伊斯兰风味的美食,去这几家餐厅都很好。

牟宗思很喜欢鲁米的诗。其实也是跟风，最近，因为某个女草根诗人带动了一种诗歌潮流，所以，阅读和朗诵诗歌忽然在大城市里变得流行了。波斯诗人鲁米的诗带有着哲理和生活的智慧，也很对牟宗思的口味。比如，这一首《在春天的时候，到果园去一游吧》：

在石榴花丛中
那里有光，有酒，有石榴花

你不来的话，这一切都了无意义。
你来了的话，这一切也会变得了无意义。

牟宗思就想，为什么你来了或者不来，这一切都了无意义呢？这就是鲁米的高的地方了。你不来，世间美丽事物无法分享，那么一切都了无意义。你来了，恋人的眼睛里只有对方，那些世间美丽事物同样了无意义。是不是我可以这样理解呢？牟宗思这么想着，看着窗外渐渐降临下来的暮色，就很想去外面走走。

牟宗思一个人出了团结湖的家里，顺着团结湖公园往北边走，走到了十字路口，脚带着身体，和人群一起过了马路，"中国式过马路"，人团成一堆儿一伙儿，就那么不管不顾红绿灯就走过去了。这其实是对中国人过马路的妖魔化。起码，在北京和上海等大城市，人们过马路还是比较注意红绿灯的，倒是一些地方的信号灯设置不合理，没有按照以人为本、以人为先的办法，比如，人行道的绿灯亮了，但右拐的机动车一辆接一辆地使劲走，阻挡住了人行道上的人，那又算是谁的错？当然是车的错，车不让人，开车的人太自私，这就是大城市的现状。

现在，是夏天的光景，牟宗思感到很饿，这个时候，他看到在往三里屯街边走的路边上，有很多藏族人摆开了小摊子，小摊子上都是各种饰物，这些饰物五花八门，行人大部分都是匆匆而过。牟宗思就想，这些藏族人在大城市里卖这些玩意儿，能养活自己吗？有人买吗？走着走着，他一抬头，就看见了"入迷"餐厅。从"入迷"餐厅里飘出来一股烤肉的香气，他看到，在餐厅外的就餐区，很多餐桌边都坐满了谈笑风生的人，大家都在大快朵颐，他不禁口水直流，就更加饥肠辘辘了，于是，他就进去了。

牟宗思有过一段短暂的，不到两年的婚姻，这还是在五六年前，他的老婆是学葡萄牙语的，他是学英语的，他们都是外国语大学毕业的校友，毕业之后，他们就同居了，接着，也就结婚了。学外语的人有一个特点，就是学哪国的语言，气质、价值取向和生活方式都要向那个国家的文化靠拢。

比如说，学英语的，就像英美国家的人一样，随性，开放，洒脱，自由主义，奔放，也很务实。学法语的，浪漫，小气，修饰，繁复，矫揉造作和细腻柔情，自私自利到自恋自怜，优柔寡断，文艺腔文艺范儿十足。学德语的，古板认真一丝不苟，僵硬呆板，一条道走到黑，一根筋走到头不拐弯。学日语的，点头哈腰，虚与委蛇，笑面虎，笑里藏刀，退避三舍，温文尔雅，小变态加敏感细腻到让你崩溃。学西班牙语和葡萄牙语的，叽里哇啦，大大咧咧，懒惰、随性、浪漫、性感、贪吃、好色、爱睡觉。与学习意大利语的差不多，意大利语听着也是嘎嘣脆的，叮当作响，不优雅，但是干脆、抒情、幽默和感伤。学俄语的，笨重，内省，野蛮，虔敬，沉着，顽固，滞重。啊哈，语言是行为之指南，内化于人的意识，又指导了一个人的行为规范和世界观，语言的力量是很大的，它潜移默化地改变了一个人的所有的一切。

  牟宗思在结婚之前的大学一年级，还交过一个学习日语的女朋友，女朋友以日本人的坚忍、细腻和变态到可怕的温存，将他牢牢地把控在自己的手心里。这不断地激起了他的反抗情绪和反抗举动，由于他的反抗伤了姑娘的自尊，最终，他还是和她分开了。然后，到了大四，他认识了一个学葡萄牙语的黑头发高个子姑娘，两个人谈得很好。后来两个人毕业了，也结婚了。这就是他简单的感情经历。

  几年之后，他们逐渐感觉婚姻生活开始变得有些乏味，俩人又不想要孩子，就一直在各自的专业领域奋斗，不断地精进，但两个人在床上的激情越来越少了，慢慢地就感觉像亲兄妹了。

  所以，当有一天，老婆提出来要和他离婚，然后去巴西留学深造的时候，牟宗思也就没有觉得怎么奇怪的了。他放她走了，正如，他自己也一同解放了一样。

  老婆走了，他才发现自己更加地想念老婆的好，虽然这种念好在几年的时间里也逐渐地黯淡下来。他开始相亲了。这不，单身已经好几年了，他一直奔走在相亲的大路上。牟宗思其实并不喜欢自由，因此，当自由真的来到了他身上的时候，他还是很不适应的。一个人，一旦一直被枷锁控制着，枷锁真的没有了的时候，那个不适应，那个纠结以及以为枷锁一直还在的感觉，都是很古怪的。这就是习惯使然了，这就是习惯势力了。但是，相亲这件事，虽然大部分相亲对象都经过了朋友的介绍，可是相亲的效果却不好，各种奇葩女人他都见到了，就是都觉得不合适，不合适。他这才发现，有一个很有趣的说法：地球上每个月七天流血还不死的动物，就是女人，你想想，那女人就会有多么可怕。确实啊，每个月七天流血都不死的动物——女人，这简直是太奇葩了，她们真的是古怪的动物啊。

所以，相亲相到了现在，牟宗思一直还是单身的。

牟宗思进到餐厅里，一个黑眼睛高鼻梁的、模样很像伊朗女人的服务员引导他，在一个安静的座位上坐下来。餐厅里几乎每个餐桌边都坐着人，到处都是满员，似乎每家餐厅都是满的，北京吃饭的人怎么这么多！他感到了失落和愤懑。

他在一张小桌子边坐了下来，环顾餐厅，发现这家餐厅里来了两拨伊朗客人，从装束上可以看出来。世俗化的伊朗人性情开朗，喜欢穿西装，留胡子，连鬓，眉毛很黑，眼睛很大，很幽深。他们的笑声，说话声都很爽朗。有两个长条桌子边，坐了十多个人，显然他们都是一起来的。

牟宗思去洗手间洗手，回来路上看了一眼旁边那伙人餐桌上的吃食。他们要的东西都上来了。看看他们吃了什么——他们点的是一种很大的托盘，比一般的脸盆还大，上面放满了精心搭配的烤肉——看来，入迷餐厅最拿手的，就是烤肉了。这些烤肉以牛肉、羊肉、鸡肉和鱼肉为主，在烤肉的下面搭配了米饭。米饭上浇了一些黄色的什么东西，还配有蔬菜沙拉、土豆泥，以及特制的酸奶，这样的搭配实在可以说是很好的。

他坐下来，叫来服务员，也点了米饭配烤肉、蔬菜沙拉、一种由大麦酿制的不含酒精的饮料和特质酸奶，构成了一顿丰盛的佳肴食谱。

忽然，一个金发女子进来了，她也在找桌子，但是餐厅里满员了。服务员抱歉地告诉她这一点。她正要走，他看见了她，他的眼睛一亮，因为，他认识她。他对服务员说："嗨，假如她不介意，可以和我并在一桌。"然后，他站了起来。

那个金发姑娘见到了他，很吃惊地笑了，很高兴，"嗨，牟牟——宗，思？"她费劲地挤出来这几个汉字，因为，牟宗思的名字即使是中国人念起来也是很费周折的。牟宗思点了点头，"是我啊，凯蒂，请你坐到我这里来。"

美国金发姑娘凯蒂走过来和他拥抱，并且坐了下来。

他和金发姑娘凯蒂在去年秋天在庐山就认识了。那是"新东西方"学校搞的一次英语教学会议，请来的，都是在中国教授英语的外教，和在"新东西方"学校教授英语的中国英语老师。牟宗思在大学里教授大学英语，他也受邀来到了庐山。就是在那次英语教学会上，他们认识了。几天的会议很紧凑，他们彼此留下了电话号码，但是回来后虽然在一个城市里，他们之间也没有什么联系，每个人都很忙，都像无头苍蝇一样在奔忙。

但今天，在入迷餐厅里的巧遇，让牟宗思很兴奋。凯蒂的一头金发和闪亮的大眼睛，还有火辣的身材，出现在一个西亚风味的餐厅里，周围都是伊朗人、中亚人和中国人在吃饭，只有他和她坐在一起，显得她很扎眼，很让他感觉良好。

"凯蒂，见到你太高兴了。今天我请客，你想吃点什么？随便你。"牟宗思兴奋起来了。

"我？好吧，你请我，你说过请我的，在庐山上，对不对？哈哈，那我吃小羊腿配米饭吧，再来一碗酸奶。你呢？想吃什么？"

凯蒂的白皮肤泛着红，她的每个部位都长得很合适，也很夸张：大长腿，丰满的胸部，翘臀，金发大眼睛，高鼻子，就像美国做什么事情都很夸张一样。

他们点完了菜肴，就聊天。凯蒂现在在给一家留学机构做顾问，还在一些学校里教英语。这样他们俩都在教英语，自然有很多话要说，先说各自最近的经历，接着，讲在中国教英语的感觉。以及，他们还谈到了创立"疯狂英语"教学法的李阳，以及，李阳的"家庭暴力"纠纷和离婚诉讼的新闻。他们聊了很多，彼此忽然感觉很亲近。

一男一女两个人假如在合适的时机相遇，那他们会迅速地靠近。牟宗思后来得知，他的前妻去了巴西之后，嫁给了一个在巴西工作的葡萄牙外交官，而他们还是在北京认识的。他内心里就有些愤愤然。凯蒂刚刚和在北京留学的美国男友分手，心情郁闷，一个人在街上溜达，和牟宗思一样，闻到了入迷餐厅里的饭菜香气，就进来了，然后，孤男寡女就坐在一起了，就聊起来、并且越聊越火热了。

这顿饭两个人吃得很开心。吃完了饭，他们的胃里有羊腿肉、牛肉伴米饭，还有酸奶帮助消化，热量高营养丰富，决定一起走走路，就沿着三里屯的酒吧街往北边走。他们看到，现在的三里屯酒吧街已经不像过去那么的繁华了，但是气氛犹在，商业设施更多更丰富了，店铺林立，灯光溢彩。他俩慢慢走着，说着，感到很投机。一路走到了亮马河边，可以看到远处的亮马河边那些酒店和写字楼的错落的身影，和河边如同美人的长发一样随风摆动的美人柳的长长的枝条，这个夏夜是温情的，热烈的。

散步散得差不多了，凯蒂邀请他去附近她的公寓房间里喝咖啡。她的邀请让他感到很开心，因为，一个单身女人邀请你去她那里，那就什么都有可能发生了。

她就租住在亮马河边的一幢公寓里,那座公寓因为还有一些外交使馆的雇员居住,有门禁系统,门卫森严。不过,凯蒂带他进去,并不费什么力气,他们就一起进去了。出了电梯的时候,凯蒂非常自然地已经拉着他的手了。

凯蒂的房子不大,是两个居室的那种公寓,一间住人,一间用来作为书房。还有小厨房、洗手间和储物间,麻雀虽小,五脏俱全。凯蒂先开了一瓶红酒,给两个人各自倒了一杯。红酒的那种玫瑰深红似乎带有着一种寓意,只是这寓意太隐晦,他还看不明白。他一饮而尽了。

凯蒂说:"还要吗?"

"不要了,喝点水吧。"

凯蒂去厨房忙活了一阵子,端上来了咖啡,是她现磨制的。

"我喝了咖啡,睡不着觉,容易兴奋。"牟宗思说。

凯蒂笑了:"容易兴奋?哈哈,男人兴奋了,女人就遭殃了。"凯蒂的双关语让牟宗思觉得是暗示和挑逗。也许什么也没有,这不过就是老相识凯蒂的说话风格罢了。

"没有关系,咖啡也可以哈,咖啡就咖啡。"

他们就坐在客厅里的沙发上,喝咖啡。还有小提琴的音乐在伴奏。喝着喝着,凯蒂忽然说,她这里还有一点大麻,可以抽一抽试试。

牟宗思觉得很新鲜,现在,在他的内心感受里来讲,他和凯蒂今天肯定要发生一些什么了,不过,这一过程还在进行中,无非是在哪个节点上推进。这拉手、喝咖啡,坐在沙发上近到能够看到凯蒂那长长的睫毛、乳沟,以及带有性意味的玩笑话,就是一种步骤,暗示了两个人的亲近。再说了，美国姑娘凯蒂的大方、开朗，都是牟宗思喜欢的。他们先是喝了咖啡，然后，就是对大麻尝试的提议，这是什么节奏啊？

凯蒂把一点大麻卷到了一支香烟里，然后给他点燃，自己也点燃了一根。有一种很奇异的香气在洋溢开来，在房间里弥漫开来。他有一种飘乎乎的飞升感。这种感觉很奇妙，很愉悦，很飘忽，带着香气。忽然，他看到在凯蒂的屋子里，有一本鲁米的诗集《在春天走进果园》，就拿起来翻，翻到了一首诗，就念道：

《我们是镜子，同时也是镜子中的脸》

我们此刻正品尝着永恒的滋味。
我们是痛苦，也同时是
止痛药。
我们是甘甜的凉水，也是
倒水的坛子。

凯蒂一把抢过来诗集，随便翻到了一页，也念了起来：

《爱之道不在于精巧的论证》

门被荒废了。

鸟儿们在天际
自由自在地盘旋。

它们是怎么学会飞的？

它们掉下来，又掉下来，
终于获得了翅膀。

在凯蒂这里，朗读鲁米，两个人的亲近感在滋生和泛滥。一种奇异的烟草香在弥漫，牟宗思感到自己在飞翔，停靠在很高的地方，他能够看见很辽远的景色，是壮丽的，璀璨的。他过去从来没有接触过大麻，他知道，这在一些国家很合法。大麻毕竟是植物，而现在吸毒的人吸的，都是提炼出来的冰毒一类的合成物。他听说了一个关于吸毒的事，那是他们真正吸毒的人做的事情：吸毒者拿到了一块肥皂大小的"虎牌"毒品，那是经过提纯的海洛因，然后在酒店里包一个很大的套间，邀请了一堆男男女女，几天的时间里，把这块"虎牌香皂"吸食完毕，其间，这些狗男女在一起，什么事情都能干出来。性交的快感都抵不上吸食毒品的快乐。那才是吸毒者的疯狂和极端呢。大麻算什么？大麻就是自然的植物香气罢了。

忽然，牟宗思看到凯蒂将自己的小衬衣脱掉了，只有文胸还束缚着乳房。但她又解开了自己的文胸，甩掉了那件白色的文胸，一对稍微有些下垂，但是乳晕粉红的美丽乳房露了出来。她还麻利地脱掉了牛仔裤，他看到，她穿的是一件细细的性感的丁字裤。

哎呀，这阵势是要干嘛？他有些发窘了。

这时，凯蒂过来，命令他："脱。"

他看着她，斜躺在沙发上，一件件脱掉了自己的衣服。两个人现在在公寓里，都是裸体的了。他发现自己在面对凯蒂的时候，阴茎是疲软的，没有硬起来。奇怪了，他觉得这很奇怪。凯蒂并不注意这些,她将音乐换成了摇滚,拉他起来,原来不是拉他做爱,是两个人跳舞,跳裸体的舞蹈。"这样我们会更加自然,对不对?"凯蒂笑着对他说,"你是不是不紧张了?"牟宗思不知道怎么回答她。中国男人一旦裸体了,在任何地方都是紧张的。跳了一会儿,他们坐下来继续喝酒,抽大麻烟,聊天,朗诵诗歌,包括鲁米的诗歌。他们是裸体的,但是这裸体并不是做爱的前奏。牟宗思逐渐发现,原来,解除了衣服的束缚,他感到更加自在。这也是凯蒂教给他的。他们不穿衣服,不过是为了更加自由,不是为了滥交。他们最终没有做爱,盘腿坐着,看着对方,喝了不少酒,他不胜酒力,一瓶红酒就让他头晕,他和凯蒂说话,说了很多,到后来他就睡着了,躺在沙发上睡着了。

等到牟宗思醒过来,他发现身上有一张毛毯,他的身体在毛毯下面被保护得很好,没有着凉。听声音,凯蒂早就起来了,在厨房里忙活做早餐。他赶紧穿好了衣服,走到厨房那里看凯蒂忙活。"要不要我帮忙?"

"不要。美国女人也是很会下厨房的。"凯蒂冲他一笑。

那天的早餐,他吃到了煎鸡蛋、面包、牛奶和香肠,一顿纯粹西式的早餐。他还闻到了一股子中药的气味,也从厨房里飘出来。

他指着一个陶土的药罐子问:"这是什么?"

凯蒂笑了:"中药啊。我要喝中药。是中医医生给我开的。"

"你不是好好的吗?我看你身体很好啊。"他笑了。

凯蒂递给他盘子和杯子,一边往餐桌跟前走。"我有些月经不调,我要用你们的中医来调整经期,这样,为下一步结婚要孩子做准备。"

牟宗思吓了一跳："结婚，要孩子？"

凯蒂说："你这个傻瓜，我还没有结婚，我当然要结婚，生孩子啦。我的月经期不准，我要调理月经，使我的排卵正常，这样我——假如和你，或者和别的男人，不管是谁吧，结婚了，我就要生孩子了。"

牟宗思明白了。凯蒂是要结婚的，而且，显然，凯蒂是喜欢他的。最好是，和他也生一个或者几个孩子。

自从那天之后，他们的交往的热度迅速升温。因为从团结湖他的住处，到亮马桥她的住处，走路也就20多分钟，所以，他们就经常在一起了。两个人又都是教英语的，一个是大学老师，一个是洋京漂，他们俩有前缘，又有后来的这次机缘，所以两个人的交往是很快就亲密起来了。

此前，牟宗思虽然学的是英文专业，但是他从来都没有想到过自己应该交一个英语国家的白人女友。现在，凯蒂来了，虽然她经期不准，但是她却在调理它。他发现，凯蒂是一个相对传统的姑娘。美国姑娘不是你一想到她，人家就非常的性开放。美国姑娘也有各式各样的。但自立是美国姑娘的基本特点。他首先意识到，凯蒂倒是能够做到性平等。也就是不把和他上床作为一个多么大的事情，因为，他们互相喜欢，这个事情就会自然发生。

随着两个人的接触，牟宗思感觉到，美国姑娘真好！就是你不会觉得有那么大的负担和不方便。他了解到，她的父母亲是外交官，过去常驻香港，她小时候在香港度过了很多年，回到美国上了大学，之后又来到北京读中文，又回到美国，又回来了，她在美国有点不习惯了。"东亚太热闹了，太好玩了，美国太没有意思了。"她说。

她前后在北京也生活了有七八年了,是个北京通。比如,她很了解中国人的优点缺点,社会环境和制度,在北京生活得如鱼得水。现在,她32岁了,感觉自己越来越大了,需要结婚了,这是她很着急的事情。所以才要调理经期。

但这难道不是牟宗思着急的事情吗?即使不是他着急的,也是他的父母亲着急的事情啊。父母亲虽然没有和他住一起,他们住在亚运村,每个星期他都要去看望他们一次。他们现在都退休了,又只有这么一个儿子,自然非常着急。

"你都42岁了,连个孩子都没有。也不知道你们当初是怎么回事!"母亲抱怨他第一次结婚不慎重。

牟宗思觉得和凯蒂在一起,是一种奇特的缘分,是一件非常重要的事情。不是不能考虑到婚姻。凯蒂潜在的想法也是这样,她很盼望找一个中国男人做丈夫。中国男人有中国男人的优点,比如,牟宗思很擅长做菜,这是他小时候就看着父亲给母亲做菜,长大之后常常亲自下厨,他的前妻对这一点是最为赞叹的。而凯蒂很喜欢吃他做的菜,虽然很多动物肉她是不吃的,比如兔子和鸽子,她也不吃动物的内脏,除了鹅肝和羊腰子。

随着时间的推移,他们两个人在一起的时间越来越长,越来越多,这就说明两个人是亲密的,关系在越来越好了。就像鲁米的一首诗《你分了我的心》那样:

你的不在扇起了我的爱。
别问怎样。

然后你来了。

"不要……"我说，

"不要……"你答。

不要问为什么，

这令我欢快。

当爱情到来的时候，男女身心的愉悦是无以言表的，那就是，不要问我为什么，这令我欢快，鲁米更为简洁地表达了那种境界，爱的境界。牟宗思和凯蒂在一起，找到了一种亲密的爱情，他现在为她熬中药和骨头汤，给她炖牛排，这些都是他体贴她，表现中国男人优点的地方。

凯蒂是一个很独立的女人，在经济上与牟宗思的关系也是如此，不愿意花他的钱。不过，中国男人和美国女人在一起，不是没有问题，比如，文化上的碰撞，也会是自然的。两个人在亲密接触了一段时间之后，就发生了第一次争吵。争吵的原因，是关于美国对中东局势的影响的。伊拉克战争结束之后，是埃及的茉莉花革命，一个小贩的死发生了连锁反应，导致了埃及穆巴拉克政府的垮台，然后，是一系列的中东、北非国家的民主化浪潮，几年下来，中东、北非的阿拉伯世界更加混乱了。

牟宗思认为，这都是美国搞乱的，美国在搞乱世界。这个时候，美国姑娘凯蒂不干了，她认为，是这些国家的人自己没有搞好，是独裁者搞坏了，中东北非现在有乱局，但这还在一个更大的民主化的过程中，需要时间，并且，是美国引领他们走上了一条正确的道路。美国才是伟大的！

然后，两个人就吵起来了。刚才两个人还亲热地做爱，两个人的身体还那么亲密地你在我里面,我在你上面,现在,却吵得面红耳赤,吵架的原因却是和他们俩的生活一毛钱的关系都没有的国家荣誉和国家评价。而牟宗思指责凯蒂的一句话刺伤了她:"你的观点,还是有一种美国人的文化傲慢。"

凯蒂生气了:"你出去!我才没有傲慢,是你有着男人的傲慢!你走!我不想见你了!"

牟宗思愣了一下,他是一个自尊心很重的男人。然后,他就整理好衣服,穿好鞋子走出了那栋外交公寓。

回到了自己的住处,牟宗思心里也很恼火,本来,两个人的关系正在向好的方向发展,现在却为这些八竿子打不着的阿拉伯之春的那些烂事,两个人之间产生了价值观和历史观、政治观和文化观的严重分歧,导致了严重的吵架。毕竟,凯蒂是美国人,美国人是世界的霸主,他们总是不知不觉地就流露出文化的偏见和傲慢的,而中国是正在上升的国家,全球老二,老二和老大之间,必定有些架要吵,他想。先不理会她了,他那天晚上也没有打电话给她。

这天夜里,他做了一个梦,梦见在入迷餐厅里,他一个人在那里坐着,就像他和凯蒂重逢一样的场景,凯蒂进来了,他站起来,向她打招呼,但是凯蒂根本就不理会他:"我不认识你,走开。"她也似乎变得陌生了。他再仔细辨认她的时候,餐厅的服务员被她叫来,阻挡他的骚扰。他眼睁睁看着凯蒂坐在另外一边靠近窗户的位置在那里吃饭,冷若冰霜,就像他们从来都不认识一样。

早晨的时候他醒过来,感到胸口很憋闷。他忽然非常想念她,就给她的手机打电话。可她的手机是关着的。

这就比较奇怪了,因为,她的手机是从来都不关,二十四小时开机，她的父母亲有时候会从美国打过来。他继续打，还是关机，关机。

到了下午，他去那幢公寓去找凯蒂。公寓楼的管理员说，昨天看见凯蒂出门之后，就再也没有回来。"难道你们不在一起？"那个观察力很强的公寓管理员觉得很奇怪，既然你们是恋人，你还问我她去哪里了？你难道不知道吗？你是最应该知道的。

是的，凯蒂不见了。他有点紧张了，就继续打她的电话，还是关机。这不像是她的风格啊，为那么一点烂事吵架，就值得生这么大的气，发这么大的火？阿拉伯之春，随便他们怎么搞吧，妈的，与美国中国一毛钱的关系都没有，好了吧？与我们更是一毛的关系都没有好了吧？为那些事情吵架，太不值得了。他在脑海里不断地给凯蒂道歉，但没有任何信息和迹象显示，凯蒂到了哪里。

过了一天，有两个人上门了。当时，他在学校的办公室开每周的例会，有一个教学秘书走过来说，外面有人找他。

他下了楼，看见有两个人站在那里等待他，表情很严肃。其中一个亮了证件，是警察。都是中年人，穿着便衣，开着一辆很不起眼的伊兰特现代轿车。就是他们把他叫下来的，就在汽车里谈。他们两个人，一个的脸是长的，还有一颗黑痣在下巴上，单眼皮，表情严肃。另一位，脸是圆的，额头的几道皱纹很明显，稍微有点秃顶，但眼睛很大。

"你认识这个人吗？"他们其中一个亮出了凯蒂的照片。

"认识，她是我的女朋友，美国姑娘凯蒂，我正在找她呢。"牟宗思感觉大事不妙。

"她失踪了。她所在的学校联系不到她，就报案了。你既然是她

人迷 | 391

的男朋友，你应该知道她到哪里去了。"

牟宗思一下子蒙了。他说了他和她吵架之后，他就走了，然后，他也去找过她，但是她消失了，不知道去哪里了。"我也在找她，真的不知道她去哪里了。"

长脸、下巴上有痣的那个警察盯着他，"你可得老实交代啊。现在，凯蒂人找不到了，你是她的男朋友，你们发生了争吵，所以，她失踪了，这与你有直接的关系。我们已经搜查了你的屋子，发现了她留下的指纹。当然，这指纹可能是过去留下的。"

牟宗思感到很憋屈，"我我怎么说呢，我怎么——这怎么可能是我——"他忽然明白了，假如凯蒂遇到了不测，那么，他肯定是最大的嫌疑人。现在，当务之急，就是找到凯蒂。但是，凯蒂跑到哪里去了呢？

不知道。谁都不知道。

那两个人问完了话，圆脸的说："最近不要离开北京，我们可能随时找你核实一些情况，她是美国公民，这是一件大事。而且，她的失踪非常神秘。我们启动了各种调查手段，没有发现她乘坐飞机、高铁、长途客车离开北京的任何讯息，在任何一家酒店，也没有她的登记入住记录，所以，我们正在全力找她。你是证人，也是怀疑对象。我们找你的事你先保密，这对你也好，你也要帮助我们，提供有效的线索。"

牟宗思很焦急地看着他们："一定要帮助找到她啊，我只能依靠你们了！我现在很后悔，吵什么架啊，为那点屁事。真的很不值得。可是，我确实不知道她到哪里去了啊。"

下巴上有痣的刑警盯着他看，一直在和他对视。那个警察似乎能读懂他的心思。他想看看牟宗思的眼神里有什么蛛丝马迹。他看了他快 20 秒了，这一刻的时间很长，牟宗思也没有含糊。然后，他们走了。

牟宗思回到了家里，发现家里的确有被翻过的痕迹。警察太厉害了，就这么不动声色地进来搜查他，又立即能够找到他。可是，他们还是没有凯蒂的信息。这是怎么回事？牟宗思躺在床上，百思不得其解。或者，凯蒂不是一般人，是一个间谍？他们找她，是抓美国间谍？他的脑子里翻滚着各种的想象，不知道到底凯蒂发生了什么。

他随手翻着那本从凯蒂家里拿来的英文版的鲁米的诗集，感觉到凯蒂在某页有个折痕，就翻到了那一页，他看到了一首诗：

《破晓的微风有秘密要告诉你》

不要回去睡觉。
你必须开口要求你真正渴望得到的东西。
不要回去睡觉。
人们在两个世界接壤的那道门槛
穿过来穿过去。
那门是圆的，而且开着。
不要回去睡觉。

牟宗思读着这首诗，感觉到凯蒂的失踪的确是匪夷所思、万般神秘的了。而且，万能的帝都警察启动了调查模式，民航、火车、旅馆信息里都没有凯蒂的信息，这说明她还在北京。但她在哪里呢？站在房间里，他朝着那灯火通明的北京城的夜景望去，万家灯火里，凯蒂已然消失不见，如同这雾霾中的人。

过了一天，那两个警察又来找他了，详细询问了他和凯蒂的交往，记录了他说的话，然后告诉他，凯蒂还是失踪的状态，他们警告他要老实讲，不要隐瞒。尤其是，凯蒂在北京，还交往了哪些人？喜欢去哪些地方？喜欢郊游或者喜欢爬山去郊区不？喜欢逛商店不？告诉你，你的嫌疑人身份，现在是跑不掉的。

牟宗思就仔细地回忆着，他感觉凯蒂很多事都不喜欢，她很宅，除了外出工作，就喜欢待在公寓里听音乐，喝中药，调理月经。当然，他没有告诉他们，她喝中药是为了调理月经。美国女人的月经也常常有不准的时候，这事让他感到过好奇，他原先觉得美国女性的妇女病和中国的不一样。但现在，她消失了。

他们走了。但在牟宗思的心理上形成了压力。因为，他隐隐地觉得，凯蒂的失踪，和他有些关系，又没有关系。要是他们不吵架，凯蒂还会失踪吗？不会，因为他就在她身边，抱着她，她哪里也不会去。可是，现在，她不见了，因为，她和他吵架了。为了埃及，为了北非和中东，为了阿拉伯，去他妈的吧这些乱七八糟的，还我凯蒂！

他觉得凯蒂也不会是间谍，即使现在有警察在奋力地寻找她。毕竟她是一个美国人，在北京失踪了，这就是一件事了。

牟宗思想破了脑袋，都不知道她去了哪里。就这么又过了一天，他走在街上，不知道怎么的，总是觉得有人在跟踪他。不管他在干什么，似乎有人用车子在追踪他，但他又无法确定这一点。只要他下了课，回到了家里才没事。一旦他出来，走在街上，去商店买东西，他会四下看看，那些靠近他的人，若无其事经过他身边的人，都很可疑，都是跟踪他的，都是在怀疑他的。或者，他们就是便衣。

有一天晚上，他出来溜达，从团结湖公园穿越出来，觉得身后有一个人在不紧不慢地跟着他。他加快脚步，那个人也加快脚步，他放慢脚步，那个人也放慢了走路的速度。他就向长虹桥的方向走。走到了松子料理店门口，猛一回头，对在他身后跟着的那个人大喊："你要干什么！我不是嫌疑人！"

这时，他看见了一个脚步蹒跚的老太太的非常惊愕的脸。弄错了，人家就是脚步蹒跚，没有跟踪他的意思。他一脸歉疚，赶紧跑了。

白天，上课的时候他也经常走神。有时候讲课讲着讲着，声音就低下去了。或者，内心里有些莫名其妙的激愤，就升高了音调，大声地在课堂上讲话，甚至模仿李阳的疯狂英语在嘶吼。

他自己都不知道他怎么了。他怎么这么的脆弱。因为谁都不知道其实他是多么地爱凯蒂，多么地希望她没有事，多么希望有她的消息，多么地希望，和她在一起。

第六天，他下了课，一个人坐地铁回家。回到了自己的居住地楼下，看见了那辆他曾经见过两次的白色现代伊兰特轿车。那两个警察在车里。

他走近了，示威性地站住了，刚要发飙，车门打开了，两个人面色凝重地出来，看着他。下巴上长痣的那个警察说："凯蒂找到了。她被劫持了。现在在医院里。她安全了。和你无关。走，到你的屋里，我给你仔细说。"

牟宗思忽然感到了放松，但又感到了紧张和情绪失控，他呆立

入迷 | 395

了半天才动弹。回到牟宗思的房间里，两个警察坐下来，慢慢地喝茶，然后，告诉了他整个情况：

六天前，凯蒂和他吵架之后，把他赶走了。两个小时之后，她也出来了。可能是去买东西，她打车去了西四环边的金源时代广场。在那里，她买了某种化妆品，但在傍晚的时候，被一个人用湿毛巾——上面有乙醚类的麻醉药，捂住嘴，瞬间麻醉后绑架到车内。绑架她的人是一个罪犯，现在已经死亡。那是一个刑满释放犯，曾经因偷盗、抢劫和非法持枪被判刑。他刚刚从狱中出来不久，就伺机策划了这起绑架案。

"可是，他为什么要绑架凯蒂呢？凯蒂又没有钱，和他又没有冤仇，为什么要绑架她？"他很激愤地问。

"事出有因，多年前，抛弃这家伙的一个女友，就是一个高个子、喜欢将头发染成金色的女子。他出狱之后，在平谷承包了一处果园，在果园里挖了一个地窖，就开始专门朝染金发的高个子姑娘下手了。凯蒂是他绑架的第五个姑娘。前面的四个，都在那个果园的地窖里，被折磨、强暴之后，杀害了。"

牟宗思感到自己的呼吸都不顺畅了。这太可怕了。警察脱口而出的每个字都很平淡和平常，但是加在凯蒂身上，就是最大的灾难。

"你要是去了那个地窖，你看见的，就是地狱。我们不能告诉你太多的细节。因为，媒体也不会知道也不能报道，因为，罪犯太变态，太残酷了。这个罪犯发现自己绑架了一个美国人，心态上有些复杂。凯蒂非常勇敢，看来她很镇定，就和他周旋了几天。他折磨她，强暴她，她继续周旋，不去激怒他。在他最后还是决定要杀死她的时候，她想办法最终挣脱了——她用他的杀人斧头，砍死了他，割开绳索，跑了出来，跑出了那个地狱一样的地窖。好了，我就告诉你这些。她现在在医院里，比较平静，她现在肯定非常需要你。"

警察说完，给他一张纸，上面是凯蒂住院的地址和床号。

两个警察走了，忽然，牟宗思流出了眼泪。人，有时候生活在大城市里会遭遇无妄之灾，会忽然陷入绝境，凯蒂就是这样，她真倒霉，她根本想不到，是她的高个子和一头金发惹的祸，她偶然成为了一个变态杀人狂的目标。她被俘获了，她受尽了侮辱，但是，她那么的勇敢，她最终在周旋之后砍死了他，逃了出来。

这简直是一部小说的情节，可是，这却是真实的，就发生在他的生活里。他哭了，一边哭，一边开始熬制骨头汤，他要把骨头汤熬好，明天一早端着去医院看凯蒂，看望那个活着的、他的天使。

凯蒂后来康复了，半年多之后，牟宗思和她结婚了。又过了一年，凯蒂回到了美国，生下了一个女孩儿，那是他们俩的孩子。他们的感情很好，谁也不再去、不可能去触碰那段可怕的记忆，但正因为有了那段记忆，他们的关系变得牢不可破了。

又过了一年，他们带着孩子回到了北京。这是一个春天，在玉渊潭公园里，带着两岁的女儿赏樱，他们一家三口很快乐。这天晚上，他们来到了入迷餐厅吃伊朗饭，入迷餐厅的生意还是那么好，他们找到了座位，坐下来，牟宗思拿出来鲁米的诗集，翻到了一首诗：

《我们有一大桶葡萄酒，却没有杯子》

棒极了。
每天清晨，我们两颊飞红一次，

每天夜晚，我们两颊再飞红一次。

他们说我们没有明天。他们说的对。
棒极了。

"今天棒极了。是不是，亲爱的？"牟宗思说，他看着凯蒂，伸过手去，拉住她的手。她还在点菜，看菜单，还要照顾女儿，不经意地，只是用手指回应着他的温存。

（获得2016年《作家》杂志"金短篇"小说奖）

云柜

一

"什么是云柜？"孔东好奇地问施雁翎。

一天，他们坐在丽都假日酒店南边一个酒吧的后花园里。这家酒吧每天晚上九点之后就特别热闹，各种肤色的人都有。在酒吧中心的大房间里，有一圈深褐色的高脚酒吧椅，围绕着中心酒廊，还有一个小型的台球案子靠着一面墙，你可以在那里随便打，不收费。远远地看去，酒吧的圆形铁券拱门上，一到夜晚闪烁的，是耀眼的酒吧的中英文名字。在酒吧的前院和后院，绿植掩映的场地上有很多露天座位，摆放的都是铁艺的桌椅，坐下来不小心碰了腿脚，会很疼。酒吧的前院，靠近一条非常热闹的商业街，一些品牌商店一字排开。在酒吧的后院还有一个人工小湖，有假山有喷泉有各色植物，连南方的棕榈和椰子树都有，也不知真假，婆娑地掩映着那些桌椅。说是酒吧，其实是餐吧，里面有很多种西式和中式的便餐，有吃的有喝的，来的人觉得就很好。

施雁翎的个子在女人里算高的，大概有一米七五的样子，因此她不爱穿高跟鞋。孔东能够看出来这一点。这是他们的第三次见面。第一次，是在王珂教授的家里。王珂喜欢在家里招待各路朋友，虽然比不上望京王珂那个著名的流水席家宴，但王珂作为一个著名的当代美术史教授和策展人，也是京城的各路艺术英豪都认识的人，他喜欢在周六或者周日这一天在家里招待朋友，而朋友还可以带来朋友，即使来个几十人，他那个位于东五环边上的大宅子里，也都能够坐得下。所以，当时孔东因为想买一位画家的画，又不想在画廊里买，就在王珂家里去找那个画家面谈，结果就认识了施雁翎。

孔东先是和画家谈好了画价，然后就在院子里闲逛，来的人大都是艺术界的，还有艺术家的各色朋友，人非常杂。他看到有一个高个子穿白衬衣、红裙子的姑娘站在那里，背影很窈窕，就端着酒杯，走过去搭讪。两个人一聊，发现对方竟然都是单身，虽然孔东是艺术系教授，施雁翎是做生意的，他们俩都喜欢绘画，谈得比较投机，就多少都有了再见的意思，留了对方的电话号码。

过了一个星期，他们约好了在燕莎饭店东边一公里处的那家枫华园露天汽车电影院见面。既然是汽车电影院，两个人就都是分头开车去的。碰面之后，孔东还是坐到了施雁翎的那辆宝马X5里面的副驾驶座位上，一起看了电影《地心引力》。因为，孔东开的是轿车，底盘低，在露天汽车电影院看电影，底盘高的宝马越野车视线就好多了。在汽车里看电影本来是美国人喜欢搞的事情，这样情侣可以顺便搞搞车震。但他们俩刚约第二次，都非常拘谨。看过了《地心引力》，两个人之间似乎也多少产生了一点引力，于是，就有了这第三次的丽都饭店南侧的酒吧里的约会。

"云柜？云柜嘛，怎么说呢，就是我们做的云计算工程的一个主机系统。我做了几个公司，其中一家，现在主要是做云计算系统服务提供商。云计算你听说过吧？就是用互联网技术来服务传统行业做业务提升。我们的这个云计算互联网电子计算机业务，主要针对的是能源行业。我们国家的能源行业很庞大，比如电力、石油、煤炭企业的自动化、计量、监控平台等等，都需要我们的云计算系统来提升运作水平，我们可以提供自动化、信息化的全面系统的解决和应用开发。具体说起来，也就是通过大数据分析，将云计算分解为云计算服务和云计算平台。在云计算平台上，有办公软件、资源租用服务、网络计算服务、数据储存、应用开发等等，通过大系统将大数据进行采集、分析、储存、仿真等等，这涉及到了节点管理、资源汇聚调度、分布式系统、流动和透明性以及机器管理机器，在客户端应用程序的服务中，有用户管理、权限、日志、智能搜索、统计分析等等，采取云端整体解决方案，是一个一体机系列，这个云端整体解决方案，就是我们提供整柜交付一个云柜，此外，还有开箱就能够运用的云仓，以及一站式云慧智能分析平台……"

孔东打断了施雁翎的话："你说的这些，都是云里雾里啊。这互联网时代的词汇也是奇葩朵朵，我一句也听不懂，除了云柜，又出来了云仓、云慧，这都是什么呀？这都是云计算的一部分吗？你就告诉我什么是云柜好了，别的，我都不想知道了。"

施雁翎笑了，她就觉得孔东作为一个美术学院的老师，虽然和自己从事的行当隔着几千里，但正因为如此，彼此还有些神秘感。

"云柜,简单说,就是我们可以整体交付的一个计算机平台,外形像一个柜,大小像一个小冰箱那样,是一台立柜式的服务器。我们的云柜是黑色的,在这个云柜里面,硬件架构有业务交换、存储交换组成的网络资源池,有管理集群、负载集群构成的计算资源池,还有一级和二级存储构成的存储资源池……"

孔东傻眼了:"那我还是听不明白,这云柜能做什么?"

施雁翎笑了,她觉得孔东傻乎乎的,很可爱:"哎呀,说白了,不过就是一个大型的计算机系统的柜子嘛。"

孔东明白了:"啊,也就是一个柜子啊。"

施雁翎说:"不说我那个云计算了。我白天见客户,嘴皮子磨破了,谈的都是云计算云计算,我今天来见你,可不想谈那些我生意上的事情了。我是有事情要和你说。很重要的事情。"

孔东忽然有点紧张,因为,虽然只见了几次面,他感觉施雁翎是一个很强势的女人,她多年来自己做公司,做得还不错,钱也没有少挣。上次,她说她最近在东五环的银街又买了十几间铺面房,那可是盖在地铁站边上的黄金地段的铺面房啊。孔东就认真地看着她。她个子高大,基本不施粉黛,今晚卸妆之后,多少有点暗灰。但施雁翎似乎欲言又止,他们眼前的桌子上那一大盘金枪鱼沙拉,基本没有吃几口,他就拨弄这沙拉,寻找着里面那黑色的腌橄榄小球。

施雁翎喝了一口果汁,说:"孔东老师,咱们俩都是单身,对不对?"

孔东说:"是啊,我肯定是单身。"

施雁翎说:"咱们已经见了好几次面了,我对你印象很好,有感觉,有些期待,起码,我是这么看你的。"

孔东有点不好意思地说："感觉是有点感觉，但还需要继续接触——"

施雁翎笑了笑："我做了这么多年生意，觉得什么事情都不能态度暧昧，不能犹犹豫豫，要直截了当，当机立断。"

孔东感到更紧张了，他不明白施雁翎说的"当机立断、直截了当"是要做什么。难道，是当机立断地和他闪婚吗？他知道现在有些年轻人什么都能干出来，他们搞闪婚，裸婚，然后，他们再闪离，或者干脆就不婚。闪婚，就是闪电一样结婚，最短的认识才一天，长的，认识一个月就结婚了，这都算闪婚。闪婚其实是有些道理的，男女之间，假如想走入婚姻，有时候想多了反而没有大用，只有闭着眼睛往坑里一跳，其实也没所谓。闪婚之后再慢慢相处，也很好。结婚这个事情，的确需要坚决果断，不能犹豫和态度暧昧。至于裸婚，指的是双方都不送彩礼，不搞繁复的结婚典礼、宴请，就单单领个结婚证，然后，就住在一起了，就结婚了，过上小日子了。可是，这闪婚对于离异后单身的孔东来说，要让他再次进入婚姻之门，那是需要给他一些胆量的。他可不愿意立马就范，他知道，有些女人是喜欢在婚姻关系里狠狠地修理和拾掇男人，直到男人彻底就擒，婚姻是女人的保护罩，她们在婚姻关系里为所欲为，翻手为云覆手为雨，威风八面啊。

孔东想，当机立断就此不联系了，也很好。他说："好吧，那就当机立断。你说，怎么个当机立断？"

施雁翎说："很简单，孔东老师，你那么聪明、秀气、英俊、坦诚，我很喜欢，是我中意的男人。也就是说，我喜欢你的人。人好，基因就好，基因好，后代就好。但要是我们现在去走向婚姻，去结婚，生孩子，这需要一个过程，这个过程需要很多时间，我们要来相处，互相了解，要你和我都投入很大的精力。可是，你忙，我知道，我也很忙，你看，我每年有几个月都在外面飞。我们没有时间整天用来谈情说爱。于是，我想了一个办法。不仅是想了一个办法，而且，我已经连所有的细节都策划好了，今天才来和你谈的。这个事情，就是需要你当机立断了。一个是，我们俩需不需要结婚这道法律手续？我觉得不需要，只要是我们互相喜欢对方就可以了。"

孔东没有听明白："只要是喜欢对方就可以了——你的意思是——同居？"他想，是不是现在施雁翎想的，是两个人应该当机立断，立马同居在一起？

施雁翎挥了一下手，果断地说："不是。好了，既然我们不需要结婚这道手续，可是我和你都想要一个孩子，那怎么办？"

孔东嗫嚅着："怎怎怎么办呢？"

施雁翎很有把握地看着他，说："我有一个办法。你看，你很忙，我也很忙，我没有时间怀孕生孩子。那我就找了一个代孕的姑娘小曹，曹秀云，她是一个农村孩子，在北京一所大学读书，刚刚毕业，找不到工作，又不想回老家，正发愁怎么办呢，那我答应给她二十万，她就帮助我们代孕一个孩子，这事就成了。现在她已经答应了。有时间的话，我可以带你去看看她。一个很清秀的姑娘，代孕一定不错——代孕的姑娘也不能丑。现在，你听明白了吧？就是说，用你的精子、我的卵子，做成一个受精卵，植入到小曹的子宫里，由她代孕你和我的这个孩子，我们不用费力气，也不用结婚，就有孩子了。这样是不是很好？你看，这就是曹秀云的照片。"

孔东接过那个叫曹秀云姑娘的照片看。照片上，一个很淳朴善良的20多岁的姑娘在微笑。宁愿做京漂女，也不回老家的姑娘，出卖子宫代孕可以尽快得到一笔大钱。这对她肯定是合适的选择。但他不知道为什么，忽然有些讨厌这个姑娘了。

施雁翎看着他表情的变化："她是一个好姑娘，我考察过了，也给她做了详细的体检，她的身体非常好。女人嘛，最好的年龄就是20到30岁，现在，她22岁，正是最好的年龄，女人在这个年龄生出来的孩子，质量肯定是好的。不过，做代孕之前，需要签订一个代孕和保密合同，我要先支付给她10万元，她不过是代孕而已。而且，钱都是我出。你不用管这些。"

孔东听明白了，施雁翎是要这么做，是需要当机立断。"我觉得，首先，这里面有没有法律问题？万一她把孩子带走了怎么办？其次，孩子出生之后怎么办？算谁的？你的，还是我的？谁来养？假如我们没有婚姻关系——这孩子最终算谁的？"

施雁翎的确是做云计算的，她成竹在胸地笑了。看来，她什么都计算好了："这个我都想好了。孩子出生，我将另外一半的钱，也就是把剩下的10万元支付给曹秀云，她就与我们没有关系了。再一个，孩子是我的，不是你的。因为从法律关系上，我和你没有婚姻关系，等于只是借了你的精子。这孩子生下来是我的。而且，我找了两个保姆，一个是奶妈，另一个，是过去在北影厂当演员的一位女士，她人很好，是我的好朋友，她在纽约生活了很多年，自己的孩子都大了，喜欢小孩子，我会把这个孩子带到纽约，让她去带，我再回来继续做生意做我的云计算生意。而那个孩子在美国长大。这就是我今天想告诉你的，我的想法。"

施雁翎说完了，此时孔东的大脑快速地运转着。他觉得，只有施雁翎这样的经济独立，挣钱的本领比大多数男人还强的女人，才能想出来这么一个有点匪夷所思的云计算的办法。此前，孔东也听说了很多别的，比如到香港和美国生孩子，就是为了要个身份，再比如，为了生双胞胎、三胞胎，要吃一种叫做"多仔丸"的药，催女人排出多个卵子，女人就容易受孕，而且，在受孕的过程中，哪个受精卵子质量不好，还可以监控和检测出来，这样在女人的子宫里就能杀灭，最后保留的，是最好的受精卵，生出来的就是多胞胎。也就是说，代孕、人工授精、多胞胎在技术上已经不是一个问题了，早就不是一个问题了。

"从技术上来说，你说的这些，都可行吗？"孔东不搭调地问她。他现在需要一点时间来继续做一个判断。

施雁翎笑了，她还是很爱笑的："技术上没有任何问题。做人工受精的医院技术很成熟。我已经找好了一家，有香港资金和技术的背景。现在，只要是你的精子的质量没有问题——"施雁翎双目炯炯地看着孔东，"现在，你知道，雾霾、空气和水污染，让很多中国男人的精子质量下降，不少男人的精子都出现了畸形和变异，即使是年轻的男人，经过检测，缺乏活力的、变异的精子也有。"

孔东笑了："你很懂这个啊。看来你是做了功课了。那我问你，你知道男人一次射精会出来多少个精子？"

施雁翎莞尔一笑："男人一次射精，有一亿六千万个精子呢。有个作家写了一本书，书名叫《一亿六》，说的就是这个事情。一个正常的男人一生大约能射出来20公斤的精子。"

孔东当真吓了一跳："有这么多！"

施雁翎说："是的。所以男人花心啊。喜欢到处撒种子。所以，现在，孔老师，需要你当机立断了，不能犹豫。我再来理一下我们刚才说的事情：我们去医院做一个受精卵，用你的精子、我的卵子，做一个受精卵，然后，植入到我找到的代孕人曹秀云的子宫里，她来帮助我们孕育。孕育期间，我雇了专人看护、精心陪护她，让孩子顺利生产出来，之后，与曹秀云的合同关系解除。孩子归我，我带到了美国，交给我那个女密友来监管，还雇了一个奶妈一起养育，我会定期去看。而你，可以说自打孩子出生之后，就没有什么关系了。"

孔东："与我完全没有关系？我觉得，与我还是有关系啊。血缘上，我是孩子的爹啊。"

施雁翎说："是的，我明确地告诉你，孔老师，孩子是我的，你是孩子的爹，但我们没有婚姻关系，是我来策划和投资，我来计算和掌控的这件事，那就是我的孩子，我自己养，和你无关。你就放心吧。"

孔东还在沉默，他觉得这个事情的确是一桩云计算，一个只有云柜才能计算清楚的事情。看着既简单又复杂，似乎还藏着什么漩涡，他看不到。

施雁翎继续说："就是借用了你的精子嘛——实际上，我也可以去精子库里买精子，但我很想知道是谁的精子让我的卵子受孕了。这不，我认识了你，我觉得你好，基因好，人好，聪明，智慧，身材挺拔，形象俊美，那就是你了，我第一次见到你，就这么想。这也是没有办法的事情，我很忙，打理几家公司，花费了我很多时间，我根本就没有时间来孕育孩子。这是没有办法的办法，是新技术支持下的办法，是解放了你们男人，也解放了我们女人的新办法。男人独立，那么我们女人也是可以独立的。"

孔东点了点头，他认同这一点。现在的女人，是独立得越来越可怕了。

"只是有一点，你听好了，我现在的生意做得很不错，可是，万一我十年二十年之后，生意做得不好了，或者我破产了，那个时候,这孩子来找你的时候,你要认这个事情,"施雁翎看着他,"你要认这个事,就是说,你要认这个孩子也是你的孩子。所以,你看,最终,这个孩子也是你的孩子,也还和你有关系。"

孔东听明白了,多年之后,这孩子假如回来找他,他必须要认这个孩子是他的,他是孩子的爹。这才是最关键的部分。才是需要他下决心的地方。他看着施雁翎,觉得施雁翎这个女人真不简单,她都能够想到那么远,想到了几十年之后可能发生的事情,这的确是云计算啊。她的脑袋虽然是圆的,但是思考问题也很像是一个长方形的云柜。

"孔老师,要当机立断啊。"施雁翎抓住了他那有些畏缩的手,热情地、充满期待地看着他。

孔东被她感化了,但也被自己内心的反抗所拉扯着。他说:"这个事情很重大,你让我回去想想,我必须好好想一想。"

二

施雁翎只给孔东三天的时间,要他想好这个事情。因为,她已经联系好了医院,代孕人曹秀云也在等待消息,她需要代孕的预付款10万元,尽快汇给老家的父母亲,他们都得了病,需要花钱医治。医院那边也随时等待着孔东前去取精,孔东的脑袋里激烈地辩论着,纠结着。要在别人,很容易做出的决定,在他这里就十分困难。这与他有些优柔寡断的性格有关,别看他俊朗挺拔,眉眼英武,可是却有一点女人气。尤其是做事情,他总是不能立即决断。从内心里来说,他是非常想要一个孩子的,只要是他的种就好。再说了,能够采取这个方案的女人,本来就不多,经济实力和思想观念都是这样,甚至几乎没有,因为孩子生下来,他都不需要养育,而是将孩子直接带到美国去养,省心省力。

这个方案能成功的话,关键就是女强人施雁翎的经济能力好,她一个人就完全应付得了所有的事情,只不过需要他孔东配合一下,孩子不需要他生,也不需要他养,很长时间里,或者说根本就不需要他承担父亲的名义。只是有这么一个可能,那就是多年之后,施雁翎的生意破产了,完蛋了,她完全无法支撑生活了,这个时候,他的种子结出的果,这个孩子来了,找到了他,说:"爸爸,父亲,爹地,我是你的孩子,现在,我妈没钱了,该你管我了。"

孔东想到了这里,眼睛忽然就有些湿润。他觉得施雁翎很刚强,也敢于承担。他决定了,立即给施雁翎打了一个电话:"我同意了,就这么办。什么时候去医院?"

施雁翎很高兴:"明天啊,就明天去吧,我最近刚好也在排卵期。"然后,她就告诉他医院的地址,他们在那里会合。

孔东打完了这个电话,心里又觉得有点惶恐,觉得自己可能冲动了,不知道今后会发生什么情况。这天晚上,他做了一个梦,梦见有一个妖娆的女子勾引他,她肉滚滚的,不知道怎么就压到了他的身上,使他梦遗了。醒来之后,他感到裆部濡湿一片,有些懊恼,因为天亮之后,他就要去医院去献出自己的精子了,可在这个关键的时候,自己竟然做起了春梦呢。换了短裤,他又睡了一觉,醒来已经是天光大亮了。

他没有吃早饭,因为他无法确定取精是不是要空腹,也是因为没有时间吃了,匆匆洗漱完毕,他就赶紧赶到了那家医院。那家医院属于专科医院,专门治疗不孕不育的,而且有港资的背景,在昌平山脚下一个僻静处,非常安静。

施雁翎早就到达那里了，开着她那辆白色的宝马越野车。他停好车，她就在医院的门口等待他。"我比你早来了一个小时。"她有点抱怨，但也松了口气，因为，他毕竟来了，也因为一切的云计算，云柜里面的系统，首要和先决，就在于取精——取他的精子这个开端。他抱歉地耸了耸肩膀。

施雁翎拿着早就挂好的号单。"只有先取好了你的精子，才能取我的卵子。"她告诉他这个程序。

然后，有一个身材窈窕的护士引导他前往诊室，一个戴着口罩的男大夫接待了他，对他进行了检查，告诉他如何取精。大夫递给他一个很精巧的口窄瓶身宽的小瓶子。孔东忽然感到了紧张，为自己昨晚的遗精而导致的取精质量和数量担心，也为未来的无法掌控而担着莫须有的心。然后，护士就带他去了取精室。取精室，这名字听着非常平实、简洁、干脆，明白告诉你这里是干什么的。那是一间很小的屋子，有一张类似火车硬座皮面的窄床，男人可以躺上去，然后将自己的精子撸出来。怎么撸？那就全靠你自己的本事了。比如，意淫，比如，想象，再比如就是简单的生理刺激。

他躺下来，环视四下，发现这里没有提供给他任何辅助工具，比如，电视机上放毛片——有些洗浴中心就有这个。看了那片子，往往是还没有接触到女人，男人就一触即溃，就溃不成军了。也没有色情画报——当然都是国外出版的，这些都没有。好吧，那就只好躺下来，依凭想象来进行吧。

就是在这个时候，他的眼前浮现出了施雁翎的脸。这张脸稍微有点浮肿，但并不难看，脸色灰暗，却带有一种凌厉和骨感，甚至有些冷漠和嘲弄的表情。这张脸与施雁翎平时对他的温和的笑意不一样，也许是他内心想象她的原因。他用手撸着自己，感觉自己的男根在增大，又在变小，就是一点都不兴奋，甚至有些抗拒地忽软忽硬，和他捉起了迷藏。撸了半个小时，外面有护士来催了："先生，好了没有？"

他气喘吁吁地说："没，没有呢。"

那个护士诧异和失望地嗯了一声，就走了。

就是这护士那失望的感觉，让他彻底失败了，他彷佛看见了那个年轻的，下巴上有一颗漂亮的小黑痣的女孩子失望、暗笑的表情，他立刻就松劲了。手里攥着的，是一团疲软的小肉，完全是败军之士。完了，身体做出了反抗，他真的取精失败了。他穿好了衣服，走了出来，手里拿着空杯子，找到了施雁翎，一脸沮丧地告诉她："没有取出来。"

施雁翎不相信自己的耳朵："你可是一个很雄壮的男人啊。怎么回事？"她看到了那空瓶子里空无一物。

"也许——是昨天晚上梦遗了，导致我——"他不得不说了这个可能。

施雁翎忽然扑哧一笑。"梦遗？孔老师哎，你——又不是少男，还梦遗啊，"她忽然又高兴了，"那你，梦见的是我吗？那个梦中与你做爱的女人是不是我哈？"

孔东尴尬地笑了一下，他觉得不能和她开这个玩笑，也不能说实话。但现在怎么办？这才是关键，他取不出精子，这是现实。

施雁翎就拉着他一起去找那个戴着口罩，有一双漂亮的双眼皮大眼睛的男大夫那里，告诉了他取精失败了。男大夫看着他："嗯，估计是心理原因。有些人在这里就是不行。不光是你，就是有取精失败的。要不然，过两天再来吧。"

施雁翎着急了："可是，我的排卵期——"

云柜 | 411

"可以先取你的卵子，冷冻起来，然后他的随时取。技术上没有问题。护士，请带她先去取卵子吧。"

施雁翎靠前一步，小声说："陈大夫，能不能这样，我和他一起到那个取精室里，我帮助他把精子取到？"

陈大夫看了她一眼，在口罩后面哈哈笑了："不行啊，美女。这样医院成了什么地方了？即使你们是夫妻，也不能在我们这里做爱啊。不行的。"

孔东的脸红了。他想到了他和施雁翎进入到那个取精室的情景，那么狭小的房间里，施雁翎只能是背靠着白墙坐在那张狭窄的单人床上，然后脱下裙子，带着挑战的神色看着他，张开自己的大腿。这个时候，他行不行呢？他无法确认自己行不行。看到她那表情，他肯定更不行，估计还是不行。不行就是不行。行也不行。行就是行，不行也能行。可就是不行。不行啊不行。他的脑子里乱作一大团。不过，好在那个大夫杜绝了这样的可能。也是啊，医院又不是快捷酒店，不能让男女在这里随便做爱的。他松了口气。

施雁翎失望了一下："那，能不能我们回家取精，然后赶紧给你们拿过来呢？"

男大夫又笑了："可以啊。不过，精子的成活时间是24个小时，取出来就要迅速冷冻。假如在一个小时之内能送到这里，就可以。"

施雁翎说："那太好了，我们回去取精。还是拿着这个瓶子？"

男大夫给了孔东一个带着盖子的密封试管。"用这个吧。送来的速度一定要快。"

施雁翎拉着他的手："看你的了，亲爱的？"这时，护士来了，要带她去取卵子。"你在外面等我一会儿。一会儿就完。女人有时候麻烦，有时候很简单。"施雁翎调皮地对他笑了笑，跟着女护士走了。

孔东来到了外面的地方，找了一个僻静的座位坐下来。这里有自动按摩椅，也有电视和电脑。电视里，一些年轻的女人正在一个教练的带领下做瑜伽，她们的身体都很柔软。妖娆，颇有吸引力。看着看着，忽然，他感觉自己勃起了，又行了，挡都挡不住。但是他克制住了，因为，他不想二次取精，也不想折腾自己了。停了一阵子，骚动下去了，然后他看见护士引导施雁翎从走廊那边走过来。

"取完了？"孔东问，"不舒服？"

"取完了，"施雁翎的脸色略微有点疲倦，"肯定比你们男的难弄些。不过，已经取出来冷冻好了。就等你的精子了。"

在停车场，两个人站住，施雁翎调皮地问他："到我家去吧，让我帮助你取精。"

孔东感到害怕："啊，还是我自己取吧，取出来我就尽快送到这家医院。"

施雁翎用怀疑的眼神看着他："可要尽快啊，保证精子质量。"然后，两个人各自开车回去了。

回到了家里，孔东感觉哪个地方有些不对劲。到了晚上，孔东随手翻出来一本他曾经去北欧旅行时买的一本情色画报，看着看着，自己就起性了。这一次，他很顺利地取到了自己的精液，直接射到了那个小试管里。灯光下，他仔细地观察着试管里的液体，那半透明的胶质状似乎在上下翻腾，无数小东西在争吵和游泳，在奋力地跳跃，在激烈地变化着，稀释着。这时，时间已经很晚了，此时将这玩意儿送到那家医院，也是很滑稽的事情，他想了想，最后还是将自己这宝贵的液体倒到了马桶里，给冲走了。

三

很多年之后的一天，孔东已经都 60 岁了，刚刚办理了退休手续，他感觉到自己忽然有一种更为放松的感觉了。他有一个比他小 10 多岁的老婆，还生了两个孩子，一个 18 岁，一个 16 岁，都在上中学。家庭幸福美满。夫妻关系和谐顺利。本来，他的人生就这么过下去了，但是很快出现了新情况。

有一天，家里忽然来了一个人，那人是一个美籍小伙子。他一副胜券在握的样子，告诉孔东："是我妈妈施雁翎让我来找你的，因为，我是你的儿子。你是我的爸爸。她说，如果你不承认我是你的儿子，拥有你的财产的继承权，那么，我们可以去做基因检测。假如你还不承认，就要付诸法律了。"

看着眼前这个美国流氓打扮的年轻华人，孔东感到了惊慌失措。他隐约想起来，是有这么回事。那是多年以前，他曾经为一个叫施雁翎的女人提供了自己的精子，去做了一个试管受孕卵，由一个女孩子代孕，生下来了一个男孩，就带到了美国，从此，他就再也没有听说过这件事的结果了。施雁翎也从此从他的生活里消失了。但是，现在，他的那个儿子，来了，来到了他的面前，而且摆出了一副他的财产继承人的架势。

孔东问："你的母亲呢，施雁翎，她现在在哪里？"

那个美国小流氓递给他一张照片，照片上的女人他认识，就是施雁翎。"她已经死了，死于一次车祸。她给我留的钱，都让我花光了。在她早就拟好的遗嘱里，她让我在最后没有办法的时候，就来找你，说你是我的爸爸，你肯定会承认这件事。"

孔东汗如雨下，他说："这个，这个——需要——需要——"

那个美国流氓就揪住他的衣领。"需要什么？什么都不需要，需要的就是，你承认我，是，你，的，儿，子！"他一个字一个字地吐出来，不容分辩和解释，那个架势似乎是要杀了他，要他还债，这让孔东魂飞天外。

然后他就醒了。原来是一个噩梦，让他大汗淋漓。他没有想到，他会做这样一个梦。可能他担心的，还是未来的事情。他想起来这件事带给他的复杂性。现在，他不知道怎么办了。到了中午，施雁翎打电话给他："怎么样，你回家取精顺利吗？"

孔东回答："你让我再好好想想，毕竟，这个事情可能比我们预想的要复杂一些。"

施雁翎有点生气："复杂吗？我就是喜欢你，想用你的精子罢了，有什么复杂的？"

孔东说："你让我再好好想想。"

施雁翎说："那我要见你。就今天。"她说话的口气已经变得不容置疑了。

他想了想："好吧。"

这天晚上，他们一起在一家餐厅吃了晚饭。那是一家叫做"浮士德"的法式餐厅，他们吃了带血的牛排，喝了很好的酒。都是她点的，一道道的正规的法式大餐，从沙拉一直上到了餐后甜点，红酒的颜色也很瑰丽，幽深的暗红那么暧昧。他们东拉西扯，似乎知道最终他们的关系会导向何方，但却都心照不宣。吃完了饭，打出租车，她带他到了她的家里。在她家里，进了门，他看到她的家里到处都养着盆栽植物，都是常见的品种，比如绿萝、龙血树、散尾葵等等，还有一面鱼缸镶嵌在墙上，里面有制氧机吐出的泡泡在变化，各种漂亮的鱼吐出的泡泡在漂浮。在一个小巧的鱼缸里，她还养了很多绿毛龟，

云柜 | 415

小小的绿毛龟聚集起来的样子,让孔东感到了恶心。

他们微醺了,就先喝点茶。普洱茶的颜色闪烁着温和的褐色光泽。音乐是催情的,而她将自己的外衣脱去,要给他跳舞看,她过去学过舞蹈。他说好啊,她就跳。穿着紧身的那种衣服,她虽然已经35岁了,可身材却非常的妖娆,因为,她个子高,而且,并不胖。不过,胸很大,这一点其实是孔东不满意的。孔东喜欢平胸,真是一个男人有一个男人的、关于女人的趣味。孔东就不喜欢大胸女。她在跳舞,他在观赏,然后,他们不知道怎么就靠近了,他们就抱在一起了。两个人香汗淋漓地拥抱着,这个局面导致的结果,当然会是十分清晰的。最后,他们躺在了那张柔软的大床上。可即使在这个时候,她也没有忘记在他插入她体内之前,给他戴上避孕套。然后,他手忙脚乱地忙活了一阵子,精子就这么取到了。

她说:"慢点,慢点。"然后,帮助他撸下了那袋透明的胶质避孕套,里面是宝贵的一亿六,还打了一个结。之后,她立即打了一个电话,并穿好了睡衣。

十几分钟之后,门被敲响了,一个小伙子在门外接过了她递给他的一个密封的盒子,里面用冰块冰镇着的,就是她帮助他成功取到的东西,那个透明的、带增大摩擦和快感的疙瘩的、香蕉味儿的避孕套。她嘱咐那个小伙子:"赶紧去送给陈大夫。"

门关上了。施雁翎转身,投向那张大床上的孔东的目光,是得意的诡秘,含蓄的轻蔑,和爱恋的怜惜。

以上这个场景,也是孔东想象出来的。事实上,他在这天晚上前去赴约的路上,改变了主意,因为,他想到了这个结果,然后以自己有急事的借口,最终没有赴约。

施雁翎当然很着急,不过,孔东内心里焦虑的,是他无法确定现在他和她到底是什么关系。是恋人？好像还不是。还没有到。是情人关系？也不是。因为他们还没有上床。是合作伙伴？也不是。那是什么关系？是一对彼此有些好感但却有一种互相排斥的力使他们无法以法律和情感关系继续固定前进和发展的男女关系。

孔东发现，这种说法可能是最靠谱的。孔东烦恼的，还在于施雁翎是一种新型的女人，就是不再依靠男人的女人，除了要一点男人的精子之外，男人对于她已经没有用了。这是他过去没有碰到过的。假如她不想要孩子的话，那么，她就更不需要男人了。因为，她经济独立，人格独立，还因为她的云计算。是的，是云计算增强了这个女人的算计功能，让她更会计算了。有了云计算，就有了那个云柜——一个方形的计算机大柜子里，什么都计算好了。就这样一步步地导向了大数据，爱情、婚恋、生育和人生走向的大数据，都被她计算好了。这就是云计算！人生的云计算，都被这个强势的女人计算好了。

他想明白了施雁翎是一个什么样的女人，而他作为一个传统的男人，如今，要面对的是这样的女对手。或者不是对手，是新型的朋友关系，伙伴关系，男女关系。女人变化了，男人还没有怎么变。男人必须要跟上这样的变化才可以适应人类这种高级动物的变化。就是想到了这一层，作为男人的孔东，忽然感到了体内原始的反抗力量。好啊，你不是强势吗？你不是不再需要男人了吗？那我就是不想让你的云计算实现，我就是不配合你。我就是想让你的云柜模式破产，我就是不答应，我就是不让你得逞。因为，人生，说到底是由意外和变化构成的，包括了情感，生育，也是这样的。一切都云计算好了，还有什么意思？男人的脸往哪里搁？想到了这里，孔东就觉得心里有底气了。他决定不配合她了。

这就是他的云计算。孔东多少有些释然了。

那么，到了这里，这个孔东和施雁翎的故事的结局，会向哪个方向发展呢？应该是一种开放的结尾。因为，这个故事本身存在着多种可能性。让我们来一步步地推导：

孔东很可能最终捐精成功，而施雁翎也成功地按照她的"云计算"大数据和云柜系统管理模式，实现了她的精密算计，将受精卵植入了那个迫切需要一笔钱的曹秀云姑娘的子宫里来代孕。孩子10个月之后生出来，健康，聪明，是一个儿子，被施雁翎带到了美国，然后，孩子在那里茁壮成长，因为有保姆，以及施雁翎找到的那个可以帮助孩子成长的闺蜜、过气女演员，来帮助抚养孩子成长。到后来，这个事情在孔东和施雁翎的内心里，一点痕迹都没有了，这个事情本身，不过是他们人生的一个小小的插曲罢了。他们的生活沿着两股道，在奋勇前行，再也没有交集了。

但是，在这一种假设中，还有很多细节上的变数。比如，代孕者曹秀云忽然不想代孕了，她取消了合约，退了款，让施雁翎另外再找人，而这个找代孕人的过程又很不顺利，最终，导致这个计划泡汤。

还有，曹秀云最后是代孕了，但她在后来忽然对代孕的孩子产生了母性，她决定要这个孩子，然后，她逃走了，远走高飞了，谁都找不到她了，这就让施雁翎的云计算失算了，彻底砸锅了。孩子变成曹秀云的了。

或者，曹秀云把孩子生下来了，因为孔东的精子质量问题，结果孩子生下来就是个兔唇，那么，施雁翎会要吗？她会把孩子送到福利院吗？还有，尽管这种可能性很小，曹秀云难产导致大出血，她和孩子都死了，这怎么算？有没有法律纠纷？谁来承担责任？曹秀云的家庭会怎么找麻烦？代孕的中介人和中介公司负什么责任？

我们继续来推导。孩子假如顺利地生出来了，被带到了美国，然后，在养育过程中不慎夭折了呢？或者上了小学，在一次车祸中严重受伤，成了高等残疾了呢？或者，最终孩子成长为一个正常的人，在美国社会混得一塌糊涂，那么，多年之后，施雁翎真的破产了，孩子会不会来找孔东，就像他梦见的场景那样呢？

不知道，云计算也许可以都加以计算，但事实只会有一种可能。可这种可能有着无数的变数。

这个故事还有另外的结局，那就是，孔东觉得自己最终确认他对施雁翎的好感不足以让他来做这件事，他逐渐地冷却情绪、疏远了施雁翎，直到他们不再联系。几年之后，孔东娶了妻子，生了一对双胞胎，过着另外一种生活。施雁翎最终也不知所终。他们相互之间越走越远，直到完全看不见对方。

再有，孔东后来发现，他非常喜欢施雁翎，两个人在继续的交往中，迸发了爱的激情。两个人决定不采取任何人代孕的方式，而是由他们自己，他和她不采取任何避孕措施来生育一个孩子，因为，他们结婚了，施雁翎决定亲自怀孕，实现了两个人做父母的愿望。因为这是他们的爱情的结晶，孩子生下来也很好，他们最后过着幸福的生活。

你看啊，生活的云计算，会算计出这么多人生的可能性。也许，人生是不能云计算的，因为必然性中的偶然性在不断地改变着人生的曲率，使生活发生了意外的变化，这总是始料未及的，也是生活的真谛所在。

（获得2018年第五届郁达夫小说奖短篇小说提名奖；2018年"中骏杯"《小说选刊》双年奖短篇小说奖）